I0615750

PHILIPPE LE TORRIELLEC

HORS-LIMITES

ROMAN

2018 Philippe LE TORRIELLEC

Tous droits réservés

ISBN 978-2-9557458-1-6

Dédicace

« Les personnages et les situations de ce récit étant purement fictifs, toute ressemblance avec des personnes ou des situations existantes ou ayant existé ne saurait être que fortuite. »

*Le golf est une agréable
promenade gâchée par une petite balle blanche.*

Samuel Langhorne Clemens, dit Mark Twain

Ecrivain et journaliste américain (1835—1910) dont les ouvrages les plus
remarquables se caractérisent par un humour irrévérencieux et par une satire
sociale mordante.

*

Vendredi 15 décembre 2017

Gérald Vargas n'était pas du genre à faire les choses à moitié ! Sous ses faux airs de conquistador ibérique, l'homme était avant tout un solide poitevin. Sa silhouette massive et empreinte d'une agilité discrète imposait une présence rassurante. Originaire de la ville de Poitiers, il avait gardé une assise terrienne pragmatique et des valeurs humaines solidement ancrées. Son travail était très éloigné d'un labeur d'usine, ou d'un train-train de bureau, il avait la prise de conscience lucide sur la chance qu'il avait d'exercer un métier atypique : professeur et manager de golf au Garden Golf Club de la Forêt, en Alsace.

Il avait l'avantage rare d'exercer deux activités qui le faisaient vibrer. C'était, pour lui, un moyen unique de mettre de la vitamine mentale dans ses quotidiens et lui donner de bonnes raisons de se lever le matin. Il croisait d'innombrables golfeurs confirmés ou débutants en mal de progresser. Communiquer sa passion était vital, il tissait ainsi un cordon ombilical passionnel avec la communauté des membres du club. Certains coupaient le lien, d'autres pas ! Un golfeur n'était jamais parfait, il se déréglait, il perdait son swing, pour autant qu'il avait pu en trouver un ! Vargas était comme un carrossier, il aurait toujours du travail et dans ce milieu encore confidentiel, il y aurait toujours une gente sportive ou plus simplement un cercle social en mal de briller.

Avec son collègue Rémy Maistre, ils formaient un binôme très complémentaire, en particulier auprès des jeunes. L'école de golf du club était reconnue et avait déjà permis l'éclosion de nombreux talents, féminins et masculins. Cette réussite n'était pas le fruit du hasard, l'alchimie avait pris entre les deux enseignants. La politique volontariste du club vers la formation des jeunes était devenue un fabuleux vecteur de publicité pour l'attractivité locale du golf.

Certes, il y avait encore de nombreux freins sur la reconnaissance du golf en tant que sport, il était souvent associé à une vitrine sociale élitiste et déconnectée d'une vision populaire. Le premier ennemi de ce sport était bien cette réputation avant son coût ! Au-delà du Théâtre des apparences et d'une image d'Épinal tenace, le golf évoluait. C'était avant tout un sport de plaisir qui laissait rarement de marbre ceux qui avaient la curiosité de l'essayer. Le Garden Golf Club de la Forêt était depuis longtemps engagé dans l'approche d'une autre perception, tournée vers la convivialité et l'accès pour tous à ce sport. La bonne ambiance qui régnait dans le club était un refuge pour beaucoup de membres et l'on y venait aussi pour se retrouver comme dans sa propre famille. Le club était une entité représentant un miroir social intimiste où les discussions dépassaient largement les contours de la balle blanche. Il suffisait de s'asseoir à la terrasse du Tee-bar et boire les chuchotements qui coulaient avec fluidité d'une table à l'autre. Cette composante humaine, ouverte à la curiosité et aux faits-divers, était bien ancrée et contribuait à entretenir des petits feuilletons sur le comportement des uns et des autres. Pour autant, il y avait des golfeurs accrocs, presque obsessionnels de la balle blanche, capable de discourir des heures sur la partie jouée, les coups ratés, les mauvais choix, le manque de chance, la faute aux copains qui parlaient bruyamment, la faute à l'avion dans le ciel, la faute au corbeau qui croassait, la faute au repas trop arrosé de la veille, la faute au matériel, la faute au professeur de golf qui avait tout déréglé après un cours !

Plus de 740 membres composaient le club, dont 180 golfeurs réguliers qui formaient le noyau actif des compétiteurs. Tout respirait à travers ce noyau hétéroclite, mais avec une convergence commune et addictive : la balle blanche, petite planète gravitant au quotidien dans les limbes du cerveau. Mais comme l'a écrit Isaac Marks *«La vie est une série d'addictions et sans elles nous mourons.»*

Il fallait être un peu maso, au sens second du mot, pour pratiquer ce sport. Il était classique de dire qu'au golf les qualités neurosensorielles étaient plus importantes que les qualités physiques. Les principales qualités qui influaient sur la performance étaient très variées : l'attention, la concentration, les capacités de réaction, la spatialité. En conclusif, pour jouer au golf, il fallait une humilité débordante pour s'affranchir de la récurrence des échecs ! Le tennis autorisait deux services pour engager le jeu, au golf, une seule option possible. La vie était plus généreuse, elle autorisait plusieurs chances. Dans le golf tout se payait cash et la frustration pouvait devenir une compagne destructrice.

La seule manière de s'en sortir passait par la thérapie placebo, du plaisir pensé et installé.

Vu de l'extérieur, il était improbable de comprendre le plaisir de frapper une petite balle sur presque dix kilomètres ! Il n'y avait aucune raison suffisante pour procurer une réelle joie durant quatre heures, à s'acharner à entrer une balle dans un petit trou de 10,8 centimètres ! C'était pourtant le cas pour des millions de golfeurs ! Chacun retrouvait en lui des souvenirs d'enfance, qui ramenaient au plaisir de frapper quelque chose. Cet acte pouvait exprimer une motivation d'explorer sa propre maîtrise sur son environnement. Cela pouvait sans doute donner un sentiment d'une certaine compétence qui générait un plaisir addictif. Pouvoir exceller dans la frappe d'une balle démontrait ses facultés de contrôle. Mais il fallait accepter une évidence, le golf était un cadre exploratoire pour découvrir sa propre personnalité. C'était aussi un prétexte pour découvrir de nouvelles amitiés, ou parfois être confronté à des hostilités. Il fallait savoir ramener à la juste mesure tout cet environnement et s'attacher à rester dans le savoir être et le plaisir.

Gérald et Rémy s'amusaient des comportements et des réflexions de leurs patients pourtant si impatients de devenir talentueux. Si le golf pouvait révéler les personnalités, il pouvait aussi révéler des secrets bien enfouis. Le destin allait démontrer que l'inattendu pouvait surgir des entrailles du passé.

C'était une erreur que de penser que le passé restait derrière nous. À un moment de notre vie, nous devions tous faire face à des expériences dures, difficiles ou injustes. Et si les entrailles du passé venaient à remonter à la surface, c'est que le destin n'était pas inerte, il vivait pour révéler des vérités ou des secrets. Le destin qui se fichait complètement des états d'âme avait décidé de frapper à la porte du Garden Golf Club de la Forêt. S'il avait décidé de s'inviter, c'est qu'il avait peut-être un besoin irrépressible de réveiller des consciences ! Et peu importait la manière, on n'échappait pas au destin né d'un passé trouble. Est-ce que le destin cherchait à se faire justice ?

*

La Forêt

Comme bien souvent, Gérald Vargas avait pour habitude dans ses rituels quotidiens de fin de journée de faire le tour du parcours en voiturette. Cette reconnaissance lui permettait d'évaluer l'état des fairways[1] et des greens[2] et, ainsi, de pouvoir faire un débriefing le lendemain auprès de l'équipe d'entretien. Les 18 trous du parcours représentaient une charge de travail très importante et il fallait une approche rigoureuse dans l'organisation, pour répondre à l'attente des membres. Depuis quelques jours, les fairways des trous 13 et 14 étaient régulièrement saccagés par une petite horde de sangliers arrogants. Rusés comme des renards, ils parvenaient à s'affranchir de la clôture électrique érigée entre le parcours et la forêt voisine.

Les petites bêtes sauvages raffolaient des glands et des milliers de lombrics qui parsemaient le parcours. En fait, le golf de la Forêt aurait pu s'appeler le golf des Chênes puisque la majorité des essences locales était composée de chênes. Des sangliers au quotient

---

[1] Partie tondue du parcours de golf, entre le départ et le green.

[2] Zone où se situent le trou et le drapeau.

intellectuel élevé avaient décelé le piège électrique et venaient régulièrement déguster les mets enfouis sous le gazon maudit. Mais pour Vargas, les maudits étaient bien les sangliers qui s'acharnaient à détruire les fairways ! Il s'agissait de jeunes sangliers sans scrupules et nullement dérangés par la présence de l'homme, en l'occurrence de golfeurs excédés. Pour une énième fois Vargas descendit de sa voiturette et se dirigea vers la clôture électrique. Il évalua les causes de l'inefficacité de ces fils tendus et se persuada qu'il fallait peut-être ajouter un autre rang de fil à une plus faible hauteur, afin de freiner l'enthousiasme des bêtes. Il allait remonter dans sa voiturette pour rejoindre le président du club en salle de réunion, quand il aperçut un gamin débouler de la forêt, totalement hystérique, qui lui lança d'une voix haletante :

— Monsieur, Monsieur, venez vite, il y a un homme là-bas, il ne bouge plus !

— Un homme ?

— Oui, il a l'air mort !

Vargas releva que le gamin tenait un sachet dans sa main gauche. Il devina des balles de golf à travers le plastique opaque. Il n'y avait rien d'étonnant ; beaucoup d'enfants et parfois des adultes parcouraient les abords du parcours pour se faire un peu d'argent à la revente. De surcroît, en plein mois de décembre, les arbres avaient perdu leur manteau de feuilles, facilitant ainsi la recherche des balles égarées.

— Mais il est où ton homme ? Interrogea Gérald Vargas en scrutant l'intérieur de la forêt.

Sans plus attendre, le gamin pénétra dans la forêt en direction d'un blockhaus en ruine. La région était truffée de ce genre d'ouvrage, rien d'étonnant à cela, la ligne Maginot du nom du ministre de la Guerre André Maginot, était une ligne de fortifications qui traversait le territoire frontalier de l'Alsace actuelle. L'Alsace avait une place particulière dans les livres d'Histoire. Au gré des événements historiques, elle avait fait l'objet de nombreuses convoitises de 1870 jusqu'à la seconde guerre mondiale. Il était donc fréquent de croiser dans le paysage des ouvrages militaires de cette époque, des petites casemates, des blockhaus et parfois des forts gigantesques. Certains lieux et paysages étaient marqués à jamais par ce passé, la forêt et le parcours du Garden Golf de la Forêt n'y échappaient pas. Sur le parcours plusieurs ouvrages, datant de la 1ère guerre, étaient encore visibles. Le gamin et Vargas progressèrent une trentaine de mètres après le blockhaus.

— Là !

Le gamin désigna d'un doigt le corps allongé d'un homme partiellement recouvert de feuilles et d'humus récemment retourné. Il avait les yeux rivés vers le ciel. L'homme paraissait de grande taille, robuste et vêtu d'un pantalon gris et d'un parka de couleur kaki. Gérald Vargas s'approcha et posa deux doigts sur la carotide de l'individu. Il fallait se rendre à à l'évidence, il était bien mort.

— Il est mort, hein, Monsieur ?

— Je crois bien !

Vargas saisit son téléphone portable et composa le numéro du président du club. Il aurait dû en priorité prévenir la gendarmerie, mais son réflexe immédiat fût d'informer la première autorité du club. L'homme étendu ne se trouvait pas sur le parcours, mais il était à proximité et inévitablement le club pourrait être concerné par une enquête ! Après quelques tonalités la boîte vocale du président s'activa et Gérald Vargas demanda à être rappelé d'urgence.

Dans la Forêt...

— Tu l'as trouvé comment mon garçon ?

— Ben, je cherchais des balles monsieur ! Le gamin montra le sachet qu'il tenait comme un trésor.

— Tu viens souvent ici ?

— Souvent m'sieur, ça me fait un peu d'argent de poche !

— Tu l'as trouvé quand cet homme ?

— Ça fait 5 minutes !

— Tu étais déjà venu hier ?

— Non, le jour précédent, oui. J'habite juste dans une des maisons là-bas.

Le gamin désigna une des résidences bordant le parcours côté Est. Une dizaine de pavillons d'habitation touchaient directement le parcours sur environ 300 mètres. Il était fréquent de voir les habitants promener leurs chiens sur le sentier qui séparait le parcours et la forêt avoisinante. Il était tout aussi courant de croiser des personnes venant débiter du bois acquis par adjudication à la collectivité. Les vététistes et les joggeurs trouvaient aussi toute leur place sur le site. Gérald Vargas trouvait donc la plus grande normalité dans la présence du gamin. Ce dernier était prostré devant la scène de cet homme étendu, sans vie, dans un cadre hivernal favorisant l'aspect sinistre de l'ambiance. Il y avait comme une étrange affection dans le regard de l'adulte, qui imaginait fort bien l'état de fébrilité de ce jeune homme et de la peur qui l'assaillait.

— Tu as quel âge mon grand ?

— Onze ans m'sieur !

— Je vais prévenir la gendarmerie, mais ne t'inquiète surtout pas, tu devras juste raconter ce qui s'est passé ! Tu te sens d'attaque ?

— Oui, mais il faut que j'avertisse mes parents!

— Tu veux que je les appelle ?

— Non, ils ne rentrent pas avant 19 heures !

— C'est quoi ton nom ? Moi c'est Gérald.

— Et moi, Hugo Scherrer.

— Parfait Hugo, j'appelle la gendarmerie et après tu pourras rentrer chez toi, ok ?

Pierre Maingé consulta sa montre, elle affichait 15h45. Il jeta un dernier regard sur les plans étalés sous ses yeux, puis il prit la parole.

11

— Bon, je crois que cette fois c'est acceptable et nous comptons sur vous.

Le chef de chantier acquiesça et se leva. Il serra la main de Pierre Maingé puis salua l'assemblée présente et quitta la salle de réunion du Club. Quand il fut assez éloigné, un petit brouhaha de chuchotements s'installa comme une pierre que l'on jetait dans l'eau et qui générait des couronnes ondulantes de plus en plus larges. La vice-présidente, Daniela Hidalgo, interpella le comité.

— Nous devons valider le projet des fresques. La façade du blockhaus située sur le trou 13, doit[1] être rafraîchie, j'ai contacté le collège, qui l'avait fait réaliser par des élèves et ce n'est plus possible de réitérer leur prestation, donc, j'attends les réponses du petit concours d'idée lancé sur notre WebSite. Pour le nouveau bâtiment, j'ai 3 projets que je vous soumets.

Au bout d'une demi-heure de divergences, une convergence fut trouvée pour le projet d'une fresque contemporaine ayant pour sujet la pratique du golf. La réunion du Comité restreint du club avait pour objet l'état d'avancement des travaux d'extension du club-house et de la création à moyen terme d'un parcours de 9 trous supplémentaires. Le comité s'attachait à rendre les infrastructures plus confortables pour les membres et à développer le plus largement possible l'attractivité du site et, en particulier, de son parcours atypique noyé dans un écrin de verdure. Pierre Maingé avait pris la présidence du club depuis plus d'un an et toute l'équipe avait su construire une vision de projet à long terme. Cette dynamique rejaillissait sur une image positive de l'ambiance qui régnait au sein des membres. Les investissements engagés étaient lourds mais légitimés par une projection pérenne de la vie du club. Certes, le parcours n'était pas le plus golfique de la région, mais il pouvait se targuer d'avoir une ambiance de club exceptionnelle.

Tout en refermant la porte à clés de la salle, Pierre Maingé ressentit la vibration de son téléphone dans la poche de sa veste. Il consulta l'appareil et découvrit l'appel de Vargas, qu'il s'empressa de rappeler. Ce dernier décrocha immédiatement.

— Oui, Gérald, tu voulais me joindre ?

— Il faut que tu viennes toute de suite sur le 13, le long du chemin.

— Les sangliers ?

— Oui ! Mais, autre chose aussi, il vaut mieux que tu viennes !

— Ok, j'arrive.

Pierre Maingé rejoignit le 13 à bord d'une voiturette. Il aperçut Vargas à la lisière de la forêt qui l'attendait avec le gamin. Ils retournèrent sur le lieu où l'homme était étendu.

— Tu as prévenu les flics ?

— Oui, à l'instant, ils sont en route.

— Il a dû faire un malaise ce gars !

— En tout cas ne touchons à rien ! J'ai juste pris son pouls sur la carotide.

— La gendarmerie ! Le gamin venait d'entendre la voiture au gyrophare bleu qui s'engouffrait sur le chemin en lisière de forêt.

Vargas avança au-devant d'eux afin de les guider. Parvenu sur les lieux, l'officier de gendarmerie d'environ une quarantaine d'années, s'empressa de questionner le gamin qui lui fit état des circonstances de sa découverte. La femme gendarme qui l'accompagnait, s'employa à

13

dérouler des rubalises pour geler les lieux, sur un périmètre d'environ 50 mètres. Elle invita chacun à sortir de ce périmètre. Quelques instants plus tard, le SAMU arriva toute sirène hurlante, sans aucun risque pour la victime. C'était une certitude, il dormira à tout jamais.

— Messieurs, je suis désolé, mais vous allez devoir nous suivre à la gendarmerie. Nous allons recevoir vos dépositions.

Le médecin du SAMU constata la mort de l'homme. Une housse mortuaire fut étendue sur le corps, qui ne se réchauffera plus jamais de cette attention.

Les gendarmes formalisèrent en moins d'une heure les procès-verbaux des déclarations d'Hugo Scherrer et de Gérald Vargas. Les faits relatés précisaient essentiellement les conditions de la découverte du corps par le jeune homme et son appel à l'aide auprès de Gérald Vargas. Tout ressemblait à une affaire assez banale d'un homme ayant eu un malaise en pleine forêt. Les journaux locaux auraient un petit sujet dans les faits divers.

Gaëtan Russo, l'officier de police relisait les deux procès-verbaux, soigneusement rédigés par la jeune femme gendarme Samantha. Son style flirtait avec une rédaction proche de la littérature romanesque. L'officier s'en amusait, Samantha était en poste depuis quelques mois et apportait une présence pétillante au sein d'une équipe trop masculine à son goût.

Le téléphone se mit à sonner. Russo esquissa une moue dubitative, il avait promis à sa femme de faire quelques courses en rentrant. Chaque vendredi soir sa femme se rendait à la salle de fitness et il s'attachait à l'aider dans les quotidiens. Cette affaire près du Garden Golf Club de la Forêt l'avait déjà retardé.

— Oui, Lieutenant Russo !

— Bonsoir, mon lieutenant ! Docteur Morel, du Centre Hospitalier Krantz. Nous venons d'examiner le corps découvert près du golf. Il ne s'agit pas d'une mort naturelle. Je vous fais parvenir le rapport que nous avons établi. Votre collaboratrice a déjà récupéré les informations administratives, me semble-t-il.

— Bien docteur, je prends connaissance de votre rapport et je vous rappellerai si besoin. Je vous remercie encore de votre appel. Bonne soirée.

Russo venait de raccrocher au moment où sa jeune recrue débarqua essoufflée dans le bureau.

— Mon lieutenant, je reviens de l'hôpital.

— Oui, Samantha, je suis au courant, Morel m'a prévenu, calmez-vous, asseyez-vous et reprenez, s'il vous plaît !

La jeune femme s'assit sur le bord du siège et ouvrit un porte-documents de ses mains légèrement tremblantes. Russo avait ouvert dans le même temps le fichier du docteur Morel, qu'il venait de recevoir.

— Attendez Samantha, deux petites minutes ; je prends connaissance du rapport de l'hôpital. La jeune femme profita de cette pause inespérée, pour s'enfoncer au fond du siège et relire les feuillets qu'elle avait extraits du porte-documents.

Le rapport du docteur Morel était surprenant. L'homme découvert près du golf se prénommait Thibault Desmarec, il était âgé de 69 ans et résidait à Brest en Bretagne. L'ensemble de son corps était couvert d'hématomes, et seul le visage avait été épargné. Des traces de strangulations étaient nettement visibles. La cause de la mort n'était pas identifiée formellement en l'absence d'une autopsie, mais semblait être causée par étranglement. Le docteur Morel conclut sur la nécessité d'effectuer une autopsie.

— Samantha, je vous écoute !

— Bien voilà, nous avons récupéré dans la poche intérieure de son parka un passeport et un extrait cadastral découvert sous le corps. Peut-être que ce papier était déjà là bien auparavant !

La jeune femme tendit à son supérieur les photocopies et plusieurs photos en couleurs des lieux. Le jeune officier observa de plus près l'extrait cadastral au 1/1000ème. Il était fait état de plusieurs parcelles de la forêt référencées 221, 226, 228 et 237, et intégrée sous une entité de Section, numérotée 6 .

Il s'agissait vraisemblablement de parcelles pour des lots de bois et n'importe qui aurait pu égarer ce papier.

Le lieutenant Russo faisait illusion face à la jeune gendarme, mais au fond de lui, il était extrêmement contrarié et angoissé. C'était sa toute première affaire de meurtre depuis qu'il avait été nommé officier.

Il se rendait subitement compte qu'il n'avait pas respecté scrupuleusement la procédure. Tout avait été très vite et dans l'urgence, il n'avait pas mesuré l'échelle de l'affaire. Cela l'inquiétait au plus haut point et le manque de rigueur dont lui et son équipe avaient fait preuve, n'allait pas plaire au procureur Donati ni à son patron de brigade. Russo évaluait avec lucidité la situation. Il avait sous-estimé l'enjeu de cette affaire. Il se rendait compte de l'absence d'observation attendue sur le terrain. Lui et sa collaboratrice avaient été un peu trop hâtifs dans l'enlèvement du corps et ils auraient dû alerter la chaîne hiérarchique. Il s'en voulait, ais le mal était fait.

— Je vais prévenir le procureur Donati, il s'agit d'un crime. Il faut préserver la scène du meurtre ainsi que les accès côté golf. Prévenez la patrouille de nuit Samantha, tout de suite. Demain nous aviserons avec les scientifiques.

— Bien, je m'en occupe !

Gaëtan Russo avait oublié depuis un moment les courses de sa femme. Il composa le numéro du Tribunal de Grande Instance de Mulhouse. Quelques instants plus tard il présenta l'affaire au procureur Donati.

— Rendez-vous compte ! Vous avez fait preuve de négligence, pourquoi ne m'avez-vous pas prévenu immédiatement ?

— Je suis désolé, nous avons mal mesuré les enjeux, je le reconnais !

— Bon, ce qui est fait, est fait, débrouillez-vous pour cadenasser le secteur concerné, je diligente les scientifiques pour demain matin très tôt. Je veux que vous soyez disponibles sur le terrain. C'est le juge Simon Daguerre qui pilotera ce dossier et je vous colle sous l'autorité de Jaeg. Ah j'oubliai, j'ai lancé la procédure d'autopsie.

— Très bien monsieur le procureur.

Gaëtan Russo venait de prendre une soufflante bien méritée. Il manquait d'expérience sur ce genre de dossier, il le savait, il n'avait jamais été confronté à un meurtre ! Passer sous la tutelle du commissaire Jaeg de la police judiciaire le rassurait et allait lui servir pour sa propre formation. Jaeg était réputé pour élucider des affaires difficiles et pour le coup Russo était dans une position improbable. Une information judiciaire était lancée, désormais il n'y avait plus qu'à laisser faire les enquêteurs. Russo n'allait pas rater l'occasion d'apprendre. Cela faisait six mois qu'il avait obtenu le grade d'officier et il n'avait eu qu'à gérer des petits dossiers qui endormaient ses quotidiens. Quand il rentrait le soir, il se sentait inutile devant l'impuissance de l'appareil judiciaire. Comme de nombreux policiers et gendarmes il s'était engagé par vocation, mais la réalité ne donnait aucun sens au travail, et le maintien de l'ordre public restait illusoire. L'accès au grade d'officier allait peut-être lui donner l'espérance d'un meilleur projet de carrière, en cohérence avec ses valeurs.

Le commissaire Jaeg

Trois jours après la découverte du corps de Thibault Desmarec, la police judiciaire de Mulhouse avait rédigé un rapport concis pour le juge d'instruction. Le commissaire désigné pour l'enquête avait établi de manière très factuelle une chronologie de l'affaire, à faire pâlir Gaëtan Russo.

Le corps avait été déplacé bien au-delà du lieu où avait été agressé Desmarec. La police scientifique avait pu remonter la piste jusqu'à l'entrée de la forêt, du côté de la route nationale 666, bordant le golf du côté Sud. Le véhicule de Desmarec était encore sur place le lendemain de sa mort. Il s'était garé le long de la route, au droit du trou numéro 15 du parcours de golf, juste où terminait le chemin forestier qui séparait la forêt du parcours de golf. Des morceaux de corde étaient encore noués sur le tronc d'un arbre et des taches de sang correspondant à l'ADN de Desmarec couvraient le sol. Il avait été torturé à l'arme blanche. Les traumatismes relevés sur son corps révélaient une intention de coups portés, savamment distribués. Les agresseurs avaient cherché à le faire parler. Puis ayant ou pas obtenu les informations attendues, ils l'avaient achevé en l'étranglant. Le corps avait été ensuite transporté à l'autre bout du chemin, là où le gamin l'avait découvert. La présence des sangliers à cet endroit ne permettait pas de saisir correctement des traces d'humains, sans compter les nombreux golfeurs s'aventurant à chercher leurs balles perdues. Mais les scientifiques avaient bien fait leur job ! En élargissant le périmètre des investigations, la lumière s'était révélée. Quant au papier trouvé sous le corps, il correspondait à un état cadastral, des parcelles forestières situées le long des trous 13 et 14 du parcours. Il n'y avait à priori aucun lien avec l'affaire, toutefois le rapport scientifique s'interrogeait sur le bon état du document en pareille saison et de la conjonction de deux jours de pluie précédant la découverte du cadavre. La mort de Desmarec avait été évaluée vers 22h00 heures, la veille de la découverte, soit environ 19 heures avant que le gamin le repère. Donc, le papier aurait dû être délavé par la pluie s'il avait été placé avant le corps. Et s'il avait été si bien conservé, c'était qu'il était connecté à la présence de Desmarec. C'était un point d'énigme dans la conclusion du rapport du service scientifique, mais pas pour le commissaire Cédric Jaeg, en charge de l'enquête. Son hypothèse conclusive révélait une piste qui méritait la plus grande attention. Pour le commissaire, l'extrait cadastral était une des clés de l'affaire. Desmarec avait été torturé pour lui faire avouer quelque chose ou bien pour le conduire à un endroit bien précis. Ce dernier, sous contrainte de la torture, avait conduit ces agresseurs sur les lieux cités dans l'extrait cadastral, à plus d'un kilomètre de son véhicule.

La théorie de Jaeg s'appuyait sur l'idée que les agresseurs auraient très bien pu le torturer et l'achever au même endroit. Pourquoi marcher un kilomètre en pleine nuit vers un autre lieu ? L'enquête ne faisait que commencer. Jaeg avait matière à faire travailler ses neurones de renard. Ses collaborateurs fouillaient déjà le passé de la victime et ils allaient méticuleusement remonter aux racines de son existence.

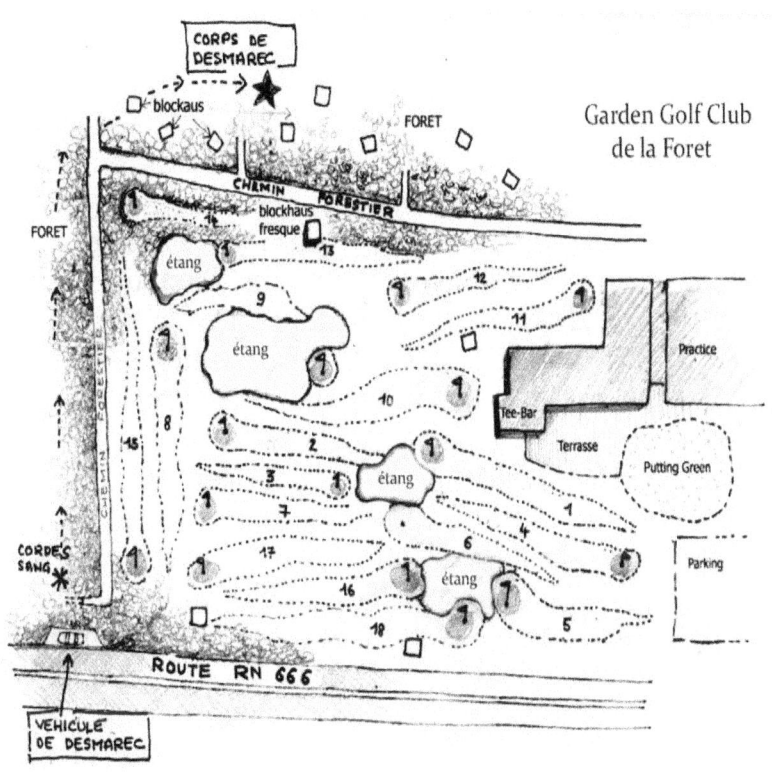

Jaeg avait toute la confiance du juge Daguerre. Ils s'étaient croisés sur d'autres affaires de meurtre et le juge avait beaucoup apprécié la rigueur microscopique dont faisait état le commissaire. Il avait la réputation d'être un râleur, mais il fallait admettre qu'il était d'une précision chirurgicale dans ses enquêtes. De surcroît Jaeg pratiquait le golf et il connaissait le Garden Golf de la Forêt, même si son club de prédilection était un club voisin.

Jaeg n'avait pas eu à attendre bien longtemps pour recevoir des informations sur Thibault Desmarec. En arrivant à son bureau ce mardi matin, soit le début du 4e jour après la découverte du corps de Desmarec, un dossier confidentiel l'attendait près de son clavier d'ordinateur.

Ses collaborateurs avaient passé au tamis, la vie de la victime. L'homme avait fait carrière à la base navale de Brest comme ingénieur dans la marine nationale, il avait suivi les traces de son père ; Yann Desmarec, mécanicien sous-marinier. En 1940, sous l'occupation allemande, il fut contraint d'assister à la construction de la base sous-marine. Le port militaire de l'Arsenal de Brest devint une importante base stratégique du Reich. Yann Desmarec se maria en 1946, de cette union naîtra Thibault.

Thibault Desmarec prit sa retraite, en 2007, mais devint très actif auprès du musée de la marine de Brest où il fut en charge de la prospective pour dénicher de nouvelles pièces à exposer. Tout au long de sa vie professionnelle, il avait révélé des talents hors normes dans l'approche de la construction navale. Il avait ainsi pu côtoyer les meilleurs architectes en la matière. Ses retours d'expérience en tant qu'ingénieur naval, furent très précieux et il reçut, à ce titre, la Légion d'honneur.

À la lecture de la suite du rapport, le commissaire Jaeg ressentit les premiers frémissements du chasseur guettant sa proie. Non seulement Thibault Desmarec était un joueur de golf confirmé dans son club de Brest Iroise, mais le plus surprenant est qu'il avait une fille unique, prénommée maritalement Myriam Moser, joueuse de golf aussi, mais au Garden Golf Club de la Forêt !

Jaeg voyait danser des coïncidences étranges et un sixième sens l'invitait à ouvrir la porte de la communauté des golfeurs. Le rapport précisait que Myriam Moser âgée de 44 ans n'avait pas d'enfant et qu'elle était mariée à un marchand d'art de 57 ans, installé à Bâle. Elle exerçait la profession de chasseurs de têtes indépendante, pour des grosses entreprises européennes.

Elle était membre du club de golf depuis 2 ans, tandis que son mari pratiquait le golf depuis une dizaine d'années, quant à son père, il lui était arrivé de venir disputer des parties avec sa fille lors de ses visites en Alsace.

Le rapport révélait l'état des comptes de la famille Moser. La société d'Andréas Moser était en grande difficulté depuis quelques mois, sa femme régulait la situation financière du couple. En dehors de cela, elle menait une vie bourgeoise dans une résidence au bord des rives du Rhin en plein cœur de Bâle, en Suisse.

Le commissaire Jaeg était en pleine méditation quand son proche collaborateur, Olivier Burg, débarqua dans son bureau.

— Tu as pris connaissance de mon rapport ?

— Oui, merci ! Nous allons commencer par un petit entretien avec la fille de la victime ! J'imagine qu'elle a été prévenue pour son père ?

— Oui.

— Il faut établir leurs emplois du temps durant la soirée de la veille du meurtre. Il faudrait pouvoir remonter celui de la victime le plus en amont possible, les contacts, la carte bleue, les appels téléphoniques, les déplacements, etc., etc., tu connais la musique !

— J'ai déjà lancé une équipe là-dessus !

— Prévois une visite domiciliaire en matinée. Ah, au fait, ce lieutenant ; Russo, il peut nous aider pour les enquêtes de voisinage, il manque cruellement d'expérience, nous allons le sortir de son bureau !

— Oui, je m'en occupe, son chef le soutient, malgré ses bourdes. Il paraît que c'est un bon élément, il manque juste de terrain.

Jaeg n'aimait pas précipiter les choses, il disait souvent qu'en TGV, on ratait beaucoup du paysage.

Cédric JAEG
COMMISSAIRE

Myriam

Myriam Moser, de son nom de jeune fille Desmarec, était dévastée. Elle était extrêmement proche de son père. Il l'avait élevée à la mort prématurée de sa mère, des suites d'une longue maladie, à l'âge de 32 ans. Son père, c'était sa vigie, un phare éclairant ses chemins de vie. Depuis qu'elle avait quitté sa Bretagne natale pour suivre son mari, elle n'avait eu que des tourments et une mélancolie lancinante s'était insidieusement installée en elle. Les espoirs de bonheur s'étaient envolés dans les tourbillons du quotidien, un Gulf Stream destructeur.

Pourtant, tout semblait sourire pour le couple. Ils s'étaient rencontrés à une exposition de peinture marine, organisée par les villes de Brest et Plymouth, villes jumelles. L'exposition avait pour thématique les peintres datant du XVIe jusqu'au XIXe siècle. Andréas Moser avait été un artisan des transactions entre les musées, les collectionneurs et les deux villes organisatrices.

Myriam Desmarec avait succombé à son charme et surtout sa culture extraordinaire concernant le domaine des arts et en particulier la peinture. Même son père avait été conquis par cet homme cultivé et à la présence rassurante. Le temps avait changé le regard sur l'homme ; il ne voulait pas d'enfant alors que Myriam désirait plus que tout au monde une progéniture. Il ne voulait plus dormir dans le même lit, alors que Myriam était en manque de tendresse depuis que l'affection de son père s'était éloignée. Il avait oublié les attentions si vitales pour Myriam, alors que son père l'avait couvert d'étincelles quotidiennes. Andréas n'était plus que l'ombre de lui-même, plongé dans des activités de plus en plus éloignées de sa passion originelle : l'art ! Il était devenu terriblement secret et lointain auprès de sa belle épouse. Doucement, imperceptiblement, le couple se désagrégeait comme un château de sable balayé par le vent. Myriam savait que le sablier du temps comptait sur elle pour reprendre sa vie en main. Elle n'avait pas d'autre issue. Mais voilà que son père adoré venait de s'en aller, victime d'une agression horrible. Il avait été torturé et étranglé par des agresseurs sans scrupules. Elle ne comprenait pas ! Son père n'avait pas d'ennemi, il était apprécié par tous ceux qui le côtoyaient.

Le Garden Golf de la Forêt était pour elle un refuge, où elle pouvait s'évader de l'acariâtreté qui la gagnait. Elle aimait pratiquer le golf, non pas pour entrer dans la performance, mais pour se laisser baigner dans l'environnement vert des fairways et des écrins d'arbres. Andréas ne la regardait plus ; au milieu de cette nature, elle existait, elle ressentait une harmonie, une symbiose évidente. C'était aussi les rares moments où elle pouvait se rapprocher d'elle et tenter de comprendre pourquoi elle n'était plus heureuse. Sa vie s'éteignait chaque jour un peu plus, elle était terrorisée.

Avec la disparition de son père, subitement, le peu d'espoir qui se cachait quelque part en elle s'évanouissait. Mais il lui restait un secret, son secret, bien enfoui dans le silence des mots qu'elle n'avait confié à personne.

Myriam
MOSER - DESMARFC

Pour le moment, elle était recroquevillée au fond du canapé du salon, la douleur au fond des tripes, le mal tournant dans sa tête comme une danse démoniaque. Elle aurait voulu crever là, tant la douleur était insoutenable. Elle n'avait pas la force d'avoir la moindre haine, tout son corps lui était insupportable et son esprit vésuvien débordait d'idées sombres. Elle voulait être seule, elle ne voulait pas qu'Andréas rentre ce soir, peut-être même plus jamais. Elle ne l'aimait plus, en cette fin de matinée, elle se surprit à le détester. Puis dans un coin de son esprit son secret apparaissait, évident de sa présence, lui, si doux, si prévenant, si tendre, si délicat. Lui, il s'appelait Florent, il avait le même âge qu'elle et il était veuf depuis 3 ans. Leur histoire était née sur le parcours, lors d'une compétition, un dimanche de cet été. Ils n'avaient pas eu besoin de sortir les codes de la séduction, l'alchimie invisible s'était mise en place, comme les arômes d'un parfum enivrant. Ils s'étaient retrouvés dans le même flight[3] ce jour-là. Ils avaient très peu échangé, tétanisés l'un et l'autre, par l'enveloppe naissante qui se refermait sur eux ; l'alchimie du désir. La partie terminée, il restait encore trois bonnes heures avant la remise des prix traditionnelle. Myriam ne se reconnaissait plus ce jour-là, quand il lui proposa de venir prendre un verre chez lui, elle acquiesça comme une poupée qui dit oui. Polnareff pouvait réécrire les paroles de sa chanson ! Le vide affectif qui la rongeait se heurtait à une évasion sexuelle, mais elle n'avait pas la force de dire non, sa carence d'amour lui faisait trop mal. Elle avait besoin de maltraiter le présent, pour tenter de faire naître une résilience.

Florent l'avait conduit dans son appartement situé dans le quartier du Rebberg, personne n'avait vu Myriam se glisser dans la voiture, derrière l'ancien club-house. Arrivé dans son appartement, il lui avait servi une coupe de Ruinart, il avait appuyé sur le bouton de la

---

[3]Flight : Groupe de 2 à 4 joueurs maximum qui dispute une partie de golf

chaîne Hi-fi et la voix cristalline de Sarah McLachlan s'envola sur le morceau d'Angel.

Il s'était douché, puis avait préparé un bain moussant et déposé une coupe sur le coin de la baignoire. Pendant qu'elle laissait son corps glisser dans l'eau tiède, il prépara quelques toasts de foie gras.

Myriam avait déjà bu deux coupes, elle était en suspension, en lévitation absolue. Elle ne se rendait pas compte du contexte, elle se laissait happer par l'alchimie du moment. Son esprit était tourné vers Florent, elle avait une envie irrésistible de se jeter dans ses bras. Elle enfila le peignoir de soie et se dirigea vers le salon. Il était là debout, planté au beau milieu de la pièce , vêtu d'un jean et d'une chemise blanche neige pour l'occasion.

À la vue de cette femme qui avançait lentement vers lui, quelques secondes défilèrent dans sa tête, quelques secondes où l'instinct animal s'empara de lui. Elle laissa tomber le peignoir, s'approcha tout près de lui. Il resta hypnotisé à la vue de la silhouette féminine, plutôt mince, avec des seins bien fermes et des hanches marquées, Myriam avait des atouts diaboliques pour faire fondre un homme. Comme il restait debout sans bouger, regardant avec un trouble infini le corps dénudé, elle effleura son bras doucement, caressa son épaule, puis son cou. Sa main sur sa nuque, les doigts dans ses cheveux, elle attira son visage vers le sien. Ce contact électrique sembla agir sur Florent comme un interrupteur. Elle le regarda dans les yeux et ce fut lui qui l'embrassa. Leurs lèvres aimantées se fondirent dans un long baiser voluptueux. Les deux mains de Myriam défirent les boutons de la chemise blanche neige, puis elle retira la ceinture de sa taille, et ouvrit la fermeture de son jean. Elle glissa une main sous le tissu, saisit la vigueur tendue et tiède et doucement la caressa. Florent saisit Myriam par le bras et la fit reculer vers le dos du canapé face au miroir mural. Il voulait la voir, la contempler, même si la faible lueur qui baignait le salon jetait sur la jeune femme un voile discret. Elle ne résista pas, il devina même un léger sourire sur ses lèvres. Ils s'embrassèrent à nouveau de façon encore plus sensuelle. Doucement il l'invita à se retourner et leurs regards se croisèrent dans le miroir sans aucun détachement. Et tandis qu'il découvrait maintenant la croupe offerte, il la pénétra de sa vigueur arrogante. Elle se pencha un peu plus en avant pour mieux la conduire en elle. Quand les doigts de Laurent se refermèrent sur la belle chevelure, il veilla à entretenir le plus longtemps possible le rythme doux de leur conjugaison. Ses yeux plongés dans les siens, il lui fit l'amour dans un mélange de douceur et de bestialité apprivoisée. Il dévia son regard sur l'image de son sexe glissant entre les cuisses, cette vue offerte sur des fesses parfaites, le rendit encore plus mâle. Myriam sentit l'excitation grandir et s'arcbouta un peu plus pour s'ouvrir à lui. Elle venait de basculer ailleurs, elle venait de répondre au sablier du temps. Elle se sentait, plus que jamais, vivante. C'était comme si elle avait réparé quelque chose en elle. Aucune culpabilité n'avait envahie son esprit, des chaînes invisibles venaient d'être brisées, et une impression de liberté s'était emparée d'elle. Myriam Moser venait de prendre un virage dans sa vie.

Elle s'était endormie sur ce délicieux souvenir, elle venait de s'évader un court moment de sa souffrance. Elle ignorait, qu'elle n'en était encore qu'au début d'un long chemin de croix.

Le carillon de la porte d'entrée se mit à tinter et ramena Myriam dans la réalité. Elle se ressaisit, jeta son regard dans le miroir de l'entrée et rajusta quelques mèches de cheveux rebelles. Elle n'était pas au sommet de sa forme et soupira en allant ouvrir la porte.

— Bonjour madame, commissaire Jaeg et mon collègue, le lieutenant Burg. Vous êtes bien madame Moser ?

— Oui.

— Permettez-moi madame de vous présenter nos condoléances ! Pouvons-nous entrer quelques instants, ce ne sera pas long ?

— Je vous en prie.

Myriam Moser fit asseoir ses hôtes dans le salon et leur proposa un café. Elle n'avait pas remarqué qu'il était presque 11h30 du matin ! Les deux policiers se contentèrent d'un verre d'eau.

— Nous devons comprendre ce qui s'est passé avec votre père et pourquoi il s'est retrouvé vendredi dernier à une heure tardive en pleine forêt.

— Je n'en ai aucune idée ! Papa n'était pas censé être en Alsace, il m'aurait averti. Ce n'était pas son genre de débarquer à l'improviste. Je ne comprends toujours pas !

— Aviez-vous connaissance d'ennemis ou de conflits potentiels dans son proche entourage ?

— Non ! Papa n'a jamais eu d'ennuis avec personne ! Sa passion depuis quelques années tournait autour du musée de la marine à Brest.

— Ne le prenez pas mal madame, mais où étiez-vous ce fameux vendredi soir ?

Myriam Moser prit un court moment avant de répondre, elle rembobina son emploi du temps.

— Vendredi soir, je suis sorti avec un ami.

— Vous pouvez nous donner le nom de cet ami s'il vous plaît ?

La jeune femme montra un léger embarras, qui n'échappa pas aux deux policiers.

— Écoutez, madame, c'est très important, vous devez tout nous dire !

— Je comprends, mais j'aimerais que cela reste entre nous et que mon mari soit à l'écart de cette information.

— À partir du moment où cela vous donne un alibi justifié et vérifié, nous serons discrets.

— J'ai passé la fin de soirée avec Florent Chailley, un ami du golf. Nous sommes allés dîner au Petit Gastronome, à Colmar, puis nous avons bu un dernier verre chez lui. Je suis rentré chez moi vers minuit et demi. Mon mari n'était pas couché, il jouait au poker avec des copains.

— Et le lendemain matin qu'a-t-il fait ?

— Il s'est levé à 5h30, je me souviens d'avoir été réveillée par son alarme et il a quitté la maison vers 7h30. J'ai entendu sa voiture sortir du garage.

— Très bien, nous vérifierons votre déclaration. Pouvez-vous noter l'adresse et le numéro de téléphone de monsieur Chailley ?

Myriam saisit le papier et le stylo que lui tendait Jaeg. Elle nota les informations demandées.

— Merci madame. Ah, juste un dernier point, nous aimerions auditionner votre mari aussi. Pouvez-vous lui demander de me rappeler à ce numéro, le plus tôt possible ?

Jaeg tendit sa carte de visite.

— Oui, je lui dirai.

Les policiers quittèrent Myriam Moser. Jaeg avait pris quelques notes sur son calepin. En le replaçant dans sa poche, il consulta sa montre. Il était proche de 13h00 et la faim commençait à le tenailler.

— Allez, on se fait un Italien ?

— Ça marche patron !

— Cette femme à un amant, c'est banal, mais cela veut dire qu'elle sait bien mentir !

Olivier Burg s'amusait des observations de son supérieur. Jaeg savait mieux que personne décoder la nature humaine à coups de scalpel. Parfois c'était lourd à porter au quotidien, mais le fait est que Jaeg rencontrait le succès dans ses enquêtes et cela rejaillissait sur toute l'équipe. Sous ses airs de râleur et d'obsessionnel de la perfection Jaeg était un moteur pour la brigade judiciaire qu'il dirigeait tout en souplesse, mais avec une fermeté affirmée. Sa vie tournait autour de sa famille, de son métier qu'il adorait et le golf avec ses copains. Autant dire qu'il s'appliquait à la même rigueur dans ses loisirs. Jaeg n'aimait pas la défaite et les agresseurs de Thibault Desmarec étaient déjà au centre de ses pensées. Il ne lâcherait rien, c'était une certitude. L'audition de Myriam Moser, ne l'avait pas laissé indifférent, cette jolie femme semblait sincère et l'amour pour son père le ramenait à sa propre famille. Elle semblait réellement bouleversée et il lui avait trouvé une humanité touchante.

Myriam Moser avait fermé la porte derrière les policiers, avec un profond soupir. Elle avait fait de gros efforts pour paraître dans une posture contenue, mais au fond d'elle le tourment grandissait. Les flics allaient contacter Florent. Ils savaient désormais qu'il était son amant et elle ne voulait pas que son mari l'apprenne, du moins pas comme cela ! Myriam s'affaissa sur le canapé, en proie à la plus grande confusion, des larmes perlaient sur ses joues. Son téléphone portable se mit à sonner ; l'écran affichait le nom de Maître François Faller, son notaire, elle respira profondément et répondit.

— Oui, François, bonjour.

— Bonjour Myriam, je suis sincèrement désolé pour votre père, vous avez tout mon soutien.

— Merci.

— Il faudrait que l'on se rencontre. Pourriez-vous passer à mon cabinet encore aujourd'hui ?

Myriam Moser n'avait pas l'humeur à sortir de chez elle, elle voulait rester cloîtrée.

— Avez-vous une disponibilité mercredi ?

— Oui, mais l'après-midi, disons 15h30 !

— Parfait pour 15h30.

— Bien Myriam, à mercredi alors.

Le Notaire
FALLER

François Faller avait raccroché. Myriam Moser ne comprenait pas très bien pourquoi son notaire voulait la rencontrer! Pour le coup, cet appel imposa à son esprit les démarches qu'elle allait devoir faire. Son père avait un appartement en plein cœur de la ville, Boulevard Jean Moulin, le long de la rivière La Penfeld tout près de la marina. Il avait choisi cet appartement de cinq pièces, pour la vue sur le fleuve, mais surtout pour sa proximité avec le Musée de la marine situé à moins de 500 mètres. C'était le seul bien de son père, avec sa voiture, une Audi break, récente. Elle se souvenait aussi qu'il lui avait évoqué une assurance-vie qu'il avait contractée, en dehors de cela il n'était pas du genre à épargner. Il avait beaucoup voyagé et beaucoup donné à sa fille. Myriam était consciente de ce que son père avait fait pour elle, il avait toujours été présent et en particulier dans les mauvais moments, pas comme son mari, si égoïste et centré sur lui-même.

Pour le moment, elle devait s'occuper des obsèques, la restitution de la dépouille de son père avait été ordonnée par le juge dès la fin de l'autopsie. Elle envisageait une cérémonie intimiste au crématorium de Mulhouse, puis elle ferait déposer l'urne dans le caveau familial de Brest. Le cercle familial Desmarec était réduit, mais elle s'attendait à un hommage de la Marine nationale. Ses pensées furent interrompues par le vibreur de son téléphone. Un SMS de Florent !

— « Comment vas-tu ? Je pense à toi très fort, tu me manques. »

— «Tu me manques aussi, j'ai besoin de toi, de te voir, je suis perdue... »

Elle avait répondu spontanément, elle avait besoin d'une épaule, d'un confident, d'un pilier pour se tenir debout.

— « Je suis en déplacement, je rentre vendredi, je pense être chez moi pour 21 heures, essaye de venir, impatient de toi »

— «Je viendrai. Moi aussi, très impatiente. »

*

Mercredi 20 décembre

La découverte du corps de Thibault Desmarec avait fait couler de l'encre dans les médias locaux et nourri d'innombrables ragots au sein du club. Chacun y allait de ses propres hypothèses et inévitablement la question centrale tournait autour du mobile du meurtre et de son auteur. Les faits-divers généraient du sensationnalisme, jusqu'à faire mousser les contextes dans les nébuleuses de la mythomanie. D'habitude les faits-divers avaient lieu ailleurs, mais là c'était juste à côté ! C'était le fait qu'un mort tout près de chez vous suscitera toujours plus d'intérêt que 2 morts dans une ville voisine, ou 1 million dans un tremblement de terre dans un pays lointain. Un journaliste nommait cela « la loi du mort kilométrique ».

Pour les membres du club, la terre continuait à tourner et aucun d'entre eux n'imaginait s'arrêter de jouer sur leur parcours favori. Il y avait bien quelques curieux qui s'arrêtaient aux abords du trou numéro 13, près du blockhaus central, situé dans la moitié du fairway. Plusieurs blockhaus ponctuaient le parcours, mais souvent masqués par de la végétation ou enfouis sous des monticules de terre engazonnés. Celui du 13 était le seul à être habillé d'une fresque. L'auteur s'était amusé à reproduire une scène de forêt, où un cerf posait fièrement, les bois haut-perchés, narguant les golfeurs de son regard hautain. Il manquait une bulle de pensées au-dessus de l'animal, du genre : « Allez jouer ailleurs, ici c'est mon territoire ! ».

Le périmètre du lieu de la découverte du corps avait été bien étendu, puisque désormais l'accès au chemin forestier était fermé. Il était strictement interdit de franchir la clôture électrique du parcours, tant pis pour ceux qui égaraient leurs balles dans la forêt.

Le comité du club avait eu la bonne idée de faire poser deux panneaux d'interdiction provisoire le long du sentier, côté parcours. Pour autant, cela n'empêchait pas quelques rares golfeurs transgressifs de franchir la clôture.

C'était le cas pour Raphaël Bollé, en ce mercredi 20 décembre, à quelques pas des fêtes de fin d'année. Il venait de propulser sa balle hors limites, justement depuis le trou 13, dans la zone d'interdiction. Son copain Denis Merlin l'accompagnait comme bien souvent dans la partie. Bollé pestait, il venait de perdre une balle neuve et de surcroît une Titleist ProV1 à plus de 5 € l'unité. Tandis que Merlin se dirigeait vers sa balle pour jouer son second coup, Bollé franchit la clôture dans le ferme espoir de retrouver sa balle. Après s'être engagé une quinzaine de mètres à l'intérieur de la forêt, il aperçut une silhouette tentant de se cacher derrière la transparence des feuillus déshabillés par l'hiver, tout près du blockhaus où fut découvert Desmarec.

— Y'a quelqu'un, vous cherchez des balles ? lança Bollé.

Aucune réponse ne se fit entendre, mais son copain l'interpellait.

— Raph, viens, tu vas te faire engueuler !
— Oui, oui, j'arrive !

Raphaël
BOLLÉ

Mais Raphaël Bollé, conforté par sa carrure de déménageur, s'avança vers la silhouette floue. Le sanguin qu'il était, s'imaginait que le mec planqué lui avait piqué sa balle ! Il était à quelques pas de son objectif, quand soudainement, il entendit des bruissements du côté du bunker. Il n'eut pas le temps de découvrir l'homme qui lui abattit un violent coup sur la tempe. Bollé s'écroula, sonné par le coup, mais il eut le temps infime de percevoir deux silhouettes qui s'enfuyaient à travers la forêt, avant de s'évanouir la tête dans le feuillage froid et humide.

— Raph, tu viens maintenant !

Denis Merlin, n'ayant aucune réponse, s'avança à son tour au-delà de la clôture électrique. Il finit par découvrir le corps étendu de son copain.

— Raph, tu m'entends, oh oh ?

Il avait beau secouer le corps inanimé, rien n'y faisait. Il courut vers son sac de golf récupérer son téléphone portable. Il appela l'accueil du club qui s'empressa de prévenir le SAMU.

Puis il retourna près de son copain. Il lui prit le pouls et fut moyennement rassuré quand il ressenti les pulsations cardiaques. L'attente des secours paraissait interminable. Le premier arrivé sur les lieux fut Gérald Vargas, averti par Nicole, l'hôtesse d'accueil du club. Vargas et Merlin couvrirent le corps de Bollé avec leurs vestes d'hiver. Il faisait très froid et l'arrivée du SAMU tardait. Les deux hommes trépignaient sur place pour se réchauffer. C'est seulement au bout de quelques minutes que Vargas se rendit compte qu'il s'était passé des choses curieuses sur le site. De nombreux trous d'environ trente centimètres de diamètre avaient été réalisés un peu partout autour du blockhaus, à une profondeur d'au moins un mètre et savamment alignés. Même un sanglier de génie n'aurait pas réussi pareil travail.

— Mais qu'est-ce que c'est que ce truc ? s'interrogea Gérald à voix haute.

Denis Merlin n'avait pas prêté attention à ce décor digne de Verdun, trop préoccupé par le sort de son copain.

— Je n'avais pas remarqué ! C'est incroyable tous ses trous. Mais ils cherchent quoi ici ?

– Certainement pas ça ! Répondit Gérald en ramassant une balle de golf, Titleist ProV1.

Denis
MERLIN

Bollé était tombé nez à nez avec sa balle ! Quand le SAMU arriva à l'hôpital Krantz, il était toujours dans le cirage. Il ne se réveilla qu'une heure plus tard, avec une douleur terrible dans la tête, et coiffé d'un turban soigneusement enroulé, tel un Berbère endimanché. Pour le moment, le Berbère était dans le désert, incapable de se souvenir de ce qui lui était arrivé. Malgré les antalgiques il souffrait, c'était Stalingrad dans sa tête. La visite de Denis Merlin à son chevet le ramena peu à peu à sa conscience. Doucement, des images lui revenaient ; le souvenir des deux silhouettes s'enfuyant était bien en place.

— Tiens mon grand, tout ça pour ça !

Merlin lui tendit la balle ProV1 retrouvée par Vargas. Un sourire crispé lui répondit, juste au moment où la porte de la chambre s'ouvrit.

Le médecin-chef du service de neurochirurgie entra, accompagné du commissaire Jaeg et de son fidèle adjoint, Burg.

— Je vous laisse cinq minutes commissaire, pas plus, il est encore sous le choc et nous devons lui faire des examens neurologiques.

— Merci docteur !

Le médecin-chef s'éclipsa de la pièce et Jaeg s'approcha de Raphael Bollé.

— Cher monsieur, je suis content de vous voir parmi nous vivant. Cela dit, vous avez enfreint la loi, tout cela pour une petite balle blanche ! Vous avez de la chance d'avoir un témoin.

Jaeg avait détourné son regard sur Denis Merlin qui jouait avec la Titleist ProV1 entre ses doigts.

— J'ose croire que cela vous servira de leçon aussi monsieur Merlin l'enchanteur, si la police fixe des périmètres d'interdiction ce n'est pas pour le plaisir ! On a autre chose à faire, croyez-moi !

— Je sais, monsieur, mais c'était exceptionnel !

Merlin crut, que le nez de son copain s'allongeait de 10 cm ! Pinocchio lançait souvent des missiles dans la forêt, tout comme lui d'ailleurs ! Ce n'était pas un hasard s'il était surnommé le Rambo des fairways.

— Appelez-moi commissaire s'il vous plaît !

— Bien monsieur, euh, commissaire !

Jaeg avait déjà bien cerné le personnage un peu rocailleux de Bollé. La transgression de cet homme allait faire avancer un peu plus l'enquête.

— Dites-moi clairement ce qui vous est arrivé, avec tous les détails, vous voulez bien ?

Pinocchio avait disparu et Bollé relata au millimètre la scène qu'il venait de vivre, appuyé par le témoignage de son copain.

Jaeg avait fait le tour de l'audition des deux golfeurs et les quitta, tout en suggérant à Bollé de jouer plus droit ! L'humour faisait partie des outils d'enquête de Jaeg.

De retour à son bureau, Jaeg convoqua son équipe pour un débriefing. L'agression du jour sur un golfeur nécessitait une réactivité immédiate.

— Bon, les gars, je veux des clichés aériens de tout le secteur, c'est-à-dire la zone comprise entre la route nationale 666 et l'emprise du golf, ainsi qu'une frange de 200 mètres à l'intérieur de la forêt limitrophe. Bloquez tous les drones du service et le photographe. Il est 13h15, cela laisse environ 3 heures de prises de vues. Je veux des photos zoom dans la zone du blockhaus et des trous qui ont été réalisés. Débrouillez-vous pour me procurer une cartographie de tout le secteur à une petite échelle, genre 1/200è. Pour tous les ouvrages de guerre, collez un numéro, pour que l'on puisse établir des rapports lisibles entre l'écriture et la cartographie.

Même les mouches ne volaient plus, pendant que Jaeg avançait ses directives. Les agents écoutaient religieusement les propos de leur chef, certains enregistraient d'autres notaient dans des calepins bonzaï.

— Par ailleurs, je veux toutes les informations possibles sur la famille Desmarec, le père, la fille, son mari, son amant et les proches, etc., etc. Ah, il faut mieux baliser le site de la forêt et voyez avec la collectivité locale pour qu'elle apporte sa contribution en signalétique, etc., etc.

Burg osa une suggestion.

— Il ne faudrait pas fermer le club de golf temporairement afin d'éviter d'autres problèmes ?

— Non, c'est justement ce qu'il ne faut pas faire. Il faut laisser vivre le club, pour ne pas fermer toutes les pistes ! On ne va pas mettre de surveillance en place, c'est trop compliqué au niveau de l'ampleur du périmètre, mais allons demander aux responsables, d'informer les membres de ne plus s'aventurer dans la forêt. Si des forages ont été faits dans cette forêt, c'est que quelqu'un cherche quelque chose de bien précis. L'alignement méticuleux de ces trous laisse penser qu'il s'agit de personnes très organisées, un peu comme des archéologues qui fouillent en quadrillage une zone de recherche.

— Chef, je peux remonter dans l'histoire, voir s'il n'y a pas eu des événements du passé ? La ligne Maginot est proche du secteur et tout a été déminé depuis longtemps, mais il y a toujours des collectionneurs prêts à tout pour acquérir des trophées !

— Bonne idée Julien, mais cherchez directement dans les cercles d'histoires, il y en a beaucoup dans la région. Cela dit, je ne crois pas que cette piste soit la bonne, nous sommes de plain-pied avec la nappe phréatique et en dessous il y a les mines de potasse, à plus de 500 mètres de profondeur ! À quoi serviraient les trous découverts aujourd'hui ? De plus la nappe déborde parfois dans le secteur, mais pour notre certitude, allez faire un tour dans les galeries des mines. Messieurs, des commentaires ?

Les mouches n'avaient toujours pas décollé et les bouches restaient muettes.

— Très bien, donc, au boulot !

Jaeg venait d'appuyer sur le bouton action, le groupe avait répondu dans le même temps. Il jubilait de l'effet qu'il produisait dans ces circonstances. Le bureau s'était vidé, il ne restait que Burg et les mouches qui profitaient enfin, des espaces. Les deux hommes fixaient le grand écran numérique installé en face du bureau de Jaeg, qui manquait cruellement de données. En plein centre ; le portrait de Thibault Desmarec, puis les photos du corps et des lieux environnants, juste à côté ; la photo de Myriam Moser, de son mari, puis de son amant. Chaque personnalité avait un lien vers des fiches synthétiques de renseignements, hélas, souvent fragmentaires, mais qui évoluaient. En haut à droite de l'écran, deux portraits en ombres chinoises représentant deux points d'interrogations sur l'identité des agresseurs. Pour le moment Jaeg s'appuyait sur le témoignage de Raphaël Bollé, il avait aperçu deux silhouettes et il paraissait cohérent que Desmarec avait été pris à partie par deux hommes. Enfin, une vue en plan du golf et de ses abords avec le repérage des points clés contextuels.

Le tableau de visualisation permettait une approche analytique intégrée et partagée. Jaeg adorait ce moment de balbutiement, ce temps de l'assemblage des données, avant la mise en évidence méthodique des relations. Il fallait de la patience ; son équipe cherchait dans les souterrains cachés des acteurs, dans les bagages du passé de chacun, sous les vernis et les maquillages trompeurs. Le recueil des données était la phase la plus ingrate et il fallait faire preuve de beaucoup d'intuition pour s'engager dans une direction.

Jaeg était patient, mais avec des limites, il fallait malgré tout avancer chaque jour, le challenge était de trouver un petit détail qui ajoutait une fondation à l'enquête. Et sur la pyramide hiérarchique, il était attendu par le procureur Donati, mais aussi par le juge Daguerre, à qui il devait beaucoup dans sa carrière. Jaeg n'avait jamais trop bien compris, pourquoi ce juge à l'âge avancé l'avait pris sous sa coupe ! En tout cas il était en confiance, mais il avait à cœur de satisfaire son protecteur. Dans le monde judiciaire il n'y avait pas que des codes, des règlements et des articles, il y avait avant tout de l'humain !

Myriam Moser n'avait pas oublié le rendez-vous avec son notaire, ce mercredi à 15h30. Depuis la disparition de son père, elle n'arrivait plus à dormir d'un sommeil profond. Ses nuits étaient tourmentées et elle s'épuisait un peu plus chaque jour. Son mari lui avait présenté ses condoléances, avec un détachement irréel et totalement dénué de toute empathie. Myriam Moser n'était pas blessée du comportement de son mari, elle s'en accommodait presque avec un certain soulagement. Chaque jour qui passait l'éloignait de cet homme qu'elle n'aimait plus et elle s'arrangeait de cette distance qui grandissait un peu plus chaque jour entre eux. Elle se détachait de lui, comme pour mieux atteindre une liberté, mais surtout retrouver l'essence de sa personnalité. Elle savait qu'il faudrait fixer une échéance, la rupture était inévitable, mais quand ? Le décès de son père et les conditions de sa disparition l'avaient anéantie. Elle se regarda dans le miroir et rehaussa les couleurs de son visage blême, avec un fond de teint nuancé Rose Organza. Elle n'exagérait jamais dans le maquillage, mais là elle avait besoin de ressusciter son apparence. Quand elle s'estima acceptable, elle quitta la maison, grimpa dans sa BMW et prit la direction du cabinet notarial de Maître Faller.

Maître Faller avait le souci de la ponctualité, il fit entrer Myriam Moser dans son bureau à 15h28.

— Bonjour Myriam, je vous renouvelle toutes mes condoléances !

— Merci François.

— Bien, venons-en à l'objet de mon invitation. Ma démarche a été mandatée par votre père, il y a de cela quelques semaines. Nous nous sommes rencontrés le 3 novembre exactement.

Myriam savait que le 3 novembre était un vendredi, elle ne pouvait oublier cette date, c'était la date anniversaire de son père. Ce jour-là, elle l'avait invité pour l'occasion et il était resté pour le week-end. Mais son père ne lui avait pas fait état d'une visite chez son notaire ! Elle était intriguée.

— S'il a choisi de louer mes services, c'est qu'il connaissait la relation de confiance que j'avais établie avec sa fille.

Myriam Moser ne pouvait nier la sympathie qu'elle avait pour Faller. Depuis de nombreuses années, elle le côtoyait, essentiellement pour les affaires de son mari, notamment des transmissions d'œuvres d'art dans le monde entier. Faller s'occupait des actes d'authentification ou de certification, dans le cadre de transmissions des biens inhérents dans le domaine des arts.

— À présent, je vais vous lire le testament ordinaire de votre père.

Le notaire défit l'enveloppe scellée, puis présenta verbalement l'acte authentifié en énumérant le cadre de l'héritage. Myriam récupérait l'appartement de Brest évalué à 280 000 €, l'Audi break, et une assurance-vie pour 34 000 €. La clôture du compte bancaire s'élevait à 3 750€.

— Je m'occuperai des transferts bancaires, bien entendu, vous me direz ce que vous voulez faire de l'appartement et de la voiture. Maintenant, je dois vous dire que votre père se sentait en danger. Il m'avait fait promettre de rester dans la confidence.

— J'ai un peu de mal à vous comprendre, il était en danger, mais de quoi ?

— Venons-en au fait, voilà : j'ai une autre enveloppe scellée que je dois vous remettre en l'état. Vous seule pourrez en prendre connaissance, chez vous, mais sans la présence de votre mari, comme le souhaitait votre père. Je vous la remets et je vous prierai de me signer cet acte de réception daté d'aujourd'hui. Par ailleurs, vous devrez passer à la banque de votre père pour signer la clôture du compte et du coffre qu'il avait loué.

Myriam Moser saisit l'enveloppe tendue, puis signa en bas de l'acte notarié.

— Je vous remercie, pour l'appartement j'ai déjà réfléchi, je ne le vends pas, mon père l'adorait et c'est un peu de mes racines ! La voiture par contre, si vous connaissez...

— Je m'en occuperai.

— Mon père n'a rien dit d'autre concernant cette enveloppe, ou le fait qu'il se sentait en danger ?

— Je n'ai pas la moindre connaissance du fond de la lettre, pour le reste, il était très soucieux et plutôt tendu. J'ai le sentiment qu'il était dans une sorte d'urgence et la réalité est là pour le confirmer, malheureusement.

— Très bien, François, n'hésitez pas à m'appeler au besoin. Ah, le moment ne s'y prête pas vraiment, mais comme je vous connais bien et que vous avez toute ma confiance, je vais quitter Andreas. Rien ne va plus entre nous depuis longtemps. Je sais qu'il n'a pas été toujours très correct avec vous. J'en suis désolée. Le moment venu, j'aurai besoin de vos services ! Je peux compter sur vous ?

— Bien entendu Myriam, je ne suis pas surpris, il ne vous mérite pas ! Excusez ma franchise, mais depuis le temps que cela me démangeait !

Myriam esquissa un sourire entendu, puis prit congé de son notaire. Sa montre affichait 17h00 heures, lorsqu'elle quitta le parking du cabinet de François Faller. Elle était presque libérée d'avoir pu dire à quelqu'un qu'elle allait quitter son mari ! Le poids était un peu moins lourd. Puis rapidement ses pensées la ramenaient à son père et à l'incompréhension de la situation ! Pourquoi ? Qui ? Et cette enveloppe scellée ; que recelait-elle ? Et le coffre de la banque ? Autant d'interrogations qui plongeaient Myriam Moser dans une confusion totale. Elle avait à peine ôté son manteau, qu'elle s'enferma dans sa chambre, épuisée nerveusement. Elle s'endormit comme une pierre.

Il était 19h30, quand Andréas Moser rentra de sa journée passée à Lausanne. Le véhicule de sa femme était déjà stationné dans le garage. Il s'étonna de ne pas la trouver dans la cuisine, ni dans le salon. Il la découvrit dans la chambre, allongée sur le lit, endormie profondément. Il ne la réveilla pas et s'empressa de chercher du regard le sac à main de sa femme, qu'il finit par découvrir sous son manteau, négligemment jeté sur un des fauteuils du salon. Il fouilla les poches, mais ne trouva qu'un trousseau de clés. Puis il fit glisser la fermeture éclair du sac à main et consciencieusement entreprit l'inventaire de son contenu. Une pochette renfermant quelques feuillets capta immédiatement toute son attention. Il reconnut le logo sur la pochette : celui de l'étude de Maître Faller. Il saisit en hâte les feuillets intérieurs et lut rapidement l'acte d'héritage de sa femme. Il semblait déçu, sans doute parce qu'il attendait un héritage plus conséquent. Tout en refermant soigneusement le sac à main, il monta dans le bureau jouxtant la chambre où il dormait seul. Il fouilla le bureau, mais rien qui puisse le satisfaire. Andréas Moser fouillait les affaires de sa femme dans l'attente de découvrir quelque chose. Il ne savait trop lui-même ce qu'il cherchait précisément, mais il venait de découvrir que le notaire, commun au couple s'était occupé de l'héritage de son beau-père et cela l'interpellait au plus haut point. Pourquoi Thibault Desmarec avait missionné Maître Faller ? Myriam lui cachait quelque chose, il en avait la certitude.

Andréas Moser était aux abois financiers et son entreprise ressemblait à un iceberg, flottant lentement vers la noyade fiscale. Sa femme n'avait connaissance que de la partie immergée, pour le reste, il n'avait plus d'autres choix que de plonger dans les abysses du mal.

Myriam avait encore les yeux fermés, lorsqu'elle entendit des pas feutrés descendre l'escalier. Elle ouvrit les yeux, soudain paniquée ! Elle s'était endormie sans avoir pris soin de ranger ses affaires, son mari ne devait pas savoir pour le notaire, du moins pour la lettre scellée. En se retournant sur le lit, elle sentit sous elle le papier froissé de l'enveloppe ! Un soupir de soulagement l'envahie, elle avait pris l'enveloppe en montant dans sa chambre, avant de s'abandonner à Morphée. Elle se leva et dissimula l'enveloppe sous son body en dentelle, près du bas-ventre. Elle se recoiffa légèrement, puis descendit dans la cuisine. Son mari était dans le salon, le téléviseur allumé, un verre de vin dans une main.

— Tu t'es endormie ?

— Oui, je suis exténuée !

— Tu prépares quelque chose à manger ?

Myriam dévisagea sèchement son mari.

— Non ! Je ne prépare rien, parce que je n'ai pas l'humeur, je te rappelle que je viens de perdre mon père, si cela t'avait échappé !

— Je sais, mais ce n'est pas une raison pour arrêter de vivre !

— Tu sais quoi Andréas, cela fait des mois que tu me prends pour une conne ! Tu es devenu l'ombre de toi-même, tu ne me respectes plus, tu pars des journées entières, je ne sais où ? J'éponge tes dettes et cela te semble devenu la normalité, tu t'enfermes dans le bureau à clapoter sur ton ordi je ne sais quoi, puisque tu n'as presque plus de boulot ! Tous tes amis t'abandonnent ! Tu crois sincèrement que je vais continuer comme cela ?

Andréas Moser durcit son visage en s'adressant à sa femme.

— Tu exagères comme d'habitude et tu devrais m'appuyer au lieu de me dénigrer, ce n'est pas ma faute si les affaires vont mal !

— Tu veux t'en tirer par une pirouette, hop c'est ta faute et moi je suis blanc comme neige ?

— Arrête donc, tu es fatiguée !

— Fatiguée ! Tu m'as souhaité des condoléances, comme à une parfaite inconnue ! Alors oui je suis fatiguée, très fatiguée même, mais de toi, c'est fini.

La voix raillée d'énervement de Myriam venait de s'interrompre comme un couperet. Le silence pris la place, mais Andréas Moser ne répondit pas, incrédule devant la fermeté des propos de sa femme. Elle ne s'emportait jamais de la sorte. Elle avait prononcé le mot fini et son regard interrogeait celui de sa femme qui le fixait durement.

— Tu as bien compris, je te quitte !

Le silence à nouveau remplit la pièce et le malaise grandit dans la tête d'Andréas Moser. À contrario, sa femme retrouvait un sentiment de légèreté. Elle l'avait enfin annoncé, elle le quittait, elle avait trouvé la force de lui dire. Elle ne ressentait plus rien pour cet homme, qui s'était enfoncé soudainement au plus profond du canapé. Il ne s'attendait pas à ce que sa femme le quitte ! Jamais il ne l'aurait cru capable de lui faire cela ! Elle observait son mari, pendu à ses lèvres, guettant une explication, ou un espoir de démenti !

— Tu ne peux pas partir comme ça !

— N'insiste surtout pas !

Sur ces derniers mots, Myriam quitta le salon, monta dans sa chambre et rédigea un SMS à Florent.

— « Tu me manques, j'ai hâte, à vendredi. »

Myriam savait pertinemment qu'elle avait besoin de Florent Chailley, comme d'un pansement. Il était sa nourriture affective et pour le moment elle n'avait aucune envie de se poser des questions, elle avait envie de flotter, de s'étourdir. Elle fuyait l'affrontement de la réalité d'un horizon qui lui faisait peur et elle ne voulait pas entrer dans le couloir de la haine. Andréas Moser avait été son mari, mais pas l'homme de sa vie ! Elle s'était trompée tout simplement sur cet homme. Le destin qu'elle s'était construit n'était plus en accord et un nouveau voyage l'attendait, chargé des bagages du passé, mais avec la ferme intention de garder la main sur le gouvernail de sa vie ! Du moins, elle essayait de s'en persuader, comme d'un placébo. La période était aux pansements, mais les cicatrices resteraient jusqu'à la fin de ses jours. Florent Chailley était tout cela, un pansement, un placebo, un refuge, un Mac Gyver circonstanciel. Au désarroi qui l'envahissait, s'ajoutait une impression de dépossession de sa vie ; Myriam venait de perdre son père et de rompre avec son mari. Etait-ce la mort de son géniteur, qui lui avait donné ce courage soudain ou sa liaison avec Florent Chailley ? Pas à un seul moment, elle ne s'était interrogée sur la qualité de sa relation avec cet homme qui la faisait voyager au septième ciel et en première classe. Elle se sentait bien dans les nuages , au-dessus les horizons sombres. Pour le moment c'était : « Carpe diem, quam minimum credula postero » ou « cueille le jour sans te soucier du lendemain et sois moins crédule le jour d'après ». Plus que jamais Myriam Moser voulait vivre, se sentir la plus vivante possible, pour effacer le tableau noirci.

Jeudi 21 décembre

Pierre Maingé n'avait pas hésité à convoquer le comité pour une réunion extraordinaire suite à l'agression sur l'un des membres du club, près du parcours. Le comité était sous le choc de deux événements conjugués, survenu aux portes du golf ; un meurtre puis une agression. Pour le moment, le comité avait fait poser des panneaux d'interdiction de dépasser les limites des trous 13, 14 et 15, le long de la forêt. Chacun s'accordait à penser de l'inefficacité de la mesure préventive. Un panneau de limitation de vitesse n'avait jamais empêché des Raphaël Bollé d'outrepasser la règle !

Le comité était bien conscient de sa responsabilité et malgré la période hivernale, les mordus de golf restaient nombreux en décembre. Gérald Vargas et Rémy Maistre étaient partisans de fermer le parcours le temps que la police judiciaire règle l'affaire. Le Président mettait en avant la temporalité de l'enquête et de son résultat !

— Et si la police ne trouve pas de coupables avant plusieurs mois ? Que fait-on ? On reste fermés !

Les membres du comité montèrent le son en une chorale désynchronisée. Chacun y allait de son avis éclairé.

— Les membres vont hurler et il faudra compenser une réduction sur les cotisations !

— Il faut penser qu'il y a nos gamins dans ce club, on ne peut pas exposer les...

— Mais pas que ! ce n'est pas parce qu'il y a un accident mortel sur une route, que l'on ferme la route !

— Oui, mais si demain l'un de nous se fait flinguer, on se regardera tous comme des cons !

— On n'a qu'à demander aux flics une protection ?

— Et les équipes de green kippers, on va les payer à rester à la maison, on les met au chômage techn...

— Mesdames et messieurs, s'il vous plaît !

La chorale se calma et interrompit son chant disgracieux. Le président savait manier la baguette, sans violence, juste avec ce brin de voix ferme, mais chargée d'une souplesse négociatrice.

— Je propose de solliciter une surveillance pendant les heures d'ouverture du parcours et l'on peut très bien fermer une ou deux heures plus tôt, le temps de l'enquête. Mais je ne crois pas qu'il faille fermer totalement. On peut faire un vote si vous voulez !

Le vote fut adopté. La proposition du président fut validée à l'unanimité. Pierre Maingé ne se satisfaisait pas de cette adhésion, en réalité il était très inquiet. Les événements n'avaient sans doute rien à voir avec la vie du club, mais c'était juste à côté et il allait falloir être très attentif à la discipline des membres.

Pierre Maingé n'avait pas eu besoin de contacter la police, le commissaire Jaeg s'invitait pour le lendemain. Il souhaitait mieux connaître le club de l'intérieur. Jaeg se pointa à 10 heures, vêtu en habit de golfeur polaire. Il voulait taper quelques balles au practice afin de se changer les idées, mais avec l'arrière-pensée de baigner dans l'ambiance du club. Auparavant, il allait se faire accompagner en voiturette, par le Président pour une visite guidée du parcours.

Installé sur la banquette du copilote, Jaeg déplia une carte de tout le secteur, toutes les informations inhérentes aux événements récents étaient relevées. Des pointillés rouges indiquaient le trajet emprunté par les agresseurs de Desmarec, depuis le parking, jusqu'au lieu de la découverte du corps. En bleu le petit trajet de Raphaël Bollé et de Denis Merlin. Des étoiles numérotées parsemaient la forêt et d'autres, moins nombreuses, sur le parcours de golf.

— Ces étoiles représentent les ouvrages militaires, des blockhaus ou des bunkers, précisa Jaeg. On peut faire le tour ?

— Allons-y !

Les deux hommes remontèrent le parcours dans le sens du jeu. Jaeg demanda de s'arrêter sur le trou 13. Il voulait observer les abords de la forêt, puis il contempla la fresque peinte sur le blockhaus central du trou 13.

— Cette fresque est là depuis longtemps ?

— Je ne sais plus très bien, mais je dirai une bonne dizaine d'années.

— Original en tout cas !

Jaeg prit quelques clichés des lieux avec son Iphone, puis les deux hommes remontèrent le trou 14, puis le 15. La fin du 15 coïncidait avec la fin du chemin forestier qui bordait la forêt. La petite aire de stationnement où Desmarec avait laissé son véhicule était toute proche. Jaeg continuait à prendre un maximum de photos.

Quand les deux hommes eurent terminé la reconnaissance du parcours, ils firent un dernier point sur la conformité de la carte et en particulier des ouvrages militaires. **Pierre Maingé** en profita pour interpeller Jaeg à propos d'une surveillance policière le long de la forêt. Jaeg lui confirma qu'il y aura des rondes, mais après les horaires de fermeture légale du parcours. Cette proposition satisfaisait le président, qui avait déjà imaginé de solliciter les deux pros du club pour effectuer des tournées complémentaires dans les plages d'ouverture. Les membres pourraient profiter du parcours en étant rassurés par une présence policière et par l'engagement des deux professeurs de golf.

Jaeg venait de frapper quelques balles, lorsque son téléphone le rappela au travail !

— Commissaire Jaeg !

— Bonjour commissaire, vous avez souhaité que je vous contacte, je suis Andréas Moser.

— J'attendais votre appel depuis un moment ! Vous pourriez me rencontrer aujourd'hui ?

— Tout de suite si vous voulez, je viens.

— Parfait, rejoignez-moi au Garden Golf Club de la Forêt, je suis sur le practice.

Tout en refermant l'étui de son téléphone, Jaeg s'interrogeait sur le temps qu'avait mis Andréas Moser, avant de daigner le joindre. Habituellement, quand la police convoquait un citoyen, celui-ci s'empressait de répondre, surtout dans le cas d'instance judiciaire, mais là plusieurs jours s'étaient écoulés. Andréas Moser retrouva Jaeg à 12h30. Jaeg aimait des endroits incongrus pour ses enquêtes, son bureau était réservé pour plus tard, quand il y avait suffisamment de matière et qu'il avait cerné la personnalité des acteurs. En règle générale, il était plus facile de mettre en confiance les personnes sur un terrain plus propice aux confidences spontanées. Les expressions ou attitudes du visage ou du corps révélaient une information plus globale, en étant debout ! Jaeg savait se faire renard. Aussi quand il observa Andréas Moser, il devina que ce dernier était dérangé par la situation. Il gardait ses mains dans les poches de son manteau et fuyait le regard de Jaeg en scrutant les balles de golf qui décollaient des tapis de practice. Deux golfeurs s'entraînaient, indifférents à la discussion qu'amorçait Jaeg.

— Monsieur Moser, votre femme a dû vous informer de l'urgence de ma convocation, vous m'aviez oublié ?

— Pas du tout commissaire, mais j'ai dû me rendre en Suisse pour régler des affaires urgentes. Mais il est vrai, je vous ai un peu oublié, mais qu'y a-t-il donc de si urgent ?

— Juste un meurtre monsieur ! Et pas n'importe lequel, puisqu'il s'agit de celui de votre beau-père !

— Je sais bien, mais qu'ai-je à voir là-dedans ?

— C'est à vous de me le dire.

— Mais je n'en sais rien ! Je ne savais même pas que mon beau-père était en Alsace.

— Votre femme nous a confirmé que vous étiez chez vous le soir du jeudi 14 décembre, mais où étiez-vous la journée du 15 décembre ?

Andréas Moser suivait toujours de son regard les balles qui volaient dans le ciel, en évitant de croiser les yeux de son interlocuteur.

— J'étais à Strasbourg pour rencontrer un acquéreur. Il voulait acheter une vieille toile que je possède encore.

— Mais cela ne vous a pas pris la journée, vous vous êtes levé à 5h30 du matin le fameux vendredi et vous êtes parti pour Strasbourg vers 7h30, d'après la déposition de votre femme.

Andréas Moser cherchait encore des balles dans le ciel, mais les deux golfeurs étaient partis. Le ciel vide ne suffisait plus à s'échapper et il n'eut pas d'autre choix que de croiser enfin le regard de Jaeg.

Un instant désarmé par le regard insistant du commissaire, Andréas Moser dut réfléchir une seconde avant de répondre.

— Je..., je suis resté à Strasbourg, je suis allé dans des galeries, c'est mon métier de découvrir des œuvres pour mes clients.

— Intéressant, vous pouvez m'inscrire les noms et les endroits que nous puissions vérifier.

Jaeg venait de tendre un crayon et un petit carnet. Moser mit un certain temps avant de commencer à écrire quelques mots.

— Très bien, monsieur Moser. Je vous demanderai de rester dans le coin, tant que l'enquête suit son cours.

— Bonne journée monsieur.

— Commissaire s'il vous plaît, commissaire !

Andréas Moser hésita à reprendre la formule de politesse. Pour qui il se prenait ce petit flic !

— Très bien commissaire.

Jaeg jubilait, il avait trouvé très instructif ce petit entretien. Andréas Moser était suffisant, hautain et surtout fuyant. C'était le profil idéal du gars qui cachait des choses ! Mais quoi ? Jaeg le renard était patient, les proies sortaient tôt ou tard des fourrés, il suffisait de savoir faire preuve de bon sens. Il prit quelques notes sur son calepin et se remit à taper des balles dans un pur style de hockeyeur du grand nord.

*

Vendredi 22 décembre

François Faller consulta sa montre en cette fin de soirée, les aiguilles affichaient 18h45. Il lui restait un rendez-vous : deux clients potentiels pour une vente immobilière à Brunstatt. Ils avaient plus de 15 minutes de retard. Le notaire pria son assistante de rentrer chez elle et se donna encore 10 minutes avant de fermer l'étude. Les deux hommes arrivèrent quelques instants plus tard et Maître Faller les fit asseoir dans son bureau, après avoir verrouillé la porte de l'étude. L'horaire de fermeture à 19heures, était scrupuleusement respecté.

— Messieurs, je vous écoute !

— C'est vous qui allez nous écouter !

Un des hommes, un petit brun, aux yeux noirs, venait de sortir une arme de poing. Le notaire se figea en remarquant le bloc silencieux vissé sur l'arme.

— Mais que voulez-vous, je n'ai pratiquement pas de liquidités ici !

Le petit brun fixa François Faller dans les yeux et avança son bras armé au-dessus du bureau, en direction du thorax du notaire.

— Taisez-vous et écoutez bien, vous n'aurez pas deux chances, ok ! Vous avez rencontré une certaine

Myriam Moser. Nous voulons la copie des documents que vous lui avez remise et tout de suite !

L'autre homme, de grande taille, barbu et portant des lunettes, s'approcha du notaire tout en sortant d'une des poches de sa veste un rasoir coupe-chou. La vue de la lame paralysa d'effroi, le notaire.

— Oui oui, attendez, je vous montre.

Faller se leva maladroitement en désignant une porte capitonnée communicante au bureau de son assistante. Les deux hommes suivirent le notaire qui entra dans le bureau et s'assit devant l'écran de l'assistante. Il entra un mot de passe puis se mit en recherche du fichier correspondant au dossier de Myriam Moser.

— Vous faites quoi là ?

— Je vais vous imprimer le dossier !

— Vous vous fichez de nous là ! On veut le fichier papier, celui qui a été authentifié et signé ! Vous avez une minute !

Le notaire quitta l'ordinateur et ouvrit un des placards intégrés du bureau. Il fouilla parmi les dossiers verticaux, classés par ordre alphabétique.

— Voilà, Myriam Moser.

Le petit brun saisit le dossier et l'ouvrit. Il examina chaque feuillet dans le moindre détail. Après 10 minutes, il leva les yeux vers son otage.

— C'est tout ? Vous nous prenez pour des cons, monsieur le notaire. Donnez-nous les autres pièces ! Tout de suite !

Le petit brun venait de hausser le ton avec violence, tandis que son acolyte s'approcha du notaire et lui envoya un trait de rasoir dans le cou. Du sang se mit à perler sur la chemise blanche. Le geste précis n'était qu'une éraflure, mais suffisante pour faire paniquer le notaire.

— Vous êtes fous, arrêtez, je vous en prie. Je n'ai rien d'autre. Madame Moser a eu son héritage, c'est tout.

Le petit brun se dirigea vers l'armoire et inspecta le classeur suspendu, il découvrit un feuillet au format A4, plié en deux.

— Tiens donc, monsieur le notaire, on oublie des choses ! C'est quoi cela ?

— C'est l'accusé de réception du dossier visé par madame Moser.

— Il continue à nous prendre pour des cons ! Mais les cons savent lire et là, je vois un accusé de réception d'une lettre scellée, remise ce mercredi 20 décembre 2017, à madame Myriam Moser.

— C'est pour le dossier ! Essaya vainement le notaire.

— Ça suffit ! C'est quoi cette lettre scellée ? Vous voulez vraiment crever ?

Faller était acculé dans sa posture de négation, il était terrorisé. Même sous la torture, il n'aurait rien pu dire, il ne connaissait absolument rien du contenu de la lettre. Thibault Desmarec l'avait rédigé dans la plus grande confidentialité. La seule personne qui avait l'information était sa fille. Faller était un notaire de la vieille génération, il avait le sens de la parole donnée, du devoir de notaire qui comme un curé confessait ses brebis égarées et gardait les confidences à tout jamais. La lettre scellée il ne l'avait jamais vue, et cette décision intérieure le conduisait vers le pire, il le savait pertinemment, malgré la peur qui l'assaillait de toutes parts.

— Je ne sais rien d'autre !

— D'accord !

Un autre trait de lame de rasoir jaillit de la main du barbu, moins précis cette fois, une large coupure se dessina sur l'autre côté du cou. Le sang gicla cette fois et inonda tout un pan de la chemise blanche déjà tachée. Faller porta la main sur la plaie, les yeux exorbités de terreur.

— Alors, toujours rien à dire ?

Le notaire fixait le petit cadre posé sur son bureau : un portrait de sa femme et de ses enfants. Il ne répondit pas aux injonctions de ses agresseurs, ses pensées étaient tournées vers sa famille. Les infimes secondes qui lui restaient à vivre seraient pour elle, pas pour ces voyous. Il n'eut pas le temps de la haine, ni de la colère, un claquement sourd retentit dans la pièce, comme un enfant fait éclater un sachet gonflé d'air. François Faller s'écroula, mortellement touché en plein cœur par le tir du petit brun aux yeux noirs. Les deux hommes fouillèrent encore les armoires, dans l'espoir d'une trace ou d'une copie de cette lettre, si recherchée. Au bout d'une heure, ils abandonnèrent, puis s'appliquèrent à mettre en scène un cambriolage qui aurait mal tourné et à effacer toutes les traces de leur présence. En descendant l'escalier menant vers la sortie, la lourde porte s'ouvrit, une femme d'une cinquantaine d'années entra. Elle fut surprise de voir deux hommes dévaler les marches et n'eut pas le temps de s'interroger plus. Le silencieux de l'arme résonna à nouveau. La femme s'écroula, mortellement touchée.

Les deux hommes n'échangèrent pas un mot, puis refermèrent la porte sur deux crimes odieux. Ils marchèrent dans la rue sur 300 mètres et s'engouffrèrent dans une berline noire. Le véhicule quitta la ville de Mulhouse en direction de l'autoroute, menant à Bâle en Suisse. Le petit brun aux yeux noirs saisit son téléphone portable et composa un numéro.

— C'est nous, on rentre sur Bâle, mais on n'a rien pu trouver. La lettre a été remise scellée, aucune copie n'a été faite !

— Merde ! Bon, je vous attends.

— On a dû flinguer le notaire, il aurait parlé aux flics.

La voix à l'autre bout du téléphone marqua un arrêt.

— Mais vous êtes tarés, je vous avais dit de lui faire peur, pas de le tuer !

— Ne vous inquiétez pas, on a maquillé une scène de cambriolage et aucune trace de nous. On a l'habitude et nous avons fait le boulot, préparez le reste du fric.

— Je vous attends !

La voix de l'autre côté était en colère ! L'opération s'était mal passée et ses deux hommes de main avaient fait preuve d'amateurisme. Il aurait dû embaucher de vrais professionnels ! Mais l'urgence de la situation n'avait pas laissé le temps à la qualité.

Au même moment, ignorant le drame qui venait de se produire chez son ami notaire, Myriam Moser ressassait les événements récents. Étouffée par la présence de son mari, elle ne pensait plus qu'à fuir, à sortir de sa prison dorée. Elle voulait déployer à nouveau les ailes de sa jeunesse, retrouver la pétillance de vivre. Son esprit, son corps étaient pressés comme une Cocotte-Minute prête à exploser. Il fallait que la soupape vole en éclats, elle ne demandait que cela. Elle allait être exaucée, Florent l'informa qu'elle pouvait le retrouver chez lui.

Il ouvrit la porte, vêtu d'un unique boxer gris, laissant deviner un début de tentation. Cette infime vision enflamma encore plus l'esprit déjà impatient de Myriam. Elle lui sauta au cou et ils s'embrassèrent avec une fougue nouvelle. Myriam ne résista pas à descendre sa main sur le boxer, là où doucement le tissu s'élargissait par le désir montant. Elle fit courir avec une délicatesse étudiée, ses doigts sur la forme qui s'érigeait de plus en plus. Elle prit à pleines mains l'objet de son attente, puis s'accroupit et baissa le boxer. Les lèvres chaudes de Myriam se posèrent sur le désir tendu de Florent. Elle s'appliqua avec une sensualité infinie, à rendre cette virilité qui s'offrait à elle la plus tendue possible. Quand elle estima le bon moment, elle invita Florent à s'allonger sur le tapis du salon ; elle ôta en toute hâte son jean, arracha sa petite culotte de dentelle et s'empala sur la raideur tiède. Elle glissa sur lui et s'abandonna au rythme naturel de la danse bienfaisante de l'acte d'amour. Elle était assoiffée de cette envie d'amour, elle ne savait pas si c'était une évasion, elle ne savait encore si elle aimait cet homme, ou si elle aimait juste baiser avec lui. Peu lui importait, chacun trouvait son nirvana à sa manière, elle avait juste envie de se sentir bien vivante et de contenter ses pulsions.

Myriam n'avait pas la moindre envie de rentrer à son domicile ce vendredi soir, aussi elle ne refusa pas la proposition de Florent quand il l'invita à passer la nuit chez lui. Après tout elle avait averti son mari de sa volonté de rompre, donc, elle n'avait aucun scrupule à découcher. C'était sa première nuit auprès de l'homme qui avait su l'emporter en silence, sans chercher à la séduire comme la majorité des hommes. Il n'avait pas usé de la moindre banalité, il n'avait pas osé le moindre regard de triomphe quand elle lui renvoyait des consentements invisibles. Aucun des deux n'avait pu se soustraire à cette faim qui passait de l'un à l'autre : l'envie. Était-ce un coup de foudre, un coup du destin ? Myriam avait succombé sans aucune culpabilité. Au début, cela l'avait intrigué, puis elle s'était fait une raison. La culpabilité n'était pas légitime puisqu'elle n'aimait plus son mari. Pour le moment, elle allait profiter du bien-être que lui procurait Florent. Elle adorait le goût de ses baisers, le grain de sa peau, le souffle chaud de sa respiration quand il était en elle, son odeur discrète , la texture de ses cheveux, le timbre italien de sa voix, sa virilité animale, sa silhouette nue, filiforme et élégante, son côté bon chic bon genre, son regard profond et sans jugement. Pour le reste, ils n'avaient pas eu le temps d'apprendre à partager leurs esprits, à faire rebondir leurs états d'âmes, de découvrir les contours de leurs personnalités, de jauger leurs tempéraments, leurs compatibilités. Une seule certitude, une seule évidence, leurs corps savaient parfaitement se parler.

Myriam Moser n'aurait sans doute pas succombé à ses pulsions affectives si elle avait appris le sort qu'avait subi son ami notaire au même moment.

Jaeg venait d'éteindre son téléviseur après avoir revu pour la dixième fois « l'inspecteur Harry ne renonce jamais » de Clint Eastwood. Jaeg adorait les aventures du célèbre Harry Callahan, mettant en scène l'inspecteur fictif de la police de San-Francisco, réputé pour ses méthodes peu orthodoxes et expéditives et pour son franc-parler. Jaeg regrettait de ne pas être parfois expéditif, mais il retrouvait le point commun du franc-parler avec son idole. Pour le reste San-Franscisco était très loin de la réalité mulhousienne.

Jaeg ne rêverait pas encore cette nuit, son téléphone de service le rappela au plus près du monde réel. Son adjoint, Olivier Burg, était à la porte de sa maison et vérifiait s'il pouvait le voir immédiatement. Jaeg fit entrer son collègue en état de nervosité évident.

— Et bien Olivier, que se passe-t-il ?

— On a un double meurtre sur les bras !

— Ok, tu as informé le procureur ?

— Oui ! Il te confie l'affaire, je viens d'en discuter avec lui tout à l'heure. Il va te joindre.

Quelques instants plus tard, Jaeg avait Donati en ligne, tout excité. Plusieurs meurtres en même temps avaient de quoi inquiéter la magistrature locale.

— Jaeg écouta religieusement les informations que Burg avait déjà collectées. Il n'aurait jamais dérangé son chef, sans avoir au minimum quelques éléments et là pour le coup, il avait déniché l'info ; celle qui vous donne soudainement une importance. Burg attendait le moment de lire dans les yeux de son supérieur, il adorait être très important pour son chef !

— On a une femme et un homme ! Lui il s'appelle François Faller, enfin maître Faller. Son étude se situe dans le quartier du Rebberg. D'habitude il rentre chez lui vers 19h30, il habite à quelques kilomètres de là. Sauf que ce soir, sa femme s'est inquiétée, ne le voyant pas rentrer sans la prévenir. Ne réussissant pas à le joindre, elle s'est rendue à l'étude. Et là, elle a découvert le massacre ; tout d'abord, la femme de ménage tuée par balle, qui venait juste de pénétrer dans l'étude, puis à l'étage son mari, tué aussi d'une balle, après avoir été torturé à l'arme blanche. Les bureaux ont été fouillés sans ménagement, un vrai bordel !

Jaeg écoutait toujours sans interrompre, il connaissait à la perfection son collègue. De la manière dont il débitait les informations, il devinait qu'il avait gardé la cerise sur le gâteau pour la fin !

— Et tu vas me donner un truc important ?

olivier BURG
Inspecteur
Adjoint de JAEG

Burg se sentit déshabillé.
— Oui.
— Je t'écoute !

— Le notaire est un ami de longue date de la famille Moser. C'est l'ordinateur qui a croisé les informations, le nom de François Faller était ciblé dans les fréquentations des Moser. Intéressant non !

— Excellent travail Olivier ! Ce n'est sûrement pas une coïncidence. Bon, là nous entrons dans une affaire qui prend de la dimension, donc, on passe la vitesse supérieure. Tu demandes à la scientifique de nous faire un rapport sans attendre et tu me sors toutes les infos possibles sur le notaire.

— Ok ça marche !

— Je serai prêt à parier que les agresseurs sont ceux de Desmarec. Une torture à l'arme blanche à plusieurs jours d'écart et un lien entre ce notaire et Myriam Moser, la fille de Desmarec, cela ne relève pas de la simple coïncidence.

— On devrait pouvoir établir le profil de ces gars, tu as raison, un traitement à l'arme blanche, ça laisse des indices. Je vais faire croiser les données sur ce type d'agression. D'après le rapport de Desmarec, le légiste a confirmé qu'il s'agissait d'une arme de type rasoir coupe-choux. La précision des blessures et les premières constatations démontrent que le notaire a été particulièrement soigné ! Les blessures sont d'une précision chirurgicale et le gars qui a fait ça est un professionnel du rasoir.

— Oui et il n'y en a plus beaucoup qui travaillent de cette manière ! Contacte aussi nos voisins allemands et suisses, on ne sait jamais !

Jaeg cherchait une piste, il en avait peut-être une avec la méthode employée par les agresseurs.

Samedi 23 décembre

Myriam et Florent venaient de passer leur première nuit ensemble. Ils s'étaient endormis, épuisés d'avoir mélangé l'un et l'autre à volonté. Florent avait préparé un petit déjeuner digne des meilleurs hôtels, puis il était allé courir le long du canal proche de chez lui, tandis que Myriam s'était proposé de ranger l'appartement qui en avait bien besoin. Florent n'était pas un accro du ménage ! Elle se surprit à sourire de la situation, elle s'était proposée spontanément, sans arrière-pensées, mais ce n'était peut-être qu'un moyen pour s'évader de chez elle.

Florent rentra de son long footing en fin de matinée, il découvrit un appartement parfaitement rangé, plus rien ne traînait sur le canapé, plus un seul vêtement n'envahissait les fauteuils et surtout une odeur de monsieur Propre transpirait dans toutes les pièces !

— Ouah, tu es un amour toi ! dit-il en posant un baiser sur les lèvres de Myriam.

— Oui, mais ce n'est pas gratuit !

Florent devinait les modalités de la récompense, mais il venait de parcourir une dizaine de kilomètres et il ne voulait pas présumer de son énergie, compte tenu

Florent
CHAILLEY

par ailleurs, de la nuit torride passée. Mais il n'eut pas à se chercher un prétexte, le carillon portier se mit à chanter. Florent s'approcha du vidéophone, un homme fixait la caméra.

— Oui ?

— Bonjour, commissaire Jaeg de la police judiciaire. Vous êtes monsieur Florent Chailley ?

— Oui, c'est moi, que puis-je pour vous ?

En formulant sa réponse, Florent Chailley venait de se rendre compte qu'il n'avait pas donné suite à l'invitation du commissaire.

— Je peux monter ?

Myriam avait tout entendu de l'échange, elle croisa le regard de Florent. Les deux amants n'eurent pas le temps de disserter ; Jaeg relança son appel.

— Monsieur Chailley, vous pouvez m'ouvrir s'il vous plaît ?

— Oui, oui, j'ouvre !

Myriam s'enferma dans la chambre à coucher, un peu paniquée, elle culpabilisait. La situation d'adultère était sans équivoque, mais Jaeg était au courant ! Alors pourquoi se faire du mauvais sang ?

Jaeg pris place dans un des fauteuils du salon et observa discrètement les lieux. Les yeux du renard ne manquèrent pas de relever le vêtement posé sur une chaise du salon : un duffle-coat beige, cerné d'une fourrure et pourvu d'une ceinture à hauteur de la taille. Jaeg reconnut un manteau de femme.

— Monsieur Chailley, n'avez-vous pas eu ma convocation ?

— Si et ne le prenez pas mal, j'ai complètement oublié, j'étais en déplacement toute la semaine. Je suis désolé.

— Décidément, les déplacements m'empêchent de faire mon travail ! Le mari de madame Moser est aussi toujours en déplacement et comme vous il m'avait oublié ! Vous n'étiez-pas dans le même déplacement par hasard ?

Jaeg avait le don pour semer le trouble dans les esprits, il aimait jeter un peu de provocation dans ses propos pour déséquilibrer ses interlocuteurs. Il vérifiait ainsi leur capacité de spontanéité. Chailley venait de comprendre que le commissaire n'était pas dupe, il avait bien aperçu le regard de ce dernier observer le manteau de Myriam. La meilleure alliée en la circonstance était de dire la vérité.

— Puisque nous sommes dans les confidences, cela vous ennuierait de demander à madame Moser de nous rejoindre, j'ai une information très importante et mon troisième œil à besoin d'y voir clair !

— Euh, je vais voir.

L'impertinence et l'arrogance du commissaire amusaient plutôt Chailley, il avait de l'humour. Myriam avait très bien entendu la conversation des deux hommes et quand Florent l'invita à les rejoindre, elle était prête.

— Bonjour commissaire.

— Bonjour madame Moser.

— Je vous laisse ? Interrogea Chailley.

— Non, au contraire, vous pouvez rester.

Il rejoignit Myriam dans le grand canapé.

— Bien, hier soir votre ami, Maître Faller, a été assassiné dans son bureau. La femme de ménage qui était au mauvais endroit , au mauvais moment, a subi le même traitement.

— Non, ce n'est pas vrai !

Myriam Moser se prit la tête dans les mains, effondrée par la terrible nouvelle.

— Mais qui a fait ça et pourquoi ?

— Pour le moment, nous n'en savons rien, en tout cas, je m'interroge sur le fait que vous étiez amis et que cet événement surgit dans le prolongement de la disparition de votre père ! La corrélation me semble évidente ! Y voyez-vous un lien possible madame ?

Myriam ne savait pas quoi penser, mais elle évoqua son entrevue avec François Faller concernant son héritage.

— Très bien, pourriez-vous nous faire parvenir une copie de cet acte notarié ?

— Oui, bien sûr, mais je n'ai qu'un appartement et quelques liquidités ; rien qui puisse attiser des convoitises et mériter de tuer !

— On n'en sait rien madame, chaque jour révèle des histoires morbides, pour peu de choses, croyez-moi. Je vais vous laisser, faites attention à vous, madame Moser, je ne sais pas pourquoi, mais le crime de votre ami notaire est peut-être en lien avec vous ?

— Mais, monsieur le commissaire, vous ne pouvez pas mettre une protection en place pour madame Moser ?

— Monsieur Chailley, vous êtes un peu là pour cela, n'est-ce pas ? La police a peu de moyens, vous savez bien ! Je vous quitte, mes condoléances et tenez-moi informé, du moindre événement ! Ok ?

— Oui !

Chailley referma la porte de l'appartement sur le commissaire Jaeg, puis il revint consoler Myriam en pleurs. Elle prenait, avec recul, conscience de la mort de son ami.

— Cette histoire prend une ampleur qui me dépasse, je ne sais plus où me tourner. Mon père et maintenant François, ainsi que sa femme de ménage ! Mais que se passe-t-il enfin ?

La jeune femme était dans un flou absolu. Elle se sentait bien seule et le poids des événements était devenu bien trop lourd pour ses petites épaules. Les bras de Florent lui apportaient une montagne de réconfort. Heureusement qu'il était là, pensa-t-elle. Peut-être devait-elle tout lui révéler de son héritage et de cette fameuse enveloppe scellée ? À deux, ils réfléchiraient mieux ! Avait-elle le choix ? Elle lui demanda de la serrer fort dans ses bras, ils s'enlacèrent, jusqu'à ce qu'il sentit qu'elle s'apaisa un peu.

— Ça va mieux, tu veux un verre d'eau ?

— Non ! Ecoute Florent, il faut que l'on parle.

— Oui, je t'écoute !

— On ne se connaît pas vraiment, on se voit peu et il faut bien avouer, que chaque fois, notre alchimie est magique. Je me sens bien auprès de toi, ce n'est pas que physique. Tu es un vrai gentleman et jamais tu n'as eu des paroles ou des gestes déplacés et vu les circonstances tu es mon seul confident.

— Moi aussi, tu sais, je suis bien avec toi et je n'avais pas éprouvé autant d'attirances pour quelqu'un depuis bien longtemps. Je peux comprendre si tu veux un peu de distance pour te retrouver, mais sache que je suis là. Tu peux compter sur moi pour n'importe quoi.

— Justement, là j'ai vraiment besoin de ton aide. Je vais te faire des confidences et tu n'es pas obligé de répondre positivement. Je peux comprendre si cela te mettait dans l'embarras.

— Dis-moi !

Elle confia tout à son amant. Elle lâcha les mots, comme une sorte de délivrance. Désormais, Chailley connaissait l'existence de la lettre scellée.

— Nous allons l'ouvrir ensemble, tu veux bien, seule je ne voulais pas, j'ai peur de son contenu ! Papa a toujours été secret, il m'a toujours protégée, sa vie je ne la connaissais pas vraiment, mais ce n'était pas si important, à partir du moment où il était toujours là pour moi. C'était un taiseux, un contemplatif. Les marins aiment la mer comme on aime un être cher. Myriam avait hérité des gènes de son père, elle était aussi une taiseuse. C'est peut-être aussi ce trait de caractère qui l'avait empêché de rompre plus tôt avec Andréas Moser. Dans quelque temps, elle reprendrait son nom, c'était une Desmarec et son père venait de la quitter au moment où elle allait renaître. Il venait de lui transmettre une lettre, un dernier lien de vie réel, comme un cordon ombilical qu'il allait falloir couper. Elle allait devoir vivre sans son père et cette idée la remplissait d'une tristesse profonde. Florent l'aida à réagir.

— Ok, t'inquiète ! Cherche ta lettre.

Elle récupéra l'enveloppe dissimulée dans ses vêtements de rechange. Elle se rassit auprès de Florent et avec lenteur, défit le sceau de cire qui scellait l'enveloppe. À l'intérieur étaient glissés plusieurs feuillets écrits de la main de son père et une petite enveloppe fermée. Elle saisit les feuillets, posa l'enveloppe sur l'accoudoir du canapé et commença à lire à voix haute.

Ma fille adorée,
Au moment où tu liras mes mots, je ne serai plus là et j'imagine ta douleur. Mais il faut que tu saches combien je t'aime, combien je suis fier de toi. J'ai essayé d'être un bon père, avec parfois des maladresses et des défauts

que tu connais bien. Mes passions m'ont éloigné de toi, j'ai été un peu égoïste parfois, je le reconnais, mais tu as toujours été au centre de mes pensées. J'espère de tout mon cœur que tu retrouveras un homme qui te mérite ! Andréas n'est qu'un pauvre imbécile. Tu vois, j'ai vu clair... tu faisais semblant d'être heureuse, mais un papa ressent très bien les vibrations, quand il s'agit de sa fille. Ce qui compte désormais, c'est toi, c'est ta vie, tu dois te construire un meilleur avenir. Tu as des qualités exceptionnelles, tu as toujours su t'accrocher aux branches de la vie. Tu n'avais que 7 ans, quand maman nous a quitté, j'ai été admiratif de ton courage, de ta force. C'est toi qui m'as donné l'énergie de survivre. Tu es un exemple et depuis les étoiles, j'éclairerai tes jours, je serai toujours auprès de toi.

Pour toi la vie continue et tu dois t'accrocher pour retrouver ce qui a toujours fait de toi une battante.

Myriam laissa couler les larmes qui s'échappaient doucement de ses yeux, comme des ruisseaux de tristesse. Malgré tout, les mots de son père résonnaient de douceur et d'une tendresse qui la touchait au plus profond de son être. Cette lettre, c'était un peu son père qui lui parlait depuis là-haut. Myriam se surprit à trembler d'émotion. Florent lui prit la taille pour la réconforter, mais elle continua de lire avec avidité les mots de son père.

Je sais que tu vas y arriver. Ton notaire est vraiment quelqu'un de bien et si j'ai fait appel à lui, c'est que tu m'as toujours fait l'éloge de ce monsieur. Et si tu veux vendre l'appartement, je ne t'en voudrais pas, tu le sais bien, même si c'est une grande partie de notre vie, c'est surtout un merveilleux souvenir.

Maintenant, il est temps que je te mette dans une confidence, dont tu n'imagines pas la portée. Je comprendrais que tu ne veuilles pas en prendre la responsabilité.

Pendant des dizaines d'années, j'ai fait d'innombrables recherches sur tout ce qui touchait au monde marin. Le Musée de la marine a été pour moi une formidable chance. Tu connais ma passion pour les choses de la mer ! Bref, j'ai donc fouillé sur Internet, pour découvrir des collections privées d'objets relevant de plusieurs siècles en arrière ! J'ai été en contact avec des revendeurs, des escrocs, des pilleurs de sites sous-marins et j'en passe. Toutes les pièces, qui émanent de ces époques, n'ont pas de prix. J'ai pu acquérir des vieux Sextants, des cartes, des coffres, des jarres, des compas, des épaves incroyablement bien conservées ! Il a fallu lever des financements sur Internet, trouver des mécénats, le musée n'ayant que très peu de moyens ! Je te passe tous les voyages que j'ai pu faire et les nombreuses rencontres. J'ai bien profité.

Et puis, au début du mois de février 2017, je tombe sur un site de vente en ligne qui s'appelle Collect'Or. J'ai tout de suite aimé ce site où l'on trouvait des trucs incroyables. Une annonce m'a tapé dans l'œil par le plus grand des hasards. L'annonce disait ceci :

Vends cantine militaire, milieu XXème, bon état, contenant des vêtements, des cartes marines, un vieux pistolet de l'armée allemande, des gamelles en acier, des lettres en allemand et en français, une boussole, une paire de jumelles, des rasoirs, deux livres, divers papiers administratifs et des croquis. Le prix de vente sans négociation possible était de 2500 €.

Il y avait trois photos en accompagnement de l'annonce. J'ai tout de suite contacté l'annonceur par mail. Il a répondu deux jours plus tard et j'ai appris par la suite qu'il avait eu des dizaines de contacts, mais personne ne voulait mettre le prix demandé et la contrainte géographique limitait le champ des acquéreurs, l'annonceur habitant à Munich ! Personne n'aime acquérir de vieilles reliques sans les voir de près ! Il parlait très bien le français, mais l'écrivait moins bien. Le comité de gestion du musée n'était pas très chaud et j'y suis allé sur mes fonds propres, j'étais intrigué par cette cantine encore remplie de souvenirs.

J'ai donc pris 3 jours pour profiter un peu de la ville de Munich que je ne connaissais pas. Dès mon arrivée, j'ai pu aborder le gars de l'annonce, Ernst Müller, cet homme était ravi de rencontrer un Français, il s'était marié à une Française après la guerre, j'ai eu droit à l'histoire de sa vie ! Il est veuf depuis une dizaine d'années, pas d'enfant et vivant reclus, par la contrainte de son âge avancé, 80 ans. Il habite dans une petite maison tout près du cœur de Munich et sur les murs de son salon, des centaines de cadres sous-verres renfermant des insectes de tous genres. En fait il était entomologiste au musée réputé de la Zoologische Staatssammlung München.

C'est seulement au bout d'une longue demi-heure et après avoir vidé un litre de bière ensemble, qu'il s'est décidé à me dévoiler la fameuse cantine. Elle était dans une pièce attenante où régnait un capharnaüm indescriptible ! Mon hôte me précisa qu'il avait beaucoup voyagé et qu'il adorait rapporter des souvenirs des pays visités. Quand je le questionne sur l'origine de la cantine, il me répond qu'elle avait appartenu à un de ses oncles, mort pendant la dernière guerre. Ernst n'avait pas vraiment connu cet oncle, qu'il suspectait d'un passé trouble. C'est dans le cadre d'un héritage qu'Ernst l'avait récupérée. Il l'avait stockée dans son lieu de désordre comme un trophée supplémentaire. A part les insectes, Ernst n'avait pas d'autres passions. S'il vendait plusieurs de ses reliques, c'était par besoin d'argent. Son capharnaüm était sa banque. Quand j'ai ouvert la cantine, j'ai été surpris par l'état de son contenu, tout était bien rangé, comme pour un prochain départ sur le front. J'ai inventorié tout le contenu et j'ai vite compris l'enjeu de mémoire de cette cantine en excellent état. Puisque le musée n'était pas chaud, ce serait pour moi. Je l'ai achetée sur le champ sans discuter le prix. Ce Ernst m'était sympathique, je n'allais pas négocier avec un collectionneur d'insectes.

J'ai donc fait expédier la cantine par Fedex, puis j'ai passé le reste de mon séjour à faire du tourisme. À mon retour à Brest, quand j'ai pu récupérer mon colis, j'étais comme un gamin. J'ai déposé la cantine en plein centre du salon et j'ai aligné précieusement le contenu sur la grande table. Puis j'ai détaillé chaque pièce avec soin. En touchant les vêtements, les objets, je rentrais dans la sphère intimiste d'un homme : toute une vie était enfermée dans cette malle de voyage en tôle, que l'on appelait une cantine. J'ai parcouru les divers courriers, des papiers administratifs, des photographies où j'ai pu apprendre le nom de l'oncle d'Ernst Müller .Cet oncle se prénommait Rheinhart Müller, un solide gaillard blond aux yeux clairs. Dans l'armée il était officier en chef des renseignements à l'office central de la sécurité du Reich. J'ai fait des recherches et quelle fut ma surprise de découvrir que cet homme était un SS-Gruppenführer. Il était un pur nazi et avait contribué aux atrocités envers les Juifs. Sur le coup, cette découverte me refroidi et la cantine représentait pour le coup un objet démoniaque.

Passé ce choc, j'ai poursuivi l'étude des documents, dont une pochette soigneusement protégée par un emballage plastifié. Immédiatement les feuillets que je découvre à l'intérieur attirent toute mon attention, en particulier des croquis, des plans et des extraits cadastraux. J'ai réussi à traduire la majorité des écrits en allemand en me faisant aider par un traducteur, un ancien professeur d'allemand à la retraite.

Je n'aurai jamais imaginé découvrir de tels documents ! En croisant les écrits avec les documents graphiques, j'ai compris que je tenais un gros truc. J'ai bien pensé à les remettre à la justice, mais quelque chose au fond de moi m'a poussé à les garder. C'était devenu mon secret.

Ce secret est enfermé dans un coffre de ta banque. Mais tu ne dois pas le récupérer encore, pour ta sécurité. J'ai loué le coffre jusqu'à la fin de l'année prochaine, fin 2018. Tu n'as rien à faire, tu es désignée comme mandataire unique.

Mais avant d'ouvrir le coffre, une vérification incontournable s'impose ! C'est ce que je vais faire très prochainement. Mais depuis quelques jours, j'ai la désagréable sensation, d'être suivi et mon appartement a été visité. J'ai eu du flair en mettant tout au coffre ! Ernst Müller a dû avoir d'autres acquéreurs et il a peut-être lâché mon nom ! Je ne sais pas, mais je me sens en danger, j'en ai la certitude. Je vais donc aller vérifier sur le terrain les informations laissées par ce Rheinhart Müller. Il y a urgence. Si les informations sont avérées, cela changera ta vie ma puce. Mais si tu lis aujourd'hui cette lettre, c'est que j'ai échoué. C'est à toi de décider de poursuivre ou non ! Réfléchis bien, mais cela en vaut la peine. Si tu ne veux pas, tu devras tout remettre aux autorités judiciaires et surtout n'en parler à personne.

Tu trouveras dans l'enveloppe jointe les indications pour poursuivre la recherche. Voilà, tu sais tout, sache que je t'aime, que cette découverte est pour toi et j'espère que tu pourras poursuivre jusqu'au bout. Ces hommes ne savent pas ton existence, mais on ne sait jamais, donc ne te met pas en danger. J'ai eu une chance incroyable d'avoir une fille comme toi.

Ton papa qui t'aime.

À la lecture des derniers mots, les ruisseaux sont devenus des rivières dans les yeux de Myriam Moser.

— Eh bien, ton père, c'est Indiana Jones !

Myriam finit par décocher un sourire furtif.

— Vas-y, ouvre l'autre enveloppe !

Myriam s'exécuta. À l'intérieur elle découvrit, une lettre rédigée par son père, un extrait cadastral et trois feuillets A4 représentants des plans de situation.

— Vas-y, lis !

Elle se lança.

L'extrait cadastral correspond à des parcelles situées à proximité de ton parcours de golf. C'est une coïncidence absolue et qui m'a encore plus donné l'envie de poursuivre la recherche quand j'ai découvert le plan, sachant ta proximité. Il faut trouver un blockhaus situé sur une des parcelles de l'extrait cadastral. (Section 6 parcelles 221, 226,228 et 237). Il y a d'innombrables blockhaus dans cette forêt et ils sont souvent en piteux état. C'est ce qui rend la tâche difficile. Celui que l'on cherche est marqué par deux lettres en métal « RM » *sur un des côtés droits de l'entrée. Ce sont les initiales de Rheinart Müller. Le métal a dû rouiller et le blockhaus est peut-être en partie effondré ! C'est la seule indication de reconnaissance et si tu trouves cet ouvrage, il doit y avoir une trappe verticale quelque part à l'intérieur, un genre de porte d'accès vers une autre pièce, sans doute ? J'ai déjà exploré les parcelles 221, 226 et 228. Les trois feuillets annexés correspondent à l'emplacement approximatif des ouvrages visités. Chaque fois que je suis venu te voir, je m'éclipsai dans cette forêt. J'ai galéré parce qu'il y a toujours du monde aux alentours, des golfeurs, des bûcherons, des promeneurs et le plus difficile est de rester discret. Voilà ! Il reste la parcelle 237, elle se trouve le long du trou 13 du golf. Le souci est qu'il y a le départ du 14 juste au bord de la zone, donc souvent des golfeurs présents. L'idéal est d'y aller en fin de soirée. Tu vas réussir ma fille, je le sais ! Dès que tu auras localisé ce blockhaus, tu pourras récupérer ce que j'ai laissé dans le coffre de la banque. Bon courage à toi.*

— C'est incroyable cette histoire !

— Oui, ton père a dû dénicher un gros truc !

— Oui, je le sens assez bien !

— Et quelque chose qui a un intérêt majeur ! Il s'est fait tuer pour cela Myriam et très sincèrement je trouve que ce n'est pas une bonne idée que tu t'en mêles !

— Je sais. En même temps, mon père ne m'aurait jamais proposé quelque chose qui n'en vaille pas la peine !

— C'est dangereux ! Ton père a été torturé et abattu comme un chien ! Et puis ton notaire ! Ce n'est pas une coïncidence Myriam.

— Je sais Florent, je sais tout ça ! Mais ils ont tué papa ! Ils ont enlevé une partie de moi, j'ai la haine, alors si j'ai une chose à faire pour honorer sa mémoire, c'est de continuer ce qu'il a commencé ! Personne ne m'en empêchera, je suis désolée de te dire cela comme ça !

Thibaut
DESMAREC

Chailley n'insista pas, il devinait le tourment qui envahissait Myriam. Toute tentative de raisonnement paraissait vaine vu son état de fragilité.

— Bon, d'accord, je comprends ton ressentiment et je respecte, mais je vais t'aider si tu veux bien. Il est hors de question que tu te lances là-dedans toute seule !

Myriam le fixa droit dans les yeux et avança ses lèvres vers les siennes.

— Je ne sais pas comment te remercier !

— C'est moi qui te remercie de ta confiance et nous allons étudier la meilleure manière d'aborder cette affaire !

Ils n'avaient toujours pas déjeuné, la pendule de la cuisine affichait 14h45 !

Dimanche 24 décembre

Andréas Moser, en ce jour du 24 décembre, savait que le Père Noël ne lui ferait pas de cadeau. Il ne se remettait toujours pas des propos de sa femme. Elle le jetait comme un moins que rien, comme si toutes les années passées ne comptaient plus. Il fut un temps où son activité était florissante, il était reconnu sur la place publique comme un homme d'affaires avisé. Tout lui réussissait, il avait un portefeuille de clients richissimes, prêts à débourser des sommes folles pour une œuvre d'art, il avait une femme que beaucoup lui enviaient. Ils formaient un couple exemplaire aux yeux de tous ! Mais voilà, le cours de la vie avait provoqué un délitement des quotidiens, puis imperceptiblement un enlisement irréversible.

Andréas Moser s'était doucement laissé bercer par les pièges de la facilité et du confort. Le destin s'en était pris au robinet de l'argent facile, imprégnant chaque jour un infime tour de vis, jusqu'à l'épuisement complet de la ressource. Pendant plusieurs années, il avait vécu sur les liquidités accumulées au temps de la belle époque, mais voilà, les temps avaient changé et Andréas Moser s'était endormi sur ses lauriers, un peu comme s'il était resté trop longtemps dans un bain chaud, au

91

point de se ramollir l'esprit et le corps. Il n'avait plus l'énergie pour relancer la machine et son entourage l'avait peu à peu délaissé, lui trouvant une attitude irrespectueuse envers sa femme qui couvrait ses dettes depuis des mois.

Il était devenu l'ombre de lui-même, il le savait fort bien. À force de fréquenter le Gotha mondain d'une clientèle fortunée, il s'était cru parvenu au sommet de son Kilimandjaro, mais il n'avait pas compris que le plus dur était d'y rester.

Sa femme venait subitement de le mettre en face de la réalité. Il avait glissé sur la pente du non-retour ; il venait de chuter de son sommet. Il se sentait tout petit et humilié. L'ascenseur social était en panne et Andréas Moser ne pouvait accepter pareille déconvenue. Aussi quand il apprit la mort de son beau-père, des pensées très primaires l'envahirent. Sa femme allait toucher un héritage substantiel et qui pourrait le relancer, mais il avait découvert que le montant de l'héritage ne suffirait pas à combler son endettement. Andréas Moser ne pourrait plus remonter vers le sommet ; aussi était-il prêt à tout pour rebondir, quitte à tremper dans des affaires sordides.

Il n'allait pas attendre bien longtemps, un appel inattendu sur son téléphone professionnel allait lui redonner une nouvelle espérance . Son interlocuteur ne faisait pas dans les formules de politesse. Le numéro masqué rendait l'appel encore plus mystérieux.

— Monsieur Moser, j'irai droit au but. Je connais vos problèmes d'argent et je peux vous donner l'occasion de vous refaire.

Andréas Moser n'avait retenu que les derniers mots. Peu importe qui était ce type à l'autre bout du fil, il était prêt à tout pour renflouer le bateau de ses dettes.

— Je vous écoute !

— Votre femme vient de toucher un héritage et vous avez donc connaissance de l'acte notarié. Ce n'est pas l'héritage qui m'intéresse, mais des documents annexes.

— Comment savez-vous que ma femme a hérité ?

— Ce n'est pas le sujet, je vous demande de récupérer les documents ! Vous n'avez pas d'autres choix et n'imaginez même pas contacter les flics, sinon vous subirez le même sort que votre notaire !

— Je ne comprends pas bien là, je vous trouve les documents et c'est tout !

— Vous vous débrouillez et dès que je les ai en ma possession, vous toucherez un million de francs suisse.

Andréas Moser se sentit soudain poussé des ailes, pour s'envoler vers son Kilimandjaro perdu.

— Très bien, mais laissez-moi un peu de temps ! Ma femme est à cran en ce moment et la police enquête sur la mort de son père !

— Je sais tout cela ! Débrouillez-vous et ne tardez pas, je vous laisse jusqu'au premier janvier, après je ne garantis plus rien de votre avenir et au moindre appel aux flics, vous et votre femme, vous êtes morts ! Compris ?

— J'ai compris. J'imagine que c'est vous qui me contacterez ?

— Le premier janvier à 18h00 heures.

L'homme raccrocha. Andréas Moser ne mesurait pas la portée réelle de sa complicité. La mission lui semblait très accessible, après tout, même s'il était en mauvaise passe avec sa femme, il trouverait bien le moyen de récupérer les fameux documents. Il se mit à repenser au choix de son beau-père pour le notaire et cet appel confirmait qu'il y avait quelque chose de curieux. Myriam avait dû cacher les documents quelque part et même si la maison était vaste, il trouverait !

Le commissaire Jaeg était absorbé dans les préparatifs du réveillon de Noël. En ce début d'après-midi, les enfants étaient chez les grands-parents et sa femme organisait les cadeaux sous le sapin. Tout était pratiquement en place, la table dressée, la cuisine bien avancée et les cadeaux en place. Il pouvait donc retrouver son adjoint au bureau pour un point d'étape de l'enquête et garder les braises bien rouges.

— Chérie, je file une heure au bureau !

— Tu exagères, c'est le réveillon et tu connais mes parents ! Tu ne peux pas débrancher pour une fois !

— J'ai un truc sur le feu, t'inquiète, je serai à l'heure.

Jaeg était toujours en avance au boulot et toujours en retard à la maison ! Sa femme n'y prêtait plus attention sauf quand les beaux-parents de l'un et l'autre étaient invités. Jaeg avait épousé sa femme et son travail.

En regagnant les locaux de la police judiciaire, Jaeg tournait en rond dans sa tête les derniers événements de l'affaire Desmarec. C'était désormais l'intitulé du dossier et son intuition reniflait les contours d'un gros dossier. Trois meurtres en quelques jours et sans mobile apparent ! Il se tramait quelque chose dans les coulisses de l'affaire et ce n'était pas pour déplaire à Jaeg, le renard. Le Père Noël lui offrait un superbe cadeau. Il n'y avait rien de plus frustrant que de rester dans des sous-dossiers où, bien souvent, la part administrative primait sur tout le reste. Jaeg était avant tout un homme de terrain, il aimait aller au front. Son adjoint et un gars de la scientifique étaient déjà sur l'ordinateur connecté à l'écran géant, dans le bureau de Jaeg. Ils ajoutaient de nouvelles données sur le visuel de l'affaire Desmarec.

— Salut les gars, alors prêts pour le réveillon ?

Ses collègues hochèrent la tête affirmativement dans la plus parfaite synchronisation.

— Alors, on a quoi de nouveau ?

Burg prit la parole, avec un enthousiasme non dissimulé. C'était bon signe pensa Jaeg.

— Commençons par les résultats de l'autopsie de Desmarec. Le médecin légiste nous a fait un rapport un peu tardif et s'en excuse ! Bref, Desmarec avait déjeuné dans un restaurant gastronomique le jour de sa mort. D'après les conclusions du contenu de son estomac, le menu était uniquement composé de fruits de mer et de poissons ! Pas étonnant pour un Breton, mais plus rare en Alsace. Le soir, il n'avait rien avalé. Cela veut dire que le restaurant où il était, est plutôt spécialisé dans les produits de la mer.

Jaeg allait prendre la parole, mais Burg anticipa.

— Nous avons décortiqué les relevés de la carte de crédit de Desmarec le jour du meurtre et bingo, nous avons découvert qu'il avait fait le plein d'essence à Mulhouse à 12h13 exactement, mais pas de traces du paiement d'un restaurant. Nous avons donc estimé qu'il avait dû déjeuner vers Mulhouse et pour le coup un seul restaurant en spécialités fruits de mer est sorti de nos recherches : Le Bistrot de la Mer. Nous avons immédiatement été sur place et un des serveurs a reconnu Desmarec. Mais il n'était pas seul !

Jaeg laissa venir l'effet d'annonce qu'aimait tant son adjoint.

— Il était avec un homme, dont nous dressons le portrait-robot, mais les explications du serveur sont confuses du fait que, ce jour-là, la salle était complète. D'ici à demain, nous aurons un premier jet du portrait.

— Parfait les gars et pour le reste de l'autopsie ?

— La mort par strangulation a bien été confirmée, mais détail très important, le médecin a découvert des entailles dans le creux des mains !

— Faites par le même coupe-chou que dans l'affaire du notaire !

— Oui, cela confirme le lien entre l'affaire du notaire et celle de Desmarec !

Jaeg voulait bien montrer à son adjoint qu'il suivait ses propos.

— Ok, bien les gars et autres choses ?

— Oui, tu nous avais demandé d'explorer le fond des mines de potasse. Deux gars de chez nous y sont allés, en compagnie d'un ancien mineur à la retraite et responsable de la société d'histoire du bassin potassique. De ce côté-là rien de bien extraordinaire, les mines sont pratiquement toutes fermées ! Nous avons récupéré un plan du réseau des galeries situées sous le lieu du meurtre. Rien à relever ! L'ensemble du maillage est à environ 450 mètres sous terre ! La nappe est à plus de 320 mètres au-dessus des galeries. Donc, RAS de ce côté-là. Nous avons rencontré un autre gars en charge du club des Amis de la ligne Maginot. Il nous a précisé que la majeure partie des ouvrages date de la 1ère guerre mondiale et ceux de la ligne Maginot sont plus au Nord. Nous avons pu récupérer une carte de situation des ouvrages militaires ! Impressionnant, nos drones n'ont pas pu tout voir, mais plus de 40 ouvrages sont écroulés et recouverts de végétation. Le type nous a confirmé que tous les ouvrages effleuraient le terrain naturel à cause de la montée récurrente de la nappe phréatique. En saison des pluies ou fonte des neiges vosgiennes, le niveau des étangs du golf peut monter de plusieurs mètres jusqu'à couvrir certains fairways.

— Parfait ! Beau boulot, et les déplacements de nos deux globe-trotters ?

— Tout colle avec leurs déclarations, Moser était bien à Strasbourg et Florent Chailley à Hyères.

— Ok.

Jaeg observait le logigramme affiché sur l'écran. Même s'il y avait de nouvelles informations, les données étaient encore bien maigres. Pourtant, un détail interpella le commissaire.

— Franchement les gars, il y a quelque chose qui me saute aux yeux là, vous ne voyez rien de curieux autour de Desmarec ?

Les deux policiers levèrent les yeux vers l'écran, en reprenant la chronologie, les données, mais rien n'éveilla leur flair de flic.

— Bon, je vous mets sur la piste ! En quelle année a-t-il perdu sa femme ?

L'information n'apparaissait pas sur l'écran et Burg s'employa à la résolution du calcul.

— Euh, 69 ans, donc, il est né en 1948, sa femme décédée à 32 ans, donc...c'était en 1980 !

— Et ?

— Et quoi ?

— Et vous trouvez normal de rester moine pendant 37 ans ?

— Putain, on a zappé ça !

— Cherchez dans cette direction, il a dû rencontrer une ou des femmes depuis et surtout une dernière en date ! Voyez avec sa fille ? Comment on a pu oublier ce truc ?

Les deux policiers firent semblant d'être plongés dans leurs calepins de notes. Jaeg s'en voulait de n'avoir pas relevé ce détail plus tôt. C'était peut-être une des clés ! Une femme rôdait toujours dans les parages.

— Ah j'oubliai ! Un dernier point, le notaire avait installé une caméra dans le vestibule de l'entrée de l'étude. Nous bossons encore dessus, les images ne sont pas terribles, c'est un vieux système à bande effaçable. Les techniciens ont promis un résultat pour mardi !

— Super les gars, bon, on arrête là pour aujourd'hui. On se retrouve mercredi sauf événement d'ici là. Joyeux Noël à vous.

Jaeg ne regrettait pas ce petit débriefing de Noël. De nouveaux éléments consolidaient les fondations de l'enquête. Et puis, il allait ainsi avoir matière à cogiter pendant les temps morts des fêtes de fin d'année.

Florent Chailley avait regagné sa région natale pour les fêtes de fin d'année, dans la Manche à Pontorson, tout près du fameux Mont-Saint Michel. Il aurait tant aimé que Myriam l'accompagne. Noël était le rendez-vous incontournable de la famille Chailley et son pèlerinage habituel en haut du Mont. Il avait bien tenté de la convaincre, mais elle avait décliné l'invitation, considérant qu'il était mal venu de s'imposer dans la famille de son amant alors qu'elle était encore mariée. Dans la tête, elle ne pouvait pas se lancer dans une telle démarche et puis elle devait régler la cérémonie de crémation de son père qui se ferait en Alsace. Elle irait ensuite déposer l'urne à Brest, dans le caveau familial où repose sa mère. Le plus difficile sera de retourner dans l'appartement et de retrouver les racines de sa vie. Elle ne savait pas encore si elle pourra y dormir le temps de son court séjour ! À moins qu'elle n'y aille avec Florent après les fêtes de fin d'année, ce serait moins pénible. Elle devait y réfléchir un peu, l'urgence était de régler la cérémonie et il allait falloir encore vivre un moment au côté de son mari. Elle allait devoir se mettre une carapace et jongler avec les espaces de vie communs. Il était hors de question de fêter Noël dans ces circonstances.

Quand il retrouva le domicile conjugal, Andréas Moser comprit très vite que Petit Papa Noël ne descendrait pas du ciel cette nuit et qu'il pouvait être une ordure ! En vérité, il ne lui ferait plus jamais de cadeaux. La présence de sa femme dans la cuisine lui avait laissé entrevoir un mince espoir, vite dissolu par des yeux revolvers, sans équivoque.

— Nous ne réveillonnons pas ? Osa-t-il.

— Nous non, mais toi tu peux, il y a suffisamment de restes au frigo.

— Pourquoi réagis-tu ainsi, on ne va pas se fâcher un soir de Noël ?

— D'accord, tu as prévu un cadeau ?

Andréas Moser était si centré sur lui depuis quelque temps, que l'idée d'un cadeau ne lui avait même pas effleuré l'esprit.

— À nos âges, ce n'est plus si important, tu ne crois pas ?

— Arrête Andréas, tu t'enfonces. Tu n'as plus le sens des valeurs, tu es pitoyable.

Andréas Moser prenait sur lui pour ne pas partir en vrille, il avait un objectif en tête ; récupérer les fameux documents.

— Ok ? Je suis un peu tourmenté en ce moment, je suis désolé. Tu ne veux pas que l'on aille dîner quelque part !

Andréas Moser s'enfonçait encore un peu plus.

— Oui bien sûr, un soir de Noël ! Et tu t'imagines pouvoir recoller des mois, des années entières par ta proposition ubuesque. Rien ne va plus entre nous et il n'y a plus aucun espoir de recoller quoi que ce soit. Tu as joué, tu as perdu Andréas.

— Mais, tu...

— Non, non, n'insiste surtout pas !

Andréas Moser sentit son sang bouillir à l'intérieur de ses tempes, son seuil de tolérance était franchi. Une colère vive montait avec force et il ne pouvait l'apprivoiser. Il s'approcha, les mains tremblantes vers sa femme et la saisit violemment par un bras, il la poussa avec violence contre le plan de travail central en marbre. Myriam heurta le champ du marbre et sentit une douleur aiguë en haut de ses reins. Elle s'écroula de douleur sur le sol carrelé. Son mari la souleva sans ménagement et la pressa contre le mur tout proche, ses larges mains enserraient sa gorge et elle sentit brusquement une peur indicible grandir. Il allait la tuer, les yeux d'Andréas étaient exorbités !

— Tu me fais chier et je n'en ai plus rien à foutre, tu vas me dire où sont ces putains de documents du notaire, tu entends toute de suite ou je te tue !

Myriam était terrorisée, elle allait finir comme son père, mais elle trouva au fond d'elle une seconde de courage et la ressource pour projeter brutalement son genou entre les cuisses de son mari. Celui-ci s'écroula instantanément, plié dans une douleur qu'aucun glaçon ou iceberg ne saurait apaiser.

Myriam se dégagea, cherchant l'oxygène qui lui avait manqué pendant quelques secondes, puis sous l'emprise de la panique, elle saisit dans le bloc à couteaux celui qui avait la plus grosse lame. Elle fixait son mari étendu comme une loque, sourde à ses hurlements de douleur. Il découvrit le couteau brandi au-dessus de lui, prêt à le transpercer, il sentit un liquide chaud couler entre ses cuisses. Il pissait de trouille.

— Non, ne fais pas ça, non !
— Plus jamais, tu entends !

Myriam avait pour un temps, le contrôle de la situation, mais elle ne devait pas rester dans cette maison. Elle saisit son téléphone portable, le couteau toujours en main et appela sa meilleure amie Angèle Mespaire. Elle lui expliqua la situation et son amie lui ordonna de prendre des affaires et de la rejoindre pour le réveillon. Elle adressa une dernière phrase à son mari, qui avait pu enfin se relever, malgré une virilité en piteux état.

— Angèle est au courant, je file chez elle, je ne veux plus te voir, tu entends. Là c'est trop.

Toujours son couteau en main, Myriam fila à l'étage, remplit un sac de voyage et quitta précipitamment le domicile conjugal.

Andréas Moser se remettait du choc, il avait tout foiré et son ego en avait pris un sérieux coup. Sa frêle femme l'avait terrassé et il avait pissé dans son pantalon comme un gosse. Vexé, humilié il entreprit de fouiller la maison de fond en comble. Les documents devaient bien être quelque part ! Il commença par le dressing de Myriam, Andréas Moser avait toute la nuit devant lui.

Florent Chailley était arrivé en tout début d'après-midi chez ses parents, mais aussitôt il dut repartir pour gravir les ruelles du Mont-Saint-Michel en famille. Ce pèlerinage, il l'avait vécu une vingtaine de fois et il ne s'en lassait jamais. Le Mont, c'était d'abord des ambiances et des parfums marins changeants, Florent le connaissait par cœur. D'habitude, il contemplait avec délice les paysages variés, mais cette fois ses sens étaient ailleurs. Il pensait à Myriam et à la lettre de son père. Il s'était proposé d'aider son amante et il était inquiet, car cette histoire de blockhaus n'était pas très engageante. Il connaissait bien le parcours et il appréciait l'environnement. Malgré un bon niveau de golf, Florent Chailley était un de ces golfeurs qui n'oubliait pas de regarder les arbres, la qualité du gazon et de jeter un œil dans le ciel. Depuis qu'il avait rencontré Myriam, il s'était rendu compte de ce que lui apportait cette femme. Ce n'était pas qu'une exceptionnelle maîtresse, mais surtout une femme qui laissait glisser les quotidiens. Elle savait apprivoiser une relation en douceur, sans vouloir chercher à changer l'autre. Elle était respectueuse des espaces de l'autre, mais savait les superposer, puis les éloigner pour mieux les rapprocher. Elle avait une intelligence discrète et une réceptivité au monde surprenant. Florent aimait sa voix, sa peau, son odeur, ses caresses. Cette femme envahissait son esprit depuis quelque temps. Il découvrait qu'il tombait amoureux d'elle et c'est peut-être cela qui l'avait poussé à l'aider.

La perspective, qui s'offrait à ses yeux, du haut du Mont-Saint-Michel, l'envahissait d'une sérénité évidente. Dans ses yeux brillait une espérance. Elle s'appelait Myriam et elle tournait dans sa tête comme la Lune autour de la Terre. Mais quand il y pensait, inévitablement, il revenait aux événements de ces derniers jours et il avait promis à Myriam de l'aider. Il se surprit à y réfléchir plus que de raison. Les trois meurtres étaient un fait trop important pour ne pas prendre la mesure d'un grand danger, mais aussi d'un enjeu qui devait être extrêmement important. Les pensées de Florent Chailley n'échappaient pas à l'attractivité de l'enjeu. Le père de Myriam n'était pas un imbécile, ni un illuminé, et s'il avait pris le risque de transmettre à sa fille sa découverte, c'est que l'enjeu était grand. Quelque chose était caché dans la forêt près du Golf, Florent en était de plus en plus convaincu. Mais quoi ? A part les blockhaus, il n'y avait aucun endroit viable pour satisfaire à une bonne cachette et encore moins sous terre, compte tenu de la présence de l'eau. À l'évidence il fallait trouver le fameux blockhaus décrit dans la lettre, c'était la seule issue. Florent essayait d'imaginer le meilleur moyen pour trouver l'ouvrage. Il allait falloir échafauder un plan.

— Eh fiston, t'es avec nous ?

— Oui oui, j'étais dans la Lune ! Chaque fois que je viens ici, je relâche tout !

Le père de Florent Chailley n'imaginait pas la nature de Lune qu'évoquait son fils. Il n'était pas question de suivre les pas de Neil Alden Armstrong, mais ceux d'un invisible chemin du passé.

*

Mardi 26 décembre

Chaque année, les habitants d'Alsace et de Moselle pouvaient digérer les interminables repas du réveillon grâce à un jour férié supplémentaire : le 26 décembre était un jour chômé. Saint-Étienne était à l'honneur ce jour-là, premier martyr de l'histoire du christianisme. Depuis 1892, les Alsaciens et Mosellans, alors sous contrôle allemand, bénéficiaient d'un jour de repos supplémentaire. En réalité, ce jour était chômé en France avant 1905, mais avec la loi de séparation des Églises et de l'État, le pays avait décidé de supprimer ce jour férié religieux. Le concordat d'Alsace Moselle provoquait d'intenses débats entre les défenseurs de la laïcité et ceux qui voulaient garder l'héritage de l'histoire.

Pour le coup, les mordus du Garden Golf Club de la Forêt pouvaient profiter de cet héritage d'avant-guerre. C'était le cas de quatre copains décidés à braver le froid hivernal à 9h30 du matin, pour une partie dont l'enjeu restait modeste, c'est-à-dire une tournée au Tee-bar du club, voire plusieurs ! Patrick Beurdy, Anthony Buladdi, Fred Agullo et Christophe Merho faisaient partie des membres réguliers et en particulier les week-ends, notamment dans le cadre des compétitions. Ce genre de partie entre copains et de surcroît après deux jours de repas gargantuesques laissait présager une ambiance proche de la déconnade potache. Évidemment, le petit groupe connaissait bien Myriam Moser et Florent Chailley. Il était difficile de ne pas évoquer les événements, relayés par ailleurs dans les médias locaux. Si la relation du couple était secrète pour les médias, elle ne l'était pas pour les nombreuses paires d'yeux du club qui pouvaient voir au-delà des champs de vision possibles et alimentés par le microscope des ragots collectifs. Myriam ne laissait aucun homme indifférent et beaucoup devinaient la fébrilité de son couple. Le fait qu'elle avait une aventure avec Florent Chailley ne choquait pas plus que cela, sauf pour les bien-pensants débordant de préjugés. Le meurtre du père de Myriam avait beaucoup touché l'affectif des membres du golf et les quatre copains ne pouvaient s'empêcher d'y revenir.

— Tu as des nouvelles de Myriam, Patrick ?

Patrick était un ami de Myriam, il avait connaissance des problèmes du couple Moser, mais ne l'évoquait pas, par respect.

— Pas trop, elle est anéantie, tu imagines ; son père est mort dans des conditions dramatiques et un de ses amis dans le même temps !

— C'est terrible, en tout cas moi, je l'ai toujours apprécié cette femme, je la connais depuis un moment, toujours élégante et très sympa.

Fred le discret, mettait en avant l'essentiel. Il avait une paire de jumelles au-dessus du nez, il était les yeux du club. À cela s'ajoutait une rigueur particulière quand il jouait au golf ; il était un inconditionnel du télémètre laser qui permettait d'établir précisément les distances jusqu'au drapeau du green. Ses copains golfeurs le surnommaient affectueusement Spielberg ! À la tête d'une agence immobilière, Saiximmo, il était aussi un des sponsors du club.

— Elle devrait quitter son crétin de mec, il est arrogant et il n'est pas très respectueux avec elle. Elle mérite beaucoup mieux.

Anthony, le bel italien, mais de Sardaigne ce qui n'était pas pareil, maîtrisait son sujet ; la séduction, c'était son fort et le langage latin avait la magie de fleurir tous les mots. Quant à Christophe, Maître restaurateur, il savait mieux que personne donner la meilleure recette, il était aussi un des sponsors du club.

— Je ne suis pas entièrement d'accord avec vous, ils forment un beau couple de l'extérieur, mais c'est elle qui capte toute l'attention ! Lui il présente bien, mais à l'intérieur je ne le sens pas du tout. Ils venaient souvent chez moi, il y a quelques années !

— En tout cas, je me demande bien ce qu'il foutait dans la forêt son père, sinon chercher des balles de golf ?

— Il a quand même été torturé, c'est dingue cette histoire !

Les quatre hommes parlaient mieux qu'ils ne jouaient, les festivités de la veille laissaient des traces de fatigue, affectant particulièrement les swings et les trajectoires des balles. Le froid ajoutait de la difficulté, les balles volaient moins loin et les muscles se faisaient plus raides dans tout le corps. Les trous se succédaient dans la bonne rigolade. Mais en se dirigeant vers le départ du trou numéro 13, tout près de la forêt, les langues se firent moins disertes. Chacun avait en mémoire l'endroit précis où fut découvert le corps de Thibault Desmarec et l'agression sur Raphaël Bollé.

En arrivant sur le départ du 13, les regards plongèrent
naturellement vers l'intérieur de la forêt, mais
imperceptiblement un malaise collectif s'installa et les
joueurs se remirent dans la partie. Patrick Beurdy était
le premier à jouer, il planta la balle sur son tee dans le
sol légèrement durci par le gel. Il vérifia la hauteur, pour
être en connexion avec la frappe à venir. Puis il s'aligna,
en jetant un œil expert dans la direction à jouer. Installé
dans sa posture, en langage de golf on dira «à l'adresse»,
il invita sa meilleure concentration, posa la tête de son
driver devant la balle, respira avec mesure, puis
lentement débuta la montée en arc de son club,
jusqu'au-dessus de sa tête, puis redescendit en
accélérant la vitesse de frappe, tel un fouet.

La tête du driver frappa la balle, subitement comprimée à l'impact et décolla du tee, propulsée par la conjonction des énergies du joueur et du matériel. La balle vola dans les airs, les quatre paires d'yeux suivirent le missile, mais se rendirent à l'évidence : la balle avait un effet latéral droit et en bout de course s'engouffra bruyamment dans la forêt. La balle ricocha sur un arbre et semblait hors-limites. Patrick Beurdy resta de bois, même s'il avait une envie profonde de hurler. Il devrait rejouer une balle provisoire après que chacun ait joué son tour. Mais Patrick ne serait pas le seul à rater son départ, Christophe propulsa sa balle en direction de Cirrus-Cumulus intouchables, mais les frênes de la forêt ralentirent le vol brutalement. Anthony préféra s'aligner

Anthony,
BULADDI
dit : LE SARDE

un peu plus sur la gauche pour s'éloigner du hors-limites et posa parfaitement sa balle en plein centre du fairway.

L'italien fit montre d'une grande humilité face à ses copains qui le félicitèrent de son coup, mais dans sa tête, il courait au milieu d'une foule brandissant dans le vent, le drapeau de la Squadra !

Puis Fred, le joueur le plus calme, déposa sa balle sur les berges sableuses d'un bunker, situé côté forêt, tout près d'une machine d'entretien des greens, qui n'avait rien à faire à cet endroit. La proximité de la scène du meurtre de Desmarec avait insidieusement affecté les neurones du groupe et conduit à une légère perte de concentration, sauf pour Anthony, le latin, à même de gérer toutes les situations de stress. Quand toutes les balles provisoires furent en jeu, les joueurs se dirigèrent vers les abords de la forêt, vérifier si leurs premières balles étaient effectivement hors-limites. Patrick put récupérer sa balle sur le chemin, mais en hors-limites, donc, il dut jouer la seconde balle avec un point de pénalité. Il manquait la balle de Christophe, elle avait dû pénétrer profondément dans la forêt en ricochant sur les arbres ! Elle semblait perdue, mais la paire de jumelles de Spielberg avait une excellente focale !

— Eh, Christophe là-bas !

Fred désigna une direction, vers l'intérieur de la forêt.

— Ouais je vois, mais on n'a pas le droit d'y aller !

— On s'en fout ! Elle est à côté ta balle et on est quatre !

Le sarde avait parlé, tel un parrain à l'autorité indiscutable et Christophe, pourtant de gabarit imposant, finit par abdiquer. Il franchit la clôture électrique, puis marcha sur une vingtaine de mètres et récupéra la belle ProV1, légèrement égratignée. Un sixième sens conduisit son regard un peu au-delà de la zone de retombée des balles. Il lui sembla apercevoir quelque chose qui bougeait légèrement.

christophe
MEHRO

— Eh Christophe, tu fais quoi là ?

Patrick Beurdy remarqua la posture immobile de son copain, alors qu'il venait de trouver sa ProV1 et ce n'était pas le genre à chasser d'autres balles !

— Il y a quelque chose là-bas !

— Attends, on vient.

Par précaution, le Sarde saisit un club de golf dans son sac, un fer 5, capable de procurer les mêmes bienfaits qu'une batte de base-ball ! Tous rejoignirent Christophe, toujours figé dans sa posture. Les quatre copains avancèrent de front vers l'endroit suspect. Très vite ils comprirent qu'une personne gisait au sol et tentait désespérément de faire des appels.

— Moi je surveille avec Fred, allez-y, on vous prévient si ça bouge !

Anthony et Fred se postèrent en gardes du corps avisés, prêts à swinguer un fer 5 dans la tronche du premier voyou qui passerait. Quand Patrick et Christophe découvrirent la scène, ils restèrent un moment sans voix. Un jeune homme, le visage tuméfié et couvert de sang, tentait vainement d'articuler des mots.

— C'est le jeune gars du club, il est apprenti jardinier depuis quelques mois.

— J'appelle les flics ! Christophe saisit son portable.

Au même instant les quatre copains entendirent une voix les interpeller depuis le parcours.

— Eh les gars, dégagez de là, vous voulez avoir à faire aux flics ? Vous avez vu les panneaux, merde !

Rémy Maistre était furieux, la leçon de Raphaël Bollé n'avait pas servi. Il sauta de sa voiturette et accourut vers les quatre contrevenants, mais quand il découvrit la scène, il se calma !

— Ce n'est pas vrai, c'est le petit nouveau ! Vous avez prévenu les secours ?

— Oui ! Ils arrivent et les flics aussi.

Le groupe entoura le gamin et le couvrit de plusieurs vêtements de golf. Il souffrait le martyre, ses yeux fixaient le ciel, comme un appel divin en recherche d'une délivrance.

À l'autre bout du parcours, Gérald Vargas s'agaçait de ne pas trouver le jeune jardinier chargé de balayer les greens. S'il avait mis le jeune homme d'astreinte d'entretien un jour férié, c'est qu'il était le dernier arrivé dans l'équipe et qu'il devait faire ses classes. Quand Gérald reçut l'appel de son collègue Rémy, il était sonné ! Pourtant, les deux hommes surveillaient le parcours depuis 3 jours sans interruption! Comment le jeune jardinier avait pu échapper à leur vigilance et pourquoi s'était-il aventuré dans la forêt, malgré la fermeté des consignes ? Gérald rejoignit le trou 13 et découvrit la scène à son tour. Il fut très surpris de trouver le gamin à cet endroit.

— Mince ! Pourquoi a-t-il franchi la clôture, il le savait, on en a encore parlé hier soir ! Gérald se tourna vers Rémy tout aussi intrigué.

— Je ne sais pas, mais peut-être juste de la curiosité ou la recherche de balles ! L'autre soir, il m'a demandé s'il pouvait garder celles qu'il trouvait !

Christophe Merho tenta d'essuyer le visage du jeune homme, mais ce dernier lui prit la main pour l'interrompre. La douleur était intense.

— Il doit avoir la mâchoire fracturée !

— J'entends les flics ! avança Fred.

La Renault Mégane de la gendarmerie s'engouffrait sur le chemin bordant le golf et s'arrêta brutalement à hauteur des voiturettes de golf. L'officier de police Gaëtan Russo commençait à être un habitué des lieux. Il bondit de la voiture, accompagnée de sa collègue, Samantha. L'ambulance arriva à peine une minute derrière eux. Le médecin se précipita vers la jeune victime, commença à lui prodiguer les premiers soins et suggéra un premier bilan.

— La mâchoire est brisée, il a des coups sur le thorax, mais il n'est pas en danger.

Après avoir pris les photos d'usage, la femme gendarme sollicita l'avis de son supérieur.

— On gèle le périmètre ?

Gaëtan Russo n'allait pas reproduire les mêmes erreurs, commises sur la scène de crime de Desmarec, même s'il n'y avait pas eu mort d'homme cette fois !

— Oui, mais vu le bordel qu'il y a déjà ici, difficile de remonter des traces d'indices ! L'officier avait volontairement haussé la voix.

Le groupe se sentit visé, bien évidemment. Six personnes avaient déjà souillé les espaces autour du jeune homme et de surcroît, étaient en infraction pour avoir franchi le périmètre de sécurité.

— Messieurs, dites-moi ce qu'il faut faire pour que vous restiez sur le golf ?

Russo était agacé. Cette nouvelle agression ne sentait pas bon. Et il allait se faire allumer par le commissaire Jaeg pour n'avoir pu empêcher cela malgré les avertissements précédents.

— Mais on ne pouvait laisser le gamin comme cela ! osa avancer Anthony.

— Et vous avez pu l'apercevoir depuis le golf, à 40 mètres au moins et à travers les feuillus ?

— Écoutez, si l'on n'avait pas été là et avec le froid de la nuit, le gamin y passait sans doute.

Patrick Beurdy venait d'avouer la transgression du groupe, mais mettait en avant un héroïsme teinté d'opportunisme.

Tandis que l'ambulance évacuait la jeune victime vers l'hôpital Krantz, Gaëtan Russo invita le petit groupe de golfeurs à la gendarmerie, pour les dépositions d'usage. Les quatre copains se seraient bien passés de cette aventure en ce jour férié de la Saint-Etienne.

De retour au club, Gérald et Rémy s'empressèrent d'informer le Président des événements. Pierre Maingé les retrouva dans la salle de réunion, accompagné de deux autres membres du Comité. Il y avait urgence à débattre sur ce qui venait de se passer ; un jeune employé venait d'être agressé et il aurait pu y laisser la vie.

— Les circonstances sont très graves et comme les panneaux d'interdiction ne servent à rien, je propose que l'on ferme les 9 derniers trous du parcours.

Pierre Maingé prenait ses responsabilités, il était hors de question de prendre de nouveaux risques pour les employés et les membres.

— Nous on est d'accord avec ta proposition, mais pour le coup, c'est vrai qu'ils ont sauvé le gamin, même si à un moment où un autre Gérald ou moi on aurait fini par le découvrir, sa machine était bien visible. Bon d'accord, ils ont tout de même été de l'autre côté chercher leurs balles !

Rémy et Gérald ajoutaient deux voix dans la proposition du Président.

— Je suis aussi d'accord, mais certains vont râler ! Avança un des membres du comité.

— On prend nos responsabilités, on ne peut pas jouer sur le mécontentement de certains, on décide de sécuriser le parcours par rapport à un contexte exceptionnel et la fermeture provisoire des 9 derniers trous sera effective le temps qu'il faudra ! Qui vote pour ?

Le Président Maingé avait fait l'unanimité sur sa proposition.

— Bon, puisque c'est d'accord, je préviens notre webmestre de mettre en ligne une annonce de fermeture temporaire des 9 trous.

— Je m'occupe de la signalétique ! Ajouta Gérald.

— Très bien, moi je file à l'hôpital prendre des nouvelles du gamin ! Je vous tiens au courant.

C'est sur la conclusion de Pierre Maingé que le groupe se sépara.

Russo n'avait pas attendu, cette fois-ci, pour contacter le procureur, puis le commissaire Jaeg. Des investigations sur le terrain étaient en cours et le périmètre global de la forêt était sous contrôle. De nombreuses patrouilles de gendarmerie, diligentées par Jaeg, parcouraient tout le secteur en quête d'indices. L'hypothèse de coincer des agresseurs potentiels était infime, ils avaient quitté les lieux.

Pierre Maingé attendait dans une salle d'attente de l'hôpital Krantz. L'équipe soignante l'avait prié de patienter, le temps d'une radiographie et d'un diagnostic complet. Trois quarts d'heure plus tard, le médecin en chef l'informa du bilan retenu : fracture d'un os de la pommette et de la mâchoire inférieure. Le gamin ne pourrait pas parler avant un moment, mais ses jours n'étaient pas en danger. Il faudrait plusieurs semaines avant qu'il ne puisse retrouver ses fonctions.

Maingé repartit inquiet, il fallait espérer que le jeune homme n'aurait pas de séquelles. Gaëtan Russo et Samantha arrivèrent peu après le départ du président du club de golf. Russo souhaitait interroger lui-même le jeune jardinier. Devant l'impossibilité technique d'une audition, Russo prit l'initiative d'emprunter une tablette numérique au corps médical.

Le médecin-chef n'était nullement favorable à la démarche de Russo, son patient était encore sous le choc et, malgré les antalgiques, il souffrait. Devant l'insistance de l'officier de gendarmerie, il s'inclina. Jaeg avait bien précisé qu'il fallait absolument connaître la version du gamin au plus tôt. Cela lui paraissait très curieux qu'il ait quitté sa machine pour franchir la clôture électrique. Les personnels du club de golf avaient été bien informés

Devant la souffrance évidente du jeune homme, les gendarmes devaient mener l'interrogatoire avec précaution, pour ne pas l'obliger à entrouvrir la bouche. Russo laissa faire Samantha, il pensa avec bon sens, que la douceur féminine serait une alliée de circonstance. Elle posa précautionneusement l'Ipad sur le thorax du gamin et s'efforça d'articuler lentement.

— J'imagine que vous avez très mal, mais nous voulons trouver vos agresseurs ! Vous comprenez ?

Le jeune homme ferma les paupières en signe d'acquiescement.

— Essayez d'écrire sur la tablette, ce qui vous est arrivé, prenez tout votre temps.

Samantha patienta un bon quart d'heure avant que le gamin puisse lui fournir des éléments. Il était encore sous le choc et il avait dû fournir de gros efforts pour parvenir à frapper correctement les touches de l'IPad.

Russo s'approcha de la tablette. Le gamin avait le sens de la chronologie !

«*Hier soir Gérald m'a demandé de balayer les greens. Donc, ce matin, j'ai pris la balayeuse et j'ai fait les trous jusqu'au 12. En arrivant sur le 13, il y avait 2 gars qui prenaient des photos, ce n'était pas des golfeurs, ils étaient habillés en chasseurs. En m'approchant pour aller balayer le green, je me suis arrêté pour leur dire de ne pas rester là. Ils m'ont dit de me casser, j'ai voulu prendre mon phone, mais un des gars m'a éjecté de la balayeuse et ils m'ont traîné dans la forêt. J'ai voulu crier, mais ils m'ont tabassé. J'ai essayé de mettre l'enregistreur du phone, mais je ne sais pas si cela a marché ! Vous l'avez retrouvé ? »*

— Samantha, pouvez-vous demander au personnel soignant s'ils ont récupéré un téléphone !

Russo se retourna vers le gamin.

— Est-ce que vous seriez capables de reconnaître ces gars ? C'est important, je voudrais faire des portraits-robots, vous comprenez ?

Le gamin reprit l'IPad et frappa des mots.

— « Je ne sais pas, ils avaient des bonnets, mais on peut essayer »

— Super, dès que vous irez un peu mieux, un gars de chez nous viendra vous voir.

La porte de la chambre s'ouvrit sur la silhouette de Samantha.

— Chef, personne n'a récupéré le portable du gamin, il faudrait peut-être fouiller la zone ?

— C'est en cours, Jaeg a demandé de passer tout au peigne fin dans la zone de l'agression. Mais bonne réaction, Samantha ! ironisa Russo qui avait besoin de reprendre une légitimité de galon !

La jeune femme ne montra pas la moindre émotion. Gaëtan Russo appela Jaeg et l'informa de la tenue et du contenu de l'audition du jeune jardinier. Jaeg en profita pour l'informer qu'ils avaient trouvé le téléphone du gamin et qu'il allait être examiné, suite à sa déclaration.

Les gendarmes allaient quitter la chambre du jeune homme, quand ce dernier leur tendit l'Ipad. La jeune femme gendarme le saisi et lu.

— « J'ai oublié de vous dire qu'ils avaient un accent bizarre »

— Merci ! À bientôt et reposez-vous.

— Samantha, ajoutez cela dans le rapport et faites suivre à Jaeg !

Elle acquiesça d'un mouvement de tête, surprise de voir l'assurance que prenait son supérieur. Elle l'avait connu plus frileux dans ses injonctions.

*

120

Fin décembre

Myriam Moser ne s'attendait pas à la présence d'autant de personnes dans la petite chapelle du crématorium ce mercredi après–midi. Outre les nombreux militaires qui s'étaient déplacés de Brest, de nombreux civils, dont elle ignorait pour beaucoup l'identité, s'étaient déplacés pour rendre un ultime hommage à son père. Plusieurs membres du golf et des amies proches tenaient aussi à montrer leur soutien. Elle aurait voulu une cérémonie intimiste, mais les autorités militaires avaient tenu à marquer le coup. Après tout son père avait passé plus de la moitié de sa vie dans le monde fermé de l'armée. La cérémonie ne devait durer que 20 minutes, mais l'éloge du général Tonnaire doubla ce temps. Myriam découvrit la carrière émérite de son père et elle se rendit compte, combien il avait été modeste et rempli d'humilité. L'éloge de son père n'en finissait plus et le général réussit, dans une dernière salve verbale, à déclencher spontanément, un vrai tonnerre d'applaudissements. Il portait bien son nom ce général ; Tonnaire de Brest !

Myriam Moser n'empêcha pas les larmes de courir sur ses joues, elle était très troublée par cet hommage inattendu. À la fin de la cérémonie, elle eut droit au rituel du chapelet de condoléances, chacun y allant de son soutien souvent trop policé, ou de son envolée verbale savamment étudiée, mais parfois des mots simples savaient toucher au plus profond de l'âme. Mais elle ne s'attendait pas à cette poignée de main appuyée d'un homme assez âgé, très mince, le regard bleu acier et vêtu d'un costume très élégant.

— Madame, permettez-moi de vous présenter mes plus chaudes condoléances. Nous nous reverrons dans de meilleurs moments, nous avons des choses à nous dire ! À bientôt madame.

— Mais ? Vous êtes... ?

Myriam n'eut pas le temps d'en savoir plus. Le costume élégant s'en était allé comme une ombre du néant, mais une seule personne avait remarqué cette ombre intrigante et la manière dont elle avait abordé Myriam Moser : le commissaire Jaeg ! Discrètement il avait observé chaque personne au laser. L'ombre ne pouvait passer au travers et le fidèle adjoint de Jaeg, Burg, était déjà dans le jeu de la filature. L'homme au beau costume avait désormais une ombre discrète dans son dos.

À l'issue de la cérémonie, Myriam avait organisé un vin d'honneur dans un restaurant non loin du crématorium. Jaeg avait tout de suite remarqué l'absence d'Andréas Moser. Comme il n'avait pas présenté ses condoléances dans la chapelle, il s'avança auprès de Myriam.

— Madame Moser, toutes mes condoléances. Votre père a eu droit à une très belle cérémonie et un hommage vibrant.

— Merci commissaire. Oui, je suis très touchée.

— Excusez–moi, mais tout à l'heure, la dernière personne qui vous a serré la main, ce monsieur d'un certain âge, vous le connaissez bien ?

Myriam Moser ne s'attendait pas à cette question et fut un instant déroutée. Comment Jaeg, avait–il pu deviner l'attitude curieuse de cet homme sans entendre le moindre propos !

— Non, je pense que c'était une connaissance de mon père !

— Mais il vous a parlé !

— Oui... les condoléances d'usage !

— Madame Moser, si vous étiez en danger, vous m'en parleriez, n'est–ce pas ?

— Mais bien sûr commissaire !

— Je n'en suis pas certain, en tout cas sachez que vous pouvez me joindre à toute heure, d'accord ?

— Merci commissaire, ne vous inquiétez pas. Je pars pour Brest demain, je rapporte l'urne dans le caveau familial.

— Votre mari vous accompagne, je ne l'ai pas vu ?

— Mon mari ! Je n'en sais rien et pour tout vous dire, cela m'est complètement égal.

— J'ai cru comprendre, oui. Mais j'aimerais que vous me donniez régulièrement de vos nouvelles si vous voulez bien ! Cela ne me regarde pas, mais monsieur Chailley pourrait vous accompagner, pour plus de sécurité.

— Commissaire, je suis une grande fille !

— Oui, bien sûr. Ah, j'allais oublier, j'imagine que vous envisagez de vous rendre à l'appartement de votre père, mais il est sous scellés depuis une dizaine de jours, j'ai fait faire une perquisition pour les besoins de l'enquête. Mes collègues de Brest devaient vous informer.

— Je n'ai pas été prévenue ! Je fais comment pour récupérer mon appartement ?

— Ne vous inquiétez pas, il n'y a plus lieu de geler les lieux, je m'occupe d'obtenir la levée des scellés, vous pourrez être sur place, disons demain vers 18h ?

— Oui, ça devrait aller.

— Bien, encore toutes mes condoléances. Je vous laisse et vous souhaite bien du courage madame.

Myriam Moser n'était pas dupe, le commissaire Jaeg était pour le moins intrusif dans un pareil moment, mais c'était son job, malgré son impertinence. Elle n'eut pas le loisir de méditer plus, déjà le général Tonnaire s'approchait d'elle pour la couvrir de sa protection bienveillante, du haut de ses 5 étoiles qui gravitaient sur son képi. Myriam n'avait plus regardé d'étoiles depuis bien longtemps !

Aussitôt qu'il eut quitté la cérémonie, Jaeg s'empressa de joindre ses collègues brestois. Il s'était engagé auprès de Myriam Moser, en élaguant une partie de la procédure de levée des scellés ! Mais il savait très bien ce qu'il faisait, il fallait restituer l'appartement et laisser vivre les quotidiens de Myriam Moser, mais sous surveillance. Quelque chose lui disait qu'elle était en danger et peut–être mêlée à une affaire que d'autres convoitaient ! Jaeg avait carte blanche pour mener son enquête et il savait que la police judiciaire de Brest le suivrait, sur les conseils appuyés de sa hiérarchie.

Après avoir eu la confirmation de la levée des scellés par son homologue Breton, Jaeg prit des nouvelles auprès de Burg. Ce dernier lui confirma qu'il roulait vers la Suisse, l'homme qu'il filait avait une grosse berline allemande et semblait pressé. Burg avait déjà envoyé le numéro d'immatriculation à ses collègues et attendait un nom en retour. Ce nom lui parvint après 30 longues minutes. Les fichiers suisses semblaient plus lents à passer dans les réseaux. Quand Burg reçut l'information, il appela immédiatement son patron.

— Oui Olivier, je t'écoute.

— J'ai le nom du gars ! Il s'appelle Joachim Adelstein. C'est un des plus gros banquiers de Suisse.

— Ok, et tu es où là ?

— Devant sa propriété, en plein cœur du quartier Riehen à Bâle. D'après mes informations, il a d'autres propriétés à Zurich, Genève et en Autriche. C'est carrément un petit château sa baraque ! Ce mec détient les deux plus grosses banques ; UBCH et Zurich Union. La famille Desmarec a de solides relation, c'est le moins qu'on puisse dire.

— Ok, tu peux rentrer, cela ne sert à rien de rester là–bas ! On a ce que l'on voulait !

— D'accord, je rentre, à plus.

Jaeg avait reçu l'information, sans qu'il soit tenté d'établir une corrélation trop hâtive. Sa force était, dans la prise de hauteur, savoir changer les échelles de réflexion et passer de la longue focale au microscope. Souvent ce qui paraissait une évidence et conséquemment, le critère ultime de la vérité, pouvait aussi n'être qu'une ressemblance et non un fait établi. Ce Joachim Adelstein semblait être dans le cercle de la famille Desmarec parce qu'il était présent à la cérémonie. Mais Burg n'imaginait pas que ce banquier aurait pu s'inviter sans avoir la moindre relation avec la famille Desmarec ! Jaeg avait trop bien observé le visage de Myriam Moser lors de la poignée de main et elle ne connaissait pas ce Joachim Adelstein, c'était presque une certitude.

Joachim
ADELSTEIN

Il fallait comprendre pour quelles raisons cet homme s'était invité. Vraisemblablement il y avait un enjeu pour ce banquier. Lequel ? Il restait à le découvrir. La famille Desmarec pouvait très bien avoir des fonds dissimulés dans le pays des coffres secrets. Jaeg n'écarterait aucune hypothèse.

Alors qu'elle faisait ses valises et se préparait pour son voyage à Brest, Myriam reçut un appel de Florent Chailley. Cet homme lui manquait, il était une addiction dont elle n'imaginait pas se défaire. Florent était devenu au fil des mois, non seulement son ami amant, mais aussi un confident discret.

— J'ai pensé à toi très fort, j'imagine que c'était difficile cette cérémonie.

— Oui, mais ça va, je suis debout et j'ai été agréablement surpris du soutien appuyé de beaucoup de gens. Papa était très apprécié. Je file à Brest pour déposer l'urne dans le caveau et je pense y rester deux ou trois jours pour me changer les idées. Je serai dans l'appartement que je récupère demain soir.

— Tu veux pas me rejoindre pour le Nouvel An ?

— Cela n'a rien à voir avec toi Florent, disons que j'ai besoin d'un sas de décompression. Tout a été si vite ! Et toute cette histoire que Papa m'a laissé, je sais plus très bien où j'en suis.

— Je comprends, tu as besoin de te reposer et d'y voir clair. Je suis là si tu as besoin de parler ! N'hésite surtout pas !

— Tu es un amour !

— Je confirme !

— On se rappelle, dès que je suis arrivée !

— Oui, préviens-moi et prends soin de toi, je t'embrasse.

Florent Chailley respectait l'attitude de recul de Myriam, elle était dans un état de fébrilité évident. S'éloigner à Brest quelque temps était une bonne chose pour elle et de toute manière, lui, il était prisonnier de sa famille jusqu'au Nouvel An. Et puis il avait déjà commencé à bien réfléchir sur l'histoire de Myriam. Chailley était un homme brillant dans son domaine, le marketing publicitaire, mais c'était avant tout un grand créatif. Cette qualité allait lui servir à échafauder un plan, pour la recherche du fameux blockhaus dans la forêt. Il avait pu télécharger le plan du golf, puis des extraits cadastraux en ligne du secteur. Depuis deux jours il explorait sur le Net tout ce qui se rapprochait aux cercles d'histoire et, en particulier, la ligne Maginot, mais, c'est en consultant le site Web du Garden golf Club de la Forêt qu'une idée commença à se dessiner dans son esprit. Il tomba sur le concours d'idée pour le projet des deux fresques et en particulier celui des façades du blockhaus du trou 13. En croisant tous les documents en sa possession, il s'était aperçu que ce blockhaus était tout près de la parcelle de forêt qu'il fallait explorer, à peine à 80 mètres. Son idée était très simple, Florent Chailley allait proposer, à travers son agence publicitaire de financer la réfection de la façade du blockhaus, de créer un visuel, puis de le réaliser. Pour éviter toute suspicion, il proposera en plus au club d'organiser une compétition couverte par son agence : « le troisième œil ». Le délai de réponse était jusqu'au 5 janvier. C'était un peu court, mais il avait quelques jours encore chez ses parents, donc du temps propice à la création et des idées germaient au fond de son esprit en feu. Il devait présenter un projet original, en phase avec les lieux. Pour Florent Chailley c'était le train–train quotidien. Et puis le Comité du club ne résistera pas à une prise en charge extérieure, les sponsors étaient de plus en plus rares. Il restait à cogiter sur la parcelle de la Forêt, celle référencée Section 6 Parcelle 237 et calibrée à 2 hectares 200. Florent Chailley avait tenté une interprétation aérienne sur Google Maps pour localiser les ouvrages de guerre, mais à part trois ouvrages repérables, tous les autres étaient masqués. Chailley imaginait de réaliser un plan quadrillé en zone de 10 ares, ainsi la prospection sur le terrain serait ordonnée et le fameux ouvrage ne pourrait échapper aux recherches. Il suffirait de s'échapper du projet de la fresque une fois par jour, pendant une quinzaine de minutes. Le calcul était simple il y avait 22 carreaux de 10 ares à explorer. Avec un peu de chance il serait possible d'explorer 2 où 3 carreaux en une visite, surtout pour les plus proches du golf, cela laissait donc une marge de 10 visites exploratoires. La fresque prendrait au minimum entre 15 à 20 jours pour sa réalisation ! C'était jouable. Florent Chailley tenait son plan.

En débarquant à l'aéroport de Brest, le lendemain de la cérémonie, Myriam Moser récupéra son véhicule de location, une Clio blanche en parfait accord avec son teint, pâli par les derniers événements. Son premier souci était de régler les dernières volontés de son père. Elle avait déjà informé la ville de son intention de disperser une partie des cendres en mer, à la Pointe de Cornouaille et de déposer l'urne dans le caveau familial. Elle passa un coup de téléphone à la mairie, pour l'ouverture du caveau, qui lui confirma que les ouvriers de la ville étaient sur place à 14h 30. Elle avait plus de 3 heures devant elle, pour se rendre à la Pointe de Cornouaille, à l'autre bout de la rade de Brest. La pointe de Cornouaille était un des lieux emblématiques dans la presqu'île de Crozon. La position remarquable de l'endroit avait séduit les militaires depuis le XVIIè siècle et c'est ainsi que fut construit par l'incontournable Vauban, un fort dénommé la batterie de Cornouaille. Pendant la Seconde Guerre mondiale, elle abrita une position allemande importante. Les vestiges des guerres marquent à jamais les paysages et les esprits. L'endroit était cher à Myriam, elle y venait toute petite avec son père, en voilier depuis le port de Brest. Des racines d'elle, de son père, étaient ancrées dans ce lieu, balayé par les vents et les embruns parfumés de la mer d'Iroise.

Aussi quand elle avança au pied des rochers, en contrebas du Fort, tenant dans ses bras les cendres de son géniteur, elle jeta un œil circulaire. Elle était seule, pas une seule silhouette humaine, juste quelques goélands dissipés qui chantaient une mélodie d'adieu. Myriam déposa l'urne au sol, ôta ses chaussures, puis releva le bas de son jean. Elle ôta le couvercle de l'urne, avança dans l'eau glacée jusqu'aux chevilles, puis ferma les yeux quelques secondes. Elle faisait corps avec les éléments, la mer, la terre, le ciel et dans ses bras son père. Mille pensées l'assaillaient et l'eau glacée n'était plus qu'une caresse bienfaisante, tant elle était plongée dans les souvenirs. Sa prière était celle–là, celle des beaux souvenirs éternels, dédiée vers là–haut, à l'âme de son père envolée pour un voyage sans fin. Quand elle fut prête, elle attendit que le vent soufflât dans la bonne direction, puis pris dans sa main quelques cendres qu'elle éparpilla dans le vent. Elle réitéra le geste plusieurs fois. Elle sortit de l'eau glacée, puis recouvrit ce qui restait dans l'urne et se rechaussa. Elle observa la mer qui venait d'accueillir son père et c'est à ce moment précis, que jaillit de la surface de l'eau une petite bande de dauphins. Le spectacle inattendu de ses joyeux mammifères marins illumina le visage de Myriam. Sa prière venait d'être entendue, un souffle de bonheur tiède traversa son esprit. Il était temps de repartir pour le second voyage. Elle se retourna une dernière fois vers la mer avant de monter dans la Clio blanche et murmura ;

— Bon voyage Papa, repose en paix.

Quand l'urne fut déposée dans le caveau familial, Myriam se rendit compte qu'elle était épuisée. Les émotions avaient eu raison d'elle. Il lui fallait encore attendre jusqu'à 18 heures pour récupérer son appartement. Elle avait encore deux heures devant elle et opta pour une pause dans un salon de thé.

Vers 17h 30, elle se rendit chez les voisins du rez-de-chaussée, juste en dessous de l'appartement de son père. Elle récupéra le double des clés et écourta sa visite et les longs discours, elle n'avait pas la tête à cela, même si les voisins étaient très sympathiques. Elle attendit, assise devant le pas-de-porte, un bon moment, jusqu'à l'arrivée précise, à 18 heures, de deux gendarmes et d'un huissier. Mais la procédure allait être écourtée, les scellés avaient été brisés et la serrure de la porte forcée. Quand l'huissier poussa la porte, Myriam n'en crut pas ses yeux en découvrant l'appartement saccagé, tout avait été retourné. Aucun centimètre carré n'avait été épargné ! Myriam était effondrée, elle n'avait pas besoin de cela maintenant.

— Désolé, madame, nous allons devoir à nouveau geler les lieux.

Le gendarme qui venait de lui annoncer cette bonne nouvelle, semblait sincèrement contrarié.

— Écoutez, monsieur l'agent, appelez le commissaire Jaeg à Mulhouse s'il vous plaît.

— Mais madame, laissez-nous faire notre travail, le commissaire recevra notre rapport dans quelques heures.

Myriam Moser était trop épuisée pour discuter, elle appela Jaeg. Ce dernier demanda de lui passer le gendarme contrarié. Elle ignorait qu'il était lieutenant et s'amusa de voir sa posture changer au fil de la discussion, avec Jaeg. La conversation téléphonique terminée, le lieutenant s'adressa à elle.

— Bien, nous allons faire venir une petite équipe pour le relevé d'empreintes éventuelles et vous pourrez récupérer le lieu vers 21 heures. Vous devriez vous occuper de faire changer la serrure, mais après 21 heures !

— Je n'ai pas le choix, manifestement !

Myriam était dépitée, elle se fit violence et retourna près du centre-ville à la recherche d'un restaurant. Enfin assise dans une petite brasserie, elle réfléchit sur la situation. Il lui fallait retrouver de la lucidité pour être efficace. Après un Mojito bienfaiteur, elle chercha sur son téléphone un serrurier. Elle finit par en dénicher un qui lui donna rendez-vous à 21 heures à l'appartement. Puis elle appela sa meilleure amie en Alsace ; Angèle Mespaire. Elle avait besoin de parler à quelqu'un de confiance et son amie avait toujours été sa confidente. Mais Myriam Moser ne s'attendait pas, à ce que celle-ci, lui proposa de la rejoindre le lendemain dans la soirée. C'était sans nul doute le meilleur soutien qu'elle pouvait avoir en pareille circonstance.

Les gendarmes ne purent que constater un fait de cambriolage ordinaire, comme il en existait tous les jours. Les techniciens avaient relevé des empreintes qui devraient parler prochainement.

À l'heure prévue le serrurier changea la serrure, moyennant un dépassement d'honoraires exorbitant. Le métier de serrurier recelait des mystères tarifaires non élucidés, mais il est bien compliqué de savoir les compétences qu'exige ce type de métier. Un psychologue tentera de percer les esprits au bout de séances infinies, mais les patients n'ouvriront pas forcément la serrure cérébrale et ce malgré des honoraires no limit ! Les serruriers seraient-ils de fins psychologues !

Malgré le capharnaüm, Myriam voulait rester dans son appartement et y dormir. Elle prit une bonne douche, rangea tant bien que mal sa chambre de jeune fille. Pour le reste, le travail était titanesque, mais dès le lendemain, Angèle serait là pour la soutenir. Quand Myriam Moser s'allongea enfin dans son lit, elle s'endormit d'épuisement.

*

Début janvier 2018

Le Garden Golf Club de la Forêt entrait dans une nouvelle saison de golf et même si l'année commençait plutôt mal pour les membres suite à la fermeture de la moitié du parcours, il n'empêchait que les projets ne manquaient pas. Les travaux d'aménagement du nouveau bâtiment avançaient bien. L'installation des nouveaux caddys rooms[4] était en cours et les façades garnies de bois et de crépis apportaient une modernité évidente au site. Au dos du bâtiment, un échafaudage paré de filets de protection contre les balles, avait été érigé le temps de la réalisation de la fresque murale. Les parkings venaient d'être couverts d'enrobés pour un meilleur confort d'usage. Pierre Maingé respirait de soulagement de voir les projets prendre corps. Les membres semblaient satisfaits et c'est tout ce qui importait. La pérennité des investissements était un enjeu difficile à apprécier, mais le club n'avait pas d'autre choix que de se moderniser. Les événements récents de la forêt allaient s'effacer et le parcours rouvrirait prochainement ses 18 trous. Le comité n'avait plus qu'à se focaliser sur la prochaine assemblée

---

[4] Salle de rangement des chariots et des sacs de golf

générale, point d'étape de la vie du club. Ce n'était pas tant les élections qui mobilisaient les esprits, il n'y avait pas de nombreux candidats au bénévolat, mais la conscience du travail réalisé et des responsabilités engagées pour l'avenir. Un club de golf, c'était une PME et sans argent, il n'y avait plus d'essence pour faire tourner le moteur.

La vice-présidente Danièle Hidalgo était ravie de voir, qu'enfin, la grande fresque allait débuter. Elle ignorait que le destin allait répondre à son appel à concours pour l'autre fresque, celle du blockhaus 13. Le facteur déposa le courrier du club dont une grande enveloppe cartonnée, remarquablement protégée, avec un intitulé évocateur «*concours fresque*». Danièle Hidalgo avait enfin une candidature. Elle ouvrit avec une curiosité non dissimulée l'enveloppe et ses yeux pétillèrent quand elle découvrit la maquette. Elle eut un coup de foudre pour le projet. Plusieurs perspectives, en 3D, montraient le blockhaus réhabilité d'une fresque moderne, mais très intégrée. Le dessin représentait des séquences visuelles attachées à la forêt, aux animaux, à la protection du site et de la thématique du silence. Ce patchwork de thématiques fonctionnait et les couleurs proposées se fondaient dans le paysage, si bien, que d'un œil rapide, on ne découvrait la fresque que tardivement. D'ailleurs, le plus curieux était un œil peint dans le centre, qui laissait à chacun sa propre interrogation. Était-ce l'œil de la Forêt, celui qui contrôlait les tricheurs de golf, ou bien l'œil divin, l'œil d'en haut ? On ne le saurait jamais. Mais ce que Danièle Hidalgo savait déjà était que ce projet serait retenu et de plus, il ne coûterait rien au club. La signature du concepteur était marquée du « troisième œil » et Florent Chailley. Elle présenterait le projet à la réunion du prochain comité et elle ne le voyait pas écarter une telle proposition. Un sponsor qui organisait en plus, une compétition largement dotée de prix intéressants, cela ne courait pas les rues.

La vie du club était au ralenti à cette époque de l'année, mais le Tee-bar restait ouvert 7 jours sur 7 et les golfeurs les plus courageux s'y retrouvaient, après avoir joué sous des températures proches de zéro. Depuis l'agression du jeune jardinier, Gérald Vargas et Rémy Maistre faisaient régulièrement des rondes dans le secteur fermé aux membres. Les gendarmes d'astreinte de patrouille circulaient aussi le long de la clôture électrique, sur le chemin fermé au public. Les membres se sentaient rassurés par cette petite organisation bien huilée et tous espéraient un retour rapide à la normale, surtout l'ouverture du parcours complet. La forêt avait retrouvé sa tranquillité et même les sangliers étaient en hibernation. Ce n'était pas le cas pour Andréas Moser, plus que jamais aux abois, depuis l'échéance écoulée du 1er janvier. Il n'avait toujours pas récupéré les fameux documents annexes de l'héritage de Thibault Desmarec et le commanditaire, « maître chanteur », ne saurait tarder à se réveiller. Andréas Moser avait pourtant tout mis en œuvre pour dénicher les fameux documents, allant même jusqu'à faire fouiller l'appartement de son beau-père à Brest. L'homme de main qu'il avait diligenté n'avait rien trouvé et la situation d'urgence imposait de tenter le tout pour le tout. Andréas Moser était décidé à faire parler sa femme, peu lui importait, l'issue. Elle devait rentrer de Brest d'ici peu et il n'y avait plus qu'à l'attendre et la faire parler. Son aveuglement pour se sauver de sa déchéance programmée le conduisait à tenter l'irrémédiable. Son unique espérance dans d'hypothétiques possibilités de redressements passait par la récupération des fameux documents et la promesse d'un million de francs suisse. Au fond, ce qui motivait sa vie, c'était d'abord de paraître dans les cercles mondains de la société, de s'afficher avec une belle femme comme on exhibe un trophée et son train de vie. Andréas Moser n'avait pas réellement de remords à l'égard de son comportement, il avait depuis bien longtemps réussi à manipuler son entourage et son existence factice arrivait au point de rupture. Andréas Moser s'était démasqué, révélant un être humain proche d'un sociopathe. Acculé dans une impasse qu'il s'était construite, il mettrait tout en œuvre pour faire parler sa femme, quitte à tout perdre, il n'avait plus le choix. Pour le moment son souci vital était de gagner du temps avec son commanditaire. Ce dernier restait une énigme pour Andréas Moser, qui tournait dans sa tête d'innombrables interrogations. À l'évidence la famille Desmarec était en possession de documents très convoités ! Thibault Desmarec avait sans doute été torturé à cause de cela et maintenant c'était sa femme qui était visée. En tant que mari, Andréas Moser devenait une cible associée et susceptible d'avoir des réponses. Et s'il remettait sa femme au commanditaire, il aurait fait preuve de bonne foi et tout s'arrangerait ! Non c'était débile, il aurait déjà pu depuis longtemps la séquestrer ! Ne pas toucher directement à Myriam éloignait les soupçons et permettait d'agir en souterrain, en contournant par d'autres cibles ! Une des cibles c'était lui ! Andréas Moser sentait monter en lui une panique grandissante.

Du côté de Brest, Myriam Moser avait retrouvé son amie Angèle Mespaire. Les deux femmes s'étaient attelées à remettre en état l'appartement, mais Myriam saisissait cette opportunité pour faire un tri radical. Elle avait pris la décision de louer l'appartement en meublé et elle verrait plus tard, dans l'hypothèse où elle envisagerait de venir y vivre. Elle avait donc fait deux tas, d'un côté ce qu'elle ne garderait pas et de l'autre les affaires qu'elle voulait conserver dans un garde-meuble déjà réservé. Le plus difficile à trier était la bibliothèque de son père. Des centaines de livres jonchaient le sol. Un travail titanesque commençait pour les deux femmes. Son père était de cette génération papier, qui n'avait pas été touchée par les écrans, les claviers et l'univers numérique. À cette époque, les livres étaient soigneusement rangés dans des bibliothèques, les documents dans des classeurs avec intercalaires, les photos dans des albums, les disques vinyles religieusement classés et le chéquier toujours en poche. Thibault Desmarec n'avait pas embrassé l'ère informatique, c'était une certitude. À voir le nombre important de dossiers étalés un peu partout dans l'appartement, des revues et des livres, l'homme était un parfait conservateur. Il s'était mis bien entendu à l'informatique grâce à son travail et il s'était offert un Mac pro que la police technique avait décortiqué, sans succès ; aucune information relative au meurtre n'avait été relevée et Desmarec avait dû imprimer toutes ses recherches, peu de fichiers traînaient dans l'ordinateur, mis à part quelques photos. Les traces de navigation étaient essentiellement en lien avec son travail pour le Musée. Même sa boîte mail parlait peu et l'ordinateur avait été parfaitement nettoyé.

Myriam Moser se demandait bien ce qu'elle allait faire de tous ses livres. Angèle lui suggéra d'en faire don à des associations. Pour l'heure, elles devaient les placer à nouveau sur la bibliothèque en attendant de faire un choix. Angèle, haut-perchée sur l'escabeau, saisit la pile de livres que lui tendait son amie, mais elle avait présumé de ses forces et laissa échapper les livres qui tombèrent bruyamment sur le parquet. Tout en remettant les livres en ordre, Myriam s'aperçut que plusieurs photos et lettres étaient sorties d'entre les pages.

— C'est quoi ça ?

Myriam prit quelques photos en main et ne pût s'empêcher d'être surprise à la vue de plusieurs clichés d'une femme nue et dans des positions pour le moins, très érotique.

— Ouah, elle est belle cette femme !

Angèle laissa courir son regard sur les clichés, tout aussi intriguée que son amie. Myriam avait saisi une lettre qu'elle avait dépliée et commença à lire le contenu sans équivoque qui s'adressait à son père et était daté de quelques semaines ; des mots de femme pour dire combien il lui manquait, qu'elle avait hâte de le revoir, que c'était l'homme de sa vie, qu'elle le remerciait pour les cadeaux. La lettre était signée : ton chaton adoré.

— Eh bien, il ne s'ennuyait pas ton père.

— Il ne m'en avait jamais parlé, mais bon, papa ne disait pas grand-chose de lui ! Et puis il avait bien raison de profiter un peu de la vie, il a mis des années à faire son deuil de maman.

— Elle a l'air très jeune cette femme, souligna Angèle.

— Oui, je lui donne la quarantaine !

Myriam réfléchissait. D'accord son père était avare sur sa vie privée, mais chaque fois qu'il avait eu une relation, il avait effleuré le sujet avec sa fille et Desmarec n'était pas un coureur. Il était suffisamment bel homme pour son âge et des opportunités avaient croisé sa route.

— Tu sais quoi Angèle, on va retourner chaque livre pour voir s'il y a d'autres lettres, je suis intriguée par cette fille.

— Eh bien, allons-y ! On trouvera peut-être plein de secrets !

Les deux amies passèrent une grande partie de la journée à éplucher tous les ouvrages et découvrirent une dizaine de lettres datées, d'octobre et de novembre 2017, ainsi que de nombreux clichés suggestifs. Un seul cliché montrait cette femme et son père ensemble, près du musée de la marine à Brest. Myriam lut toutes les lettres et le fond restait le même. Elle écrivait tout le manque qu'elle ressentait en l'absence de son père et qu'elle rêvait de vivre avec lui. Le souci, avec ces lettres, c'est qu'il n'y avait aucune adresse de cette fille, ni de signature par un prénom. À part les clichés, il n'y avait aucun signe reflétant une identité. Myriam continua dans les papiers de son père et c'est Angèle qui trouva un autre cliché dans une poche de veston en le pliant pour le mettre dans un carton. Un portrait de la femme et au dos une adresse complète avec un nom, « Françoise Adelstein, 7b rue Moswegli, 4001 Basel ».

— Je ne l'ai pas vue à la cérémonie de ton père, cette fille !

Angèle avait raison et cette fille était si jolie qu'il était difficile de l'oublier, ce qui ne manquait pas d'interroger Myriam sur son absence à la cérémonie. À la lecture des lettres enflammées, il était attendu que cette femme vienne pleurer son amant ! Or, elle était invisible depuis le décès de son père. Cela parraissait très étrange aux yeux de Myriam et s'ajoutait une bien grande différence d'âge ! Elle connaissait assez bien son père, il aimait les femmes de son âge, ayant des bagages de vie et les rides ne lui faisaient pas peur. Cette relation ne collait pas avec son père, plus elle y pensait, plus elle s'interrogeait. Elle admettait fort bien qu'il eut pu s'amuser un ou deux soirs, mais au-delà, si réellement cela avait été sérieux, il lui en aurait parlé.

Les deux amies réussirent à redonner de l'allure à l'appartement, au bout de trois longues journées. Il ne restait que l'essentiel et Myriam avait chargé une agence immobilière pour la mise en location de son meublé. Le soutien de son amie avait été crucial et elle se sentait un peu plus légère, maintenant que les affaires de Brest étaient réglées. Désormais, il allait falloir qu'elle prenne sa vie en main et lancer la procédure de divorce au plus vite, maintenant que Myriam était dans une spirale du changement, plus rien ni personne ne l'arrêterait.

Ce n'est qu'en plein vol de retour vers l'aéroport de Bâle Mulhouse que surgit dans l'esprit tourmenté de Myriam Moser, un énorme point d'interrogation. Elle n'en revenait pas d'avoir oublié ce point, il faut dire qu'elle s'était laissé emporter dans un tourbillon d'émotions et de stress. Comment avait-elle fait pour oublier la malle de son père ? Elle aurait dû y penser ! Mais elle n'était pas dans l'appartement, elle aurait réagi à sa découverte.

Vendredi 05 janvier 2018

Florent Chailley avait retrouvé son appartement et ses quotidiens professionnels. Le Garden Golf Club de la Forêt l'avait informé par courrier qu'il était le lauréat du petit concours d'idée et le Président Pierre Maingé l'avait appelé en personne pour le remercier de son projet de compétition. Florent était ravi de ces informations et tout particulièrement pour le projet de fresque. Son plan allait débuter plus vite qu'il ne le pensait, il allait en faire la surprise à Myriam dès son retour. Il lui avait proposé de la récupérer à l'aéroport, Myriam ne voulait pas rentrer chez elle ce soir ! En attendant, Chailley avait aménagé le planning de travail de sa société en réservant le créneau pour le projet de fresque. Pour ce faire, il envisageait d'embaucher deux jeunes artistes qu'il connaissait très bien pour leur avoir souvent donné des vacations et un maçon retraité. Son idée était entrée dans la phase de mise en œuvre du projet. Son objectif premier serait de faire durer le chantier le plus longtemps possible, le club n'ayant rien à financer, personne ne s'occuperait des délais. Il allait falloir poser un échafaudage et un filet de protection durant les travaux, pour éviter les golfeurs maladroits, ce qui était monnaie courante sur les 740 membres ! Le premier gros travail serait d'effacer l'ancienne fresque, il était hors de question de la recouvrir sans apprêter correctement le mur. Il faudrait le gratter et refaire un crépi plus lisse, pour obtenir un meilleur rendu visuel du projet. Il ne restait plus qu'à espérer que le trou 13 restera fermé encore un bon moment.

Florent Chailley avait rendez-vous lundi, avec la Vice-Présidente du club, Daniela Hidalgo, pour présenter son mode opératoire du projet. Il était impatient d'en parler à Myriam, d'ailleurs il était temps pour lui de se rendre à l'aéroport.

Une heure plus tard Florent Chailley déposa Angèle Mespaire devant chez elle. Avant de la quitter, Myriam la prit très fort dans ses bras.

— Merci ma belle, je n'oublierai jamais ce que tu as fait pour moi. Si un jour tu as besoin, je serai là !

— Mais de rien ! Les amies, c'est pour cela aussi, n'est-ce pas ? Cela m'a fait plaisir et je te souhaite plein de courage. Si tu n'es pas bien, n'hésite pas à m'appeler, hein !

Les amants se retrouvèrent seuls dans le véhicule et échangèrent sur ce qui s'était déroulé d'un côté à Brest et, pour l'autre, l'idée du projet de fresque comme prétexte à s'approcher de la fameuse parcelle 237 du golf. Myriam fut agréablement surprise de la réactivité de Florent. Jamais elle n'aurait imaginé qu'il eut une telle détermination. Cela la troublait et elle se sentait redevable de toute cette attention qu'il démontrait au fil des jours. Elle l'embrassa dans le cou et posa sa main sur sa cuisse droite, ce geste le fit tressaillir. Florent conduisait avec empressement et il accéléra un peu plus, mais Myriam se rendit compte qu'il ne prenait pas la direction de son appartement.

— On ne va pas chez toi ?

— Non, je te réserve une petite surprise, tu l'as bien méritée.

— Hum, une belle surprise j'espère !

— Tu me laisses faire, ce soir je m'occupe de toi. Je suis ton protecteur.

— Ouah, tu as des idées en tête ?

— C'est une surprise !

Chailley immobilisa son véhicule près des rives du Rhin, près de la Ville de Vieux-Breisach, sur le parking d'un ancien centre équestre, transformé en hôtel 4 étoiles. Plus tôt, il avait réservé une magnifique chambre, face au fleuve et une table au restaurant. Les pulsions de désir qui frappaient à la porte de ses sens invitaient à un périmètre élargi des jeux de séduction, mais il voulait faire durer l'attente.

— Je te laisse prendre un bon bain et tu me retrouves au bar de l'hôtel dans une demi-heure, je dois finir un dossier sur mon ordi.

— Cela me va très bien !

Florent Chailley n'avait pas menti, il avait du retard dans son travail. Il s'installa dans le salon du bar et commanda un Aberlour sans glaçon. Myriam avait pris possession de la salle de bains et commença doucement à lâcher prise. Son déplacement à Brest avait été une épreuve difficile, malgré l'aide précieuse de son amie. Plus que jamais elle se sentait désormais seule, son guide n'était plus là et elle allait devoir affronter la vie sans sa dernière racine. Mais une vision lui traversa l'esprit : Florent arrivait au moment où partait son père. Était-il son ange gardien ? Sa vie était dans une spirale curieuse, tout lui tombait dessus en même temps ; son père était mort et une partie d'elle avec, son couple était en pleine collision et il n'y aurait pas de constat à l'amiable, son notaire avait été assassiné et elle avait hérité d'une mission surprenante et, enfin, un bel amant était tombé dans ses bras ! Elle n'arrivait plus à mettre de l'ordre dans sa tête, mais une chose était évidente, elle ne pouvait plus se passer des étreintes de son amant.

Quand elle le retrouva au bar, elle déposa un baiser sur ses lèvres. Elle était si envoûtée par cet homme qu'il aurait pu la prendre là, sur le fauteuil club. Elle avait au fond de ses tripes des pulsions inavouables qu'elle assumait totalement. Pourquoi seuls les hommes auraient-ils le monopole de la pulsion ? Myriam était une femme moderne et elle s'en foutait des bien-pensants.

Elle s'était habillée d'un joli tailleur beige, qui lui seyait à merveille et son chemisier blanc était suffisamment entrouvert pour laisser découvrir une poitrine à donner le tournis à un moine. Florent avait choisi une petite table ronde, dans un angle du restaurant, face au Rhin et des lumières miroitantes de la ville de Vieux-Breisach. Une bouteille de champagne Taittinger, emprisonnée dans des icebergs, n'attendait que la fonte des cœurs.

— Tu es adorable Florent ! Je te remercie de m'avoir attendue, de t'être occupé de mon affaire en mon absence et de cette soirée surprise.

— Ce n'est rien, j'aime quand tu es bien.

— Je sais que notre relation est étrange et que nous avançons au fil de l'eau ! Tu as peut-être besoin de plus et je comprendrais, mais je ne peux rien promettre en ce moment.

— C'est normal, tu es tourmentée et je sais attendre !

— Je te remercie, mais sache que j'ai envie d'être avec toi et j'adore notre alchimie.

— Oui, je n'arrête pas d'y penser !

— Moi aussi, tout le temps que j'étais à Brest, tu me trottais dans la tête, je ne sais pas grand-chose de toi, mais j'ai confiance.

— Ma vie est assez ordinaire, je n'ai rien à cacher. Depuis la perte de ma femme, je tente de reprendre le cours d'une vie et passer à autre chose est difficile, mais depuis notre rencontre, je suis en renaissance.

— C'est gentil pour moi ce mot. Merci de ta patience, l'essentiel est que nous soyons en accord et le reste se fera tout seul !

— Oui, laissons vivre, à la vie !

Florent et Myriam trinquèrent de concert et dînèrent sur la musique des mots de non-dits, comme si chacun cherchait désespérément à garder les boucliers invisibles qui leur servaient de protection rapprochée. Ce n'est qu'après le repas, quand les deux amants montèrent dans la chambre et que les boucliers eurent été déposés dans le couloir, qu'ils purent s'exprimer sans retenue.

Florent s'assit sur le bord du lit et invita Myriam à se dévêtir lentement. Elle s'exécuta, sans lâcher du regard l'homme qui la dévisageait avec envie. Elle ôta avec une nonchalance calculée, sa veste de tailleur, laissant apparaître sous son chemisier blanc, ses tétons tendus. Elle n'avait pas mis de soutien-gorge, sachant trop de l'effet produit chez l'homme. Les yeux de Florent luisaient d'un lumineux désir et des braises intérieures enflammaient ses sens. Elle se retourna, sentant un regard laser dans son dos, sans doute un peu plus bas et cela l'émoustilla. Elle dégrafa sa jupe et la laissa descendre très lentement le long de ses jambes, laissant apparaître un fessier à tenter le diable. Le string noir emprisonné entre les deux fesses était un appel au péché. Myriam laissa tomber la jupe à ses pieds et attendit quelques secondes, à faire souffrir l'homme qui la matait. Elle n'eut pas le loisir d'aller plus loin ; un bandeau lui enserra les yeux. Elle sentit les mains de Florent agripper le bout de tissu entre ses cuisses et l'expédier au diable. Elle ne bougea pas, consciente qu'elle ne pouvait plus reculer. Il l'a pris par la main et l'invita à s'allonger sur le ventre. Elle ne résista nullement, son abandon était total, elle voulait être l'objet de Florent. Allongée, les yeux bandés, elle était exposée au mâle. Une musique douce envahit la pièce ; une chaîne musicale du téléviseur que Florent venait d'allumer. Puis elle sentit un liquide tiède que Florent déposait sur son corps ; de l'huile au parfum d'oranger ! Les mains de Florent commencèrent à la parcourir avec une délicatesse savante. Il s'évertua à masser longuement son dos, ses épaules, puis sa nuque. Les mains glissaient sur son épiderme avec douceur, elle s'envolait, son esprit voyageait dans l'apaisement. Durant 15 longues minutes les doigts de Florent avaient caressé le paysage de Myriam, avec une agilité extrême, imprégnant des pressions différentes selon une vallée, selon une montagne. Puis, quand enfin, la résistance au désir céda, une main glissa entre les cuisses, effleurant la naissance de l'intimité tant convoitée. Myriam était dans un abandon absolu, elle se cambra, invitant un peu plus son amant à jouer avec la convoitise, que les doigts agiles s'empressèrent de contenter. Elle ne put se retenir plus longtemps, elle se releva sur les genoux, offrant toute son intimité à la vue du mâle. Elle devina le sexe raide qui allait la visiter et ne refusa pas l'objet de son attente. La douceur entra en elle, elle laissa échapper un murmure de plaisir contenu. La communion s'étendit une bonne partie de la nuit sous les yeux frustrés du diable, le string de Myriam pendu à son trident.

Si la nuit serait douce pour Myriam, il en serait autrement pour son mari. Était-ce pure coïncidence, si le diable trop frustré décida de changer de crèmerie ? En tout cas Andréas Moser allait en faire les frais. La date butoir qu'il avait pour récupérer les fameux documents était largement dépassée. Quand il gara son véhicule au pied de sa résidence, il ne s'attendait pas à ce que sa portière s'ouvrît brusquement. Une main l'attrapa par le col et l'éjecta de son siège. Un homme en costume cravate, très soigné, avec un léger accent, le pria d'ouvrir son appartement. Andréas Moser était paniqué, il avait deviné pourquoi cet homme était là ! Dès qu'ils furent dans l'appartement un autre homme les rejoignit : le clone du premier agresseur.

— Asseyez-vous monsieur Moser.

La peur au ventre, Moser s'assit sur le canapé du salon.

— Mais, que voulez-vous enfin ?

— Vous aviez un délai pour nous remettre des documents, ceux que votre femme a reçu de son notaire. Vous vous souvenez au moins ?

— Je ne les ai pas, elle est partie depuis plusieurs jours. J'ai tout fouillé, je n'ai rien trouvé, je le jure !

— Ne jurez pas monsieur Moser. Nous sommes pressés, aussi je vais vous proposer un marché.

Le second acolyte saisit un torchon de cuisine et bâillonna Andréas Moser, puis lui attacha les poignets avec un flex sorti de nulle part.

— Voilà, ça c'est pour ne pas réveiller les voisins, on aspire tous à une certaine tranquillité n'est-ce pas !

Les yeux de Moser allaient sortir de leur orbite, quand son agresseur sortit de l'intérieur de sa veste, une arme munie d'un silencieux.

— Vous voyez, j'ai tout prévu, dit-il en désignant le silencieux. Alors voilà le marché, je vais tirer une balle dans votre cuisse gauche, ou droite, je ne sais pas encore et si vous avez les documents, vous me faites un hochement de tête ! D'accord ?

Moser sentit un liquide chaud entre ses cuisses, la peur l'avait emprisonné. Il entendit un claquement sourd, au même moment qu'une douleur fulgurante envahit sa cuisse droite. Il se courba en deux sous le choc et mordit le torchon de cuisine à pleines dents. La douleur était insupportable, il leva les yeux vers son tortionnaire, tentant de lui faire des hochements de négation pour l'implorer.

— Toujours pas de documents monsieur Moser ?

Moser secoua sa tête avec virulence pour dire non et signant par la même un tir symétrique dans sa cuisse gauche. La double douleur faillit lui faire perdre connaissance, mais l'instinct de survie était encore là, il eut le temps d'entendre une dernière question.

— Et voilà, droite gauche, monsieur Moser ! La prochaine, c'est en plein milieu, peut-être les bijoux, peut-être le ventre ou la tête ? Je ne sais pas encore !

Moser supplia de son regard, son interlocuteur et cette fois, ne secoua pas la tête, trop tétanisé et oubliant presque la douleur devant l'échéance inéluctable. Le bruit sec et sourd de l'arme, fut le dernier son qu'entendit Andréas Moser, achevé d'une balle en plein cœur. Le diable s'en alla remplir d'autres missions !

Quand Myriam Moser quitta Florent Chailley en fin de matinée pour se rendre à son appartement bâlois, elle sentit une angoisse étrange monter en elle. Elle venait de passer quelques jours loin de son mari, elle venait de vivre des moments délicieux avec son amant et revenir dans l'appartement conjugal ne l'enchantait pas du tout. Elle voulait règler le divorce   au plus vite, sa détermination était intacte. Aussi, quand elle engagea la clé dans la serrure de l'appartement et qu'elle se rendit compte que la porte n'était pas verrouillée, elle s'attendait à la présence de son mari.

Elle ne cria pas, comme beaucoup de femmes l'auraient fait en pareille circonstance. Non, elle ne hurla pas d'hystérie face à la scène qui s'offrait à elle, elle en était incapable ! Les événements précédents avaient de manière insidieuse, installés une carapace froide sur sa personne. Elle avait accumulé les douleurs et elle s'en était servie, pour se forger inconsciemment une distance, une armure de protection. Ce n'était pas du déni, ni de l'inconscience, non, juste une force invisible qui s'était installée, jour après jour, comme une araignée tissant sa toile. La vue de son mari, affalé dans une position de pantin ridicule et couvert de sang, lui semblait surréaliste. Pourtant la réalité l'invita à réagir, son téléphone vibrait dans sa veste de tailleur. Debout en plein milieu du salon, face à la scène morbide qu'offrait son mari, Myriam saisit son téléphone portable, comme une somnambule. Il s'agissait de Jaeg.

— Oui ?

— Bonjour, madame Moser, commissaire Jaeg. Vous êtes rentrée de Brest ?

Myriam Moser cherchait ses mots, elle sentait s'envoler le peu d'énergie qui lui restait.

— Mon mari est mort !

— Comment cela ?

— Il est là, dans le canapé ! Aidez-moi s'il vous plaît !

— Vous êtes chez vous ?

— Oui...

— Ne bougez pas, restez calme et surtout ne touchez à rien, nous arrivons.

Myriam coupa son téléphone, puis se rendit au fond du salon, près du meuble-bar. Elle en sortit une bouteille de vodka et but une gorgée, puis une seconde. Quand l'alcool réchauffa son intérieur, elle alla s'asseoir sur un tabouret de la cuisine et attendit, les pensées dans le vague.

Quand arrivèrent Jaeg et son adjoint, accompagnés de plusieurs policiers suisses et français, 20 minutes plus tard, Myriam Moser avait repris plusieurs doses de vodka. Cela n'échappa pas à Jaeg et son homologue suisse.

— Madame Moser, que s'est-il passé ?

— Je ne sais pas, je suis rentré chez moi, il y a moins d'une heure !

— Bien, nous allons devoir vous auditionner, voulez-vous nous suivre au poste de police.

— On ne peut pas le faire ici ?

— Non, nos collègues vont tout inspecter et la scientifique va arriver d'un instant à l'autre. C'est mieux s'ils ont le champ totalement libre, vous comprenez ?

— D'accord, je peux téléphoner ?

— Oui bien sûr et appeler votre avocat aussi !

— Vous me suspectez ?

— Calmez-vous, simple mesure de confort pour vous, dans votre état, c'est mieux d'avoir un soutien ! On fait notre job !

Myriam appela son avocat, maître André Fresslaire, puis Angèle.

— Je peux dormir chez toi ? Andréas est mort. Tu peux venir me chercher au poste de police de Kannenfeld à Bâle, dans une heure s'il te plaît, je ne veux pas conduire.

— Quoi, euh, oui, je viens. Tu veux autre chose ?

— Non, viens !

La police suisse travaillait étroitement et ce, depuis de nombreuses années, avec leurs confrères français. Jaeg avait souvent dû travailler avec eux, ainsi que la police allemande. Il était donc rôdé aux méthodes voisines. Myriam Moser avait été installée dans une petite pièce, assise sur un siège dur comme du granit breton et pour seul élément de confort un café dans un gobelet en plastique. La police suisse avait pu prendre connaissance de l'enquête menée par Jaeg et lui laissa la main. Jaeg avait attendu la présence de l'avocat de Myriam. Depuis bien longtemps il ne se prenait plus la tête avec la défense et il avait bien compris que le meilleur moyen d'être en paix, était de les laisser croire qu'il était un policier bienveillant.

— Madame Moser, dites-moi précisément ce que vous avez fait, depuis que vous avez débarqué de l'aéroport ?

Myriam récapitula son emploi du temps dans le moindre détail, en omettant son entrevue avec El Diablo. Elle dut revenir sur son emploi du temps à Brest. Les policiers avaient enregistré la déposition, sans reprendre Myriam, mais Jaeg ne put retenir une dernière interrogation.

— Madame Moser, avez-vous été approchée par des personnes inconnues pendant votre séjour ?

— Non, pourquoi vous me demandez cela ?

— Votre mari semblait avoir des ennemis ! Et si je pense plus loin, vous pourriez être, vous aussi, en danger !

— Moi, non, mais mon mari baignait depuis quelque temps dans des affaires un peu louches et c'est ce qui a contribué, en partie, à la cause de notre rupture. Je ne suis pas surprise qu'il se soit mis dans une situation inextricable.

— Mais, ce qui m'intrigue, c'est le fait qu'il a été torturé, tout comme votre père, je suis désolé, mais j'y vois une connexion.

— Mon père ne pouvait plus voir Andréas depuis plusieurs années, ils s'évitaient.

— Permettez ! Votre notaire a été torturé, votre père, votre mari ; quand on torture des gens, c'est pour une raison, celle de soutirer des informations ! Donc, quelqu'un, quelque part, cherche des informations au sein de votre périmètre de connaissance, ce qui m'incite à croire que vous êtes en danger, de fait.

Myriam venait de prêter plus d'attention soudainement aux propos de Jaeg. Son angle de présentation l'avait subitement éclairée sur la réalité des faits. Jaeg la laissa digérer le sens des mots, puis il reprit d'une voix se voulant rassurante.

— J'imagine ce que vous endurez depuis quelques jours et je compatis à vos douleurs, mais j'ai besoin du moindre détail pour arrêter cette hémorragie de meurtres ! Même si cela vous paraît anodin, mais le moindre truc qui vous semble un peu bizarre peut-être un point-clé !

Myriam fit le tour dans sa tête, cherchant à ouvrir une petite boîte, cherchant à secouer d'infimes souvenirs. Elle retraça son parcours depuis le dépôt des cendres de son père, l'appartement avec Angèle et le cambriolage, puis la nuit avec Florent.

— Oui ! j'ai quelque chose !

— Dites !

— En rangeant l'appartement de mon père à Brest, je suis tombée sur des photos et des lettres récentes d'une jeune femme. Je les ai là, dans mon sac à main. Tenez !

Myriam confia les pièces à Jaeg. Quand il découvrit le nom de cette femme, un « bingo » retentit dans sa tête, comme s'il avait gagné le gros nounours à la fête foraine. Une pièce du puzzle s'ajoutait enfin, la fameuse femme qui manquait sur le tableau de son bureau. Du coin de l'œil, il esquissa une moue en direction de Burg. Ils venaient de récupérer une bonne information, cela calmera le juge Daguerre et le procureur, impatients de l'avancement de l'enquête.

— Madame Moser, je vous remercie, vous n'allez pas rentrer à votre appartement ! Savez-vous où aller, le temps de régler les formalités ?

— Oui, merci, une amie vient me chercher.

— Très bien. N'hésitez pas à m'appeler en cas de problèmes. Mes condoléances madame, bonne soirée, à vous aussi Maître.

L'avocat André Freslaire le salua de la tête, avec une hauteur perchée au-dessus de la réalité. Il était déjà ailleurs, préparant une défense, faite de pliage de mots, de froissage de phrases et d'envolées oratoires.

Myriam Moser venait d'atterrir à la résonance du mot condoléances ! Elle prit conscience de la réalité brute des faits, elle venait de perdre son père et son mari en même temps.

Jaeg laissa le volant à son collègue pour rejoindre le commissariat. Il aimait jouer les copilotes pour mieux réfléchir en regardant le paysage défiler et il adorait surprendre son adjoint.

— Devine avec qui Desmarec avait une liaison ?

Burg fit semblant de réfléchir le plus loin possible dans son cerveau.

— Franchement, je ne vois pas ! Mais ce pourrait être un proche du commanditaire des meurtres !

— Ouais, pas mal ! En fait, je ne sais pas si c'est le commanditaire, mais en tout cas, le mec que tu as filé après la cérémonie a une fille qui se prénomme Françoise.

— Ça alors ! J'avais bien vu sur la fiche de renseignements qu'il avait une fille, mais de là à imaginer qu'elle était dans les bras de Desmarec !

— Oui et là pour le coup, nous avons deux cibles suspectes, Françoise Adelstein et son cher papa ! Tu t'occupes des convocations, on les interrogera séparément et pas le même jour !

— Ok, ça marche. Tu penses qu'il faut lancer des perquisitions ?

— Je ne pense pas, j'imagine qu'un homme comme Adelstein est suffisamment malin pour ne pas laisser la moindre trace de ses affaires ! Sa fille, c'est autre chose, la preuve, elle a laissé des indices évidents chez son amant ! Mais peut-être que c'est volontaire !

— Tu crois que c'est un coup monté, ces lettres ?

— Juste une hypothèse ! On doit tout vérifier, mais allons-y sur des œufs, on les interroge et on avisera !

— Le cambriolage à Brest, tu penses que la fille est dans le coup ?

— Tout à fait possible, elle aurait très bien pu faire croire à un cambriolage. Il est clair que sa posture auprès de Desmarec est intrigante, quelque chose ne colle pas. Il nous faut des témoignages sur cette relation ! Tu préviens nos collègues brestois pour une enquête de voisinage et plus, tu fais suivre la photo de la fille et de Desmarec. Cette relation n'est peut-être que fictive, mais après les auditions, nous serons plus avancés, je l'espère.

— Cela laisserait supposer que cette Françoise aurait volontairement laissé des lettres et des photos dans l'appartement.

— Cela laisse tout supposer Olivier. Réfléchis, est-ce que tu irais planquer des photos de ta maîtresse à poil dans des bouquins ?

— Euh, je ne sais pas, je n'ai pas de maîtresse ! Mais je les planquerai dans mon téléphone, c'est certain !

— Pour mieux les mater ! Et Desmarec vivait seul apparemment, donc, il n'avait pas besoin de les planquer ! Cela ne tient pas la route, mais je me trompe peut-être ?

— C'est vrai, s'il était seul, pourquoi cacher cette liaison ! À moins qu'une autre femme ne se planque dans un tiroir, mais c'est peu probable. Nos amis brestois ont passé son téléphone fixe au crible et mis à part des échanges professionnels, il n'est apparu aucun échange récurrent avec une femme. Par contre, son portable est intraçable ! Ses agresseurs ont dû le prendre.

157

— Certainement, donc, on reste sur notre idée, on interroge et on verra bien.

Jaeg n'aimait pas emprisonner les hypothèses dans des procédures hâtives, il restait convaincu par l'expérience qu'il avait acquise, qu'il fallait laisser vivre les choses. Il faisait appel à son instinct, le gibier finissait toujours par sortir de sa tanière pour des raisons souvent indépendantes de toute logique !

Si la posture de Jaeg pouvait laisser croire, qu'il maîtrisait son enquête, il n'en était rien. Il n'arrivait pas à cerner l'esprit, du ou des commanditaires ! Ces meurtres ouvraient la chasse au meurtrier et il aurait été plus simple de travailler en toute discrétion, à moins que ce ne fût volontaire. Et si le but était de disperser les enquêteurs dans plusieurs pistes pour gagner du temps ? Jaeg coinçait sur les hypothèses et en l'état, il n'avait pas suffisamment d'éléments, il allait falloir aller à la pêche. Comme disait David Lynch, *"Les idées sont comme des poissons et vous ne fabriquez pas le poisson, vous le péchez. Vous pouvez attraper des idées en rêvassant, ou en vous rendant dans certains lieux. Vous pouvez aller dans la rue, voir un reflet dans une flaque et bang ! une idée surgit"*.

Jaeg était confronté à un antagonisme de situations, d'un côté il y avait quelques indices et des données qui pourraient converger vers une piste sérieuse, et de l'autre, rien qui ne permette de relier les éléments entre eux, comme si quelqu'un s'appliquait à dérouter le moindre scénario. Le GPS de Jaeg offrait de la confusion dans le choix d'un itinéraire.

Mi-janvier

Florent Chailley avait carte blanche pour engager le projet de la fresque sur le blockhaus du trou 13. Le comité du club de golf, avait été séduit par son projet et de son engagement comme sponsor d'une compétition, prévue en fin de saison et par sa candidature au sein du comité de direction du club. Il avait saisi cette opportunité dans l'optique de la prochaine assemblée générale du club. Le fait, qu'il était dans la communication et nouveau sponsor pourrait faciliter son élection et surtout, faciliterait son appui auprès de Myriam.

Chailley voulait commencer les travaux au début du mois de février, en espérant que les conditions climatiques seraient favorables. Il restait à peine deux semaines avant de commencer à monter un petit échafaudage et le filet de protection. Pour ne rien laisser au hasard, il avait demandé à son équipe de le rejoindre sur le site du golf, afin de s'imprégner de l'ambiance du lieu et d'appréhender le travail a réaliser.

Ce vendredi 19 janvier, à 14h00, l'équipe se retrouva au pied du blockhaus avec Pierre Maingé et Daniela Hidalgo. Florent évoqua, la manière dont il envisageait la mise en œuvre du petit chantier.

— Nous allons reprendre la surface du mur, déposer un apprêt pour avoir un support plus pérenne et un meilleur confort pour peindre la fresque.

Pierre Maingé, très attaché à la sécurité, évaluait la réouverture probable de cette partie du parcours au début du printemps.

— Il vous faudra être très attentif à la sécurité de votre équipe, de nombreuses balles arrivent dans cette direction !

— Ne vous inquiétez pas, la surface du mur doit faire trente mètres carrés, le filet de protection sera étendu jusqu'à cinquante mètres carrés et il y aura une bâche au-dessus pour prévenir d'intempéries possibles.

— Vous savez qu'il ne faut pas aller dans la forêt, vous avez dû entendre parler de ce qui s'est passé ! Souligna Daniela Hidalgo.

— Oui, tout à fait, mes collègues sont déjà au courant.

— Et vous pensez terminer quand ? Avança Pierre Maingé.

— Cela dépendra du travail de préparation, le mur est en mauvais état, il y a des épaufrures de béton un peu partout, sinon si tout se passe bien, disons 6 à 8 semaines, car nous avons d'autres chantiers en cours !

— Nous pensions que cela irait plus vite, mais bon, on ne peut pas vous imposer des délais, c'est déjà bien que cela ne coûte rien au club, merci encore et je vous souhaite bonne chance pour votre candidature.

Florent Chailley était satisfait et rassuré, ce délai volontairement excessif, lui laisserait tout loisir pour prospecter dans la forêt. Il allait par contre devoir ruser avec son équipe qui ne devrait pas se douter de quoi que ce soit.

Le président et sa collègue Daniela remercièrent une dernière fois leurs partenaires et quittèrent les lieux, laissant à l'équipe de Chailley le temps d'inspecter plus précisément le mur. Chailley en profita pour jeter des regards discrets au-delà de la lisière. Il devinait bien quelques ouvrages au loin, mais ils étaient en très mauvais état. Il espérait que le fameux repère en lettres d'acier « RM » n'était pas enseveli sous des amas de béton ! La végétation pourrait rendre le travail encore plus compliqué, du lierre couvrait certains ouvrages. Et puis, il y avait les patrouilles aléatoires des flics, sans compter sur les rondes des deux pros du club. Florent Chailley avait bien lu les informations sur le site, donc, il était averti du contextuel de sécurité mise en place. Il allait devoir jongler avec les facteurs impondérables, mais il était assez satisfait de son plan. Le projet de fresque était une opportunité facilitatrice incroyable et personne n'y prêterait attention.

Florent congédia son équipe, Myriam devait le retrouver au practice pour taper quelques balles. Il alla se changer dans les vestiaires et la retrouva sur le tapis d'entraînement, auprès d'un autre golfeur ; Fred Agullo, l'agent immobilier.

— Ah Florent, tu connais Fred ?

— Oui, Vous aviez organisé une compétition, il me semble, l'an passé !

— Tout à fait, le Trophée SaixImmo.

— Vous n'avez jamais joué ensemble ? interrogea Myriam.

— Non, je ne crois pas, mais ce serait avec plaisir ! répondit Florent.

— J'ai sollicité Fred pour s'occuper de la résidence de Bâle, je vais la vendre et acheter un appartement en périphérie de Mulhouse. Fred a plusieurs produits sur le marché.

Florent fut surpris de la nouvelle, Myriam ne lui avait rien confié ! Elle avait attendu les conclusions de l'enquête de police, concernant le meurtre de son mari dans la résidence de Bâle. Elle ne voulait pas continuer à vivre dans un endroit qui n'avait plus aucune âme et où les souvenirs se rappelleraient trop à son esprit. En croisant Fred Agullo par hasard sur le practice, Myriam avait profité de la situation pour régler son souci immobilier.

Fred
AGULLO

Myriam était peut-être troublée par tout ce qui lui arrivait, mais il lui restait encore de la lucidité. Elle n'avait plus confiance en personne et même si Florent la rassurait, le curseur de son seuil de prudence était monté d'un cran. Elle n'avait rien promis et lui avait fait part de son ressenti. Elle était donc en accord avec elle-même et reconnaissait malgré tout l'intérêt qu'elle portait à cet homme. Il fallait du temps, avant de se dévoiler un peu plus, ce n'était pas parce qu'elle couchait avec lui, qu'elle devait s'engager plus loin.

Elle venait consécutivement de subir trois funérailles et il y avait de quoi voir la vie sous un autre angle, surtout quand les trois disparus avaient été assassinés. Myriam aurait pût s'enfoncer dans les abîmes de la dépression et se laisser emporter dans le néant. Au plus profond d'elle, s'était installée irrémédiablement, une colère sourde, mais qui paradoxalement nourissait une forme de résilience. Elle se découvrait une énergie insoupçonnée et plus que jamais, son horizon était l'objectif assigné par son père. Elle y pensait de plus en plus, son papa ne serait pas déçu et elle irait jusqu'au but, même si sa vie pouvait être menacée. Le seul allié qu'elle avait était Florent Chailley et elle ne pouvait se permettre de gâcher cette relation qui lui apportait des moments de sérénité vitale pour son équilibre.

Fred Agullo respectait Myriam et il ne voyait pas dans sa demande qu'une simple « affaire », non, il avait réellement envie de s'occuper de cette femme qui venait de subir l'incroyable.

Chailley venait de comprendre que Myriam était une femme de caractère, indépendante et volontaire. Ce n'était pas pour lui déplaire et jusqu'à présent leurs relations étaient équilibrées, sans aucune prise de tête et ils étaient attachés par le secret de Desmarec.

Un appel interrompit la séance de practice de Myriam.

— Madame Moser, j'ai une information pour vous, je peux vous parler là ?

— Oui ! Je vous écoute commissaire.

— Votre père n'avait pas de relation avec Françoise Adelstein, c'est une certitude ! J'ai fait examiner les lettres manuscrites par notre labo. Toutes les lettres ont été rédigées avec un stylo plume et le même jour. La photo, où l'on voit votre père près du musée de la marine à Brest, est complètement retouchée. C'est un montage, remarquablement réalisé, mais pas suffisamment pour échapper à nos techniques de recherche. Donc, ces clichés ont été glissés dans les livres, sachant qu'à un moment ou à un autre, quelqu'un les découvrirait.

— Vous voulez dire que cette femme a monté un plan, pour faire croire qu'elle sortait avec mon père, mais dans quel but ?

— Bonne question, madame Moser, je reste convaincu, qu'elle recherche quelque chose de bien précis et je me demandais si vous aviez examiné tous les papiers de votre père ?

Myriam sentit que le renard tentait une approche, en douceur, mine de rien, en espérant que la belette effarouchée, lâcherait prise, pour que le loup la croqua.

— Monsieur le commissaire, je vous ai déjà tout dit sur le sujet. Je vous assure, que si j'avais découvert d'autres indices, je vous en aurais fait part. Mais je ne comprends pas pourquoi avoir balancé ces lettres et ces photos !

— Cela s'appelle brouiller les pistes madame Moser. Cette femme a dû croiser votre père, je ne sais pas comment, mais elle craignait qu'il n'y eût un indice évident de cette rencontre et qui pourrait lui causer des tords; autant transformer ça en une fausse liaison.

— Si je comprends bien, cette femme a dû contacter mon père pour obtenir quelque chose et devant son refus, elle l'aurait fait disparaître, puis maquillé cela en une relation amoureuse !

— Je n'ai pas dit cela madame. Pour l'instant, je voudrais savoir si vous n'aviez rien omis dans vos déclarations ?

— Non, une bonne fois pour toutes !

— Bien restons-en là pour aujourd'hui, même si cela ne me satisfait pas du tout. Bonne journée madame Moser et merci de votre collaboration.

Le renard s'en était allé, chassé plus loin, mais Myriam avait senti un ton inhabituel chez Jaeg, elle devinait qu'il la suspectait de lui cacher quelque chose.

Jaeg pouvait être frontal, dans certaines circonstances et il était un redoutable pêcheur d'information. Françoise Adelstein était sa prochaine proie.

Pourtant installée sur une des chaises très inconfortables de la salle des auditions, Françoise Adelstein ne montra aucun signe d'agacement, au contraire, elle jouait de son physique avec excès. Les collègues de Jaeg se torturaient la nuque, à force de regards en biais, ils avaient peut-être le souvenir de Sharon Stone dans Basic Instinct ! Jaeg n'était pas du genre à se laisser fondre comme une glace italienne sous le soleil de Florence.

— Madame Adelstein, vous devinez le motif de ma convocation ?

— J'imagine, que c'est en lien avec monsieur Desmarec !

— Tout à fait ! Vous le connaissiez bien ?

— Assez bien oui, disons que j'étais une amie et confidente.

— Intime ?

— Vous voulez dire ?

— Vous sortiez ensemble ?

— Je ne vais pas vous le cacher, il me plaisait beaucoup, oui !

— Bien, vous étiez donc intime avec lui, mais je ne vous ai pas aperçue à ses funérailles. Avouez que c'est surprenant, pour quelqu'un qui avoue son intérêt pour cet homme.

Françoise Adelstein était un peu déroutée par les propos factuels de Jaeg.

— Pour tout vous dire, notre liaison était discrète, Thibault ne voulait pas s'afficher. C'est pour cela que je n'ai pas voulu assister à la cérémonie, je ne connaissais pas sa famille.

— Vous sortiez depuis longtemps ensemble ?

— Une année.

— Vous vous êtes rencontrés à quelle occasion ?

— À une vente aux enchères, à Paris.

— De quelle nature cette vente ?

— Des collections de vieux tableaux de peinture de guerre, des manuscrits de généraux de l'époque et divers objets.

— Et, quelle est votre activité ?

— Je suis conseillère en placements financiers auprès de la banque UBCH, à ce titre je suis en charge d'investissements en valeurs diverses.

— Ne le prenez pas mal, mais vous pouvez justifier de votre présence et celle de monsieur Desmarec ce même jour ?

— Oui, j'ai acheté un lot de peinture d'Edouard Detaille, de l'époque prussienne et Thibault a remporté une enchère sur des cartes postales marines.

— Nous vérifierons, vous nous donnerez la date. Par contre, je voulais savoir si vous étiez souvent chez lui à Brest.

— Oui, assez, je voyage beaucoup, ce n'était pas un problème pour moi. Mais Thibault se déplaçait aussi fréquemment en Suisse où je réside.

— Vous habitez près de chez votre père, d'après mes informations et comme vous travaillez pour lui, il devait connaître monsieur Desmarec, j'imagine ?

La question de Jaeg troubla légèrement Françoise Adelstein.

— Oui, mon père a dû le croiser quelques fois, mais il ne s'intéresse pas vraiment à ma vie privée !

— Je comprends. Vous connaissiez des ennemis à monsieur Desmarec ?

— Non, mais je ne connaissais pas tout de sa vie !

— Le soir du meurtre, de monsieur Desmarec, vous étiez où ?

— C'était quel jour ?

— Le vendredi 15 décembre, madame.

— J'étais chez mon père, je crois, il pourra vous le confirmer !

— Vous avez une bonne mémoire madame !

Françoise Adelstein ne retint pas l'observation.

— Bien, écoutez, monsieur, je ne comprends pas vraiment le sens de votre interrogatoire et je dois me rendre à Zurich encore aujourd'hui et il est déjà tard.

— Vous pouvez m'appeler commissaire ! Pour vous répondre, c'est notre travail que d'explorer toutes les pistes, vous le comprenez ?

— Oui. Je peux donc y aller maintenant ?

— Oui, mais avant vous devrez d'abord passer aux relevés d'empreintes et d'ADN, si le voulez bien.

— Mais pourquoi cela ?

— Simple formalité d'enquête, merci de votre déposition et je vous demanderai de rester à la disposition de la justice le temps de l'enquête.

— Merci, au revoir messieurs.

Françoise Adelstein s'était levée promptement sur ses hauts talons et pressa le pas vers la porte de sortie, accompagnée des regards en biais. Burg qui était resté muet durant la séance, sur les consignes de son supérieur, ironisa.

— Ce n'est pas gagné avec cette femme, elle a de l'aplomb ! Tu as vu, comme elle nous a baladés !

— C'est ce qu'elle croit, laissons là se découvrir. Les photos et les lettres ne sont pas une preuve de l'assassinat de Desmarec ! Tôt ou tard nous allons la croiser à nouveau. Fais vérifier cette histoire d'enchères, c'est sûrement vrai, mais ce n'est pas une coïncidence cette rencontre ce jour-là ! Cela ne prouve aucunement qu'ils se connaissaient ! Par contre, essaie de savoir ce qu'ils ont réellement acheté. L'enchère remportée par Desmarec pourrait être de nature à convoitise!

— Ok, je mets un gars là-dessus.

Pour Jaeg, cette fille méritait toute leur attention. Cette femme était plus proche de la femme fatale que de la Mère Denis. Elle n'avait pas le profil à faire le ménage, ni à faire tourner un lave-vaisselle, encore moins un sèche-linge, mais Jaeg allait l'essorer. Elle finirait bien par commettre une erreur.

Le lendemain, c'était au tour de Joachim Adelstein de passer dans le tamis Jaegien. L'homme avait garé sa Pagani Huayra BC, à plus de deux millions, au pied des locaux de la police judiciaire à proximité des Clio et Mégane, subitement devenues invisibles. Avant même qu'il eut franchi la porte des locaux, des regards ébahis traversaient les vitres des bureaux. L'homme que Jaeg avait déjà croisé à la cérémonie, était toujours aussi élégant dans son costume taillé sur mesure. Il affichait son statut d'homme d'affaire renommé. Jaeg le reçu dans la même configuration que sa fille.

— Je vous remercie d'être venu à notre convocation. Vous imaginez, pourquoi je vous ai fait venir ?

L'homme prit un temps avant de réagir.

— Évidemment ! Le drame Desmarec.

— Vous le connaissiez ?

— Personnellement, très peu, mais ma fille avait une relation avec lui. C'est pour cela que je suis venu lui rendre hommage.

— C'est une belle attention de votre part ! J'ai pu observer que vous avez effectivement apporté votre soutien à sa fille, Myriam Moser. Vous l'aviez déjà rencontrée ?

— Non, je vous l'ai dit, ma fille tenait à ce que je la remplace, elle ne se sentait pas capable de supporter.

— Je peux comprendre, Monsieur. Votre fille m'a confié que vous aimiez les collections, les tableaux et autres objets des dernières guerres. C'est un hobby ?

— Oui commissaire, une véritable passion, j'ai un bâtiment qui déborde de pièces de toutes sortes, c'est presque obsessionnel.

— Très bien, c'est respectable ! Dites-moi monsieur Adelstein, un homme comme vous a de l'influence et j'imagine que votre fille doit vous suivre dans le cercle fermé de vos connaissances.

— Vous pouvez être plus précis, commissaire, je ne vois pas où vous voulez en venir !

— Je m'interroge, sur la liaison entre votre fille et Thibault Desmarec. Certes, cet homme était encore séduisant pour son âge, mais il ne faisait pas partie de votre monde, bien loin de là. Vous acceptiez cette relation ?

— Monsieur le commissaire, ma fille est très indépendante, elle a hérité de mes gènes. Ce qu'elle fait de sa vie privée ne me regarde pas, par contre, il en est autrement pour les affaires !

— Bien, donc, vous n'avez rien d'autre à me dire dans le cadre de Desmarec ! Le soir du meurtre, le 15 décembre votre fille était avec vous ?

— Je ne sais plus vraiment, mais je ferai vérifier par mon assistante, vous savez, j'ai un agenda bien rempli !

— J'imagine, Monsieur, mais nous vérifierons aussi, pour les besoins de l'enquête.

— Vous avez remarqué que je suis venu à vous sans avocat ! Je n'ai rien à me reprocher, il en est de même pour ma fille.

— Simple enquête monsieur, rassurez-vous, d'ailleurs nous en avons terminé. Je vous remercie de votre aide.

Joachim Adelstein salua les deux policiers, puis s'engouffra dans le monstre d'acier impatient de lâcher les chevaux engourdis, par l'attente.

— Tu en penses quoi Cédric ?

— La même chose que pour la fille, à suivre avec une grande attention. C'est un requin cet homme et comme tout prédateur, il sait détourner l'attention.

Jaeg, le renard, savait de quoi il parlait. Mais il voyait mal Joachim Adelstein dans ces histoires de meurtres, il était bien trop propre dans tous les sens du terme. Cet homme avait certainement le pouvoir d'employer des méthodes bien plus discrètes. Ce n'était pas le genre à salir son périmètre d'affaires. Quant à sa fille, il ne la voyait pas engagée dans une posture isolée, elle marchait avec son père.

Pour Jaeg, la seule bonne hypothèse qu'il pouvait avancer concernait Brest. Le cambriolage, ou sa simulation, semblait provenir du côté Adelstein. Le père et la fille étaient de connivence et recherchaient quelque chose en lien avec des époques impactées par des guerres. Il fallait creuser dans ce sens-là. Jaeg commençait à croire en un secret caché quelque part, vraisemblablement des documents que certains tentaient de s'arracher par tous les moyens. Jaeg s'appuyait dans son hypothèse, sur la taille des puits de fouille dans la forêt près du golf. Il ne pouvait s'agir que d'une malle ou une caisse bien protégée et enfouie quelque part. L'extrait cadastral ajoutait du crédit à son hypothèse et puis le meurtre du notaire en lien avec l'héritage de Desmarec renforçait cette vision. La vente aux enchères avec Françoise Adelstein et Desmarec coïncidait. Des assassinats parsemaient le parcours d'une chasse au secret ! Plus il mixait les éléments, plus Jaeg dessinait le contour de son scénario.

Son téléphone résonna dans le bureau. L'Ingénieur responsable de la section scientifique avait de nouveaux éléments concernant l'affaire Desmarec.

— Montez Maeva, on regarde ça tout de suite.

La jeune femme débarqua dans le bureau, toute excitée à l'idée d'apporter du grain à moudre à Jaeg.

— Tenez, c'est le décryptage de la bande vidéo de la caméra de surveillance du notaire. Nous avons réussi à identifier les deux hommes, ils sont fichés et recherchés par la police allemande depuis plusieurs années.

Jaeg ouvrit le fichier vidéo sur son ordinateur et découvrit la vidéo retranscrite. L'image était médiocre, le système de surveillance de Maître Faller était largement obsolète, mais les techniciens de la scientifique avaient fait du bon boulot. La lecture était suffisante pour identifier les individus qui avaient tiré sur la femme de ménage et sur le notaire. A la fin de la lecture vidéo, Maeva fit ouvrir deux autres fichiers : les fiches d'identité des deux hommes. Günther Frantz et Eric Fischer, âgés respectivement de 46 et 54 ans recherchés depuis 2012 pour plusieurs faits d'armes et suspectés de nombreux meurtres.

— C'est bien ce que je pensais, nous avons à faire à des tueurs professionnels.

— Oui et autre chose, nous avons obtenu une identification de traces ADN, sur l'extrait cadastral trouvé sous le corps de Desmarec. Il s'agit de celles d'Eric Fischer.

— Bien Maeva, bon boulot ! Nous connaissons les auteurs du meurtre de Desmarec et du notaire, c'est déjà cela. Mais ce ne sont que les exécuteurs, pas les commanditaires.

— Ce n'est pas tout commissaire, nous avons pu analyser le téléphone du jeune jardinier. On peut entendre les voix des agresseurs et il semble bien que ce soit celles de nos deux tueurs. Il a eu de la chance !

— Bien, donc il nous manque le cas d'Andréas Moser.

— Nous n'avons rien trouvé pour le moment.

— Merci Maeva, super boulot. Olivier, tu contactes la direction centrale pour lancer un avis de recherche Interpol sur nos deux individus, s'il te plaît.

— C'est comme si c'était fait !

Jaeg n'était pas dupe, si ces deux tueurs avaient échappé depuis six ans aux enquêteurs, il ne fallait pas espérer trouver l'aiguille dans la botte de foin subitement. Le tableau du visuel de l'affaire Desmarec se remplissait. Les deux photos des tueurs avaient été ajoutées et les fléchages interactionnels reliaient Desmarec, le notaire et le jeune jardinier. Burg, après avoir contacté la Direction centrale, retrouva Jaeg en pleine observation du visuel de l'affaire.

— C'est fait, Interpol est saisi !

— Ok, dis-moi si le tableau te parle ?

La question de Jaeg voulait dire que la réponse était déjà dans sa tête. Mais Burg se sentait d'humeur joueuse et il se concentra plus que de coutume. Il reprit la chronologie des faits et des données liées. Burg esquissa un brin de sourire qui n'avait pas échappé au regard de Jaeg, le tableau avait parlé !

— Le portrait-robot de l'homme qui avait déjeuné avec Desmarec dans le bistrot de la Mer ne correspond pas du tout à l'un de nos deux tueurs, il y a un autre personnage en jeu, peut-être le commanditaire ?

— Bien vu collègue !

Burg sentit son ego prendre de la dimension.

— Mais il ne faut pas négliger toute autre hypothèse ! J'essaie de connecter les meurtres entre eux et il y a un truc qui m'échappe.

— Tu penses à quoi ?

— Desmarec cachait quelque chose et c'est pour cela qu'il a été torturé, sa fille hérite et le notaire est aussi torturé et enfin le mari idem ! Ces trois victimes avaient le même dénominateur commun ! Ils ont été torturés pour un même enjeu ! Mais quoi ? Et ce qui m'interpelle fortement, c'est pourquoi Myriam Moser reste au-dessus de la mêlée, sans être inquiétée ? Et puis la famille Adelstein, quel rôle joue-t-elle ?

— Il nous faut plus d'éléments ! Moi je pense que la fille Desmarec est centrale dans cette affaire.

— Oui Olivier, je partage, mais ce n'est pas suffisant, il nous faut des éléments tangibles. Nous devons fouiller le passé de Joachim Adelstein.

— Oui, je m'en occupe.

Début février 2018

Le lieutenant Russo venait de prendre connaissance des différents rapports de ses collègues de la police judiciaire. La diffusion des portraits des deux tueurs allait accélérer le dénouement de l'enquête. La fréquence importante des patrouilles de sécurité le long de la forêt mobilisait des agents, qui auraient un meilleur emploi par ailleurs. Des affaires de vols récurrents dans le secteur avaient monté la population contre la force publique, peu présente pour le coup. Russo s'était entretenu avec Jaeg sur le sujet, mais il était hors de question de laisser le site sans patrouilles. Il avait cependant admis une réduction des fréquences, dans l'hypothèse où le golf était prêt à renforcer ses rondes. Russo allait devoir négocier avec le club.

Les membres du Garden Golf Club de la Forêt commençaient à digérer les événements récents. Le meurtre de Thibault Desmarec, les agressions sur Raphaël Bollé et le jeune jardinier, s'estompaient dans les esprits. Le printemps serait là dans quelques semaines et les compétitions allaient reprendre, mais pour cela, il faudrait que le parcours soit rouvert dans son intégralité. Le comité attendait les informations de la police judiciaire, concernant l'affaire Desmarec afin de lever l'interdiction de pénétrer dans la forêt et de pouvoir jouer sur les derniers 9 trous. Pierre Maingé était au practice en cette fin de matinée du 13 février et quand il aperçut la voiture de gendarmerie se garer sur le parking, il espérait des nouvelles de l'enquête. Il reconnut Gaëtan Russo, qui venait à sa rencontre, accompagnée de sa fidèle Samantha. Russo présenta le contexte de l'affaire Desmarec, tout en restant dans des informations surfaciques, n'entrant pas dans le confidentiel. Russo laissa la photocopie des portraits des tueurs, pour un affichage dans le Tee -Bar. Russo expliqua à Pierre Maingé les contraintes de réduction des patrouilles et la suggestion d'augmentation des rondes internes au golf.

— Je suis désolé, monsieur Maingé, mais je n'ai pas le choix !

— Et vous, vous ne me laissez aucun choix, les profs ne sont pas des gardes du corps ! On ne peut pas se substituer aux forces de l'ordre.

— Je vous entends bien, mais je n'ai pas assez d'effectifs et je dois les mobiliser sur d'autres affaires très tendues !

— Je vais voir avec le comité, mais je ferais un courrier au Préfet, ce n'est pas acceptable. Il s'agit de la sécurité de nos membres.

Russo ne put qu'approuver. Les deux gendarmes quittèrent le club de golf, non sans une certaine frustration.

— Vous voyez Samantha ! Là-haut, ils ne savent pas ce qui se passe sur le terrain, on doit composer avec ça. Il nous manque au moins 4 agents dans l'effectif. Comment voulez-vous que nous fassions correctement notre travail ?

— Je vous comprends !

Samantha comprenait surtout que son chef était totalement impuissant, devant la machine de l'Etat. Le véhicule de la gendarmerie quittait le Garden Golf Club de la Forêt, au moment où une grosse fourgonnette de chantier entrait en sens inverse. Sur les flancs du véhicule, l'image d'un énorme œil et un intitulé ; « le Troisième Œil ». Florent Chailley et son équipe venaient monter l'échafaudage et la protection, sur le trou 13, au droit du blockhaus à la fresque. Il fallait profiter de la fermeture de ce côté du parcours. Chailley voulait garder le cap qu'il s'était fixé. Même si les arbres étaient encore défaits de leurs habits de feuilles, il n'avait pas le choix. Attendre le printemps serait une grosse erreur. Une course contre la montre était engagée. Il avait prévu une demi-journée pour préparer le chantier. Le montage de l'échafaudage, le filet de protection et le nettoyage aux abords immédiats. Il fallait prévoir pour le lendemain un compresseur, pour utiliser un burineur en vue de gratter les zones de vieux crépi. La surface devait être parfaite. Les gravats seraient évacués par les propres moyens du « Troisième œil », l'engagement avait été pris auprès du Président du club.

L'équipe de Chailley gagna donc les abords du bunker et commença le nettoyage au pied de l'ouvrage avant de poser l'échafaudage. Pendant ce temps Florent retrouva Myriam au restaurant du club pour déjeuner. Il ne pouvait empêcher ses employés de manger des sandwiches ! Mais cela faisait son affaire, pour aujourd'hui, il allait retrouver Myriam. Elle était déjà attablée quand il pénétra dans le Tee-Bar. Elle n'était pas en tailleur, mais en tenue de golfeuse avertie et surtout très sexy. Sa silhouette bien révélée, attirait les quelques regards masculins présents.

— C'est sympa d'être venue !

— J'en ai marre du rangement !

Myriam avait loué quarante mètres cubes dans un garde meubles. Elle voulait vider la résidence de Bâle au plus vite, elle ne pouvait rester vivre sur les lieux du crime de son mari.

Elle attendait que Fred Agullo, lui trouve rapidement un appartement près de Mulhouse. Pour le moment, elle vivait encore à Bâle, le temps de faire le tri dans ses affaires. Florent avait bien proposé de cohabiter, mais elle tenait à se retrouver seule pour faire son deuil et aller au bout de la mission que lui avait laissée son père.

Dès que l'échafaudage serait en place, Florent irait explorer les ouvrages de guerre disséminés dans la forêt. Myriam espérait qu'il trouverait rapidement le fameux blockhaus marqué des initiales RM. Florent, était son seul appui. Elle n'avait mis personne d'autre dans la confidence, même son amie de longue date, Angèle n'en savait rien et pour cause, elle ne voulait pas la mettre en danger. Pour le moment, Florent avait été très efficace dans l'approche de l'affaire. Ce prétexte de fresque était parfait, mais Myriam demeurait très inquiète.

— Tu comptes commencer les travaux quand ?

— Après-demain, j'ai encore un chantier en cours pour la Ville de Bâle.

— Tu veux que je t'aide pour quelque chose ?

— Oui, j'y ai pensé, je vais avoir besoin d'un relais pour me prévenir de visites impromptues. Tu pourrais être près de l'équipe, en prétextant un petit reportage référentiel pour le compte de ma société et ainsi tu serais bien placée pour m'alerter au cas où !

— Oui, c'est une bonne idée !

— Je te préparerai une fiche de méthode pour le faire, sans éveiller les soupçons.

— Parfait ! C'est dans mes cordes.

— Ce serait bien que tu y ailles après le déjeuner pour faire quelques clichés pendant le montage de l'échafaudage !

— Cool, je me réjouis déjà.

Myriam était disposée à tout mettre en œuvre pour arriver à ses fins, elle en avait presque oublié son métier de chasseur de têtes ! Elle chassait toujours, mais le gibier n'était plus le même.

Elle devait aller visiter un appartement en fin de soirée avec Fred Agullo, elle avait donc tout l'après-midi de libre.

Pendant ce temps, Gaëtan Russo avait informé Jaeg de son entrevue avec le président du club et de son intention d'écrire au préfet. Jaeg n'avait pas bronché et Russo avait repris sa routine. En fait, Jaeg venait de recevoir une information intéressante. Un de ses homologues, dans la police fédérale allemande, venait de lui signifier un rapport d'enquête, pour le moins surprenant. Un homme avait été retrouvé assassiné dans son appartement de Munich le 10 février. Une de ses voisines venait lui rendre visite régulièrement, et n'ayant plus de nouvelles, elle avait alerté la police. Il s'agissait d'Ernst Muller, un entomologiste retraité. L'homme avait été étranglé et l'appartement fouillé dans les moindres recoins. Les enquêteurs avaient passé deux jours entiers à rechercher des indices, dans une pagaille indescriptible. Tout portait à croire que les agresseurs recherchaient quelque chose de bien précis, en effet beaucoup d'objets de valeurs étaient restés dans l'appartement. Il ne pouvait s'agir d'un cambriolage ordinaire, donc la police fédérale saisie de l'affaire avait poussé les investigations un peu plus loin. Un petit ordinateur trouvé sur place et complètement explosé par de violents coups, avait pu livrer des petits secrets. Les techniciens de la Bundespolizei avaient réussi à récupérer des échanges de mails. Trois échanges, retenus dans l'interface des données transfrontalières, concernaient un certain Thibault Desmarec. Jaeg comprenait pourquoi il avait reçu ce rapport. Il continua à lire jusqu'au bout et resta admiratif du rapport de son homologue, la rigueur germanique avait du bon. Le rapport détaillait tout l'arbre généalogique de l'homme et Jaeg allait avoir des éléments tangibles et surprenants. L'oncle d'Ernst Müller se prénommait Rheinhart Müller ; un SS-Obergruppenführer qui avait servi à la fois dans les services de renseignements nazis et comme Directeur de la Gestapo. Jaeg comprit qu'il tenait une piste sérieuse,

Le rapport concluait à un cambriolage prémédité ayant pour objet, une recherche très ciblée. La victime, Ernst Müller, n'avait pas été torturée. Les mails échangés avec Desmarec faisaient état d'une cantine de la dernière guerre, d'une valeur de 2500€. Desmarec l'avait découvert sur un site en ligne et s'était rapproché de la victime pour conclure la transaction. Cette cantine n'avait pas été recensée dans l'appartement, ni les objets apparaissant sur des photos jointes aux mails.

Jaeg et Burg, n'imaginaient pas remonter dans la période la plus sombre de l'histoire. Que venait faire un nazi de guerre dans l'affaire Desmarec ? Burg ajouta les éléments sur le visuel. Le tableau commençait à se charger d'informations. Burg poussa l'humour à ajouter une croix gammée en haut du tableau avec un énorme point d'interrogation. Jaeg fit la moue, mais ne salua pas la démarche extravagante. L'affaire prenait une dimension inattendue. Il tenta une première analyse à chaud.

— 1 : nous avons une victime en plus, mais avec une méthode d'élimination différente et il n'y a pas eu de torture. 2 : Desmarec a eu un contact avec la victime, pour un achat en ligne. 3 : La nature de cet achat, une cantine renfermant très certainement des choses importantes. 4 : Les liens avec la période nazie sont évidents, le propriétaire de cette cantine était un pilier du régime. 5 : Desmarec n'était pas le seul à la convoiter. 6 : Aucune trace de cantine n'avait été découverte chez Desmarec, donc, où est-elle aujourd'hui ?

Burg ne put s'empêcher d'avancer une suggestion.

— Chez sa fille !

Jaeg sourit à la réactivité de son adjoint.

— Non, il n'y avait rien de cela, j'ai étudié plusieurs fois le rapport des scientifiques à la mort de son mari. J'avais demandé le relevé complet du contenu de l'appartement. J'ai toujours été convaincu qu'il y avait un document au centre de cette affaire.

Burg hocha la tête de bas en haut avec une lenteur réfléchie, son acquiescement étudié renforçait la valeur des propos de son chef. Les deux policiers avaient une victime en plus et des interrogations multiples. Jaeg devinait bien le lien avec la période nazie, mais de quelle nature était ce lien. Forcément, l'enjeu du nazisme interrogeait autrement. Desmarec était entré par hasard dans cette affaire, sa fille Myriam n'avait pas été touchée jusqu'à présent, pourquoi ? Cependant, Andréas Moser devait être impliqué ! Puis il y avait ce banquier renommé ; Joachim Adelstein et sa fille Françoise ! Pour Jaeg il y avait un lien avec Desmarec. Que lui voulaient-ils ? Enfin, il y avait cet homme repéré en compagnie de Thibault Desmarec dans un restaurant mulhousien ; qui était-il ? Jaeg n'oubliait pas Florent Chailley, celui-là il le trouvait trop propre, trop lisse! Jaeg restait un homme avant d'être un commissaire. Ses interrogations se dispersaient, les pistes se croisaient et se perdaient. Il en arriva même à l'hypothèse qu'un membre du golf pouvait être lié, mis à part Chailley et Myriam Moser. Il y avait plus de 750 membres !

— Olivier, s'il te plaît, demande à Russo de nous filer un coup de main. Je veux que ses gars jettent un œil sur le listing des membres des deux dernières années, peut-être qu'un nom sortira ! On verra bien.

— Ok, j'ai un truc qui me vient là, le banquier, Joachim Adelstein, il est juif, tu ne crois pas à une connexion avec l'époque, une histoire de famille, une vengeance décalée ?

— Ouais, j'y ai pensé aussi, mais cela me paraît improbable, il y a trop de victimes. Le commanditaire ne prendrait pas le risque d'ouvrir des portes dans sa direction. Les vengeances sont souvent secrètes et le coupable remonte à la surface, souvent des années plus tard. Bon allez, on arrête là, on y verra plus clair demain. Nous sommes trop proches de l'arbre pour voir la forêt cher ami !

Burg avait de quoi méditer pour la soirée. Du côté du golf, le nettoyage était terminé autour du bunker et l'échafaudage était en place, paré des filets de protection aux couleurs des camouflages de l'armée. Ce n'était pas innocent de la part de Florent Chailley, les travaux ne devaient pas attirer l'attention. Myriam avait pris de nombreux clichés, avant et après, pour mettre en avant le sérieux de l'entreprise de Florent ; le Troisième Œil.

Fred Agullo de l'agence immobilière Saiximmo, avait fini par dénicher un superbe appartement pour Myriam Moser. Elle avait listé quelques souhaits que Fred s'était empressé de satisfaire : pas dans le centre de Mulhouse, pas trop loin du golf, 4 pièces au minimum, lumineux et un garage. Il devinait qu'elle allait craquer, quand il allait lui annoncer qu'il avait trouvé un acquéreur pour la résidence de Bâle.

Dès le lendemain, Myriam signait pour son nouvel appartement à Lutterbach, localité toute proche de Mulhouse. Elle fit transférer de Bâle les quelques meubles qu'elle désirait conserver et ses effets. Elle ne voulait pas des tableaux et autres décorations qui la ramèneraient à son passé. En moins de 8 jours elle avait construit son nouveau nid. Fred Agullo s'était occupé de la vente de l'appartement Bâlois avec son notaire attitré. Myriam était soulagée d'avoir pu régler ce déménagement de vie. C'est ce qu'elle avait exprimé à Fred ; « elle déménageait de vie ».

Depuis le décès de son père, son travail était entre parenthèses, le décès de son mari l'avait conduit à tourner une page. Désormais, elle était totalement indépendante. Elle avait besoin d'espace, de se retrouver et se concentrer sur l'affaire de son père. Plus les jours passaient, moins elle acceptait son meurtre. Une haine sourde dormait en elle. Myriam Moser irait jusqu'au bout et elle s'en donnerait les moyens. Son chagrin avait fait place à un sentiment de vengeance. Le point de départ était là, maintenant qu'elle venait de clore un chapitre de sa vie. Une fantastique force émotionnelle s'était cristallisée autour de ce qu'elle venait de subir. Mais pouvait-elle éteindre le brasier de la colère qui montait en elle ou rassasier sa soif éperdue de consolation ? Myriam était dans le doute, mais elle ressentait sa colère comme une bonne énergie et qui ne pouvait que servir à reconstruire sa vie brisée.

Son esprit était accaparé par la douleur d'avoir perdu son père et par l'insidieuse emprise de son amant sur elle. Florent était là, dans un coin de sa tête sans arrêt. Certains soirs, allongée dans son lit, elle s'interrogeait sur la possibilité de vivre avec cet homme. Elle le voyait peu et il était souvent en déplacement, mais elle imaginait des week-ends entiers auprès de lui. Elle n'avait jamais osé lui demander cette faveur, Florent semblait si débordé, même les week-ends. Elle se promit de lui faire la demande, elle voulait vérifier si elle était capable de revivre avec un homme.

Début mars

Chaque matin, Joachim Adelstein avait un rituel incontournable. Il composait le code d'accès à son ordinateur, puis ouvrait un lien, toujours le même, celui qui renvoyait vers la fenêtre d'un autre code. À l'issue de cette opération, il découvrait un fichier à rendre nerveux un mort. L'écran affichait en temps réel, les états financiers de ses filiales bancaires. Joachim Adelstein comptait en milliards et son baromètre financier demeurait dans les firmaments des 10 plus grosses fortunes mondiales. En véritable homme de pouvoir, il construisait un Empire planétaire. Joachim Adelstein pouvait tout acheter, même l'inachetable. C'est ce qu'il fit, un jour de janvier, en 1955, lorsqu'au détour d'une rencontre secrète, il put acquérir le fameux manuscrit de Voynich. Il aurait pu se contenter de l'une des 898 copies, vendues à 10 000 € l'exemplaire, mais il lui fallait l'original ; le seul exemplaire au monde et que personne n'avait encore réussi à déchiffrer. Depuis des dizaines d'années, les cryptographes de la planète s'étaient penchés sans relâche sur le livre le plus mystérieux au monde. Personne n'était parvenu à déchiffrer l'alphabet du précieux manuscrit de 200 pages, dont la datation carbone, avait estimé la réalisation entre 1404 et 1438. Cet ouvrage découvert en Italie en 1912 par l'antiquaire Wilfrid Voynich restait une énigme absolue. Les illustrations pouvaient laisser croire à une sorte d'herbier, mais un faisceau d'éléments d'astronomie, de cosmologie et autres, interrogeait fortement sur une autre piste. Certains avaient même avancé que Léonard de Vinci aurait pu en être l'auteur. Être en possession d'un pareil ouvrage relevait du miracle pour Joachim Adelstein. Les 300 millions qu'il avait lâchés pour son acquisition et pour la fabrication d'un faux, ne l'avait pas déshabillé. Il avait juste lâché un peu d'argent de poche. Ce qui le gênait au plus haut point, c'est qu'il avait lâché plusieurs millions dans la recherche du décodage de l'alphabet. Il avait recruté deux des meilleurs informaticiens du moment pour concevoir un logiciel capable de déchiffrer l'alphabet de son manuscrit ; tout comme Alan Turing qui avait réussi à une autre époque, à décoder les transcriptions nazies. Mais voilà, cela faisait deux années que les deux hommes restaient sur des échecs répétitifs. Joachim Adelstein détestait ce qui pouvait lui résister. Il avait réussi sa vie grâce à une ambition infaillible, il marchait droit vers ses objectifs sans se soucier des brins d'herbe qu'il écrasait sur son passage. C'est ainsi qu'il nommait les obstacles qui se présentaient devant lui, qu'ils soient humains ou matériels. L'homme n'avait pas beaucoup d'amis, il résidait la plus grande partie de l'année en Argentine, où il retrouvait sa femme originaire de Buenos Aires. La Suisse était son bureau, il aimait dire dans son proche cercle que ce pays avait la couleur de l'argent et des montagnes pour la cacher. Il n'avait pas totalement tort, la Suisse restait le premier centre offshore, avec 35% de la part du marché mondial déposé par des clients étrangers.

Sa fille ressemblait beaucoup à sa mère, elle était légèrement typée, avec ce regard froid de squale en mode chasse. La relation père-fille, était très fusionnelle. Joachim Adelstein protégeait sa fille, mieux que n'importe lequel de ses nombreux coffres forts. Depuis son plus jeune âge, il l'avait formatée aux affaires et lui avait appris à ne rien céder et à tout mettre en œuvre pour arriver aux fins qu'elle s'était assignée.

Ce vendredi après-midi, 9 mars, Myriam décida de se changer les idées auprès de son amie Angèle pour une partie de golf. Les deux femmes se retrouvèrent sur le parcours du Golf, sans autres partenaires. Elles purent ainsi échanger librement. Angèle tenta d'en savoir plus sur le meurtre du mari de son amie.

— Tu sais Angèle, nous faisions semblant depuis plusieurs mois, plus rien n'allait entre nous.

— Je comprends, mais cela ne te fait rien sa mort, enfin, de la manière dont il s'est fait tuer ?

— Je te rappelle qu'il a failli m'étrangler ! Alors oui, j'ai mal, mais mal de ce qu'il était devenu. Je n'étais plus avec le même homme, il n'avait plus rien à voir avec celui que j'avais connu, il y a bien longtemps.

— Excuse-moi. Allez, on n'est pas là pour pleurer.

Angèle planta son tee, y posa sa balle, se mit à l'adresse et frappa la balle d'une claque sèche qui résonna entre les arbres. La balle fusa dans l'espace, droite comme un i et atterrit en plein centre du fairway.

— Joli coup ! Tu as mangé du lion.

— Non, mais j'ai de l'énergie à revendre en ce moment !

— Tu pourrais m'en donner un peu !

— Cela ne me regarde pas, mais tu devrais sortir, bouger un peu, je sais que tu es bien avec Florent Chailley, laisse-toi vivre un peu !

— Je n'ai pas la tête à cela en ce moment et pour Florent, on ne se fait pas de plans ! Je ne sais pas où j'en suis et puis il est très indépendant, toujours en déplacement ! Pourtant il fait tout pour être auprès de moi dans les mauvais moments !

— C'est déjà ça ! Mais tu as raison, laisse-toi du temps, moi je voudrais tellement que tu ailles mieux. J'ai vu que Florent a commencé la nouvelle fresque sur le 13.

Angèle désignait le blockhaus, que l'on pouvait apercevoir en cette saison, depuis le trou 1.

— Oui, c'est, mais un de ses gars a eu un souci de santé, ils doivent reprendre dans deux ou trois jours.

— En tout cas vivement que le parcours soit ouvert en entier, c'est frustrant.

Myriam ne s'ennuyait jamais avec Angèle, c'était un moteur de vie. Les deux femmes venaient de conclure le premier trou et Myriam ne put s'empêcher de porter son regard vers la forêt, évidemment cela la ramenait à son père et aux circonstances terribles de sa fin. Plus que jamais, elle était impatiente que Florent trouve ce blockhaus. Avec un peu de chance la semaine prochaine ce serait chose faite. Elle avait le week-end pour se reposer et penser à autre chose, en tout cas c'était ce qu'elle espérait.

Olivier Burg avait mis ses meilleurs hommes sur l'enquête concernant Joachim Adelstein. Cela faisait plus de trois semaines qu'une poignée d'enquêteurs, trinationale ; en France, en Suisse et en Allemagne, s'acharnait sur le profil ciblé. Burg avait aussi contacté Interpol, pour l'Argentine. C'était un peu compliqué de faire fonctionner les rouages entre pays, mais avec patience Burg était arrivé à des résultats qui surprendraient son patron.

Aussi, quand il pénétra avec une attitude conquérante dans le bureau de Jaeg, il espérait en sortir avec une pluie de compliments. Il s'installa dans le fauteuil, juste en face de Jaeg, se cala bien au fond du cuir vieilli, puis posément ouvrit la pochette qu'il tenait. Burg avait décodé dans l'attitude de son collègue que la pêche avait été fructueuse.

— Alors Olivier, la pêche a été bonne ?

— On peut le dire ! Écoute ça : Joachim Adelstein a débarqué en Suisse en 1965. Les autorités du pays ont eu du mal à trouver l'origine de sa venue, mais sa première apparition sur la scène financière remonte à sa nomination, comme directeur de la Banque CHB, une filiale de la Banque qui lui appartient aujourd'hui. Adelstein n'a pas la nationalité Suisse, mais Argentine. Il s'est marié en 1952, à Buenos Aires avec Célia Ruterez, la fille du gouverneur de Formosa, avec qui il a eu une fille que nous connaissons bien ; Françoise Adelstein. Il vit plus de la moitié de l'année à Buenos Aires, dans un immense ranch et le reste du temps à Bâle ou Zurich où il possède des propriétés luxueuses. Mais il possède aussi un hôtel prestigieux à Monaco, le Fairmont Palace où il passe de nombreux week-ends. J'ai pu avoir l'estimation de sa fortune, environ 60 milliards, ce qui le place dans le top 10 des milliardaires de la planète. Mais il n'apparaît jamais dans le classement des médias, et pour cause, sa vie privée est hyper secrète.

Jaeg écoutait sans broncher. Burg s'étonnait de pouvoir pratiquer le monologue sans interruption hiérarchique. Il continua donc sur sa lancée.

— Nous avons poussé les enquêtes dans son milieu ; la finance. En conclusion, Joachim Adelstein semble être un homme intègre, il fait autorité dans le milieu. Sa fille est très proche de lui, puisqu'elle est administratrice au sein du comité directeur de la banque UBCH. La banque est composée de 18 filiales réparties dans le monde. Nous n'avons pas pu avoir plus d'éléments de côté-là, le milieu bancaire suisse est très tendu depuis 2009 et même si le pays est contraint d'alléger le dispositif, mettant à l'abri son secret bancaire, il demeure des trous noirs. Donc, on peut penser que les informations concernant Adelstein sont partielles et sans doute lissées.

Jaeg écoutait attentivement son collègue, mais dans son esprit le manège des neurones tournait à toute vitesse. Burg, toujours aussi surpris du silence de son patron, continua avec la même ferveur.

— Donc, on s'est dit que si la Suisse ne pouvait nous en dire plus, par protectionnisme d'opportunité, il serait peut-être pertinent d'avoir l'écho d'Interpol.

— Et là bingo ! lança Jaeg.

Burg avait gardé le meilleur pour la fin, le bingo de son patron amenuisait l'effet.

— Oui, bingo comme tu dis ! Interpol suit Joachim Adelstein depuis 1968, date où il est devenu le propriétaire de la plus grosse banque suisse ; UBCH. Interpol lance toujours des veilles sécuritaires dès que des postes stratégiques sont pourvus et ce dans le monde entier, mais tu le sais sans doute !

Jaeg acquiesça, attendant patiemment la conclusion de son orateur insatiable.

— Joachim Adelstein est extrêmement protégé ; c'est pourquoi il est difficile d'avoir des informations sur sa vie privée. Mais Interpol avait fait remonter en 1970 une suspicion de blanchiment d'argent émanant de la banque UBCH ; des fuites en liquidités pour plusieurs milliards, la banque s'en était tirée par un montage savant, comme seuls les financiers savent le faire. Les dizaines d'inspecteurs mis sur le coup à l'époque n'avaient rien pu démontrer. Mais cela avait permis d'insister sur une recherche plus pointue du profil d'Adelstein et c'est en Argentine qu'un élément a pu émerger. Lors d'une soirée mondaine et quelque peu arrosée, un haut fonctionnaire proche du gouverneur de Buenos Aires avait laissé entendre auprès d'un agent de la police métropolitaine, que le gendre du gouverneur était un Allemand ayant fui son pays. L'agent en question s'était empressé, dès le lendemain, d'aller révéler l'information auprès de la police fédérale. L'Argentine fut une terre d'accueil pour beaucoup d'allemands en fuite après la Seconde Guerre mondiale, des nazis recherchés depuis des années. Des associations, d'orientation souvent juive, pouvaient donner des récompenses conséquentes pour toutes informations pouvant débusquer un criminel de guerre.

— Ok, je te suis, mais Joachim Adelstein n'a que 72 ans, il ne peut pas avoir été un nazi et son nom parlerait !

— Exact ! Mais son père, oui ! Une fausse identité peut tout masquer, Joachim Adelstein n'est autre que le fils de Rheinhart Müller, le frère du vendeur de la cantine à Desmarec !

Un grand blanc s'installe dans le bureau. Burg se voit requin et saisit cet instant comme une promotion future, mais il ne peut jubiler longtemps, Jaeg redémarre.

— Si j'ai compris, Interpol s'intéresse à lui pour son héritage !

— Oui, quand il débarque en suisse, il est richissime et s'introduit dans le cercle fermé de la finance avec une facilité suspecte.

— L'argent peut te faire entrer n'importe où !

— Oui, mais du coup la police fédérale d'Argentine et Interpol ont mené une enquête conjointe depuis des années et ce dans le plus grand secret. Rheinhart Müller n'était pas uniquement recherché en tant que criminel de guerre, il détenait des documents d'une valeur inestimable.

— Ce n'est pas un scoop, les nazis se sont emparés de trésors dans beaucoup de pays.

— C'est pas un trésor, d'après Interpol, il s'agirait d'autre chose, mais ils ne peuvent en dire plus ! Il s'agit d'un cadre d'enquête très confidentiel !

— C'est pour ça qu'ils ont fait allusion à « autre chose » ! En clair ils ne peuvent rien dire, mais ils travaillent en secret sur un document secret ! Ils nous prennent pour des cons !

— Je suis désolé, mais c'est déjà bien ce qu'on a !

— C'est vrai, du beau boulot, on ne lâche plus notre Joachim Adelstein et sa fille.

— J'ai mis des gars en permanence sur leur dos, jour et nuit.

— Parfait, de mon côté je vais reprendre contact avec Myriam Moser. Elle nous cache un truc et je veux savoir quoi. Cette cantine qui disparaît comme par enchantement est la source de l'affaire Desmarec, pour moi, c'est désormais une certitude.

Mi-mars

Les travaux sur le mur du blockhaus du trou numéro 13 débutaient ce lundi matin 19 mars. Seuls un maçon et Florent Chailley se trouvaient sur les lieux. Chailley expliqua à son employé ce qu'il attendait de lui précisément. Il fallait ôter le vieux crépi sur toute la façade, puis strier le mur et déposer un apprêt afin que l'enduit neuf puisse bien s'accrocher. C'est seulement plus tard, quand le nouveau support sera sec, que les artistes peintres pourront œuvrer. Le maçon, dénommé Pierre, avait l'habitude de ce genre de petit chantier. Il savait que son patron était exigeant, il s'attachait à remplir sa tâche au mieux, c'était pour lui la gageure d'autres travaux.

Pierre démarra le compresseur et commença à buriner le mur avec détermination. Chailley n'avait plus de raison de rester auprès de son employé, désormais il pouvait s'engouffrer discrètement dans la forêt. Il pénétra à l'intérieur de la végétation, puis sortit de la poche de son blouson une feuille sur laquelle étaient répertoriées les parcelles de forêt qu'il avait pris soin de numérotées. Il saisit son téléphone et se géolocalisa. Il décida de prospecter la parcelle la plus proche, il avait découpé la forêt en 22 parcelles de 10 ares. Il fallait faire vite et rester éveillé sur d'éventuelles rondes de la gendarmerie. Il aurait dû attendre le soutien de Myriam pour la surveillance, mais son impatience était trop grande.

Blockhaus
dans la forêt

Le premier ouvrage apparut à travers la transparence de la végétation. La moitié du blockhaus était totalement effondrée, Florent Chailley inspecta chaque élément avec minutie, à la recherche des fameuses lettres RM en fer. Il se rendit compte qu'il lui faudrait plus de temps que prévu, il fallait être aux aguets et rechercher l'indice qui pouvait être sous un bloc de béton, retourné en s'écroulant ! Il passa une heure sur le premier ouvrage, mais sans succès. Son excitation le poussa à poursuivre sur un autre blockhaus

194

de la parcelle. L'ouvrage était en meilleur état et il n'y accorda que 10 minutes, mais toujours sans rien découvrir. Il décida de revenir discrètement vers le chantier de la fresque. Florent Chailley avait exploré un carreau de 10 ares sur les 220 de la parcelle globale. Il évalua qu'il faudrait passer plus de temps que prévu dans la recherche, quitte à prendre plus de risque. Demain Myriam serait avec lui et elle ferait le guet depuis le chantier. Il pourra prospecter sur 20 ou 30 ares si tout allait bien. Revenu près du blockhaus en chantier, Florent Chailley observa que le maçon avait déjà gratté deux bons mètres carrés de la façade.

— C'est plus solide que je ne le pensai ! Lui lança ce dernier.

— Apparemment ! Mais prends ton temps, il faut que ce soit bien fait.

Le maçon reprit son travail derrière le filet de protection. S'il n'y avait pas le bruit du compresseur, personne ne pouvait deviner que le chantier avançait. Cependant, Gérald Vargas et Rémy Maistre pouvaient s'aventurer dans la zone à n'importe quel moment et les gendarmes pratiquaient des rondes aléatoires, ce qui rendait l'exploration de Florent Chailley très risquée. Sans Myriam pour l'appuyer il n'y arriverait pas et il éviterait de l'informer de sa première visite dans la forêt. Elle n'apprécierait certainement pas qu'il eût prit le risque de tout faire capoter par son initiative hasardeuse.

Cela faisait deux semaines que Myriam avait vendu sa résidence bâloise, grâce à l'efficacité de Fred Agullo. Elle était désormais installée à 10 minutes du golf et tout près de Mulhouse à Lutterbach, où elle apprivoisait son nouveau cadre de vie.

Les deux hommes planqués depuis la tombée de la nuit, ce lundi, devant l'ancienne résidence de Myriam, ignoraient son déménagement. Ils ne pouvaient qu'agir dans les ténèbres ; Interpol était à leurs trousses. Günther Frantz et Eric Fischer avaient eu pour mission de ramener Myriam Moser auprès de leur commanditaire. Les deux hommes de main n'avaient jamais vu, ni su, qui était cet homme de l'ombre. Il leur donnait rendez-vous dans une chambre d'hôtel de Bâle et apparaissait toujours masqué d'une cagoule. Le plus important pour les deux hommes de main était de recevoir leur enveloppe, remplie de francs suisses. Ils avaient déjà touché près de 15 000 francs suisses chacun pour Desmarec, puis 10 000 pour le notaire Mulhousien et encore 10 000 pour Andréas Moser. Le commanditaire avait donc déboursé près de 60 000 € pour récupérer des documents qu'il n'avait toujours pas entre ses mains ! Jusqu'à présent il s'était attaché à rester loin de Myriam Moser, principalement pour ne pas mettre la puce à l'oreille aux policiers. Ces deux hommes de main ne savaient pas faire dans la discrétion et ils étaient incapables de travailler en finesse. Il s'en était rendu compte trop tard, désormais il n'avait plus le choix, il lui fallait enlever Myriam Moser et l'interroger lui-même. Toutes les tentatives avaient échoué pour récupérer les documents tant convoités, il fallait donc passer la vitesse supérieure, mais sans se faire démasquer.

Les deux tueurs attendaient donc patiemment leur proie, une femme d'une quarantaine d'années, brune et plutôt jolie. Il était presque 20h30, quand une silhouette féminine s'approcha des escaliers et grimpa jusqu'à la porte d'entrée de la résidence. Elle sortit des clés de son sac à main pour ouvrir la porte, c'est le moment qu'attendaient les deux hommes. Ils surgirent derrière la jeune femme en même temps qu'elle poussait la porte et la bousculèrent à l'intérieur de la maison. Elle n'eut pas le loisir de hurler, une main lourde lui assena un coup sur la tempe. Elle s'affala, sonnée par la violence du geste. Quelques instants plus tard, elle se retrouva inconsciente dans le coffre du véhicule de ses agresseurs.

Il était 23h00, quand la jeune femme se réveilla, ligotée sur une chaise, face à un homme cagoulé.

— Chère madame, cela fait bien longtemps que je cours derrière vous. Par votre faute, beaucoup d'hommes sont morts, il est temps de me dire où vous avez caché les documents de votre père ?

La jeune femme terrorisée, tenta vainement d'exprimer son incompréhension de la situation.

— Mais je ne comprends rien, que voulez-vous ? Qui êtes-vous enfin ?

— Vous savez, votre mari n'a pas trop souffert, mais pour vous, je peux faire un effort !

L'homme laissa courir son regard sur la silhouette de sa victime.

— Je ne suis pas mariée ! C'est quoi cette histoire, laissez-moi, je vous en supplie !

Un blanc s'installa, son agresseur sentit un énorme doute monter en lui, précurseur d'une colère toute proche.

— Vous êtes qui ?

— Je suis Sylvie Dunoix ! Pourquoi ?

— Vous n'êtes pas Myriam Moser ?

— Non ! Elle m'a vendu sa maison !

— Putain, c'est pas vrai ! Brailla l'homme cagoulé.

Il sortit de la pièce. Sylvie Dunoix prit enfin conscience de l'endroit où elle était. Un local, vraisemblablement abandonné, il faisait froid et elle sentit la terreur grandir au fond de ses entrailles.

Les deux hommes de main fumaient une cigarette au pied de l'immeuble. Ils ne s'attendaient pas à voir débouler leur patron, totalement hystérique.

— Vous êtes vraiment deux gros cons ! Ce n'est pas Myriam Moser !

— Merde ! Lâcha l'un des deux.

— Elle a déménagé ! Je vous ai donné une photo en plus, comment vous avez fait pour vous planter à ce point ?

— Elle lui ressemblait tellement !

— Seulement, ce n'est pas elle, je ne vous paierai pas pour cette bévue, hors de question !

— Pas de problème, on va la retrouver l'autre.

— Mais d'abord, vous me virez cette femme, on ne peut pas la laisser partir comme cela, elle irait tout raconter chez les flics, c'est ce que vous voulez ?

— C'est bon, ne vous énervez pas, on s'en occupe.

— Surtout pas de trace, débrouillez-vous, je ne veux rien savoir !

— Ok !

Les deux hommes étaient passés du stade de gorilles à celui de rats d'égouts, en moins de 5 minutes. Leur ego en avait pris un coup et ils auraient à cœur de rattraper leur erreur. Pour l'heure, leur patron ne décolérait pas. Il regrettait de s'être entouré d'amateurs, mais il n'était pas rôdé à ce monde. Le recrutement de vrais professionnels demandait une connaissance des réseaux. Il n'était pas issu du milieu, il avait donc composé. Lors d'une soirée très arrosée dans un bar, il s'était trouvé un compagnon bien imbibé et au fil des discussions, il lui avait donné un numéro de téléphone, au cas où ! C'est ainsi qu'il avait pris contact avec les deux tueurs, surtout parce qu'ils étaient dans ses prix.

L'erreur était irréparable, tôt ou tard la disparition de cette femme remonterait chez les flics et le lien avec l'affaire Desmarec serait vite identifié. Myriam Moser risquait d'être insaisissable, les flics allaient mettre une protection autour d'elle. Le plan initial n'avait pas fonctionné, il fallait au plus vite trouver cette Myriam, avant qu'elle ne soit inaccessible. Il estima un délai de trois jours, avant que la disparition soit prise en compte.

Myriam Moser ne se doutait pas du danger qu'elle courait. Depuis le meurtre de son père, elle n'avait pas été inquiétée. La seule interrogation qui demeurait était celle de cette rencontre avec Joachim Adelstein, mais elle ne l'avait plus revu et ignorait qui était cet homme. Myriam avait un objectif en tête : retrouver ce foutu blockhaus. Florent Chailley l'avait informé que tout était prêt et que le grattage du mur avait débuté, il l'attendait au club le lendemain pour commencer la prospection dans la forêt. Elle était impatiente d'entrer dans le vif du sujet.

Le lendemain matin, à 11h30, elle retrouva Chailley sur le parking du Garden golf Club de la Forêt. Il y avait peu de voitures, un crachin breton dégoulinait du ciel, poussé par un vent d'Ouest. On percevait au loin, le bruit sourd d'un burineur, en direction du trou 13. Quelques clients du Tee-Bar viendraient certainement pour midi et ce serait le moment idéal pour Chailley. Myriam s'était habillée en golfeuse, pour crédibiliser sa venue. Chailley, lui avait suggéré de déjeuner sur le pouce et c'est Francesco, le chef cuisinier, qui leur prépara deux sandwiches. Puis en toute discrétion, ils gagnèrent les lieux du chantier. Pierre, le maçon venait tout juste de couper le groupe électrogène et informa Chailley qu'il allait manger le plat du jour au Tee-Bar.

Aussitôt qu'il fut éloigné, Florent invita Myriam à rester derrière le filet, à l'abri des regards. Il lui suggéra de faire semblant de prendre des photos du chantier et elle devait l'avertir au cas où quelqu'un approcherait. Une fois leurs accords assimilés, Chailley s'engagea vers le second carreau ciblé sur son plan. L'humidité transpirait de la forêt et le crachin continu était un atout pour l'exploration. Il y aurait moins de chance pour une visite surprise. Après avoir progressé sur 180 mètres, Florent aperçut un blockhaus plus grand que les autres et moins abîmé que les précédents. Il en fit le tour, scrutant la surface des murs, envahie par de la végétation rampante. À certains endroits, il était obligé de dégager des broussailles, pour ne pas louper les hypothétiques lettres en fer. Il ne trouva rien et poursuivit vers un ouvrage sur le carreau voisin. Au fur et à mesure il cochait les ouvrages visités. Il fallait être rigoureux.

Pendant ce temps, Myriam, légèrement angoissée, scrutait les alentours. Elle ne tenait pas à tomber sur Gérald ou Rémy. Même si son idylle avec Florent n'était plus un secret, elle ne pouvait faire abstraction de certains préjugés, alors qu'elle était en période de deuil. Une bonne heure s'était écoulée et Florent attaquait son quatrième carreau. Ce serait le dernier pour aujourd'hui et Pierre n'allait pas tarder à revenir. En effet, il revint vers le chantier en arborant un air repu qu'il manifestait par le rougissement de son visage jovial. Il ne s'attarda pas et sourit en observant Myriam le prendre en photo.

— C'est pour notre plaquette, vous serez dedans !

Ravi de cette reconnaissance, Pierre réenclencha le groupe électrogène. Myriam n'avait pas besoin de prévenir Florent, le bruit du burineur était le meilleur avertisseur. Il était presque 13h45 quand Myriam reçut un SMS de Florent, qui l'avertissait de son retour. Le burineur tournait depuis 10 minutes, mais cela suffisait à donner mal au crâne à Myriam. Un son très aigu allait rompre sa patience, mais Pierre stoppa l'objet infernal.

— Mince fit-il en observant le mur.

— Qu'y a-t-il ?

— Oh, rien, mais il faut que je retourne à la fourgonnette chercher la disqueuse.

Pierre quitta Myriam, dépité d'avoir à marcher jusqu'au parking. Elle sourit en entendant l'homme bougonner en s'éloignant. Elle en profita pour jeter un œil sur le travail du maçon et resta admirative du soin qu'il mettait à laisser un chantier propre. Il avait déposé une bâche au sol pour récupérer les gravats et il évacuait ceux-ci dans une large brouette toute proche. La vieille fresque disparaissait par petite touche, tout un pan du côté gauche était bien entamé et le cerf qui trônait à droite s'inquiétait de son avenir. Myriam allait détourner son regard, quand elle se raidit subitement. Son attention était captée sur un endroit précis. Là, sous ses yeux, deux lettres en métal, R et M, étaient ancrées dans le mur.

Pierre avait touché les deux lettres en fer avec le burineur, provoquant le bruit aigu. Les lettres avaient été recouvertes de peinture, les rendant ainsi invisibles. Désormais elles se révélaient au grand jour.

Lettres RM..
Rheinhart MÜLLER

Myriam n'eut pas le temps de cogiter plus loin, une voiturette de golf arrivait. Elle eut le temps in extremis d'envoyer un message d'alerte à Florent, mais il était déjà dans son dos au moment où Gérald Vargas déposait Pierre et la disqueuse.

— Bonjour, je fais le taxi !

Myriam et Laurent saluèrent Gérald Vargas, tandis que Pierre sautait de la voiturette et se dirigeait vers la prise du groupe électrogène pour brancher sa disqueuse.

— Pierre, on te laisse, à demain.

— Ok, ça marche.

— Je vous ramène, montez, je repasse par le parking.

Gérald Vargas savait la liaison entre les deux amants et ne parut pas surpris de découvrir Myriam tenir compagnie à Florent Chailley.

— Florent, je peux te voir à mon bureau, c'est pour ta compétition de fin de saison.

— Oui bien sûr, je te suis.

Myriam salua les deux hommes et retrouva son véhicule. Elle était enfin seule, elle en avait bien besoin. La découverte des deux lettres n'était pas prévue sur ce blockhaus ! Comment était-ce possible de s'être trompé de parcelle ? Elle n'y comprenait rien du tout. Plus de 400 mètres séparaient le lieu désigné sur l'extrait cadastral. Il y avait une énigme que Myriam ne parvenait pas à saisir. À moins qu'il n'y ait plusieurs blockhaus marqués des lettres R et M ! Elle n'avait pu en parler à Florent, elle lui envoya un SMS ;« rappelle-moi dès que tu peux ».

Gérald Vargas présenta à Chailley, futur sponsor du club, les conditions d'organisation de la compétition, prévue en fin de saison. De plus, l'assemblée générale ayant lieu dans quelques jours, il tenait à ce que Florent, futur candidat au comité directeur, puisse présenter son projet. Il fallait montrer l'intérêt d'entrer au sein du comité ; le chantier de la fresque et de la compétition étaient des arguments facilitateurs pour le candidat Chailley.

Myriam n'eut pas longtemps à attendre l'appel de Chailley, elle décrocha depuis son tout nouvel appartement.

— Il faut que tu viennes tout de suite !

— Bien, tu es chez toi ?

— Oui, je t'attends.

Dix minutes plus tard, Myriam ouvrait la porte de son appartement.

— Assied-toi, tu vas pas me croire !

Intrigué, Florent Chailley se cala au fond du canapé tout neuf, couvert d'un alpaga rouge du plus bel effet.

— Qu'y a-t-il, tu as l'air toute retournée ?

— Je sais où est le blockhaus !

— Comment ça ?

— C'est celui de la fresque !

— C'est impossible, l'extrait cadastral de ton père est sans équivoque, Section 6 Parcelle 237 !

— Oui, mais les deux lettres en métal sont bien sur la façade du blockhaus en travaux, ton maçon est tombé dessus ce matin. C'est pour ça qu'il s'est absenté, pour récupérer une disqueuse, afin de les arracher du mur.

— Comment est-ce possible ?

— Je n'en sais rien, mais j'en suis certaine, je les ai bien vues, elles étaient recouvertes de peinture, c'est pour cela que l'on ne pouvait les voir.

— Bizarre, à moins qu'il y ait plusieurs ouvrages de marqués ainsi, mais seul celui de la parcelle 237 a réellement un intérêt !

— J'y ai pensé aussi. Mon père n'avait peut-être eu que l'information essentielle, celle où le blockhaus recelait quelque chose.

— Je pense aussi, mais on va vérifier. Ton père parlait d'une ouverture et il n'y en a pas, mis à part les meurtrières verticales placées à l'opposé de la fresque. J'ai remarqué un auvent en béton au-dessus du cerf, une porte devait exister et elle a dû être condamnée, demain nous serons fixés. Mais il faut persévérer dans l'exploration de la forêt.

— Oui tu as raison ! Je resterai avec le maçon et toi tu continueras ce que tu as commencé.

— On fait comme ça, mais restons très prudent.

— Il te voulait quoi Gérald ?

— Oh, rien d'important, c'était pour la compétition que je veux organiser et il faut que je me présente pour la recomposition du comité.

— Ce serait cool que tu sois pris !

— Oui et surtout j'aurai plus de marge de manœuvre pour nos recherches.

— Tu es un amour, merci de m'aider Florent.

Myriam s'approcha auprès de son amant et déposa un baiser sur ses lèvres. Elle aurait eu envie d'aller plus loin, mais Florent devait se rendre à son agence. Il avait du travail à rattraper et il était arrivé à un seuil critique.

*

Vendredi 16 mars

Jaeg avait pour habitude de débriefer ces équipes en fin de semaine. Ce n'était pas un caprice de chef, mais un choix mûrement réfléchi. Il considérait qu'il était judicieux de remuer les méninges avant le week-end. L'idée de secouer les esprits à l'entrée d'une période de relâchement avait souvent permis de faire émerger d'excellentes avancées dans les enquêtes. Force était de constater que, malgré le repos, les questions partaient dans les bagages du week-end et qu'elles s'imposaient aux esprits reposés avec plus de clarté. La confusion pouvait laisser place à de l'évidence, à retardement. Un flic restait toujours un flic, même quand il dormait et un renard restait rusé même dans son terrier. Jaeg avait donc brassé les éléments de l'enquête Desmarec devant son auditoire favori, la brigade de recherche. Il était presque 17 heures ce vendredi, quand il finit de décortiquer tous les éléments répertoriés sur l'écran numérique. Il allait passer la parole à ses collaborateurs quand un fax lui parvint expressément de Suisse. Jaeg prit le temps de lire et relire le fax, tandis que l'auditoire chuchotait des mots silencieux. Jaeg prit un ton grave quand il coupa le faux silence de sa voix appuyée.

— Messieurs–dames ! Voici de nouveaux éléments de nos collègues suisses. Une disparition vient d'être signalée à Bâle. Vous allez me dire, on en a tous les jours ! Sauf que la disparue ne réside pas n'importe où, elle est la nouvelle propriétaire de la résidence des Moser !

Un petit chuchotement collectif troubla l'espace.

— Vous aurez tous saisi l'interrogation suspendue à mes lèvres ! Pourquoi cette personne a–t–elle disparu depuis 3 jours ?

Burg, comme souvent, fut le premier à réagir.

— Quelqu'un s'est gouré de cible !

— Bien vu Olivier et oui une bavure, on peut parier que cette femme n'est plus de ce monde. Le ou les ravisseurs ont cru enlever Myriam Moser, mais ils ignoraient qu'elle avait changé de résidence.

— Grosse bavure !

— Oui, il faut immédiatement alerter Myriam Moser et la mettre sous protection. Elle est en danger. Les Suisses nous tiendront informés de leur enquête sur la jeune femme disparue.

— Ok, je m'occupe de prévenir Myriam Moser.

Burg avait une réactivité peu commune, son patron n'avait pas fini de parler qu'il avait déjà le numéro de Myriam Moser affiché sur son clavier, prêt à le connecter. C'est ce qu'il fit en sortant du bureau, mais son récepteur n'étant pas joignable, il lui laissa un message vocal.

Jaeg s'inquiétait pour la disparue, mais il devinait la conclusion. Le profil des ravisseurs pouvait coller avec ceux des meurtres du notaire, de Moser et Desmarec. Ils ne faisaient pas dans la dentelle et étaient peu soucieux de masquer leurs forfaits. Interpol était dans le coup pour retrouver les deux meurtriers, mais aucune trace d'eux ! Ils n'étaient peut–être pas très professionnels dans leurs méthodes, mais ils savaient se rendre parfaitement invisibles.

Burg réussit à joindre Myriam Moser en fin de soirée. Elle était restée sans voix , à l'écoute des propos de l'officier de police. Quelqu'un allait mourir à sa place. Elle n'en revenait pas. Des doutes s'installèrent dans son esprit, cette disparition inquiétante laissait présager le pire. Devait–elle continuer à chercher le secret de son père ou était–il plus raisonnable d'en faire part à la police ? Elle ne savait plus très bien. La confusion s'empara d'elle. Burg l'avait rassurée en précisant qu'un agent la surveillerait de loin, mais cela l'empêcherait de poursuivre son enquête, elle serait démasquée tôt ou tard.

Elle devait retrouver Chailley le lendemain matin à 9h00 près du blockhaus, elle décida d'attendre jusqu'à ce moment. Elle devait échanger avec lui pour faire un état, seule elle ne savait plus comment avancer.

Ce samedi matin, Florent Chailley était un peu plus tendu que de coutume, il devait se présenter aux membres présents de l'assemblée générale annuelle du Garden Golf Club de la Forêt qui avait lieu à 18 heures. Il espérait être élu pour mettre à profit son enquête sur le blockhaus. Son maçon avait entièrement gratté le crépi de la façade du blockhaus. Florent avait vu juste en imaginant que sous l'auvent en béton il y avait un accès. Effectivement, celui–ci était condamné par de vieux parpaings qui juraient avec le béton armé des murs. Il fallait attendre un moment propice pour casser le muret de l'entrée, sans trop éveiller des soupçons ; les interrogations porteraient sur le pourquoi de la démolition du muret et il allait falloir gérer la discrétion du maçon ! Même si la façade était parfaitement masquée pour des raisons de sécurité, des membres du comité finiraient bien par venir jeter un œil sur l'avancement des travaux et, en particulier, Daniela Hidalgo. Florent Chailley n'était jamais à court d'imagination et il projeta de couvrir le travail, chaque soir par une bâche opaque. Il pourra toujours prétexter qu'il fallait protéger les apprêts et autres produits fixateurs sur le béton avant d'étaler les couches de peinture de la fresque. C'était risqué, mais il n'avait pas d'autres choix et il y avait urgence à percer le mystère.

Myriam le rejoignit à 9h00 précises. Elle révéla à Florent la disparition de la jeune femme, nouvelle propriétaire de sa résidence bâloise.

— J'ai un garde du corps au Tee–Bar ! Regarde, j'ai un gadget.

Elle tendit à Florent le cadran de son iPhone. Un logiciel avait été installé dans son appareil, lui permettant à tout moment de prévenir son Bodyguard. Il suffisait de poser un doigt sur le bouton de contact.

— Je m'attendais à ce que tu sois surveillée !

— Oui, moi aussi, là j'ai de l'espace, c'est bien.

— Le plus important est que nous puissions poursuivre. Lundi, j'irai chercher une bâche de protection pour couvrir le mur et l'on percera l'accès le même jour. En attendant, je vais continuer à fouiller deux carreaux de plus dans la forêt.

— D'accord, je ne reste pas plus d'une heure, c'est ce que j'ai confirmé au policier.

— En attendant, tu peux photographier chaque façade en posant à chaque fois cette planche au pied du mur. Elle mesure un mètre, cela me permettra d'étalonner un dimensionnement global de l'ouvrage.

— Ok, vas-y, je surveille en même temps.

Florent Chailley s'engagea dans la forêt en direction de la zone à explorer. Myriam ne traîna pas ; elle posa la planche au pied du mur droit, puis prit plusieurs clichés de face et légèrement inclinés, puis elle répéta l'opération sur les autres côtés. Florent avait progressé sur environ 200 mètres et découvrit un ouvrage sur le premier carreau de parcelle. Il surveilla les alentours et s'accroupit près des blocs de béton détachés du vieil ouvrage. Il s'appliqua à observer chaque bloc avec une grande attention, une forme s'échappa brusquement de derrière un bloc. Chailley reconnut une buse qui s'envolait en piaulant d'agacement. Il reprit son observation, mais entendit des craquements non loin de la zone où il était. Il tendit son oreille et crut entendre une voix. Par précaution il se glissa entre deux gros blocs, en partie recouverts de lierres et de vieilles broussailles piquantes. Il ne bougea plus. Il avait bien entendu, effectivement deux silhouettes avançaient vers un petit blockhaus, à moins de vingt mètres. Il pouvait entendre la conversation des deux hommes qu'il percevait plus nettement. Ils ne parlaient pas français, mais allemand. Chailley avait une connaissance très scolaire de cette langue, mais il était capable de décrypter des phrases. Il comprit surtout que ces hommes évoquaient Desmarec et le blockhaus que ce dernier avait désigné avant de se faire tuer. Ce blockhaus était le petit ouvrage qu'ils observaient dans tous les recoins. Un accès encore en état permettait de pénétrer à l'intérieur. Les deux hommes s'y engouffrèrent et leur discussion devint inaudible.

Florent Chailley avait la possibilité de quitter rapidement sa cachette, mais c'était risqué. Il préféra attendre en espérant qu'ils ne viendraient pas de son côté. Ils ressortirent dix minutes plus tard de l'ouvrage. L'un des hommes pris plusieurs photos autour de l'ouvrage, puis ils repartirent dans la direction de la RN 666 à l'autre bout du parcours de golf. Chailley en profita pour gagner le petit ouvrage. Il pénétra à l'intérieur, l'espace était étroit, environ 6 mètres carrés, pas plus. Deux meurtrières horizontales apportaient un minimum d'éclairage. Les murs couverts de moisissures n'avaient aucune marque significative, mis à part quelques vieux tags, sans doute laissés par des adolescents en mal d'aventures. Chailley fit le tour extérieur, mais ne découvrit aucune des lettres recherchées. Il décida de retourner auprès de Myriam, 45 minutes s'étaient écoulées. De retour auprès d'elle, il lui raconta sa petite mésaventure.

— Ce sont les hommes qui ont tué mon père, tu te rends compte ! Ils auraient pu te découvrir, il faut que l'on arrête Florent.

— Non, pas question, je n'ai pris aucun risque, la preuve, je suis là ! Ce qui est clair, c'est que ces gars recherchent la même chose que nous !

— Je ne comprends pas bien, tu pensais que mon père avait désigné un ouvrage précis !

— Oui et j'en suis certain, je comprends assez bien l'allemand, même si je ne le parle pas. Ton père a désigné l'ouvrage, puis ils l'ont éliminé. Il n'y avait aucune des lettres sur les murs, je pense que ton père leur a donné une mauvaise piste, justement pour garder le secret. Et il savait qu'il n'y avait rien dans cet ouvrage, car il n'est pas sur la parcelle 237. Il fait partie d'une des parcelles explorées par ton père.

— Tu veux dire que Papa avait décidé de mourir pour son secret !

— C'est évident Myriam, il les a orientés vers une fausse piste. C'est pour cela qu'il y a de nombreux forages aux abords de cette parcelle, les gars ont cherché au mauvais endroit !

— Et donc, si je considère la lettre de mon père le blockhaus marqué RM se situe bien, sur la parcelle 237, mais n'a toujours pas été repéré !

— Tout à fait, c'est à toi de le trouver !

Myriam se rendait soudainement compte de l'ampleur du geste de son père, il n'avait pas parlé à ses bourreaux, parce qu'il tenait absolument à que sa fille poursuive les recherches. Avec les indications qu'il avait laissées, il était certain qu'elle trouverait l'ouvrage. À ses yeux, cela en valait la peine et elle ferait tout pour découvrir l'enjeu de cette recherche.

— Nous devons attendre la semaine prochaine Myriam ! Je vais voir pour gérer mon maçon, nous allons devoir trouver un prétexte pour la démolition du muret, mais il faut persévérer dans la forêt, ton père n'a pas pu se tromper.

— D'accord, tu dois te préparer pour l'assemblée générale de ce soir.

— Ok, allez on file, sinon ton garde du corps va s'inquiéter !

Les deux amants quittèrent les lieux. Tandis que Myriam regagnait son appartement, suivi de son fidèle Bodyguard, Chailley s'installa au volant de son véhicule. Il ne démarra pas immédiatement, il prit un temps de réflexion. Ce soir son objectif était d'entrer dans le comité de direction du club de golf. Il aurait ainsi plus de facilité pour mener à bien son plan. Il était urgent de trouver le blockhaus au plus vite, il était convaincu que le père de Myriam avait laissé les bons éléments cadastraux. Myriam avait découvert un des blockhaus, mais ce n'était pas le bon ! Celui-là était bien trop visible et la fresque aurait été pour Desmarec un indicateur plus clair pour sa fille. Pour Chailley, la découverte de l'ouvrage était imminente.

Pendant ce temps, Jaeg torturait ses méninges. Myriam Moser était sous protection rapprochée, mais cela n'écartait pas l'hypothèse d'autres meurtres. Le juge Daguerre et le procureur Donati attendaient des avancées significatives. Il était urgent de dénouer cette affaire qui commençait à trop durer. En attendant, il avait prévu d'assister à l'assemblée générale, il allait se fondre au sein des membres. C'était le rôle d'un bon flic, d'être en immersion totale.

L'assemblée débuta à 18h00, devant plus de 250 membres. Un ordre du jour fastidieux attendait cet auditoire, mais cela faisait partie des rituels. Des sommes importantes étaient en jeu et l'aspect financier était le moteur de l'existence même du club. Le bilan restait la partie la plus pénible, et quelques élans de somnolence apparurent dans la plus grande discrétion, mais dès que les élections approchèrent, les réveils furent prompts. Les candidats allaient se présenter à tour de rôle. C'était le moment qu'attendait Jaeg. Un jeune homme d'une trentaine d'année s'élança.

— Bonsoir, je m'appelle Damien Frima, je joue au golf depuis 6 ans, j'ai un très bon index de 17,6 et je compte bien descendre encore. Je veux rentrer au comité pour apporter mon expérience en comptabilité et pour faire développer le club !

Jaeg pensa que le club ne l'avait pas attendu pour se développer et qu'il s'en foutait complètement de son index, fusse-t-il plus bas que celui de Tiger Woods. La seule chose qui allait sortir de l'assemblée à l'égard de cet arrogant candidat, serait effectivement l'image d'un index, non pas en position descendante, mais bien tendu vers le ciel, comme un doigt d'honneur conclusif à monsieur Frima. La seconde candidate, fort sympathique, ancienne employée bancaire, apporta enfin, un peu de pétillance.

— Bonsoir, je m'appelle Ruth Alleno et je suis une jeune retraitée qui serait ravie d'apporter mon temps libre et mon enthousiasme au sein du comité. Voilà, je joue depuis 2 ans et j'apprécie l'ambiance de ce club, donc je suis à votre disposition si vous voulez de moi.

Puis vint le tour de Florent Chailley.

— Bonsoir, Florent Chailley, je suis responsable d'un bureau d'études en marketing, consulting, publicité, événementiel, qui s'appelle « Le troisième œil ». Je joue depuis peu dans ce club, mais j'y ai trouvé ce que je recherchais : une convivialité peu commune. Aussi j'ai proposé à votre président d'être un des sponsors du club, pour une prochaine compétition, mais aussi d'offrir une nouvelle fresque sur le blockhaus du trou 13. Mon engagement est motivé par l'envie d'apporter mon expérience dans la communication. Un club est une entreprise et je peux apporter mon savoir-faire. Merci à vous.

Les applaudissements réveillèrent Jaeg de ses pensées. Il ne saisissait pas bien la candidature de cet homme, que venait-il faire dans cette galère. Florent

Chailley lui avait clairement exprimé son manque de temps et ses nombreux déplacements ! Ce n'était pas pour séduire Myriam Moser, c'était déjà fait ! Non, c'était pour autre chose ! Mais quoi ? Quelle était sa motivation profonde ?

Les élections furent sans surprises, Florent Chailley fut élu sur les critères de sponsoring. Le club avait besoin de cela pour exister aussi, indépendamment des cotisations des membres. Quand enfin le président clôtura la séance par la tenue d'un vin d'honneur, la salle s'amplifia d'un brouhaha de soulagement. Les membres se lâchèrent avec avidité sur les toasts et autres macarons colorés. Jaeg saisit une coupe de crémant, Myriam Moser était proche de lui, il en profita pour la saluer.

— Madame Moser, vous allez-bien ?

— Merci, monsieur le commissaire. Je vais un peu mieux, je n'ai pas le choix et je suis bien gardée !

Elle détourna son regard en direction de Kevin Kostner, son Bodyguard.

— Oui, j'imagine que c'est agaçant pour vous, mais comprenez-bien, c'est la procédure, c'est votre sécurité qui est en jeu !

— Je fais avec, rassurez-vous.

— Dites-moi, monsieur Chailley est bien impliqué dans le club, j'en suis très surpris !

— C'est son choix commissaire ! Posez-lui la question.

— Vous avez raison, je vous laisse, je vais saluer d'autres connaissances, belle soirée à vous.

— Merci monsieur le commissaire.

Jaeg avait vu juste, Myriam Moser évitait la discussion, sur la motivation de son mystérieux amant au postulat du comité directeur. Jaeg, le renard, n'allait pas en rester là, il avança vers Florent Chailley, prisonnier de quelques groupies en mal de félicitations.

— Monsieur Chailley, toutes mes félicitations !

Le félicité compris vite que le renard ne lâcherait pas sa proie.

— Merci monsieur le commissaire, vous êtes des nôtres ce soir !

— En quelque sorte, je suis aussi golfeur, ça crée du lien ! Mais dites–moi, vous allez être encore plus que débordé avec cette nouvelle responsabilité !

— Pensez–vous ! Je vais m'adapter, j'ai l'habitude de courir plusieurs dossiers.

— Vous connaissez le proverbe ; «Qui chasse deux lièvres n'en prend pas un ! ».

— Peut–être commissaire ! Mais c'est une expression de chasseur, or je ne chasse pas.

— En êtes–vous bien certain, monsieur Chailley ?

Jaeg avait détourné son regard lentement vers Myriam Moser, invitant ainsi Florent Chailley à constater qu'il était malgré lui un chasseur.

— J'attendais un plus d'élégance de votre part monsieur le commissaire !

— Mon métier, c'est de rappeler que des victimes sont tombées sur des bourreaux peu enclins à l'élégance.

Florent Chailley marqua le coup, le renard marquait son territoire.

— Vous vous trompez de cible, mais je peux comprendre votre démarche et je ne vous en tiens pas rigueur.

— Vous marquez un point monsieur Chailley, par votre élégance de propos ! Bien, restons–en là si vous le voulez bien, bonne soirée et bon courage dans vos nouvelles fonctions.

Chailley regarda le renard s'éloigner. Il savait que ce commissaire ne lâcherait rien du tout et qu'il faudrait être très prudent dans l'exploration de la forêt.

Lundi 19 mars

Jaeg s'était levé très tôt ce lundi matin pour rejoindre son homologue de la police judiciaire fédérale à Bâle. Le juge Simon Daguerre avait pu faciliter l'intervention de Jaeg auprès de la Division principale de Coopération policière internationale. Il fallait y mettre la forme, dans un pays où les différentes constitutions cantonales pouvaient générer des freins de procédure et plus spécialement avec les voisins allemands et français.

Joachim Adelstein ne s'attendait pas, ce lundi matin, à être dérangé en pleine réunion de famille. La gouvernante l'informa qu'un commissaire de police français, accompagné d'un inspecteur cantonal, désirait le rencontrer immédiatement. Sur le coup, Joachim Adelstein marqua une moue de surprise, puis se ressaisit. Il fit signe à sa fille de quitter la pièce, puis il ordonna à sa gouvernante de faire entrer les visiteurs.

— Bonjour monsieur Adelstein, je suis désolé de ne pas vous avoir prévenu de notre visite, mais il y avait urgence !

Jaeg savait se faire hypocrite pour les besoins de l'enquête.

— J'avoue que vous m'intriguez fortement, monsieur le commissaire.

— Connaissez–vous monsieur Ernst Müller ?

— Je suis censé connaître cette personne ?

— Nous le pensons, oui, mais vous ne pourrez plus jamais le rencontrer, il a été assassiné.

Joachim Adelstein fit force d'esprit, afin de contrôler ses émotions. Son oncle venait d'être tué, mais le plus surprenant était que la police connaissait le lien filial. En homme d'affaires expérimenté, il rebondit sans montrer le moindre trouble, même si en lui, naissaient les germes de l'angoisse.

— Je n'ai jamais eu de contact avec cette personne.

— J'attendais plus d'humanité de votre part, il s'agit de votre oncle. Que vous ayez changé d'identité n'est pas un crime, c'est votre choix et il n'y a rien d'illégal en cela à partir du moment où vous avez rempli les conditions de justification de cette décision. Mais vous ne pouvez pas me dire que Ernst Müller est un inconnu !

Joachim Adelstein se sentait acculé dans le coin d'un ring de boxe, mais il y avait toujours une ouverture.

— J'imagine que vous connaissez les antécédents de ma famille, commissaire, alors vous êtes à même de comprendre pourquoi j'ai dû changer d'identité. Porter ce nom était une insulte à mes valeurs et je ne regrette rien, bien au contraire. J'ai mis une croix sur le passé et la mort de cette personne me laisse indifférent.

— Je vous comprends, mais permettez–moi de mettre en avant certains indicateurs, pour le moins étranges ! Tout d'abord, la relation de votre fille avec monsieur Desmarec et votre présence aux funérailles, puis votre oncle lui aussi assassiné. Ces faits semblent être en conjonction ou si vous préférez, liés.

— Je ne vois pas en quoi commissaire, mon oncle vivait à Munich en reclus ! Il a sans doute été victime de cambrioleurs et Desmarec vivait à Brest ! C'est une coïncidence, ni plus ni moins.

— Comment saviez-vous qu'il vivait en reclus, vous m'avez dit ne pas le connaître ?

— Je le savais sans le connaître, il était connu pour ses travaux au muséum.

— Bien, je vais faire comme si cette réponse me satisfaisait, mais votre fille le connaissait ?

— Non, elle ne sait rien, ma fille est née après mon changement d'identité et je ne lui ai jamais parlé de son grand-père, encore moins de mon frère.

— Bien, nous allons vous laisser, mais sachez monsieur Adelstein, que vos réponses me laissent perplexes et que vous ne m'ôterez pas de l'idée que vous nous cachez quelque chose.

— C'est une accusation commissaire ?

— Je n'accuse personne, je suspecte tout le monde et c'est mon métier monsieur, sur ce, bonne soirée.

Les deux policiers quittèrent la villa bâloise de Joachim Adelstein. Jaeg n'était pas mécontent de sa visite matinale. Il subissait l'affaire Desmarec depuis quelques semaines sans pouvoir avancer, il fallait bousculer le casting des acteurs impliqués de loin et de près.

Ce même jour, Myriam Moser retrouva Florent Chailley sur les travaux du blockhaus, en fin d'après-midi. Pierre, le maçon avait terminé le grattage du crépi, ne laissant plus aucune trace de l'ancienne fresque, le cerf avait dû s'enfuir dans la forêt. Florent Chailley avait déniché une grande bâche de camouflage pouvant couvrir la totalité de la façade en travaux. Ils avaient choisi ce moment de début de soirée dans l'objectif de démolir le muret de parpaing. Florent demanda à Myriam de faire le guet, puis il s'empara d'une masse de bâtiment, appropriée pour la tâche à réaliser. Les parpaings avaient dû être montés il y a bien longtemps. Au premier coup de masse, le muret se fendit, puis, après quelques coups, s'effondra sans plus de résistance. Surpris de voir tomber le muret aussi vite, Florent s'empressa de charger les parpaings dans la fourgonnette de son entreprise. La tâche dura une vingtaine de minutes, puis il déchargea de nouveaux parpaings qu'il stocka proprement sur le côté « forêt » du blockhaus. Il pourrait ainsi évoquer la fragilité du vieux muret et de son choix d'en refaire un nouveau. Myriam s'était approchée de la porte, désormais ouverte, du blockhaus.

À peine s'était–elle avancée qu'une odeur la prit à la gorge, le moisi transpirait de l'ouvrage. Elle attendit quelques instants avant d'y pénétrer entièrement, le temps que la ventilation naturelle atténue l'odeur. Les meurtrières ne laissaient passer qu'un timide rayon de lumière, grisé par la poussière des parpaings brisés. Florent la rejoignit, muni d'une lampe torche. Les murs étaient couverts de moisissures. Malgré les deux meurtrières, la ventilation n'avait pas été suffisante, mais l'ouvrage était en bon état de conservation. L'étroitesse de l'intérieur contrastait fortement avec la dimension extérieure, ce qui intrigua Florent Chailley. Par nature, ce type d'ouvrage était conçu pour protéger des tirs d'obus et le béton armé était surdimensionné. Il releva que le mur des meurtrières faisait plus d'un mètre d'épaisseur, ce qui lui paraissait normal. Mais pour les autres, il trouvait que c'était démesuré, notamment du côté du parcours de golf. Il demanda à Myriam de vérifier si personne n'approchait à l'extérieur, puis il entreprit de prendre les mesures précises. Myriam revint et rassura Florent.

— Mon père parlait d'une trappe ou un truc dans le mur, il n'y a rien !

— Oui, j'ai déjà observé ça ! Par contre la moyenne des 3 murs orientés Nord, Sud, et Ouest, est d'un mètre environ alors que le côté Est fait presque 2,50 mètres ! C'est très bizarre.

— Tu en es certain ?

— Oui, j'ai fait un plan avec les dimensions, par rapport aux clichés que tu avais pris avec le mètre étalonneur. Il me semble qu'il y a un truc anormal. Normalement du côté des meurtrières, cela paraîtrait cohérent d'avoir une épaisseur de mur plus importante, c'est–à–dire du côté de l'assaillant !

Les deux amants inspectèrent les murs et le sol, mais aucune trace visible d'un accès n'existait. Florent Chailley chercha un marteau dans la fourgonnette, puis entreprit de frapper contre le mur très épais. Il commença à hauteur d'homme sur les 5 mètres de la longueur totale, mais aucun son creux ne résonna. Puis, il recommença le processus plus haut et toujours sans succès. Enfin, il reprit la manœuvre sur une hauteur d'un mètre. Soudain, un son bien contrasté en plein centre résonna comme il espérait, le fameux son creux qui laissait espérer un vide derrière l'endroit impacté. À force de tapotements répétés, il repéra une zone d'un mètre carré, qui pouvait être une ouverture masquée. La conclusion de Florent était évidente. Myriam se surprit à imaginer qu'ils étaient dans le blockhaus tant recherché !

— Allez, on file lui lança son amant.

— Ok, je t'aide à mettre la bâche.

Quinze minutes plus tard, la façade était couverte. Après avoir déposé les parpaings à la déchetterie locale, Chailley retrouva Myriam qui l'attendait au pied de son appartement. Le Bodyguard resta sagement dans son véhicule, écoutant la voix suave de Dalida sur radio Nostalgie. En voyant les deux amants s'engager dans la résidence, il ne pût s'empêcher d'imaginer ce qui allait se passer et Dalida lui rappela qu'il allait beaucoup attendre.

— « J'attendrai le jour et la nuit, j'attendrai toujours ton retour, j'attendrai car l'oiseau qui s'enfuit vient chercher l'oubli dans son nid. Le temps passe et court en battant tristement dans mon cœur si lourd. J'attendrai le jour et la nuit, j'attendrai ton retour... »

Lorsqu'il pénétra dans son appartement, Florent s'empressa de récupérer le plan qu'il avait soigneusement dessiné, d'après les informations collectées par Myriam le jour de la prise des clichés. Aussitôt, il évalua précisément les dimensions intérieures du blockhaus. Il avait vu juste, le mur ouest de l'ouvrage présentait une épaisseur de 2,60 mètres.

— J'avais raison, regarde, ce n'est pas normal cette épaisseur, il y a un vide très important, au moins d'un mètre cinquante.

— Tu penses qu'il y a une autre pièce, derrière l'accès que tu as découvert ?

— J'en suis certain, nous avons trouvé ce que nous cherchons Myriam ! C'est inespéré, moi qui pensais en avoir au moins pour 3 semaines. Il était sous notre nez ce blockhaus, mais je ne comprends pas pourquoi l'extrait cadastral n'est pas juste. Ton père n'a pas pu se tromper à ce point !

— Tu ne penses pas qu'il y a peut–être plusieurs ouvrages de ce type, mais un seul est le bon !

— C'est une éventualité, mais demain nous saurons ! Il faut que je donne congé quelques jours au maçon, il ne doit plus retourner sur le chantier pour le moment. Une fois que nous aurons trouvé ce que nous cherchons, je reboucherai l'entrée moi–même et je balancerai un peu de crépi d'accroche, le maçon n'y verra rien !

Myriam se sentait rassurée avec son amant qui démontrait toute sa maîtrise en pareille circonstance. Sans son aide, jamais elle n'aurait pu avancer. Elle avait deux protecteurs ; le Bodyguard que Jaeg lui avait attribué et Florent Chailley.

Mais cette sensation de protection allait s'effriter. Le carillon de la porte sonna. Chailley reconnut Jaeg dans le visiophone, il déverrouilla la porte d'accès de l'immeuble. Jaeg paraissait contrarié quand il pénétra dans le salon de l'appartement.

— Je tenais personnellement à vous annoncer la nouvelle, madame Moser. Et j'ai eu raison de vous mettre sous protection, madame Sylvie Dunoix, l'acquéreuse de votre propriété de Bâle a été retrouvée morte, tuée d'une balle en pleine tête, il y a une heure.

Myriam blêmit en apprenant l'information, mais garda tout son sang–froid en répondant à son interlocuteur.

— Elle a pris à ma place !

— Ne dites pas cela madame, elle a été éliminée parce que son agresseur s'est rendu compte que ce n'était pas vous. Manifestement quelqu'un vous en veut ! Mais pourquoi ? Là est la question et je reste convaincu que vous me cachez quelque chose. Vous n'avez plus le choix madame, vous devez me dire ce que vous savez.

Myriam s'attendait à la réaction de Jaeg, mais il était trop tard pour avouer les informations transmises par son père. Désormais, elle ne pensait qu'à une seule chose, aller au bout de sa mission.

— Commissaire, si je savais quelque chose, croyez bien que vu les circonstances, je n'hésiterais pas une seconde à vous en faire part !

Jaeg plissa les lèvres et fronça les sourcils, visiblement agacé par la réponse. Myriam Moser mentait, il le sentait, mais il resta stoïque.

— Et vous monsieur Chailley, vous ne savez rien non plus, bien évidemment !

Florent Chailley, jusque–là spectateur, sentit les yeux du renard le scruter au plus profond. Myriam avait été impressionnante de sang–froid, il n'allait pas rester en dessous.

— Que voulez–vous que je sache commissaire ?

— Je vois que vous êtes très bien accordés tous les deux, mais sachez que le danger rôde. Vous êtes sous une menace imminente madame Moser, je vous aurai prévenue, que ce soit bien clair.

Jaeg salua ses hôtes et quitta l'appartement. Il rejoignit le Bodyguard pour lui donner des consignes.

— Tu ne la perds pas de vue et fais gaffe. À un moment, ils vont retrouver sa trace, alors soit le plus discret possible.

— Ok patron !

En fin de journée, Jaeg retrouva son équipe pour un point d'étape de l'affaire Desmarec, Burg avait de nouvelles informations. Généralement, il ne dérangeait pas son patron pour rien. L'équipe se retrouva devant le visuel de l'affaire. Jaeg laissa la parole à son adjoint.

— Alors voilà, comme tu nous l'as demandé, on a fouillé un peu plus le passé de Florent Chailley. On savait qu'il était veuf et qu'il est à la tête d'une boîte qui touche au marketing, la publicité et l'événementiel. Il mène une vie discrète et son affaire l'est tout autant ! C'est ce qui nous a intrigués ; en regardant de plus près les bilans comptables de sa société et l'adéquation avec son train de vie, quelque chose ne collait pas.

Jaeg sourit légèrement, attendant l'effet habituel de son adjoint.

— Explication ! Nous avons découvert que Chailley dépasse Christophe Colomb ! Il a effectué, environ 170 voyages durant les quinze dernières années. Nous n'avons pu remonter plus loin, mais cela fait une moyenne de 11 voyages par an ! On peut penser que ses déplacements étaient en lien avec son activité, mais en fouinant un peu plus, il n'y avait aucun rapport, puisque qu'aucune trace comptable n'a été trouvée sur le sujet.

— Et, où les voyages ? Interrogea Jaeg.

— Justement, c'est là que l'on s'interroge. La majorité était à destination de l'Amérique Centrale, Guatemala, Honduras, Nicaragua, Costa Rica, Panama. Pour le reste, à équivalence, le Mexique et l'Egypte. Entre les temps de séjours hôteliers très importants, souvent plus d'un mois et les vols d'avions, la facture est astronomique. Sa société n'est pas en capacité de tels financements. Nous avons cherché dans tous les sens ; pas d'héritage de famille, pas de biens liés à deux mariages, pas de gains de loterie. Question : d'où provient tout ce fric ?

— Deux mariages ?

— J'allais y venir, il a été marié officiellement deux fois et tiens-toi bien : on savait déjà que sa dernière femme était morte dans un accident de la route, mais pour la première, nous avons découvert qu'elle avait eu un accident de jet ski en Egypte, il y a 13 années de cela. Avec l'aide d'Interpol, on va vérifier auprès des hôtels si Chailley était accompagné et par qui. Cela risque de prendre une bonne semaine, mais c'est peut-être une piste intéressante sur son comportement.

— Oui, je vois à quoi tu penses, Chailley pourrait être un séducteur manipulateur !

Jaeg n'était pas surpris, il s'était forgé une opinion depuis quelque temps sur le profil de Florent Chailley.

— Tout à fait, c'est ce qui m'est venu à l'esprit aussi.

— Rien d'autre ?

— Si, on a une première esquisse du portrait-robot de l'homme qui avait déjeuné avec Desmarec dans le Bistrot de la Mer à Mulhouse.

Burg afficha le portrait sur le visuel numérique. Le visage de l'homme qui apparaissait n'était pas suffisamment achevé pour permettre de l'identifier. Il semblait assez corpulent, une paire de grosses lunettes légèrement teintées masquait ses yeux. À part cela, rien de bien distinctif. Jaeg en fit l'observation à son adjoint.

— Je sais, mais il y a un petit détail qui pourrait nous faire avancer : le serveur du restaurant qui a vaguement identifié notre homme avait remarqué une extrême fragilité de ses yeux. À plusieurs reprises il a ôté ses lunettes sombres pour s'essuyer les yeux, avec un mouchoir en papier. Il doit avoir un gros souci avec sa vue et nous avons commencé à arroser, les ophtalmologistes et les opticiens de la région de mulhouse, du portrait-robot et de l'information du symptôme observé.

— Fais la même chose sur Brest !

Burg marqua un temps d'arrêt, surpris par les paroles de son chef. Comment n'y avait-il pas pensé, évidemment qu'il fallait chercher près de chez Desmarec !

— Ok, on s'en occupe.

— C'est du super boulot les gars, vraiment ! En attendant les résultats des démarches, il faut avoir un œil sur Chailley. Même si ce gars a flambé en voyages et en femmes, cela ne fait pas de lui un tueur. Rien ne prouve quoi que ce soit, ses deux femmes mortes accidentellement ne sont peut-être que pure coïncidence. Mais restons dans le doute. Si Chailley a courtisé la fille à Desmarec, c'est soit pour ses beaux yeux ou bien, pour un truc que plusieurs personnes s'évertuent à trouver et dans ce cas cette femme est en danger. Donc, nous devons être prêts à toute éventualité. Il sait que nous avons mis une surveillance auprès d'elle, il ne tentera rien pour le moment, cela nous laisse du temps pour avoir des indices plus avancés.

Jaeg libéra son équipe, il appela le procureur pour lui faire un état de l'avancement de l'affaire. Le Juge commençait à s'impatienter et le meurtre de Sylvie Dunoix ajoutait une urgence à découvrir les agresseurs.

*

Fin mars

Le parcours du Garden Golf Club de la Forêt était toujours amputé de la moitié des trous. Les membres commençaient à s'impatienter de l'ouverture totale du parcours. Rien ne semblait contrarier une ouverture imminente, mais si tout paraissait calme du côté de la forêt, ce n'était qu'une apparence trompeuse. Depuis plusieurs jours des hommes parvenaient à s'infiltrer en toute discrétion, empruntant des chemins d'accès forestiers très éloignés du chemin fermé, entre la lisière de la forêt et le parcours de golf. La gendarmerie effectuait bien des rondes aléatoires, tout comme Gérald Vargas et Rémy Maistre, mais cela ne suffisait pas à calmer l'ardeur des recherches entreprises sous leur nez. Désormais, quatre hommes inspectaient chaque ouvrage et sondaient le sol méthodiquement avec une tarière et des pioches. Ils étaient très organisés, deux hommes étaient postés en observation et les deux autres étaient à la tâche. Ils se relayaient régulièrement pour ne pas s'épuiser et ils ne se rendaient sur le site qu'un jour sur deux. Entre temps, ils menaient des recherches pour retrouver Myriam Moser. Leur patron avait vu rouge quand ils s'étaient trompés de cible. Cette fois, ils n'avaient plus droit à l'erreur et le renfort de deux hommes allait accélérer leurs recherches. Le commanditaire des meurtres de Thibault Desmarec et d'Andréas Moser, mais aussi de la bavure sur Sylvie Dunoix, avait décidé de passer la vitesse supérieure. En plus de ses deux hommes de mains, Gunther Frantz et Eric Fischer, il avait recruté deux jeunes voyous de la région Mulhousienne.

Günther FRANTZ
recherché par INTERPOL

Les deux types en question étaient prêts à tout pour se faire de l'argent facile et leur patron avait promis qu'une fois l'affaire terminée, ils seraient payés royalement. Le plus jeune d'entre eux, et le plus futé de la bande recomposée, s'était promis d'être le premier à mettre la main sur Myriam Moser, il avait son idée sur la manière de la retrouver. Sur son téléphone portable, il avait interrogé Internet, en inscrivant le nom de Myriam Moser dans la fenêtre de recherche. En faisant défiler les propositions, il avait découvert qu'elle jouait au golf. Son nom apparaissait dans une compétition, au Garden Golf Club de la Forêt, l'année précédente. Il n'avait rien dit à ses collègues, dans l'espoir de pouvoir s'octroyer la reconnaissance totale de son patron. Dès le lendemain, il s'était promis d'aller déjeuner au Tee-bar d Club et de discrètement entrer en action. Il finirait peut-être par la croiser ou avoir des informations à l'accueil, il lui suffisait de se faire passer pour un vieil ami d'enfance.

L'étau se resserrait insidieusement sur Myriam Moser, il ne s'agissait plus que d'une question de temps. En ce mercredi soir du 21 mars, les hommes de main achevaient leur journée et regagnaient leur véhicule planqué à l'autre bout de la forêt, à plus de deux kilomètres du lieu de leur fouille. La journée aurait pu se conclure sans anicroche si le sort en avait décidé autrement. Un jeune vététiste, intrigué par la présence d'une berline camouflée en pleine forêt le long d'un chemin forestier pratiquement inusité, eût la mauvaise idée de prendre des clichés avec son téléphone portable, au moment où déboulaient les quatre hommes de main. Le cycliste resta un moment immobile, surpris de cette apparition soudaine, puis voyant les hommes s'empresser dans sa direction, enfourcha son VTT, clippa ses pédales automatiques. Il eut le temps d'apercevoir qu'un des hommes sortait une arme qu'il dirigeait dans sa direction, une balle siffla tout près de lui, puis une seconde. Il appuya de toute son énergie sur le pédalier, dans la direction contraire qui l'avait conduit vers le véhicule. Il ne pensait plus qu'à pédaler le plus vite possible. Plus de 120 mètres le séparaient des hommes, encore 30 mètres et il pourrait bifurquer pour ne plus être dans la ligne de mire, mais il ressentit une douleur aiguë dans l'épaule gauche. Une balle venait de le toucher, mais malgré la douleur, il continua d'appuyer sur les pédales et réussit à s'engouffrer dans le sentier étroit qu'il avait tant espéré. Ce dernier débouchait, après deux kilomètres, sur la proche banlieue de la ville de Cernay. Il entendit le démarrage du moteur du véhicule de ses agresseurs, mais ils ne pourraient le poursuivre sur le sentier. La douleur devenait intenable et sa lucidité commençait à lui jouer des tours, il n'arrivait plus à garder la trajectoire et prit une souche qui le fit violemment chuter. Il crut défaillir, mais rassemblant ses dernières forces il remonta sur son VTT et réussit à repartir. Il entendit des sifflements de balles, le jeune voyou futé avait sauté du véhicule et courait dans le sentier à la poursuite de sa proie. Il n'avait pu l'avoir que l'espace de 5 secondes dans sa ligne de mire et il avait lâché tout le chargeur. Dépité par son échec, il se ressaisit et retrouva ses acolytes, puis ouvrit l'application de géolocalisation sur son téléphone. Il comprit très vite où débouchait le sentier. Il ordonna de s'engager dans un chemin forestier, puis après quelques kilomètres ils sortirent de la forêt, au droit de la zone d'activité de la ville de Cernay.

— Là-bas, regardez !

— Putain, c'est lui, vite rattrape-le !

Le cycliste était à bout de forces et menaçait de chuter à tout moment. D'une main, il tenta d'ouvrir son téléphone, mais quand il aperçut le véhicule au loin, il comprit qu'il serait sans doute trop tard. Il était à moins de 200 mètres d'un bâtiment de travaux publics, il y avait des bureaux, sûrement des gens qui lui viendraient en aide. Son espérance s'effaça à moins de 50 mètres de l'entrée du bâtiment, un coup sec claqua et une balle le toucha dans le dos. Il s'effondra au moment où un camion chargé de gravats sortait de l'enceinte de l'entreprise. Le chauffeur aperçut le cycliste et stoppa net. Il eut le temps d'apercevoir une limousine sombre faire demi-tour et démarrer en trombe.

Les hommes de main rejoignirent la voie rapide en direction du centre de Mulhouse. Ils avaient loué un appartement discret, non loin de la gare. Sur le trajet de retour, personne n'osait prendre la parole, tous conscients de la bavure qui venait de se produire.

— Il va être fou, l'autre !

— J'espère que tu l'as eu le mec, au moins il ne pourra plus parler !

— Mais ducon, même mort les flics vont faire le lien !

— Ouais ! Je propose qu'on la ferme tous, ok, après tout, c'est à cinq bornes.

Chacun avait bien compris qu'ils allaient perdre leur job s'ils informaient leur patron, donc, le plus sage, était de s'enfermer dans le silence.

Chailley n'avait pas pu reprendre les travaux du blockhaus. Deux jours s'étaient écoulés, depuis la découverte d'un passage possible dans un mur intérieur de l'ouvrage, mais les travaux d'entretien du parcours gênaient considérablement l'avancement de la prospection. Des équipes de jardiniers rôdaient trop près et il fallait attendre un peu pour avoir de meilleures garanties de tranquillité. Il espérait reprendre dès le lendemain, le mercredi générait un peu plus d'affluence que d'habitude et n'était pas un jour favorable. Les jeunes du club avaient leurs cours de golf collectif et les parents restaient souvent déjeuner avec leur progéniture. En attendant, il avait prévu de déjeuner avec Myriam au Tee-Bar. Il la retrouva attablée, les yeux rivés sur le téléviseur mural qui ne diffusait que du Golf. La salle était déjà bien remplie. L'accès au restaurant n'était pas exclusif aux membres du club et de plus en plus d'usagers extérieurs appréciaient l'endroit. Il n'était donc pas étonnant à ce qu'un jeune inconnu soit assis seul à une table. Ce jeune inconnu n'était autre que Claudio Nallé, celui qui avait tiré, la veille, sur le vététiste. Il avait vu juste en espérant croiser Myriam Moser dans le club de golf. Elle était là, sous ses yeux, à quelques mètres. Il n'allait plus la lâcher désormais. Il allait récolter la récompense promise par son commanditaire. Pour le moment, il observait sa proie en pleine discussion avec un homme dont il ignorait l'identité. Claudio Nallé n'hésiterait pas à l'éliminer pour arriver à ses fins; ramener coûte que coûte Myriam Moser auprès de son patron.

L'attente dura 1h 30, jusqu'à ce que le couple se leva. Florent Chailley raccompagna Myriam à son véhicule puis l'embrassa avant de retourner au club pour sa première réunion de comité directeur. Myriam quitta le golf, puis prit la direction du centre-ville de Mulhouse. Elle avait rendez-vous avec son banquier. Maintenant qu'elle avait trouvé le blockhaus, elle pouvait sortir les documents laissés par son père dans un coffre de la banque. Elle observa dans son rétroviseur le véhicule de son Bodyguard, mais ne remarqua pas qu'un autre homme la suivait. Claudio Nallé laissait une distance suffisante pour ne pas se faire démasquer. C'était un voyou très futé, bien plus que ses trois acolytes. Myriam parqua son véhicule en face de sa banque, puis pénétra dans le bâtiment, sous l'oeil de son Bodyguard resté dans son véhicule. Claudio Nallé fit de même, mais n'avait toujours pas remarqué le Bodyguard.

Quand Myriam se retrouva dans la salle des coffres et que l'employée de la banque la laissa seule devant le tiroir du coffre, elle n'en menait pas large. Assise à la table centrale de la pièce, elle sentit sa respiration s'accélérer. Quatre enveloppes épaisses et un dossier en carton étaient soigneusement alignés dans le tiroir. Subitement elle se retrouvait auprès de son père. Qu'y avait-il dans ces enveloppes et ce porte-documents ? Elle laissa le temps envahir l'espace. Elle avait besoin de respirer, de prendre la mesure de l'instant. Elle décida de commencer par une des enveloppes qu'elle ouvrit lentement. Elle découvrit une liasse de billets de 500 €. Les trois autres renfermaient un contenu identique. Myriam évalua le montant à 100 000 €. Elle resta stupéfaite devant cet argent inattendu, son père la surprenait encore une fois. Il ne restait plus que le dossier au fond du tiroir. D'une main tremblante, Myriam le saisit, puis détacha la sangle de fermeture. Elle étala sur la table l'ensemble des pièces du dossier. Il était composé de plusieurs feuillets et de plans pliés. Plusieurs d'entre eux étaient anciens à l'évidence et rédigés à la main, d'une écriture étrangère en italique fortement penchée. De nombreuses tâches éparses de couleurs jaunâtres et brunâtres apparaissaient largement sur l'ensemble. Myriam reconnut de l'allemand, mais était incapable d'en déchiffrer le contenu. Elle se saisit des feuillets plus récents et rédigés cette fois en français et sur un ordinateur. Elle lut quelques bribes de phases qui évoquaient une distribution de pièces sur un plan et des coffres. Elle décida de remettre la lecture à plus tard, puis elle déplia les deux plans. Elle découvrit sur l'un deux un dessin qui semblait représenter un plan de bâtiment, puis sur l'autre un grand cercle et des flèches avec plein de mots en allemand. Elle ne comprenait absolument rien à ces dessins. Même en retournant dans tous les sens les documents, elle ne pouvait en saisir le contenu. Une incompréhension totale l'envahissait. Florent savait lire des plans et il pourrait décoder le charabia des lettres. Myriam n'eut pas le temps d'approfondir ses réflexions, l'employée de la banque frappait à la porte.

— Tout se passe bien madame Moser ?

— Oui oui, attendez deux minutes, j'ai presque terminé.

Myriam s'empressa de remettre les liasses de billets dans le coffre et le referma. Elle saisit le dossier et ouvrit la porte. Quelques instants plus tard elle sortait de la banque, son sac à main en bandoulière et le dossier sous un bras, puis démarrait son véhicule pour prendre la direction de son appartement à Lutterbach.

Claudio Nallé avait bien observé la scène depuis son véhicule et le dossier n'avait pas échappé à son regard. Il était convaincu qu'il tenait quelque chose. Il fallait agir très vite. Il suivit Myriam jusqu'à sa résidence. Quand il comprit qu'elle allait parquer son véhicule au sous-sol il s'empressa d'immobiliser son véhicule à cheval sur un trottoir. Il sauta de son siège puis marcha rapidement vers la descente d'accès au garage. Il eut le temps de passer sous la porte automatique qui se refermait. Myriam avait déjà pénétré dans son garage et s'apprêtait à refermer la porte basculante. À cet instant précis, une main pressa sa bouche et une autre lui montra un couteau. Pétrifiée de terreur, Myriam lâcha le dossier. Son agresseur ordonna de le ramasser et de le lui donner, ce qu'elle fit comme une automate.

— Maintenant, vous allez remonter dans votre véhicule.

Myriam s'engouffra, sans rien dire, dans le siège de pilotage tandis que son agresseur pris place à côté.

— Démarrez !

Elle démarra, sortit du garage et s'engagea vers la sortie du sous-sol. Myriam déclencha l'ouverture automatique du portail qui s'ouvrit lentement. Elle attendit qu'il fût suffisamment entrouvert pour ouvrir brusquement sa portière et sauter de son siège.

— Putain! lança Nallé.

Il s'extirpa de son siège et courut derrière sa proie qui hurlait de toutes ses forces. Il aperçut un homme qui agrippa Myriam et la poussa derrière un véhicule en stationnement. Le Bodyguard ne s'était pas endormi, il sortit son arme en direction de Nallé qui n'eut que le temps de plonger dans son véhicule. Il démarra en trombe et prit la fuite, mais il avait en sa possession le dossier tant convoité.

— Vous allez bien ?

— Merci, oui, il voulait m'enlever ! répondit Myriam à son Bodyguard.

le voyou Mulhouse
Nallé

— Vous allez bien ?

— Merci, oui, il voulait m'enlever ! répondit Myriam à son Bodyguard.

— Je l'avais vu bondir de son véhicule et j'ai compris tout de suite. J'ai prévenu le commissaire Jaeg, il ne devrait pas tarder !

Myriam Moser regagna son appartement, encore sous le choc de son agression, mais aussi sous la colère de s'être fait voler le dossier de son père. Elle aurait dû être plus prudente, le mal était fait. Tandis que son

Bodyguard buvait un verre d'eau dans la cuisine, elle s'éclipsa dans sa chambre et tenta de griffonner sur son calepin d'adresses, les fragments d'esquisses qu'elle avait encore en mémoire. L'agression violente qu'elle venait de subir ne faisait qu'attiser sa haine, Myriam Moser n'abdiquerait pas.

Jaeg la retrouva quelques instants plus tard. Après s'être assuré que tout allait bien, il l'invita à s'asseoir. Le moment était propice à la discussion, elle était en situation de fragilité et Jaeg n'allait pas laisser échapper pareille occasion.

— Madame Moser, cette fois vous êtes passée tout près de la catastrophe. Si mon agent n'avait pas été là, qui sait ce que vous seriez devenue ! Alors je ne vous le demanderai pas deux fois, qu'avez-vous, où que savez-vous, pour que vous soyez une cible ? Mon agent m'a confirmé que vous aviez un dossier en sortant de la banque, c'était quoi ?

Myriam était coincée, vide et épuisée. Encore sous le choc, elle n'avait que le désir de s'allonger et de dormir, mais c'était sans compter sur sa ténacité.

— Commissaire, aujourd'hui j'ai récupéré un dossier qui appartenait à mon père et qu'il avait laissé dans un coffre. Mon agresseur me l'a volé.

— Mais pourquoi en liquidité, il aurait pu vous faire un virement tout simplement !

— Pour qu'Andréas en profite lors du partage !

— Mais vous ne me ferez pas croire que tous les morts semés depuis quelques mois étaient connectés à un enjeu de 50 000 € ! C'est bon pour les petits voyous !

— J'ai encore d'autres enveloppes dans le coffre, l'enjeu était de 150 000€. Vous pourrez vérifier dans mon coffre commissaire.

Jaeg désespérait, cette femme le menait par le bout du nez. Il aurait pu la provoquer et la forcer dans ses retranchements, mais quelque chose lui disait que c'était peine perdue avec le profil de Myriam Moser. Cette femme n'était pas ordinaire, elle respirait le respect. En tant que flic, Jaeg avait l'habitude de fouiller les poubelles du monde et là, pour le coup, il ne voulait pas en arriver à ce stade avec cette femme.Il en avait croisé des femmes dans ses enquêtes et des très belles, mais jamais il n'avait été autant troublé. Il devait se ressaisir au risque de passer à côté de son enquête.

— Bien, je vois que vous persistez dans votre réticence, mais sachez qu'hier une autre agression a eu lieu non loin d'ici, à quelques kilomètres. Un jeune vététiste a été sauvagement pris à partie, il a reçu deux balles. Son pronostic vital est engagé, pour le moment il est dans le coma. Nous attendons d'autres informations le concernant, mais mon intuition me conduit à émettre l'hypothèse que c'est en lien avec l'affaire de votre père.

— L'affaire de mon père ? Vous parlez de son assassinat ?

— Il s'agit de bien plus, madame Moser, et je reste convaincu que vous êtes au cœur de l'affaire !

— Vous vous faites de mauvaises idées commissaire.

— Nous verrons, pour le moment, vous ne sortez pas sans votre ange gardien et je veux que vous restiez dans le coin. Pas de déplacements en dehors de la couronne mulhousienne.

— Très bien.

— Reposez-vous madame et soyez prudente.

— Merci commissaire.

Jaeg quitta Myriam Moser contrarié. Il en voulait à cette femme de ne pas lui en dire plus. Le procureur lui avait rappelé le matin même qu'il y avait déjà six morts au compteur, peut-être sept avec le jeune vététiste. Cette affaire avait plusieurs directions, il en était conscient. Il ne pouvait se permettre de rentrer frontalement dans l'une d'elles au risque de tout perdre. L'agression du vététiste ajoutait un point d'interrogation. Pourquoi s'en prendre à ce jeune ? Qu'avait-il pu découvrir lors de sa ballade ? Jaeg devinait bien que la forêt près du golf était l'enjeu de quelque chose qu'il n'arrivait pas à cerner, et cela l'agaçait.

Tard dans la soirée, Chailley retrouva Myriam chez elle. Il lui avait proposé de passer la nuit en sa compagnie, après son agression, elle avait besoin de réconfort. Elle avait besoin de bras autour d'elle, de sentir la force d'un homme l'envelopper et par-dessus tout de tendresse. Elle s'allongea dans le grand canapé du salon, invitant Florent à la rejoindre. Il s'allongea à ses côtés, puis avec une grande douceur, il posa ses lèvres sur les siennes. Une sublime ivresse enveloppa le jeu de leurs lèvres se mélangeant dans un tourbillon enflammé. Les lèvres de Myriam ne s'étaient jamais autant offertes, sans doute parce qu'un manque irrésistible l'habitait. Quelque chose faisait défaut à son équilibre et elle trouvait dans ce long baiser le goût du souffle de vie auquel elle aspirait en cet instant. Myriam avait un besoin de s'évader de l'étouffement de ces derniers temps, elle avait subi les émotions de plusieurs vies en l'espace de quelques mois. Dans les bras et sous les lèvres de Florent, Myriam n'était plus qu'un objet de désir. Elle sentit dans la longueur de ce baiser, une transformation contre laquelle elle n'avait nullement envie de lutter. Elle avait envie de se faire prendre et les pensées de tendresse butaient contre le désir qui l'envahissait si soudainement. Florent n'avait besoin d'aucun mot, pour ressentir l'invitation de Myriam, avec la même douceur, il ouvrit le large peignoir blanc sur sa nudité, puis s'empressa de la parcourir. Ses lèvres s'attardèrent sur les pointes érigées de ses seins tandis que ses mains s'appliquaient à caresser son ventre, puis son bas-ventre. Myriam ferma les yeux, se laissant emporter sur le chemin du plaisir. Florent s'évertua à faire durer le parcours de ses lèvres jusqu'à la naissance de la convoitise. Il joua quelques instants sur les bords des lèvres intimes, en effleurant savamment les reliefs tant désirés. Puis, avec délicatesse, il posa sa langue chaude sur l'intimité réceptive, ouverte à ses désirs. Avec patience, il éveilla la montée du désir de Myriam. Ce long baiser entre les cuisses le rendait fou, Myriam avait saisi entre ses doigts son sexe ferme et tendu, jouant de mouvements subtils et irrésistibles. Elle posa une main sur la nuque de Florent, l'invitant à poursuivre ses mouvements de langue, au fond d'elle montait des sens délicieux, une extase grandissante, cette extraordinaire quête de l'absolu, la jouissance. Myriam s'envola de plaisir, puis juste au moment où les ailes se reposaient, il pénétra en elle avec une lenteur insoutenable. Myriam appuya sur ses fesses, elle voulait retourner dans les airs. Florent s'employa avec justesse dans le rythme calculé des mouvements de bassins durant de longues minutes jusqu'à l'explosion des pulsions conjuguées. Les deux amants s'endormirent, enlacés comme un seul, oubliant pour une nuit leurs tumultueux quotidiens.

Le blockhaus

Le lendemain, jeudi 22 mars, le Garden Golf Club de la Forêt s'éveillait au bruit des machines d'entretien. L'hiver touchait à sa fin et le printemps, tant attendu, allait sortir de son hibernation. Le comité directeur avait programmé un entretien de fond du parcours et, en particulier, l'abattage de certains arbres malades, voire gênants pour la fluidité du jeu. Florent Chailley, nouvellement nommé au sein du comité, était donc parfaitement informé du programme de la journée. Il avait proposé à Myriam de percer l'accès dans le mur intérieur du blockhaus ce jour. Le bruit des tronçonneuses et engins de nettoyage couvrirait les bruits de la démolition du mur. Myriam était encore choquée des évènements de la veille, mais elle savait qu'il y avait urgence. On lui avait volé les documents de son père, mais, elle avait une longueur d'avance; elle avait découvert le fameux blockhaus.

Peu avant 11 heures, Florent et Myriam, gagnèrent le blockhaus. Les tronçonneuses braillaient comme des karts en pleine compétition. L'équipe en charge de l'abattage était à environ 400 mètres du blockhaus. C'est le moment que choisit Florent pour donner les premiers coups de masse contre la paroi du mur, à l'endroit où la résonance était creuse. Florent tapait aussi fort qu'il le pouvait. À force de persévérance, les impacts des coups commencèrent à fissurer le mur. Puis à chaque coup porté, la solidité du mur vacillait. Soudainement, un gros pan de 50 cm carré tomba de l'autre côté, puis c'est tout le reste de l'accès qui se dévoila. Une entrée de 1,20 mètre de haut sur 1 mètre de large était désormais ouverte. Florent poussa avec empressement les gravats au fond de la cavité découverte, puis s'engouffra dans l'ouverture, une lampe frontale sur la tête. À la vue de ce qu'il découvrit, il comprit immédiatement que c'était bien le blockhaus que Thibault Desmarec avait décrit. Il appela Myriam postée derrière la bâche, pour lui faire découvrir l'inattendu. Elle suivit Florent et resta bouche bée. La petite pièce était large d'environ 1,60m sur toute la longueur du blockhaus. Une sorte de cage en métal, ressemblant à un système d'ascenseur était ancrée dans le fond de la cavité. Elle était recouverte de panneaux de grillage tressé, rouillés, mais encore en bon état. Un système de treuil cranté et une poulie se situaient sur un des côtés. Des chaînes pendaient de part et d'autre. Florent s'approcha pour regarder, dans les détails, la cabine. La taille de la cage permettait de loger confortablement deux personnes, le plus surprenant, est qu'elle était pourvue de deux portes. Florent prit le plus de photos possibles.

— Incroyable, c'est un ascenseur, il doit dater de la dernière guerre. Je n'en crois pas mes yeux, qu'est-ce que fout là un truc pareil et pourquoi faire, il n'y a que de la flotte en dessous ! S'il y a deux accès sur cette cage, c'est que l'on entre ici, mais on doit en sortir par un autre côté ! Et d'après l'implantation du blockhaus, je dirais que c'est à l'opposé de la forêt, donc sous le parcours de golf.

À travers le socle grillagé de la cage, on pouvait percevoir, dans la pénombre, de l'eau à environ trois mètres de profondeur. Myriam balayait d'un regard interrogatif la cage d'acier.

— Tu as raison, c'est un ascenseur, mais il descend où ? Tu m'as dit que la nappe phréatique affleure la plaine d'Alsace ?

— En cette saison la nappe est assez haute; d'ici quelques jours, elle le sera encore plus, à cause de la fonte des neiges. Je ne comprends pas, ces installations ont plus de 70 années ; à l'époque, garantir une étanchéité d'ouvrages enterrés relevait de l'exploit. Ce qui m'intrigue, c'est la nappe phréatique, elle a toujours été présente, pourquoi s'évertuer à construire un ouvrage dans un endroit si défavorable ? Par contre il est impossible qu'elle soit aussi basse et cela me semble très bizarre.

— Tu penses à quoi en disant construire un ouvrage ?

— Cet ascenseur conduit à un truc enterré, je ne sais pas quoi mais c'est une certitude. Peut-être un sous-abri jouxtant le blockhaus, comme un abri antiatomique, un truc de ce genre ! Les plans que l'on t'a volés concernaient certainement cet ouvrage.

— Si c'est le cas, tout est apparemment noyé !

— Je vais descendre, il faut que l'on sache !

Florent Chailley retourna à l'accès principal du blockhaus qu'il masqua avec la bâche extérieure. Puis il revint vers Myriam près de l'ascenseur. D'un coup sec de marteau, il déverrouilla le crochet de la porte grillagée qui donnait l'accès dans la cage de l'ascenseur. Il y monta, referma la porte et tenta de manœuvrer la poulie crantée mais, malgré ses efforts celle-ci ne bougea pas. Il frappa avec le marteau sur la poignée à levier plusieurs coups. Les crantages ne résistèrent pas et finirent par céder, permettant à Florent de tourner enfin la poulie dans le sens de la descente.

— C'est bon, le mécanisme était rouillé, mais ça fonctionne. Je vais ôter mon pantalon.

Il tendit ses chaussures et son jean à Myriam puis activa le mécanisme. La poulie était récalcitrante et la manœuvre s'avérait plus difficile qu'il n'y pensait, mais à force d'efforts la cage descendait lentement. D'abord, un bon mètre, puis deux, puis trois mètres, puis l'eau glacée enveloppa les pieds de Chailley qui tressaillit à son contact.

— Elle est glacée ! C'est incroyable comme elle est claire.

— Tu ne veux pas revenir avec des cuissardes ?

— Non, je veux savoir où cela mène !

La ténacité de Florent Chailley finit par payer, la cage se bloqua à plus de 5 mètres de profondeur. L'eau glacée arrivait à moitié de son corps, mais cela ne l'empêchait pas de scruter la pénombre. La lampe frontale éclairait les cloisons en béton aux finitions bâclées. La construction de l'ouvrage avait dû être réalisée avec des planches de coffrage en bois brut.

— Là, je vois quelque chose !

— Quoi ?

— Il y a une surlargeur, côté gauche et je devine une ouverture ! Mais j'ai trop froid là, je remonte, je tiens plus.

Il faudra plus de 10 minutes à Chailley pour remonter la cage d'ascenseur. Tétanisé par l'eau glacée, il parvint à s'extraire avec difficulté. Myriam retira sa veste et l'enveloppa pour qu'il puisse retrouver des sensations de chaleur. Elle l'aida à enfiler son jean et remettre ses chaussures.

— T'es fou, tu vas attraper la crève !

— Ça va aller ! Mais putain, c'est glacé !

— On rentre chez moi, tu te réchaufferas.

Les deux amants sortirent du blockhaus, en ayant soigneusement remis les bâches en place. Florent Chailley retrouva de l'énergie au moment opportun; Gérald Vargas arrivait en voiturette.

— Bonjour, tout va bien ?

— Merci Gérard, oui ! Ça commence à prendre forme !

— Je peux voir ?

— Oh, vous ne voulez pas attendre la surprise ! C'est mieux !

Myriam avait usé de son plus beau sourire, afin de trouver l'approbation de son interlocuteur.

— C'est vrai, en tout cas, je suis très impatient de voir le résultat ! Bon courage.

Gérald Vargas appuya sur la pédale de la voiturette de golf et retourna faire sa ronde. Dans sa tête il ne put s'empêcher de penser qu'il avait dérangé les deux amants. Il avait observé les cheveux ébouriffés de Florent Chailley et sa braguette grande ouverte, la projection de l'esprit dessina l'imaginaire. Mais l'esprit se fait souvent tromper par des petits préjugés. Un soulagement commun envahit le couple, rassuré de la tournure de la situation. Vingt minutes plus tard, Florent Chailley avait regagné l'appartement de Myriam. Il s'empressa d'aller sous le jet d'eau chaude de la douche et retrouva peu à peu du bien-être. À vrai dire, il était très satisfait de la tournure de l'après-midi qu'il venait de vivre. Il avait désormais la certitude que le blockhaus du trou 13 était bien celui que recherchait le père de Myriam. Les plans qu'elle avait entrevus, l'ascenseur, tout concordait vers l'hypothèse d'un ouvrage souterrain. Contrairement aux hypothèses déclinées par rapport à la contrainte de la nappe phréatique, il fallait se rendre à l'évidence; un ouvrage avait été ajouté au blockhaus, 30 ans après la Première Guerre mondiale. Florent Chailley avait bien observé le conduit de l'ascenseur, le béton était plus récent que celui du blockhaus. Les finitions démontraient une certaine urgence dans la construction. Quelqu'un avait fait construire un ouvrage en béton, totalement immergé dans la nappe ! Florent Chailley estimait que le niveau haut de la nappe phréatique se situait à moins de 1,50 mètre du terrain naturel, ce qui laissait une hauteur estimée de l'eau dans la cage d'ascenseur, inférieure à 3,00 mètres. Il était donc facile de conclure à un écart dû à une étanchéité évidente de l'ouvrage enterré. Florent Chailley confia ses réflexions à Myriam.

— Si je te suis, tu confirmes bien l'existence d'un ouvrage souterrain !

— Tout-à-fait ! J'ai bien observé et mes calculs sont bons, la cage d'ascenseur descend à environ 5,00 mètres en dessous du terrain naturel et l'eau stagnante est d'une hauteur de 1,00 mètre environ.

— Mais ce n'est pas si étanche que ça, puisqu'il y a toute cette eau !

— C'est normal, la construction est âgée, mais c'est encore surprenant qu'elle ait si bien résisté aux ravages du temps.

— Et tu vois la suite, comment ?

— Je ne sais pas encore, mais je pourrais essayer de pomper la flotte, ou mettre une combinaison néoprène ! J'ai vu un accès tout au fond, du côté de l'autre porte de la cage d'ascenseur.

— Il faut que l'on fasse gaffe ! Tu as vu avec Gérald a failli nous surprendre !

— Oui ! Tu sais quoi ? On ne va pas attendre, moi je vais retourner avec une pompe à eau et 50 mètres de tuyaux. Je verrai très vite si c'est possible d'assécher l'intérieur du puits de l'ascenseur.

— Mais tu es fou, ça va faire du bruit !

— Pas trop, j'attacherai la pompe dans la cage, le plus possible au fond du puits ! J'y vais, j'ai un ami qui a tout ce qu'il faut.

— Je viens avec toi.

— Non, Myriam, toi tu restes sagement ici, je te tiens au courant. Je préfère être seul pour agir et cette fois je prends une arme au cas où !

— Tu as une arme ?

— Oui, un pistolet de défense, rien de méchant, mais ça fait illusion.

— Ce serait plus prudent de le faire ce samedi soir, ce serait plus tranquille, tu ne crois pas ?

— Je ne peux pas être là samedi soir, je descends dans le Sud pour un gros marché Myriam !

— Je comprends, mais tu n'arrives jamais à te libérer un week-end, j'aurais bien aimé, que l'on se retrouve un peu plus que pour faire l'amour !

— Oui, je sais, mais j'ai besoin de ce marché, cela représente presque une année de travail pour le bureau, je ne peux pas laisser passer ça !

— Je peux comprendre Florent, mais tu pourrais essayer de trouver un créneau, ça ne te dis pas de passer un week-end entier ensemble ?

— Bien sûr que si, allez, ne te prends pas la tête ! On en profitera bientôt. Pour le moment, nous devons nous concentrer sur ton affaire. On est tout près du but.

Myriam Moser resta dubitative à l'écoute des propos de son amant, mais elle le laissa l'embrasser et quitter l'appartement. La découverte du blockhaus, tant recherché troublait son esprit et invitait à l'urgence d'en savoir plus. Si Florent avait bien aperçu un accès au fond du puits, tout était envisageable. Myriam était impatiente de savoir ce qui se cachait derrière cet accès. Désormais, il ne s'agissait plus que d'une question de temps.

Florent Chailley regagna le Golf Garden de la Forêt en fin de soirée. Il avait échafaudé un petit plan pour la mise en œuvre de son action de pompage. Son idée était d'avancer sa fourgonnette au plus près du blockhaus. Les barrières d'entrée du golf fermaient à 19h 00 hors saison, mais il était possible de sortir sans seuil horaire. Mais il ne pourrait pas justifier de sa présence la nuit ! Il avait donc prévu de laisser le véhicule toute la nuit sur place et il rentrerait avec le vélo qu'il avait chargé. Il sortirait par le sentier de la forêt, sans passer par les barrières et sans se faire repérer par les caméras de surveillance. Il n'avait rien négligé côté matériel, son ami lui avait prêté une pompe à eau thermique et 50 mètres de tuyaux. Il n'avait pas omis le jerricane d'essence, ainsi que deux bombes de dégrippant pour faciliter l'action de la poulie crantée de l'ascenseur, deux tubes d'acier de 1,00 mètre et 1,50 mètre qui pourraient lui servir à ouvrir l'accès au fond du puits et enfin un tirefort de traction. Florent Chailley était bien plus qu'un technocrate de la publicité et du consulting, il était un redoutable bricoleur averti, un couteau suisse bien caché. Mais il était surtout un fin stratège, il savait être pro actif et se faire l'avocat du diable en toute situation. Ce n'était pas un hasard bienvenu si un sac de couchage trônait sous le siège conducteur de son véhicule. Une fois la fourgonnette stationnée près du blockhaus, Florent regarda sa montre, il était 19h 00 heures. Il déplia et gonfla son sac de couchage et régla l'alarme réveil de son téléphone à 20h30. À cette heure-là, il ferait presque nuit noire. Il envoya un SMS pour rassurer Myriam Moser, puis il s'allongea pour retrouver les forces perdues dans l'après-midi.

Au même moment dans une chambre d'hôtel de Mulhouse, un homme masqué d'une cagoule noire examinait les documents que venait de lui remettre Claudio Nallé, le jeune voyou qu'il avait recruté quelques jours auparavant. Assis en face de son commanditaire, Claudio Nallé exultait, il devinait à l'attitude de son patron qu'il allait toucher le jackpot. Ses collègues avaient échoué, tandis que lui, en quelques jours, avait rempli avec succès la mission assignée. Il espérait juste que la bavure du vététiste ne remonterait pas aux oreilles de son patron avant d'avoir touché sa prime. Son patron le sortit de ses réflexions vénales.

— Bon, c'est bien ce que j'attendais, mais je ne comprends pas très bien pourquoi tu as agi seul !

— La preuve que c'était la bonne stratégie, vos gars n'ont pas réussi depuis tout ce temps !

L'homme cagoulé ne broncha pas, les yeux plissés fixaient encore les documents si convoités. Il songea que ce voyou avait raison, après tout il avait été très efficace.

Plusieurs meurtres avaient été commis par ses hommes et pas la moindre trace des documents, ce Claudio Nallé, lui, il savait y faire.

— Je veux que ce soit toi qui t'occupes des fouilles dans la forêt, si tu réussis à repérer ce foutu blockhaus, tu seras riche. Il y a urgence, vous devez tous vous y mettre sans relâche, ok ?

Claudio Nallé venait de gravir, d'un coup, les échelons de la hiérarchie des voyous. Il n'était pas en haut d'un escabeau, mais d'une grande échelle de pompiers, il sentait le feu qui montait en lui. C'était lui le chef, le chef des autres loosers ! Ce n'était pas un melon qu'il venait de se prendre mais une montgolfière.

— Ça marche patron, vous ne serez pas déçu.

L'homme cagoulé lui tendit une enveloppe. Claudio Nallé, le nouveau chef de bande, ne pût s'empêcher de compter les billets, après tout il n'était qu'apprenti chef et il avait tout à apprendre, en particulier l'acquisition d'une envergure et d'une certaine classe. Au bout des 5 000 euros, il remercia son patron et quitta la chambre d'hôtel.

Désormais seul, le patron ôta sa cagoule et étala soigneusement les documents sur le lit de la chambre. Avec rigueur il scruta chaque document. Il avait enfin ce qu'il convoitait. Tout était là, sous ses yeux, toutes les informations si précieuses, mais qui ne valaient rien sans la localisation de ce foutu blockhaus. Voilà plus de 3 mois que ces gars s'y attelaient sans succès, sa dernière chance était ce Claudio Nallé.

L'homme sans cagoule se leva et s'approcha du miroir de la salle d'eau. Après avoir essuyé son œil gauche pour la centième fois de la journée, il remit ses lunettes. Le larmoiement pathologique qu'il subissait l'irritait au plus haut point. Il fixa son propre regard qui bientôt changerait, car au fond de son esprit miroitait la couleur du pouvoir. S'il parvenait à ses fins, il ne serait plus jamais dans l'ombre de ses frustrations.

Le téléphone de Florent Chailley se mit à résonner à 20h 30 heures dans la fourgonnette. Il était temps de passer à l'action. La nuit était tombée, suffisamment noire au goût de Chailley pour ne pas être repéré. Il s'employa à décharger le matériel et l'installer. Il lui fallut trois quarts d'heure pour mettre en place la pompe et dérouler le tuyau jusqu'à l'intérieur de la forêt, en veillant à ne pas abîmer la clôture électrique. Il avait réussi à fixer la pompe dans la cage de l'ascenseur et prévu une longueur de tuyau suffisante qu'il avait déroulé vers le fond du puits. Une lampe torche avait été fixée juste à côté et apportait un éclairage complémentaire à sa lampe frontale. Quand tout fut bien en place, il alla vérifier une dernière fois en dehors du blockhaus si tout était tranquille, puis activa la pompe thermique. Il s'empressa d'aller juger de la perception du bruit à l'extérieur qu'il considéra modéré. Il fallait vraiment être à proximité de l'ouvrage pour entendre la chanson d'un moteur qui tourne. Il alla cependant régler l'orientation du débit du tuyau d'eau pour mieux étouffer le bruit du jet. Puis il remonta dans la fourgonnette et envoya un SMS à Myriam Moser.

— « C'est ok, pompe installée, j'attends une heure pour voir si le niveau d'eau descend. Baisers. »

Claudio Nallé avait réuni sa fine équipe, son copain d'enfance, Günther Frantz et Eric Fischer, les deux vieux roublards, auteurs de plusieurs meurtres et recherchés par Interpol. En tant que nouveau chef apprenti,

Claudio Nallé n'imaginait pas le contenu des bulles blanches au-dessus des têtes de Günther Frantz et Eric Fischer. Ces deux-là se sentaient floués ! Une haine commençait à prendre naissance en eux à l'encontre de leur chef désigné. Il fallait bien reconnaître que le patron de cette fine équipe n'avait pas une grande expérience en management et qu'il n'avait pas bien mesuré les risques. Il pouvait y avoir péril en la demeure ! Pour l'instant, Claudio Nallé précisa son plan à ses acolytes, avec l'autorité naturelle qui le caractérisait.

— Voilà comment on va faire : demain matin, à 6 heures, nous allons remonter l'intérieur de la forêt depuis la nationale. Nous marcherons en ligne, espacés de 20 mètres chacun, puis nous retournerons dans l'autre sens en nous décalant pour couvrir un autre pan de la forêt. Je veux qu'on repère ce putain de blockhaus. Le patron a précisé que sur un des murs il y avait une marque scellée dans le béton; deux lettres en métal, R et M.

— Mais pourquoi il ne l'a pas dit plus tôt ! rétorqua un acolyte perspicace.

— Parce qu'il ne le savait pas, tout simplement. Allez, à demain.

L'ambiance n'était pas à la fête et chacun s'éclipsa avec de nouvelles bulles remplies de négatif au-dessus de la tête.

L'heure que s'était octroyée Florent Chailley venait de s'écouler. Il sortit de la fourgonnette et regagna l'intérieur du blockhaus. Il coupa le moteur de la pompe et scruta le fond du puits. Le niveau d'eau était descendu de moitié ! Florent Chailley satisfait de l'opération relança le moteur. Il évalua que la pompe avait évacué 15 mètres cubes d'eau, soit 15 000 litres à l'heure. Il suffirait d'une seconde heure pour assécher totalement le fond du puits. Réjoui, il s'empressa de remonter dans la fourgonnette et de prévenir Myriam de la situation. La certitude de savoir que le puits était étanche allait grandement faciliter la suite des opérations. Florent Chailley pourrait mieux appréhender l'accès qu'il avait aperçu dans un des côtés du puits. Il retourna pour la dernière fois dans la fourgonnette, s'allonger, le temps que le travail de la pompe arrive à son terme. Une fatigue nerveuse l'envahissait, mais l'excitation dominait, le plan qu'il avait mis en place fonctionnait au-delà de toute espérance. Répondre au concours de la fresque avait été une idée lumineuse et jamais il n'aurait pu imaginer que l'objet de la recherche de Thibault Desmarec se trouvait sous son nez, ou plus exactement, sous ses pieds. Dans une heure, il rangerait le matériel, couvrirait l'entrée du blockhaus, puis regagnerait l'appartement de Myriam à moins d'une demi-heure. Il tenterait l'ouverture de l'accès au fond du puits un autre jour, désormais il fallait jouer fin.

Début Avril

Assis confortablement au fond de son siège de bureau, Joachim Adelstein venait de couper son téléphone portable. L'entretien qu'il venait d'avoir avec sa fille le rassurait, elle lui avait fait part de bonnes nouvelles. La patience allait finir par payer au bout du compte, grâce à sa fille. Elle ne le décevait jamais, sa fille était non seulement d'une beauté éblouissante, mais dotée d'une intelligence rare et Joachim AdelStein éprouvait un sentiment de supériorité exacerbé ; il était devenu un homme extrêmement puissant et respecté, il avait une fille brillante et il allait bientôt obtenir ce qu'il cherchait depuis des années. Jamais il n'avait été aussi près du but, son exaltation était palpable, mais il devrait encore patienter un peu et surtout, il se méfiait de ce commissaire Jaeg. Le dernier entretien avait laissé Adelstein songeur. Ce flic de campagne n'allait pas le lâcher, il le devinait, mais cela n'était pas si inquiétant, Adelstein était au-dessus de tout. Rien ne pouvait lui résister, il fallait juste être méfiant et rester dans une posture de discrétion jusqu'à l'échéance attendue.

Jaeg avait aussi une échéance, et elle se faisait pressante. Le procureur commençait sérieusement à lui mettre la pression et le juge Daguerre se faisait plus discret. Ce n'était pas étonnant, dans la chaîne pénale, par définition le chef–d'orchestre restait le procureur. Jaeg avait les coudées franches, mais il savait qu'il devait suivre le tempo. L'affaire Desmarec avait pris des proportions inattendues et l'assassinat de Faller avait réveillé la caste notariale, sensible à sa protection. Le procureur ne tenait pas à se retrouver au cœur d'un imbroglio politique, mettant en cause le manque de professionnalisme de la police. Même si Jaeg était protégé par le juge Daguerre, il était hors de question de laisser dormir l'affaire, il fallait impérativement que le service de Jaeg arrête au plus vite les meurtriers.

Pour le commissaire Jaeg, rien ne servait de courir. Il n'allait pas jouer les cowboys pour satisfaire des politiciens en mal de gloire. Le dossier Desmarec présentait des points d'interrogation trop nombreux. Depuis l'agression sur Myriam Moser, il essayait de tricoter des hypothèses, mais les fils de l'affaire s'emmêlaient. Chaque jour, il contemplait le grand tableau numérique. Jaeg avait ébauché trois grandes bulles, dans lesquelles il avait réparti les acteurs, par liens évidents entre eux, et trois autres plus modestes faisant état des pièces de l'enquête, des dommages collatéraux et des victimes.

Dans l'une d'elles, on trouvait Thibault Desmarec, sa fille Myriam Moser, Andréas Moser le mari et Florent Chailley, l'amant.

Dans une autre bulle, un commanditaire inconnu et les deux hommes de main recherchés par Interpol : Günther Frantz et Eric Fischer.

Puis, Ernst Müller, son oncle Rheinhart Müller avec son fils Joachim Adelstein et la fille, Françoise Adelstein.

Puis le notaire et la femme de ménage, les agressions dans la forêt intitulées « collatéral », ainsi que la tentative de meurtre sur le vététiste, entre la vie et la mort, et enfin l'extrait cadastral.

La bulle centrale était celle de Desmarec, puisqu'il était l'origine de l'enquête. La seconde bulle était celle des meurtriers supposés et un commanditaire. Enfin, la dernière bulle ; Adelstein et sa fille. Jaeg supposait qu'Adelstein ne pouvait être le commanditaire des meurtres de Desmarec, du notaire, de la femme de ménage, d'Andréas Moser, de la bavure sur Sylvie Dunoix. L'affaire du vététiste demandait à être clarifiée. À cela s'ajoutaient les agressions à proximité du parcours de golf. Non, Adelstein avait les moyens de régler les problèmes autrement et surtout d'effacer toutes les traces. C'est pour cela que Jaeg supposait la présence d'un commanditaire inconnu.

Jaeg avait établi des connexions virtuelles entre les bulles, mais la seule qui lui semblait plausible était que deux lièvres couraient le même gibier ! Et chacun à sa manière : Adelstein employait une méthode, toute en finesse, et, le commanditaire inconnu, une méthode au bulldozer. Plus les éléments s'additionnaient, plus l'hypothèse tenait la route. Le seul point dur restait la position de Florent Chailley ! À moins qu'il ne soit sa propre bulle, roulant pour son propre compte. Il fallait un évènement nouveau pour étayer les suppositions, mais Jaeg savait attendre. Sa stratégie du laisser–faire pouvait être risquée, mais y–avait–il un autre choix ? En laissant faire, tôt ou tard, le gibier sortirait du bois, Jaeg attendrait le temps qu'il faudrait. Burg sortit Jaeg de ses pensées.

— Cédric, j'ai du nouveau sur l'agression du vététiste.

— Ok, je t'écoute.

— Le chirurgien qui a opéré le gars a retiré deux balles, dont une, près de l'aorte. Il a eu très chaud, il devrait s'en tirer. Mais en observant le corps de plus près, de nombreux hématomes intriguaient l'équipe de l'hôpital. Ce n'était pas sa chute dans la cour de l'entreprise qui aurait pu causer autant de blessures, donc l'hypothèse, est qu'il avait chuté plusieurs fois. Du coup, nous avons remonté toutes les pistes possibles vers la forêt.

— Et là je te demande pourquoi ?

— Sa sœur, que nous avons pu auditionner, a confirmé qu'il était un amateur de VTT confirmé. Il ne sortait jamais sans du matériel de réparation et son téléphone portable pour le géolocaliser en cas d'accident. Or, le sac à dos qu'il portait sur lui, avait la fermeture ouverte quand nous l'avons récupéré.

— Et le contenu était quelque part dans la forêt !

— Bien vu ! Nous avons donc exploré les sentiers qui remontent vers l'intérieur de la forêt et, à environ un kilomètre de la cour de l'entreprise de travaux publics où il a fini sa course, nous avons trouvé son téléphone, une carte IGN et du petit matériel pour réparer des pneus crevés.

— Et dans le téléphone ?

Burg n'allait pas assez vite, et son chef lui mangeait les mots, avant qu'il ne les débite.

— Des photos ! Tiens, regarde !

— Burg appuya sur un bouton de l'ordinateur relié au tableau. Plusieurs clichés apparurent et notamment des plans larges sur une berline encastrée sous la végétation, comme si elle avait été volontairement masquée. La plaque d'immatriculation était visible. Puis deux autres clichés, sur trois silhouettes au bord de la lisière de la forêt.

— Des agrandissements ?

— Le labo bosse dessus, mais le vététiste était un peu loin d'eux, il a dû être surpris, c'est pour cela qu'il n'a pas eu le temps de fermer son sac à dos. On verra ce que l'on peut en tirer d'ici une heure. Pour la bagnole, on est dessus.

— C'est du bon boulot ! Dès que l'on aura plus d'informations sur la voiture, on mettra une grosse équipe sur le coup. Je suis prêt à parier que ce sont les hommes que nous recherchons. On devra mettre une grosse équipe, ces gars–là sont dangereux.

— On prévient Interpol ?

— Non, c'est un peu tôt, on garde la main, c'est d'abord notre affaire. Attendons le retour de l'analyse des clichés. Par contre, je veux savoir ce que fait Chailley, Myriam Moser, Adelstein et sa fille, chaque jour. Il ne faut rien lâcher !

— Je sais bien Cédric, mais ce n'est pas simple, nos effectifs sont un peu juste pour ces filatures ! Mais on arrive à les tracer, Chailley est en déplacement à Lyon depuis quelques jours, Myriam Moser semble avoir repris son travail.

— Et le clan Adelstein ?

— Le père est dans sa résidence bâloise, quant à la fille on a perdu sa trace à Genève ! Nos collègues suisses doivent nous informer de leurs recherches.

— Bon ! Faites le maximum. Et demande à Russo de ne pas lâcher les rondes sur le périmètre de la forêt près du golf. J'ai le sentiment que ça devrait bouger !

Cela m'étonnerait que les mecs qui ont commis tous les meurtres s'arrêtent en si bon chemin, ils ne vont pas lâcher ce qu'ils cherchent dans la forêt. D'ailleurs, j'aimerais qu'on fouille plus sur l'historique de cette forêt et du golf, quelque chose m'intrigue. J'ai le sentiment que le cœur de notre affaire est là-bas ! Essayez de remonter le passé sur tout le secteur, les anciens propriétaires, le voisinage, l'armée et j'en passe, quelqu'un doit bien savoir comment ont évolué les lieux.

— Je vais contacter Russo, nous on est saturés en effectif, et surtout il aura l'avantage de la proximité !

— Ouais, ok, fais comme ça !

Jaeg fixait le tableau des données de l'affaire. Il avait déjà passé plusieurs fois le visuel qu'il avait sous les yeux au mixeur. Malgré son hypothèse sur la présence de plusieurs lièvres, il était dans le doute. Etait-il passé à côté de l'essentiel ? Il manquait un indice, juste le petit coup de pouce qui le conforterait dans une direction. En vrai professionnel il avait usé les documents de ses yeux, retourné les informations, décortiqué chaque piste, mais il n'y avait pas un seul critère évident.

Burg observait son patron. Il devinait à son attitude qu'il se torturait l'esprit, son agacement était perceptible, à fleur de peau. Ce n'était surtout pas le moment de tenter de le rassurer dans la conduite de l'enquête. Si Jaeg coinçait, toute l'équipe l'était encore plus. Au fil des semaines, l'affaire Desmarec devenait obsessionnelle, la tension devenait palpable au sein du service de police judiciaire. L'autorité judiciaire pesait de plus en plus pour que soit élucidée au plus vite l'affaire. Bien évidemment la responsabilité de Jaeg était en pleine lumière, aucun agent du service ne contestait les qualités du patron, mais chacun se réfugiait derrière son statut.

Myriam Moser avait repris son travail, Florent Chailley était en déplacement. Il lui avait confirmé qu'il était dans le sud pour une grosse affaire et son retour était prévu pour ce mercredi 4 avril. Elle avait une grande confiance en lui, mais malgré cela un petit trouble naissait en elle. Pourquoi avait–il choisi le week–end de Pâques ? Elle aurait aimé qu'il lui propose d'être à ses côtés et ils auraient ainsi pu profiter d'un peu de bon temps et poursuivre l'exploration du blockhaus. Plutôt que de tourner de mauvaises pensées dans son esprit, elle s'était remise dans son travail, elle avait besoin de s'accrocher à des poignées de vie. Elle ne savait pas encore que le trouble qui l'habitait était bien fondé, son amant n'était pas dans le sud, mais à Lyon.

*

266

Dans la forêt

Gaëtan Russo avait reçu les instructions de sa hiérarchie. Il devait mener de front une surveillance renforcée aux abords de la forêt, près du golf, et des enquêtes en lien avec l'histoire des lieux. Son égo ressuscitait, il fallait bien reconnaître que son équipe n'avait joué que les seconds rôles depuis le début. Les médias mettaient en lumière le service de Jaeg, mais pas une seule fois sa brigade n'avait été citée, c'était tout de même eux qui avaient été les premiers sur les lieux. Pour le coup, il allait tout mettre en œuvre pour montrer de quoi son équipe était capable. Samantha avait déjà pris attache auprès du cadastre et des services de l'urbanisme pour recenser les éléments de bâti ancien situés au plus près de la zone impactée, ainsi que les propriétaires et les diverses associations d'histoire. Il fallait retrouver des personnes âgées qui seraient susceptibles de remonter des éléments du passé. Russo voulait savoir ce qu'avait été le parcours de golf auparavant et comment avait évolué le foncier de la forêt. Pour partie, il était propriété du domaine communal mais certaines parcelles relevaient du privé. La mairie avait confirmé qu'un centre équestre avait existé pendant quelques années sur une partie du parcours de golf. De vieilles planches cadastrales communales montraient que toute la zone du parcours de golf était couverte de forêt. Des déboisements conséquents avaient été effectués durant des décennies. Il allait falloir remonter le temps. Samantha, la jeune gendarme, lui avait soufflé une bonne idée : plonger dans les archives de la mairie et retrouver les traces des anciens conseils municipaux et maires vivants à ce jour. Russo avait une attachée précieuse en Samantha, il découvrait chaque jour ses facultés d'adaptation et ses initiatives toujours pleines de bon sens. Elle allait surtout chercher dans les détails, là où ses autres collègues avaient survolé les éléments.

L'organisation de Russo était simple : il avait affecté deux équipes à la surveillance des abords de la forêt, quatre agents qui assuraient des rondes et des planques discrètes. Samantha l'appuierait pour les enquêtes diligentées par Jaeg. Le service de Jaeg avait prêté deux véhicules banalisés. La pression du procureur Donati générait des effets positifs pour la petite équipe de Russo. Le temps était compté, ils avaient moins d'une semaine pour apporter des éléments concrets.

Si l'urgence sonnait dans les oreilles de Russo, elle résonnait aussi auprès de l'équipe de Claudio Nallé. Ce matin du 3 avril, toute sa bande était au rendez-vous. La berline que le vététiste avait repérée, avait été échangée contre une petite fourgonnette de chantier moins voyante et soigneusement camouflée cette fois.

Il s'agissait de poursuivre le plan prévu, à savoir, remonter les parcelles de la forêt en ligne frontale, limité à des bandes de 20 mètres de largeur. À chaque ouvrage découvert, les 4 hommes s'employaient à l'inspecter minutieusement. Depuis plusieurs jours, ils avaient quadrillé la forêt sur ce mode d'exploration, mais sans aucun succès. Nallé devait affronter quotidiennement l'hostilité de Günther Frantz et Eric Fischer, les deux criminels recherchés par Interpol. Ces deux-là ne digéraient toujours pas d'être sous l'autorité d'un jeune voyou sans envergure. Pour le moment, ils faisaient profil bas, leur heure arriverait, ils en étaient convaincus.

L'équipe avait déjà visité plus d'une vingtaine d'ouvrages depuis le début des recherches et il restait moins d'un demi-hectare à prospecter. Le plus difficile était d'inspecter les ouvrages en ruine, il pouvait y avoir des dizaines de morceaux de béton éclatés. Les deux lettres que recherchaient les hommes pouvaient être sous un des blocs et quand ils le pouvaient, ils s'évertuaient à le retourner. Le risque était évidemment d'être passé à côté du bon bloc ! Ce matin-là, ils tombèrent sur un ouvrage moins abîmé que les autres, ce qui arrangeait les hommes, épuisés de chercher sans succès. Ils firent rapidement le tour du blockhaus jusqu'au moment où le copain de Nallé hurla.

— Je l'ai, je l'ai !

Nallé s'avança près de lui et découvrit l'origine de son cri. Les deux lettres RM étaient là, sous leurs yeux, fixées sur un des côtés de l'ouvrage. Il était impossible de les louper, elles étaient bien visibles, de couleur rouille, en contraste sur le béton clair.

— Putain, on y est les gars !

Nallé exultait, mais s'il avait observé les regards de Günther Frantz et Eric Fischer, il aurait vu dans leurs yeux des Kalachnikov. Le plan de Nallé avait fonctionné et sa réussite les renvoyait à leur propre échec. Une fraction de seconde, Günther Frantz avait eu l'idée de flinguer Nallé et son copain et de s'attribuer ce succès. Eric Fischer n'aurait rien dit, il en était certain. Rapidement, les hommes trouvèrent l'accès vers l'intérieur du blockhaus et y pénétrèrent. L'intérieur se découpait en trois parties dont une pièce principale qui devait recevoir de grosses mitrailleuses d'après les socles en béton, encore visibles et les boulons enclavés. Une des deux autres parties n'était pas bétonnée au sol. Nallé conclut rapidement qu'il fallait récupérer les outils dans le coffre de la fourgonnette pour commencer à creuser. Pour une fois il fit preuve de bon sens en déléguant à son copain et Eric Fischer la récupération des outils. Le véhicule était à un bon kilomètre. Tandis que les deux hommes s'exécutaient, Nallé prévint son patron de la découverte du fameux blockhaus.

— On y est ! Nous allons creuser, je vous tiens au courant.

— Parfait, dès que tu as ce qu'on cherche tu flingues les deux autres. Tu seras bien récompensé, plus que tu ne le penses !

La voix du commanditaire était plus rapide que d'habitude, une sorte de timbre exalté débitait les mots avec assurance.

— Dès que tout sera réglé, on se retrouve à l'hôtel, comme la dernière fois.

— Ok, je vous préviendrai !

Nallé venait de grandir une fois de plus et il était proche de décoller du sol.

En arrivant près de la fourgonnette, non loin du sentier où avait été poursuivi le vététiste, Eric Fischer prit le temps de satisfaire un besoin naturel. Durant ce temps, le copain de Nallé sortait les outils : des pioches et des pelles, ainsi que des seaux.

Tout en satisfaisant son besoin Eric Fischer observait les environs. La forêt sortait de l'hibernation et dans peu de temps les feuillus s'habilleraient de leurs parures de feuilles aux mille verts, mais à cette époque la moindre couleur pouvait se découper dans le paysage. C'est ce qu'observa Eric Fischer, sans avoir le moindre affect pour le paysage. Une tache blanche se devinait à moins de 300 mètres, au bout du sentier. Sans s'affoler, il ordonna à son acolyte de faire semblant d'être encore affairé dans le coffre et lui expliqua qu'il allait vérifier s'ils n'étaient pas surveillés. Puis, dès que son besoin fut consommé, il pénétra discrètement dans la forêt, en parallèle du sentier, pour remonter jusqu'à la tâche blanche. Eric Fischer n'était peut-être pas un grand cérébral, mais dès qu'il s'agissait de chasser il avait ce côté primaire, très animal, qui pouvait révéler un certain talent en lui. Rapidement, il découvrit que la tâche blanche était un véhicule en planque, une Clio. Deux hommes étaient à bord, dont un, occupé à taper sur le clavier de son téléphone et l'autre, collé contre des jumelles orientées vers la fourgonnette. Pas un instant, Fischer ne douta, il conclut à la présence de deux flics. Il contourna le véhicule à une trentaine de mètres, puis s'approcha par l'arrière en rampant pour ne pas être visible dans les rétroviseurs.

À l'intérieur de la Clio blanche, les deux hommes étaient très attentifs à ce qui se passait auprès de la fourgonnette.

— Ils ont déchargé des outils, je ne sais pas trop quoi, mais j'ai cru voir des pioches et des pelles. Un des gars est toujours plongé dans le coffre, il doit préparer quelque chose. L'autre il pissait et il est repartit ! On devrait prévenir Russo !

Eric
FISCHER
Recherché par
INTERPOL

— Attendons encore un peu, qu'ils bougent, ils vont sûrement quelque part avec les outils. Dès qu'ils repartent on prévient les autres !

— Ok, comme tu veux.

— Tu imagines si c'est les mecs qu'on cherche ! À nous les lauriers !

Les lauriers étaient déjà fanés, Eric Fischer surgit sur le côté conducteur et tira à bout portant plusieurs coups de feu, le silencieux cracha sa musique en sourdine. L'agent s'écroula, mortellement atteint. L'autre eut le temps d'ouvrir la portière, côté passager, de se jeter au sol. Il dégaina son arme de service et la braqua vers le devant du véhicule, au moment où une ombre surgit pile devant lui. L'agent ne tira qu'une balle et senti une douleur fulgurante traverser son ventre. Il eut juste le temps de percevoir l'ombre s'écrouler, avant de fermer les yeux, mortellement touché. Eric Fischer s'était pris une balle en pleine poitrine, une balle fatale, et deux gendarmes de l'équipe à Gaëtan Russo venaient de perdre la vie dans l'exercice de leurs fonctions.

Si les tirs d'Eric Fischer avaient été sourds, celui du gendarme avait largement résonné dans les alentours. Nallé et Günther Frantz avaient très bien perçu le coup de feu. Le copain de Nallé courait déjà à leur rencontre, paniqué. Nallé, lui, restait calme, il ordonna de s'avancer vers la Clio en entonnoir. Quand les trois hommes découvrirent la scène, Günther Frantz fut le premier à s'approcher de son copain. Son visage passa de la tristesse à la haine.

— On doit planquer tout ça ! Mais putain, pourquoi il est venu les buter ?

— Il m'avait dit qu'il allait vérifier si on était surveillés, je ne pensais pas qu'il ferait ça !

— Bon, le mal est fait, il faut nettoyer tout ça. Günther, tu t'occupes de la bagnole et des téléphones. On met les mecs dedans et tu fais flamber le tout quelque part, loin d'ici ! Nous on s'occupe de ton copain, on l'enterre dans la forêt.

Günther Frantz, choqué par la perte de son copain, ne réagit pas immédiatement. Il finit par aider les autres à charger les corps des gendarmes à l'arrière de la Clio. Nallé savait que le patron n'allait pas aimer du tout. Le jeune voyou prit le temps d'analyser la situation. Après tout, le coup de feu était éloigné des premières habitations et la présence d'un Ball-trap à proximité de la zone industrielle de Cernay, effacerait toute suspicion. Günther le haïssait, mais il était un professionnel, il ferait le boulot, il n'effacerait pas toutes les traces, mais en tout cas il permettrait de gagner du temps. Il ne restait plus qu'à faire disparaître le corps d'Eric Fischer. Demain, ils creuseraient dans le blockhaus et lui, il achèverait ces deux acolytes. Nallé se persuadait que son patron allait le récompenser royalement.

Samantha avait établi en quelques heures un programme d'enquête digne d'un horloger suisse. Russo était scotché par son initiative très pragmatique ; tout avait été noté factuellement afin de ne rien négliger. Celle-là, songea-t-il, elle irait loin. Malgré le travail de Samantha, Russo était perplexe, il n'imaginait pas remonter les informations attendues par Jaeg, 70 années plus tard. C'était sans compter sur les qualités de pugnacité de la jeune femme.

Quand elle se rendit seule, chez Françoise Tenamare, elle ne s'attendait pas à rencontrer un livre ouvert. Agée de 87 ans, la charmante dame avait tenu un restaurant tout près du Golf; la Clé de Sol, nom tiré de la passion de la vieille dame pour le piano. À l'époque le restaurant était une auberge complètement isolée, l'urbanisme galopant n'avait pas encore touché la proche couronne de Wittelsheim. L'épopée des mines de potasse changea de manière irrémédiable le paysage. Samantha était sous le charme de la vieille dame qu'elle proposa d'enregistrer, tant la somme d'informations était importante. Françoise Tenamare était le livre d'histoire que chacun aimerait avoir dans sa famille. Elle raconta l'épopée de la découverte de la potasse en 1904, par Joseph Vogt, alors qu'elle n'était pas encore née ! Cet industriel, fabricant de tours de sondage de sous-sol à très grande profondeur, compris immédiatement la valeur du fabuleux trésor qu'il avait découvert. L'homme et ses associés, Amélie et Albert Zürcher, ne purent trouver les financements français et les industriels boudèrent son projet d'extraction de la potasse sur un territoire Allemand à l'époque. Il n'eut d'autres choix que de se tourner vers des capitaux allemands, mais dû se plier à certaines exigences. Quelques années plus tard, des banques françaises apportèrent des capitaux pour de nouveaux puits. À la veille de la guerre, 13 puits avaient été foncés et la totalité des gisements furent placés sous l'autorité allemande.

À la proclamation de l'armistice, la majorité des puits d'extraction furent placés sous séquestre, dès l'arrivée des troupes françaises en Alsace. Plusieurs administrateurs se succéderont, transformant au fil des décennies les mines en une grande entreprise d'Etat très profitable : les MDPA. De cette époque naîtront de grandes œuvres sociales et les cités minières qui jalonnent, aujourd'hui encore, la plaine d'Alsace. Amélie et Albert Zürcher vécurent à Cernay, Françoise Tenamare avait 16 ans lors de la disparition d'Amélie Zürcher.

— Excusez-moi madame, mais j'essaie de comprendre quel était le lien avec la zone de la forêt du Golf et votre restaurant ?

— Ah, je m'égare mademoiselle ! Excusez-moi, mais à mon âge on perd le sens de beaucoup de choses. Alors, je reprends. Dans la forêt, bien avant le parcours de golf, il y a bien longtemps, c'était vers mes 10 ou 12 ans, je ne sais plus très bien, il y avait de nombreuses machines, des tours de sondage qui recherchaient des gisements de potasse apparemment, en tout cas c'est ce que me disait ma mère. Puis à une époque, quelques mois avant l'armistice, des Allemands sont venus et ont fait des travaux importants, je me souviens qu'avec la bande de jeunes, nous allions souvent les observer en cachette. Les engins creusaient et creusaient encore, il y avait de l'eau partout. Puis, un jour nous nous sommes fait surprendre, nous avons pu nous échapper, mais nous n'avons jamais revu deux de nos camarades. Il y avait des SS et puis un beau jour tout a été grillagé autour d'une partie de la forêt, ils ont mis des chiens et des rondes.

— Mais avez-vous pu voir ce qu'ils faisaient, ils construisaient quelque chose ?

— Eh bien, apparemment non, nous on voyait qu'ils creusaient dans l'eau, comme dans les gravières, vous voyez ?

— Vous voulez dire qu'ils cherchaient du gravier ?

— Peut-être, nous étions jeunes et on ne comprenait pas grand-chose. Ce qui nous intéressait, c'était d'être dans l'interdit, de s'approcher. Nous avions quand même très peur. Je me souviens qu'il y avait beaucoup d'hommes qui travaillaient et de très gros camions.

— Des camions à benne, pour mettre du gravier ?

— Je ne me souviens plus vraiment, mais il y en avait des très très grands. Vous savez j'étais très jeune, je n'ai que des morceaux de souvenirs.

— D'accord, vous vous souvenez d'autres choses ?

— Je me souviens que les Allemands venaient régulièrement manger dans l'auberge, à l'époque notre maison ce n'était pas le restaurant que vous connaissez. J'ai vendu l'auberge, il y a une vingtaine d'années et la seule condition que j'avais formulée était de garder le nom.

— Et ces Allemands, vous compreniez leurs discussions ?

— Moi, non, mais ma mère très bien ! Elle parlait l'allemand couramment. Mais elle avait peur de ces hommes, ils buvaient beaucoup et surtout ils ne payaient pas toujours. Il faut dire, que pendant l'occupation, il valait mieux faire profil bas. Tout ce dont je me souviens, c'est que mes parents parlaient souvent d'un blockhaus, de constructions et de la crainte qu'ils avaient de ces hommes.

— Vous vous souvenez encore de l'endroit où ils creusaient ?

— Oh, vous savez, ça fait plus de 40 années que je n'ai pas mis les pieds là-bas. Et puis il y avait de la forêt partout, mais je pense que j'arriverai à trouver à peu près l'endroit.

— Madame Tenamare, est-ce que vous accepteriez de revenir avec moi sur les lieux ?

— Si vous me conduisez, pourquoi pas ! On peut y aller tout de suite, le temps de m'habiller chaudement.

La jeune femme n'en attendait pas tant. Elle installa la vieille dame dans la voiture de la gendarmerie et prit la direction du restaurant la Clé de Sol, jouxtant le parcours de golf. Vingt minutes plus tard, Samantha gara le véhicule de gendarmerie devant le restaurant.

— Dites-moi, par où je dois aller Madame ?

— Euh, ça a beaucoup changé, il y avait un chemin qui passait derrière le restaurant par le côté droit.

— Oui je vois, nous allons contourner plus haut.

Samantha fit le tour des pavillons collectifs et du petit lotissement qui bordait le parcours, puis déboucha à l'entrée de la Forêt, sur le chemin qui séparait le parcours de la forêt.

— C'est par là ?

— Comme ça a changé, je crois que c'était plus sur la droite... mais je ne suis pas certaine.

Samantha pénétra sur le chemin sur une distance de deux cents mètres, puis immobilisa son véhicule à hauteur du bunker à la fresque.

— Vous souvenez-vous de cet endroit ?

La vieille dame sortit du véhicule et tenta de se remémorer le passé. Son regard balayait le site de la forêt, puis celui du golf. Elle avait du mal à se repérer, les lieux avaient été modifiés au fil des années et la forêt avait été largement amputée. Le parcours de golf avait mangé près de 35 hectares de forêt et une zone industrielle avait envahi les abords, mais au bout de longues minutes la vieille dame semblait reprendre les images de sa jeunesse.

— Oui, je me souviens, je crois que ce chemin n'existait pas, par contre nous arrivions par ce côté de la forêt, par un petit sentier.

La vieille dame désignait l'intérieur de la forêt.

— Et les Allemands, ils creusaient là ?

— Samantha montrait l'étang non loin du blockhaus.

— Non, je crois que c'était plutôt quelque part, dans cette zone !

La zone évoquée était comprise, entre le blockhaus à la fresque et une partie de la forêt. Samantha réitéra sa question pour avoir la confirmation du lieu, mais Madame Tenamare répondit de la même manière.

— Donc, vous pensez que c'était bien ici que les Allemands avaient creusé ?

— Presque certaine, Mademoiselle !

Samantha restait perplexe, même si les lieux avaient évolué, il paraissait plus probable que les travaux de déblaiement aient eu lieu sur les sites visibles. Le gravier de la plaine d'Alsace était pendant très longtemps une des premières ressources pour les travaux de construction en tous genres; routes, dalles de béton et autres. Le gisement alluvionnaire de sables et de graviers était gigantesque en Alsace et pouvait atteindre 150 mètres de profondeur, il n'était pas surprenant de creuser un peu partout pour récupérer les précieux granulats. Ce qu'avait sans doute vu à l'époque Madame Tenanmare, n'était tout au plus que de l'extraction de gravier.

— Madame, vous souvenez-vous de la taille du périmètre clôturé à l'époque ?

— Je dirai que ça représentait la superficie de deux terrains de football, à peu près !

Samantha notait méticuleusement toutes les informations dans son petit carnet. Elle avait même réalisé un petit croquis des lieux, pour mieux poser les choses.

— Vous disiez qu'il y avait des machines et des camions, mais est-ce que vous auriez retenu autre chose, comme des matériaux entreposés ?

— Non, je suis désolé, après qu'il y avait la clôture et la disparition de nos copains, plus jamais nous avions remis les pieds, on avait trop peur et les parents nous avaient interdit d'y retourner.

Samantha comprit qu'elle ne tirerait rien de plus de la vieille dame, elle avait déjà une information de taille, les Allemands avaient bouclé un périmètre en pleine forêt, pour extraire du gravier ! Cela interpellait au plus haut point la jeune enquêtrice. Elle ramena la vieille dame à son domicile et c'est en la quittant qu'elle reçut une dernière information.

— Ça me revient là, si vous voulez en savoir plus, vous pouvez aller voir quelqu'un, mais il est malade. Son nom est Jacques Quirach. Il est dans une maison médicalisée pour personnes âgées à Aubure. Je l'ai perdu de vue et je ne suis pas certaine qu'il soit encore parmi nous !

— Merci infiniment Madame Tenamare, portez-vous bien et à bientôt peut-être. Bonne journée.

La vieille dame remercia la jeune femme, cette petite intrusion dans un quotidien ennuyeux, l'avait distraite. Samantha avait un talent certain pour les rapports humains, son empathie était un atout évident dans son métier. Elle se hissait à la hauteur de ses interlocuteurs et traitait d'égal à égal, sans jamais mettre en avant l'autorité policière, mais elle savait faire montre de fermeté. Une main de fer dans un gant de velours.

Le matin du 4 avril, Claudio Nallé et ses deux acolytes se retrouvent près de l'ouvrage qu'ils avaient découvert la veille. Entre-temps, Günther Frantz avait laissé couler la Clio banalisée et ses occupants au fond du canal d'Alsace. Quand il avait appelé Nallé pour le récupérer, ce dernier était devenu fou. Jamais il n'avait ordonné de noyer le véhicule, il lui avait intimé l'ordre de tout brûler. Gunthër Frantz digéra les reproches avec l'arrière-pensée qui l'habitait depuis un moment; se débarrasser de ce connard de Nallé !

Pour le moment Nallé ne pensait qu'à une chose, creuser dans le blockhaus, sous la terre battue se trouvait ce que son patron attendait. Les trois hommes s'employèrent avec frénésie, le temps était contre eux. Tôt ou tard, la gendarmerie s'inquièterait de la disparition de deux des leurs.

Pendant ce temps, Gaëtan Russo était dans tous ses états. Pour cause, il manquait deux de ses hommes et leur véhicule. Le relevé du traceur GPS de la Clio s'arrêtait près de Volgelsheim, le long du Canal du Rhin. L'origine du déplacement du véhicule partait de la gendarmerie, jusqu'à la forêt de Wittelsheim, où il avait stationné près d'une demi-heure, puis repris la route jusqu'à Cernay et enfin la direction du Canal à plus de 50 kilomètres ! Depuis, plus de traces du véhicule ni des gendarmes. Russo avait prévenu Jaeg. Aussitôt Jaeg avait demandé des renforts pour retrouver le véhicule. À l'évidence quelque chose de grave s'était produit. Deux hommes disparus en plein service avec leur véhicule; il y avait de quoi s'inquiéter. Jaeg imaginait déjà la colère du procureur et du Préfet. L'armée et les pompiers avaient été mobilisés. Très vite, les recherches s'orientèrent le long du canal. Jaeg ne se faisait pas d'illusion, le véhicule était dans le canal. Le courant extrêmement puissant du Rhin, n'allait pas faciliter les recherches. Le véhicule pouvait voyager des kilomètres au fond du canal. En général, on ne retrouvait les traces d'un véhicule que par hasard. Le plus souvent des péniches entraient en collision avec les carcasses des véhicules engloutis. Elles pouvaient remonter plus ou moins à la surface, soit elles restaient bloquées ou envasées. Jaeg avait demandé à Burg d'aller faire un tour sur le chemin forestier près de Cernay où avait eu lieu l'agression sur le vététiste. Les gendarmes s'étaient arrêtés un moment le long du chemin, pourquoi ? Avaient-ils été surpris ? Ce n'était pas impossible pour Jaeg, il envisageait tous les scénarios.

Burg était accompagné d'un jeune inspecteur stagiaire, il ne devait donc prendre aucun risque. Il devait juste remonter le trajet qu'avait emprunté la Clio banalisée disparue. Les deux hommes ne tardèrent pas à retrouver l'endroit précis où la Clio avait stationné. Burg s'appliqua à masquer au mieux leur véhicule, puis il inspecta les lieux. Au bout de quelques instants, l'inspecteur stagiaire découvrit des traces de sang en deux endroits différents. Immédiatement, Burg joignit Jaeg.

— On a quelque chose ! Du sang un peu partout où les gars ont stationné dans la forêt. Je fais quoi ?

— Ne bougez pas, j'arrive avec quelques hommes, mais surtout restez discrets !

— Ok, on vous attend.

À moins d'un kilomètre de là, Claudio Nallé et ses deux acolytes poursuivaient leur besogne. Nallé consulta sa montre, il était près de 9 heures du matin, déjà plus d'une heure qu'ils creusaient le sol. La tâche était ardue, les pioches ne permettaient pas d'avancer comme il l'aurait voulu. Les flics devaient être à la recherche de leurs copains et fatalement ils retrouveraient la trace du véhicule banalisé. Plus de deux mètres cubes de terres et gravats s'amoncelaient au milieu de l'ouvrage, les hommes se relayaient à la tâche. Nallé se persuadait que la moitié du travail était fait.

Jaeg et ses hommes rejoignirent Burg à 9h30, ils avaient roulé jusqu'à l'entrée de la forêt, puis à marche forcée après avoir abandonné les véhicules pour ne pas faire de bruit. Jaeg jaugea la situation et intima ses ordres.

— D'après le GPS, nous sommes à 1 kilomètre environ de la zone où Desmarec a été retrouvé. D'après les photos du vététiste, ses agresseurs sortaient de là-bas, près du pylône EDF. Nous allons avancer en file, à une distance de 20 mètres les uns des autres, chacun observe celui qui est devant. Je passe en premier, dès que nous aurons le moindre contact, nous nous déploierons en éventail pour encercler. Ok les gars ?

De concert, les 9 hommes baissèrent la tête. Jaeg remonta le chemin, jusqu'à hauteur du pylône, il y avait de nombreux végétaux écrasés, là où la fourgonnette avait été découverte par les deux gendarmes assassinés. Jaeg comprit qu'il fallait pénétrer à cet endroit, à l'intérieur de la forêt en direction du golf. Chaque pas était précautionneux, il fallait éviter de faire craquer des branchages morts. Tous suivaient leur chef, leur arme au poing, observant le collègue qui précédait tout en jetant un regard circulaire. La forêt dégarnie à cette époque n'était pas un avantage pour arriver par surprise. Au bout de 15 minutes, les hommes n'avaient parcouru que 800 mètres, c'est à cet instant que Jaeg s'accroupit, aussitôt imité par le groupe. Des bruits sourds marquaient le silence de la forêt, à environ 200 mètres, en direction d'un blockhaus. Jaeg fit signe à Burg de déployer le groupe le plus largement possible, afin de ne pas éveiller l'attention. Quinze minutes plus tard, les hommes étaient en cercle autour du périmètre du blockhaus, à une équidistance moyenne de 200 mètres. Jaeg fit signe de se rapprocher à 50 mètres, puis de se coucher au sol en position de tir. Les bruits de pioches et de pelles se faisaient plus précis à l'intérieur de l'ouvrage. Jaeg s'approcha avec Burg, contre l'ouvrage, en dessous d'une meurtrière. La voix de Nallé rompit le bruit des outils. Les hommes étaient épuisés de creuser comme des fous depuis presque deux heures. Le tas de gravats avait plus que doublé et ils n'avaient toujours rien découvert.

— Putain, mais c'est à quelle profondeur ce truc, on vas bientôt être dans la nappe !

— T'es vraiment sûr de ton coup ?

— Oui, le patron a bien précisé; le blockhaus avec les lettres ! Vous avez vu comme moi que c'est le bon ! Donc c'est là, allez on continue !

Jaeg ne laissa à personne le soin de continuer. Il cria en direction de la meurtrière.

— Messieurs, police, vous êtes encerclés ! Sortez les mains en l'air.

Le silence prit toute la place. À l'intérieur du blockhaus, les regards soudains inquiets, se durcirent, puis les mains lâchèrent brutalement les outils, immédiatement remplacés par des armes. Günther Frantz chuchota à Nallé, il voulait sortir en force, ils n'avaient pas le choix ! Nallé n'eut pas le temps d'acquiescer. Günther Frantz plongea vers la sortie en courant tout droit devant lui, il vida son chargeur à l'aveugle, suivi de Nallé et de son copain. La riposte fut précise, chirurgicale, une balle toucha Günther Frantz en pleine poitrine, Nallé s'écroula touché aux jambes et au thorax, son copain se prit le ventre, puis s'écroula à son tour. Le silence reprit ses droits, un court moment.

— Il reste du monde là-dedans ? Vous voulez rejoindre vos copains ?

Devant le silence, Jaeg ordonna à ses hommes de lancer l'assaut. Mais il n'y eut plus un seul coup de feu, les forces de l'ordre découvrirent un tas de gravats, un immense trou de plus d'un mètre cinquante de profondeur, boueux, et des outils éparpillés.

— C'est quoi ce bordel ?

Burg commença à prendre des photos dans tous les sens, tandis que Jaeg appelait les secours et le procureur. Il n'y avait pas de quoi fanfaronner; trois hommes venaient d'être tirés comme des lapins, certes en légitime défense, mais l'amertume flottait dans l'esprit de Jaeg. Il voulait les prendre vivants, jamais il n'aurait imaginé qu'ils agiraient de la sorte, alors qu'ils étaient pris au piège dans ce blockhaus.

— Ils sont tous morts, Cédric !

— Oui, ça ne nous arrange pas du tout ! Ces gars, ne sont sans doute que des hommes de main, le commanditaire n'est pas là.

— Tu as raison, les trois sont fichés et il y a un des gars qu'Interpol recherchait ; Günther Frantz. L'autre, Eric Fischer, est quelque part.

— Ok, pour le moment je veux qu'on ceinture cette forêt, appelle l'armée, on passe au peigne fin tout le secteur, on a toute la journée pour ça ! Ces gars cherchaient quelque chose et depuis le début, on sait que quelque chose de planqué dans cette forêt génère pleins de cadavres. Donc c'est ici que la clé se trouve !

— Et pour ce blockhaus, on fait quoi ?

— Tu fais venir une entreprise tout de suite, il faut creuser un peu plus, on a interrompu le travail... les lettres !

Jaeg s'interrompit sous le regard interrogateur de Burg. Il avança vers les fameuses lettres RM et les observa sans les toucher.

— Demande aussi au labo de jeter un œil là-dessus s'il te plaît.

Dès le lendemain, les journaux faisaient état de l'événement. Trois individus armés avaient été descendus en pleine forêt et ils étaient déjà désignés comme les probables meurtriers de Desmarec, du notaire et sa femme de ménage. Un corps enterré avait été retrouvé par les militaires, l'homme avait été rapidement identifié : Eric Fischer. Les journaux avaient établi des raccourcis non vérifiés, ni avalisés par la police. Jaeg avait d'autres chats à fouetter, l'épisode de la forêt restait un échec et ajoutait trois cadavres supplémentaires à l'affaire Desmarec.

Ce jeudi matin du 5 avril, Florent Chailley reprenait son rythme Mulhousien, il était rentré tard dans la nuit. Myriam lui avait proposé de passer la nuit avec elle, mais il avait décliné son offre, arguant un état de fatigue depuis quelques jours et il lui avait proposé de passer à son appartement en milieu de matinée.

Myriam Moser découvrit plus tôt dans la matinée, sur la chaîne locale, ce qui s'était passé dans la forêt proche du golf. Son inquiétude grandit dès qu'elle vit les images de militaires s'enfoncer en rangs serrés dans la forêt. La police mettait les grands moyens, le blockhaus du golf allait peut-être y passer ! Elle s'empressa de rejoindre Florent, tout en passant au bar tabac du coin pour acheter les DNA (Dernières Nouvelles d'Alsace). Quand elle le retrouva, il la prit dans ses bras et l'embrassa longuement.

— Tu m'as manqué toi !

— Toi aussi, c'était long ici sans te voir. Tu as vu les infos ?

— Non, pourquoi ?

Myriam Moser tendit le journal à son amant qui dévora l'article, puis il rechercha le replay de la chaîne d'infos sur son téléviseur. Florent Chailley resta relativement stoïque en découvrant les nouvelles des médias, ce qui ne manqua pas de surprendre Myriam.

— Tu ne dis rien ?

— Ne t'inquiètes pas, je me doutais bien que cela finirait bien par arriver !

— Tu t'en doutais !

— Je t'explique. Tu sais quand nous avons enlevé le vieux crépi du blockhaus, puis les lettres RM, eh bien je les ai récupérées. J'ai bien balancé les gravats à la décharge et au dernier moment une idée a germé dans ma tête. Puisque quelqu'un cherchait la même chose que nous, autant le mettre sur une fausse piste. J'ai marché à l'autre bout de la forêt jusqu'à ce que je tombe sur un blockhaus à peu près debout. J'ai fixé ensuite les lettres sur le côté le plus visible.

Myriam écarquillait les yeux, comme une petite fille à qui on raconte une histoire pleine de suspens.

— J'en reviens pas. Donc, tu penses qu'ils avaient trouvé ce blockhaus et qu'ils se sont fait surprendre par les flics ?

— Absolument, ils ont été repérés ou bien filés, peu importe, on devrait pouvoir être tranquille pour poursuivre notre exploration dans notre blockhaus.

— Je n'en reviens toujours pas ! Alors là, je suis scotchée !

Myriam venait d'être impressionnée par la maîtrise de son amant. Son sens de l'anticipation l'avait bluffé. Elle se sentait plus que jamais rassurée par lui, il était un peu comme son protecteur. Le contexte effaçait le trouble qu'elle avait ressenti, peu de temps après son départ pour le sud.

— Dès demain, après 23 heures, je retourne au fond du puits, j'essaierai d'ouvrir l'accès.

— Tu ne crois pas que c'est dangereux, surtout en ce moment ?

— Justement, c'est le moment ou jamais, ils ont dû fouiller le secteur et ils doivent penser que l'affaire est arrivée à son terme.

Myriam convint de la bonne stratégie, il est vrai que jusqu'à présent, ils avaient œuvré pratiquement en plein jour, au nez et à la barbe de tous. L'expression, l'arbre qui cache la forêt, n'avait jamais eu autant de sens. Florent avait raison, il fallait saisir l'opportunité de cet épisode meurtrier pour travailler en souterrain, au sens propre ! Myriam retrouvait un peu d'allant, était-ce la présence de Florent ? Elle n'en savait trop rien, mais elle osa lui proposer de passer tout le week-end prochain en sa compagnie. Elle fut rassurée quand il accepta avec un plaisir non dissimulé. Depuis la disparition de son père, elle n'avait plus l'appétit de la vie, Florent posait de nouveaux couverts, elle devait les saisir et goûter de nouveaux futurs. Mais le préambule, avant toute chose, était de poursuivre la mission, laissée par son père.

*

Toujours dans l'ombre

L'homme qui découvrait les nouvelles à travers les médias venait de passer une très mauvaise nuit. Il avait attendu en vain l'appel de Claudio Nallé durant toute la journée de la veille et de la nuit. Rapidement, il avait compris que quelque chose n'allait pas ; soit, il s'était fait doubler par ses hommes de main, soit un gros pépin avait eu lieu. Les médias le confirmaient désormais. L'homme avait eu raison d'anticiper, non seulement il avait quitté son hôtel, mais aussi détruit le téléphone dont il se servait pour les contacts avec ses hommes de main. Les flics avaient sûrement ceux de Nallé et de Günther Frantz, tôt ou tard ils auraient remonté les pistes dans sa direction. Désormais, il était à l'abri dans le vignoble alsacien, bien caché dans un gîte très discret. Pour l'heure, il était sous le choc, son équipe était décimée. Affalé dans un fauteuil trop étroit pour sa forte corpulence, il ôta ses grosses lunettes pour essuyer ses yeux larmoyants ; effet de cette fichue sécheresse oculaire depuis sa plus jeune enfance. Visuellement, le larmoiement des yeux aurait pu laisser penser que l'homme avait un peu de compassion pour la perte de ses hommes, mais ce n'était pas le genre. Il avait tout misé sur cette affaire Desmarec et toutes ses économies y étaient presque passées. Le but était presque atteint, et à la dernière minute tout s'écroulait à cause des connards qu'il avait embauchés. La seule chose positive, dans cette histoire, était qu'apparemment, les flics n'avaient pas trouvé l'objet de ses recherches. Nallé et ses acolytes avaient bien trouvé le fameux blockhaus marqué RM, ils avaient creusés mais pour le moment personne n'avait rien trouvé ! Donc, en l'état, personne n'avait quoique ce soit. Tout restait possible, surtout qu'il savait où trouver une personne clé et que grâce à elle, il pouvait encore espérer. Cette personne n'était autre que Myriam Moser. Il allait falloir être prudent, Claudio Nallé s'était fait surprendre par le Bodyguard, donc il fallait d'abord s'occuper de ce dernier, puis de Myriam Moser. Cette fois, les règles du jeu devaient changer, quitte à prendre tous les risques. Pour le moment il avait un avantage, il possédait les plans subtilisés à Myriam Moser, et sans ces plans il serait presque impossible de découvrir le secret. Même Nallé n'avait pas été informé à quelle profondeur il fallait creuser. Les flics n'y comprendraient rien et, tôt ou tard, l'affaire serait classée. L'homme essayait de se rassurer, il voyait ce qu'il espérait : trouver ce trésor qui l'obsédait. Ses hommes étaient morts, lui il était bien vivant, il était juste dans l'ombre, invisible et intouchable.

Gaëtan Russo travaillait aussi dans l'ombre, tentant de faire remonter des informations. Si Samantha avait déjà eu des contacts, lui de son côté, avait épluché les archives de la mairie de Wittelsheim. Il avait rencontré un ancien maire, mais il n'en était rien sorti de concret. Les archives de l'époque avaient été détruites pour partie, suite à des bombardements sur le village, et les bâtiments de la Mairie–école n'avaient pas été épargnés. La seule piste qui retenait son attention était le listing de noms qu'il avait récupéré par plusieurs sources croisées : l'Insee, les archives de l'église et de la mairie. Les noms affichés correspondaient à une tranche de naissance bien précise : entre 1925 et 1935. Ces personnes avaient entre 9 et 20 ans pendant la guerre ; aujourd'hui, elles flirtaient avec les 80 et 90 années et plus.

Lieutenant
Gaëtan Russo

Il ne restait donc que 8 noms sur la liste de Russo, celui de Françoise Tenamare y figurait en dernière position. Russo choisit de se rendre chez le premier de la liste ; un certain Philippe Beauvowski, d'origine polonaise. Cet homme avait longtemps travaillé dans les Mines de Potasse, il vivait seul dans une maison de la cité ouvrière Joseph–Else. Quand il ouvrit la porte sur l'officier de gendarmerie, Philippe Beauwoski ne sembla pas surpris de cette visite inopinée. Russo déplia sous ses yeux une carte IGN locale.

— Voilà Monsieur, je sais que vous avez été sur les bancs de l'école du village, vous avez travaillé aux Mines, mais ce qui m'intéresse c'est l'époque de la guerre. Vous souvenez vous d'événements ou d'autres choses qui se seraient déroulés dans le secteur ?

Russo désigna sur la carte, la forêt et le parcours de golf. Le vieil homme, âgé de 92 ans, rehaussa ses lunettes et observa les lieux. Il prit tout son temps avant de répondre.

— Monsieur, je pense que vous êtes là par rapport à cette affaire de meurtre dans la forêt, le gars de Brest et puis les autres en début de semaine !

— Oui, c'est en lien, pourquoi ?

— Vous savez, à l'époque, quelques mois avant la fin de la guerre, il se passait des drôles de choses dans cette forêt, moi j'avais 18 ou 19 ans environ, et beaucoup de jeunes allaient jouer là–bas. Il y avait beaucoup de blockhaus de la première guerre, dont certains en très bon état. C'était des endroits tranquilles pour nous, pour être avec des filles, sans que nos parents nous voient. On pouvait fumer et boire en cachette !

— D'accord, mais vous évoquez des drôles de choses, vous pouvez préciser ?

— Bein, un beau jour, les Allemands ont débarqué. Il y avait des pelleteuses, des trucs pour forer, enfin des engins de chantier. Le site était plus ou moins surveillé au début, et puis, quand ils se sont aperçus que les gamins du village devenaient un peu trop curieux, ils ont tout clôturé et des rondes étaient là chaque jour. Ça a duré presque 6 mois, et puis comme ils étaient venus, ils sont repartis.

— Ils construisaient quelque chose ?

— C'est ça qui est bizarre, ils n'ont rien construit, ils creusaient, je me souviens très bien de ça et parfois il y avait un bruit assourdissant, ils frappaient des pieux dans le sol.

— Donc ils construisaient quelque chose ?

— Non, quand ils sont partis il n'y avait plus rien, tout avait été rebouché, mais ils avaient laissé un vieux blockhaus. Ils n'y avaient pas touché.

— Et dans ce blockhaus, il n'y avait rien ?

— Non rien. Avec un copain on était allé voir.

— Vous vous souviendriez, où se trouve ce blockhaus ?

— Pfff, j'avais 18 ans, ensuite j'ai travaillé dans les Mines, je me suis marié, plus jamais je ne suis retourné dans ce secteur. En plus, nous avions perdu deux copains là–bas, que les nazis avaient dû attraper. On ne les a jamais revus.

— Des nazis ?

— Eh bien, ils avaient les insignes sur les uniformes !

— Vous êtes certains de cela, il y avait des nazis ?

— Parfaitement certain, Monsieur !

— Montrez–moi sur la carte où se situe ce blockhaus s'il vous plaît.

Le vieil homme regarda un long moment la carte, mais il n'arrivait pas à situer la zone. Russo lui proposa d'aller sur le terrain, mais comme Françoise Tenamare, il ne réussit qu'à situer approximativement les lieux, à environ trois cents mètres des limites du parcours de golf, à l'intérieur de la forêt, près d'un vieux blockhaus en ruine. Russo quitta le vieil homme en le remerciant de sa collaboration. Il retrouva Samantha à son bureau en fin de journée afin de débriefer de leurs auditions respectives. Un point commun était en relief, les allemands avaient creusé à un endroit précis, mais pourquoi ? Ce n'était pas pour le gravier puisqu'ils avaient rebouché l'endroit, et l'ombre des nazis planait sur l'énigme.

L'affaire Desmarec suscitait décidément, beaucoup d'ombres sur le tableau, mais pour Jaeg, un peu de lumière éclairait les données. En fin de journée, il reçut un appel de la brigade fluviale franco–allemande ; la Clio des forces de police venait de remonter à la surface du Rhin. Les corps des deux agents avaient été identifiés. Jaeg avait vu juste, les deux gendarmes avaient été abattus et jetés dans le fleuve. Il appela Russo pour l'informer de la macabre découverte. La petite brigade était sous le choc, elle venait de perdre deux hommes, deux pères de famille. Russo était effondré, il venait d'être promu et déjà il était confronté à un évènement majeur. Quand Jaeg lui annonça qu'il se rendait à la brigade dans 15 minutes, Russo se sentit seul au monde mais Samantha arriva au bon moment.

— Ah, Samantha, vous pouvez rester encore un moment s'il vous plaît, Jaeg nous rend visite. Nous pourrons lui faire part de nos avancées.

— Oui, bien sûr.

— Russo et Burg souhaitèrent les condoléances d'usage à la brigade, pour une petite équipe, perdre deux de leurs hommes était dramatique. Jaeg devinait la tristesse dans les regards et il préféra entrer dans le vif du sujet, afin d'atténuer la phase émotionnelle. Il écouta religieusement les rapports d'audition de la journée et s'adressa à Samantha en premier.

— Dites—moi, vous pensez quoi de ces travaux en pleine forêt ?

Samantha ne s'attendait pas à ce que Jaeg l'interpelle, son chef était là pour ça ! Elle détourna le regard vers Russo, mais Jaeg insista.

— Allez—y, dites—nous ce que vous en pensez, juste vous !

Samantha se ressaisit et posément développa sa vision de l'affaire.

— Je dirai que la présence de nazis sur le site indique que l'enjeu des travaux dans la forêt était très important. Si l'on croise les deux rapports, il apparaît clairement que beaucoup de gravier a dû être soustrait du sol, puisque cela a duré 6 mois d'après monsieur Beauvowski et si l'on y ajoute l'enfoncement de pieux, tout indique qu'ils ont construit quelque chose et cette hypothèse pourrait être pertinente, si l'on met en avant le fait que tout a été rebouché. Quelque chose est tout simplement enterré, caché dans les entrailles de la forêt. Par contre ce qui ne coïncide pas c'est le repérage des lieux, le blockhaus où il y a eu la fusillade est à plus d'un kilomètre. Même si les deux personnes auditées sont très âgées, et qu'elles soient approximatives dans leur repérage du lieu, elles convergent vers un même secteur. Quelque chose ne colle pas.

La Femme Gendarme
SAMANTHA

Russo fixait sa jeune collaboratrice avec admiration. Elle avait un sens certain pour les enquêtes. Il n'eut pas le loisir de penser plus loin, Jaeg l'invita à exprimer son point de vue.

— Samantha a bien analysé le contexte. Dès demain, elle doit rencontrer une autre personne, un certain Jacques Quirach, un ami de Francoise

Tenamare. Peut–être qu'il nous révèlera d'autres indices, mais sur le fond, il est vrai que nous avons un problème de repérage. Nous attendons la fin des fouilles que vous avez ordonnées dans ce blockhaus, mais un de mes agents resté sur place m'a confirmé que depuis deux heures les ouvriers coincent, ils ont de l'eau jusqu'aux genoux désormais et toujours rien ! Nous avons consulté les états cadastraux de la commune et tout semble ok, donc on coince aussi de ce côté–là.

Jaeg était resté silencieux, il observait Burg prendre ses petites notes habituelles, puis il reprit la parole.

— Oui, vos analyses sont pertinentes, et il manque effectivement un critère de situation. J'ai fait analyser les deux lettres RM sur le blockhaus. Si le blockhaus est inamovible, il n'en est pas de même des lettres. Elles ont été déplacées sur l'ouvrage pour égarer les individus que nous avons abattus. Les lettres ont été fixées avec une colle de bâtiment. Les hommes qu'on a serrés, n'y ont vu que du feu, persuadés de fouiller dans le bon ouvrage ! En d'autres termes, quelqu'un s'est amusé à dessiner une fausse piste ! La question : qui ?

Burg était scotché, son chef venait de l'écœurer encore une fois, alors que lui , n'avait pas pensé à faire analyser ces deux lettres de métal. Il s'en voulait.

L'affaire Desmarec continuait dans l'ombre, chacun des acteurs impliqués travaillait en souterrain, et en particulier, Florent Chailley. En cette fin de journée du 6 avril, il avait décidé de reprendre l'exploration du blockhaus à la fresque. Myriam l'accompagnerait, elle avait particulièrement insisté, il s'agissait d'ouvrir la porte qu'il avait repérée au fond du puits près de la cage d'ascenseur. Les événements récents incitaient à la plus grande prudence et les deux amants allaient devoir faire preuve de la plus grande discrétion. Même si le blockhaus du golf se situait à plus de 800 mètres de la fusillade, les forces de police ne manqueraient pas d'élargir les patrouilles. Florent Chailley savait qu'avec Jaeg il fallait s'attendre à tout, ce flic était le Colombo local. Sous des airs de ne pas y toucher, il était un redoutable enquêteur. La moindre poussière pouvait le mettre sur une piste, donc Florent Chailley mettrait tout en œuvre pour ne laisser aucune trace et dans ce domaine il était imbattable. Mac Gyver contre Colombo, la partie allait être serrée.

À 23h00, Chailley laissa son véhicule professionnel près du restaurant la Clé de Sol, puis les deux amants continuèrent à pied en contournant la zone pavillonnaire. Quelques aboiements de chiens perçaient le silence, les volets étaient fermés, la nuit enveloppait de sa couverture sombre la fin de journée. Arrivés à l'entrée du chemin séparant la forêt du golf, ils pénétrèrent directement sur le parcours, en prenant soin de ne pas être dans la visibilité des caméras de surveillance. Cinq minutes plus tard, ils se retrouvèrent devant l'entrée du blockhaus. Personne ne rôdait dans les parages. Sans plus tarder, Florent ouvrit la bâche, puis ils pénétrèrent dans l'ouvrage. Florent laissa tomber son sac à dos, saisit une lampe torche qu'il alluma et déposa au fond de la pièce principale, dans un coin, pour avoir une lumière tamisée. Il referma la bâche, déroula un tapis de sol et un sac de couchage. Myriam pourrait se protéger du froid pendant sa garde. Il se coiffa de deux lampes frontales, chacune étant orientée à gauche et à droite, reprise le sac à dos, puis s'engagea dans l'ascenseur. Le mécanisme grinça, mais la cabine descendit jusqu'au fond du puits. Le sol était recouvert d'eau, environ d'une hauteur de 5 centimètres. Florent observa que, par rapport à la dernière fois, le niveau n'avait pratiquement pas évolué. Le puits était encore étanche malgré les années. Il laissa son sac au sec, dans la cage de l'ascenseur, puis s'avança vers la porte.

À première vue, Florent Chailley comprit vite que ce n'était pas une porte ordinaire. Tout en métal, elle était semblable à une porte de bateau, étanche et munie d'une poignée roue de marin. Sur le métal de la porte étaient gravés des repères, comme les heures sur une montre. Il suffisait de tourner la roue à gauche ou à droite et la porte s'ouvrirait, mais Florent Chailley n'était pas le genre d'homme à agir sans réfléchir. Dans son esprit c'était trop simple ! Qui ce serait ennuyé à construire un puits étanche à 15 mètres sous terre, un ascenseur, et trafiquer l'accès dans un blockhaus de la première guerre, puis installer une simple porte dont il suffirait de tourner la roue de marin ? Certainement pas un imbécile. De plus, cette porte était étanche, l'acier n'était pratiquement pas attaqué par la rouille. Florent Chailley frappa sur le métal pour évaluer le matériau. L'impact provoqua un son dur, sans résonnance creuse. Florent Mac Gyver pensa immédiatement à de l'acier rapide, ce matériau utilisé pour la fabrication de foret à perforer et très souvent pour certaines portes blindées. Ce type d'acier présentait une dureté et une résistance incomparable. Florent évalua que les crans gravés dans la porte était un cadran numérique. Il fallait tourner la roue de marin, inversement, à gauche ou à droite selon le code. La question était de savoir pourquoi une porte étanche à cet endroit ? Si par hasard il l'ouvrait, que se passerait–il ? Y avait–il de l'eau de l'autre côté ? Il n'eût pas le temps de se questionner plus, son téléphone vibra. Myriam l'informait qu'un véhicule approchait sur le chemin. Il s'empressa de remonter dans la cage d'ascenseur. Tandis qu'il remontait vers Myriam, un autre message l'informa que le véhicule avait poursuivi sa route le long de la forêt. Enfin au niveau de Myriam il apprit que le véhicule était une Clio blanche, elle n'avait pu voir les visages des passagers. La Clio roulait les feux éteints et longeait les abords de la forêt, elle allait revenir dans peu de temps, le chemin était un cul de sac.

— Ok, on attend qu'ils repassent, et on file. On reviendra une autre fois.

Myriam acquiesça. La Clio revint dans l'autre sens dix bonnes minutes plus tard et passa devant le blockhaus au ralenti, le moteur au plus bas de son régime. Florent Chailley ne put voir les visages, il faisait trop sombre. Dès qu'elle disparut au bout du chemin, les deux amants quittèrent les lieux comme ils étaient venus. Une fois dans leur véhicule, ils purent échanger.

— C'était des flics, j'en suis presque certain.

— Qu'est–ce qui te fait penser ça Florent ?

— Une Clio blanche, qui circule à découvert et qui roule au pas... des flics ! Les autres, ils auraient roulé bien plus vite ! Mais je peux me tromper.

— L'essentiel c'est que personne ne se doute de rien ! Alors, en bas, tu as pu voir ?

— Oui, c'est plus compliqué que je ne le pensais ! J'ai le sentiment que c'est dangereux d'ailleurs. Il y a un accès, mais cela ne me dis rien qui vaille, je préfère m'entourer de la plus grande prudence.

— Comment ça ? Interrogea Myriam

302

— Eh bien, je pense que le puits sert de sas, dès que l'on ouvre la porte étanche je pense que le puits s'inonde. Je crois que ce que nous cherchons est dans l'eau, de l'autre côté de cette porte. Tu te rappelles des plans que tu t'es fait voler, tu parlais d'un truc cylindrique, un genre de pièce bizarre. Eh bien c'est sans doute là que se trouve ce qu'on cherche, mais c'est complètement immergé.

— Mais c'est kafkaïen ce truc !

— Je te l'accorde, ça paraît ubuesque, mais c'est ce qui fait que c'est génial ! Toi–même tu as du mal à y croire, alors imagine le reste de la population !

— Mince alors ! Mais pourquoi ne pas avoir mis cela dans un étang ?

— Bonne question, sauf que dans les étangs, il y a des pêcheurs, des plongeurs et surtout ici aujourd'hui, des plongeurs qui récupèrent les balles de golf perdues dans l'eau et qui se font du fric.

— Ah oui, évidemment, je n'avais pas pensé sous cet angle !

— Tu ne pêches pas et tu ne plonges pas !

— Et tu vois la suite comment, du coup ?

— J'ai déjà mon idée. Je récupère du matériel de plongée, avec des bouteilles en rab, et du matériel d'oxycoupage pour découper le métal de la porte. Jamais je ne pourrai trouver le sens du code du mécanisme.

— Alors là, tu m'épates encore ! Tu sais plonger et souder ?

— Eh oui ! Mais ce n'est pas si extraordinaire tu sais ! J'ai toujours adoré la plongée et la soudure au chalumeau est plus facile que tu ne le penses !

Myriam ne répondit pas, encore subjuguée par les qualités d'hyper polyvalence de son amant ! Cet homme savait tout faire, comment était–ce possible ?

De l'ombre à la lumière

Ce lundi 9 mai, Samantha retrouva l'homme que Françoise Tenamare lui avait conseillé de rencontrer : Jacques Quirach. Auparavant elle avait fouillé sur le passé de cet homme. Samantha avait lu toute la littérature policière d'Agatha Christie, Harlan Coben, Fred Vargas, Georges Simenon, Arthur Conan Doyle et quelques autres encore. Elle s'en était caché auprès de ses collègues, ne voulant pas être perçue comme une technocrate ou pseudo intello du crime et en mal d'ambition. Non, ce n'était pas son genre, mais elle adorait lire, elle admirait ce pouvoir de créativité sur une feuille blanche. Plus jeune, encore étudiante, elle était terrorisée devant ce blanc qu'il fallait remplir. Mais depuis qu'elle avait bu des livres, elle savait faire couler l'encre avec maestria. Ce n'était pas le fruit du hasard si ses comptes rendus d'audition ou d'enquêtes étaient rédigés de manière décalée, à la frontière du romanesque. Russo appréciait Samantha pour la qualité de ses écrits, il aurait dû la sermonner et lui faire reprendre nombres de ses rapports, mais c'était bien les seuls rapports que l'on avait envie de lire dans les moindres détails, au sein de la brigade. Pourtant Samantha ne cherchait pas à plaire, elle recevait dans ses lectures, des parts de créativité, chaque auteur lui délivrait une forme d'apprendre à penser, à voir mille angles de vision. Elle en avait fait une recette bien à elle et tout ce qu'elle faisait, était en connexion avec les auteurs et leurs histoires. Elle avait acquis une rigueur surprenante, qui avec la maturité allait se révéler redoutable.

Parfois il suffisait d'une recherche innocente, de prendre une direction sans préjugés aucun, de mettre un appât nouveau au bout de la ligne, de lancer une bouteille à la mer, puis un jour, quelque chose se produisait au bon moment, à pic, comme la lune croisant le soleil. L'éclipse des choses, il suffisait de déplacer une chose pour que naisse la lumière et inversement pour que se révèle l'obscurité. Samantha déplaçait les choses avec l'innocence de sa jeunesse mais surtout avec sa culture littéraire.

Quand elle reçut la fiche détaillée du profil de Jacques Quirach, au fond de son esprit une étincelle surgit, puis embrasa ses yeux d'une lumière inattendue. Jacques Quirach, âgé de 88 ans, était né à Brest, d'un père breton et d'une mère alsacienne. Il avait passé sa jeunesse en Alsace, à Wittelsheim, puis à sa majorité il était parti faire son service militaire ou conscription obligatoire à l'époque, dans la marine, dans sa ville de naissance : Brest ! Samantha fit immédiatement un lien virtuel avec Desmarec et sa fille Myriam Moser. En poursuivant la lecture du document elle apprit que l'homme était resté près de 22 années en Bretagne, il s'était engagé après la guerre, mais sa mère entre temps devenue veuve avait besoin d'un soutien. Il quitta la marine, puis se fit embaucher par les Mines de Potasse. Depuis sa retraite il vivait en Alsace, mais gravement malade depuis 3 années, il avait été admis dans une maison médicalisée. L'homme souffrait d'une maladie très rare, apparentée à celle d'Alzheimer, une dégénérescence lobaire fronto–temporale, dite DLFT. La maladie évoluait par la mort progressive des neurones au niveau du lobe frontal et du lobe temporal du cerveau. Samantha compris que l'audition se révélerait complexe. Elle n'était pas très confiante quand elle pénétra dans la salle de détente de la maison médicalisée « La petite mésange bleue », à Aubure. Une infirmière, à l'allure usée par les quotidiens, la conduisit près du vieil homme, assis dans un fauteuil roulant.

— Bonjour Jacques, vous avez de la visite, soyez gentil avec elle, d'accord ?

Le vieil homme avait les yeux rivés sur l'écran d'un téléviseur fatigué, tout autant que les spectateurs amorphes et absents manifestement. Jacques Quirach était un homme fin, son visage n'était pas trop ridé, il lui restait quelques cheveux blancs sur les tempes, ses mains tremblaient légèrement, mais ce qui choquait c'était l'absence de regard. Un regard vide, dénué de la moindre expression. Samantha osa quelques mots.

— Bonjour monsieur Quirach, je suis Samantha, vous comprenez ?

Le vieil homme n'exprima aucune émotion.

— Je mène une enquête sur un endroit où vous auriez passé votre jeunesse, à Wittelsheim, près du restaurant de madame Tenamare, vous vous en souvenez ?

L'infirmière usée, envoya une moue dubitative en direction de Samantha. Le vieil homme ne bronchait pas d'un poil, toujours en mode « mime statue ».

— Vous vous souvenez de Brest, vous savez la belle ville de la marine, la marine ça vous parle ?

Samantha persista encore, mais dut se rendre à l'évidence, aujourd'hui le vieil homme ne dirait rien.

— Bien je pense que ce n'est pas le bon moment, je reviendrai si vous permettez !

— Oui, je suis désolée, son état est très aléatoire vous savez.

— Je comprends, rassurez–vous, merci à vous. Au revoir monsieur Quirach.

— Brest, je veux aller à Brest. Les bateaux, je me souviens... et les morts dans la forêt...

— Oui monsieur Quirach, les bateaux à Brest, vous vous souvenez de cette époque ? Vous aviez des amis là–bas ?

— J'aurai dû rester là–bas, c'était ma vie.

— Monsieur Quirach, vous aviez des amis ?

— Je vois la mer tous les jours, les odeurs.

Samantha désespérait avec le vieil homme et la mer, Hemingway lui faisait des appels ! Quirach n'avait pas décollé son regard du téléviseur, il tremblait de plus en plus.

— Vos amis aimaient la mer ?

— Tout le monde aime la mer.

— Thibault aussi ?

— Thibault, oui Thibault aime la mer.

Samantha entendit le bruit d'une machine à sous, bingo !

— Thibault comment, c'est quoi son nom déjà ?

— C'est Thibault, je vous dis Thibault.

— Et les morts, c'était quoi ces morts ?

— Tous morts... je me souviens...

Quirach laissa perler quelques larmes sur ses joues, l'infirmière suggéra à la jeune femme d'interrompre l'audition.

— Je suis désolée mademoiselle, il faut le laisser, il entre dans une phase aiguë, nous allons devoir lui donner ses soins.

— Oui, je comprends, je vous remercie encore. Euh, dites–moi, je crois savoir qu'il n'a plus de famille, mais reçoit–il des visites de quelqu'un ?

— Je ne peux pas vous répondre, il faudrait voir ça avec ma directrice.

— Merci beaucoup madame.

Samantha n'allait pas quitter l'établissement sans rencontrer la directrice, quelque chose en elle s'éveillait ; une âme de guerrière.

Ce même jour, à Bâle, Joachim Adelstein, déjeunait avec sa fille Françoise. C'était un rituel établi depuis de longues années, tous les lundis ils faisaient un débriefing familial et professionnel. Adelstein régnait sur leur vie comme un Dieu sur l'univers. Il aimait le pouvoir au plus profond de ses gènes, mais il savait que le pouvoir sans la puissance était impossible à atteindre. Adelstein incarnait la puissance, il n'était pas dans l'égo ni le narcissisme, il se sentait rattaché à une forme divinatoire. Une force qui n'était pas soumise aux choses du monde et qui dépassait le pouvoir matériel. Adelstein avait besoin d'éternité et plus il avançait dans sa vie, plus il s'imposait des buts en lien avec cette reconnaissance éternelle. Sa fille en était complice, implicitement et elle en était génétiquement préparée. Le point, commun et central de leur vie, était davantage tourné vers la conquête de traces originelles, de choses concrètes et supports à la construction de leur puissance. Joachim Adelstein et sa fille avaient de l'argent à en pleuvoir, ce n'était qu'un levier pour parvenir à leurs fins. Depuis des décennies ils avaient entassé des milliers de trésors, des objets uniques au monde, des vestiges de civilisations perdues, des parchemins de la Bible hébraïque datant du IIIème siècle avant notre ère, des bijoux de l'époque Maya, des coffres remplis de pièces d'or, des stèles, des objets cérémoniaux du Honduras, des momies exceptionnelles, des livres rares et uniques et des centaines de sculptures. Tout ce patrimoine était fiché sur la liste rouge des biens du patrimoine mondial, disparus pour ceux qui étaient répertoriés. Adelstein et sa fille possédaient des choses ignorées du monde.

Aujourd'hui, il était question d'une conquête vitale. Le père et sa fille y travaillaient depuis très longtemps, jusqu'à ce que cette dernière croise un certain Thibault Desmarec. Les événements survenus dans la forêt réveillaient les ardeurs de la famille Adelstein. La police avançait dans son enquête, c'était une évidence et Aldestein savait que le temps était compté.

— Tu dois faire accélérer les recherches ma chérie, on n'a plus beaucoup de marge !

— Je sais, ne t'inquiète pas, le plan fonctionne à la perfection. Les flics sont bien manipulés pour le moment. Nous avons une bonne longueur d'avance.

— Je ne doute pas de toi, tu le sais bien, c'est juste que je suis impatient. Mais tu as raison, on s'en tient au plan.

— Nous allons réussir, je te le promets papa.

Au même moment, dans un gite perdu dans le vignoble Alsacien, l'homme, aux yeux larmoyants, et veuf d'une équipe de cowboys, préparait avec minutie le rapt de Myriam Moser. Il n'avait plus droit à l'erreur, cette femme était sa dernière chance. Elle avait certainement vu les plans avant de se les faire subtiliser et elle avait reçu des informations du notaire. Il y avait de fortes chances pour qu'elle lui révèle tout dès qu'elle sera son otage. Les flics n'avaient rien trouvé dans le blockhaus de Nallé, les médias avaient largement évoqué l'évènement. Myriam Moser n'avait pas parlé aux flics, il en était certain. C'était elle la clé.

En cette fin de journée, Jaeg avait convoqué son équipe, Russo et sa collègue Samantha. Il était temps de faire un point entre les deux services. Burg prit la parole en premier.

— Cédric, tu avais souhaité que l'on jette un œil sur les membres récents du club de golf. Depuis deux ans, 56 personnes se sont inscrites dans le club, de tous les âges. Parmi ces personnes ou nouveaux membres, deux noms ressortent, ceux de Florent Chailley, rentré il y a 18 mois, puis d'Olivier Kroll. Chailley, nous le connaissons bien, Kroll a déjà eu maille à partir avec la justice. Il est expert-comptable et il y a 6 ans, a été condamné pour faux et usages de faux, il n'a pas fait de prison mais avait dû payer une lourde amende. Depuis, il a créé une nouvelle société, on a tout vérifié, et ça semble nickel ! Donc pas de suspicion sur l'homme. Par contre, un golfeur passager, c'est à dire en green fee, est souvent venu en deux ans, Thibault Desmarec et chaque fois il a joué avec sa fille, Myriam Moser.

— Donc ça conforte l'idée que Chailley a débarqué il y a peu de temps dans ce club et comme par hasard, a réussi à séduire Myriam Moser ! Autre chose ?

— Oui, les photos du vététiste ont été analysées, ce sont bien les gars que l'on a abattus !

— Ok, ça nous sert plus à grand-chose !

— Effectivement, mais par contre nous avons des nouvelles de Françoise Adelstein. Comme par hasard, sa localisation GPS s'est réactivée ! D'après nos amis suisses, ils présument qu'elle a détecté le mouchard placé sous son véhicule. Elle était à Genève quand le signal a été perdu pendant 3 jours. Nos amis suisses n'ont rien trouvé au niveau des hôtels, aucune réservation au nom de Françoise Adelstein ! Et, comme par hasard le mouchard se remet à fonctionner quand elle quitte Genève pour revenir à Bâle.

— Débrouillez-vous avec nos collègues Suisses pour lui coller un second mouchard et cette fois bien planqué.

Burg s'en voulait de ne pas avoir eu cette idée toute bête ! Son chef avait toujours un coup d'avance sur lui, mais il ne tenait pas ce que son agacement soit perceptible.

— Ok, on s'en occupe. Euh, j'ai encore un truc. Nous avons pu récupérer des informations sur le passé de Rheinhart Müller. Ce gars était à la tête d'une grosse entreprise de BTP en Allemagne, en charge des gros marchés de constructions et de voiries pour le compte de l'état. Autant dire qu'il était déjà protégé avant la guerre, tous les marchés publics c'était pour lui, la concurrence s'effaçait. Bref, ce gars s'y connaissait en constructions en tous genres et ça rebondit sur l'enquête de nos collaborateurs.

Burg s'était tourné vers Russo et Samantha. Russo prit la parole à son tour.

— Oui, nous avons pu avoir des infos très intéressantes, mais avant de laisser la parole à Samantha qui en a tout le mérite, je tenais à remercier toute votre équipe pour les messages de soutien que nous avons reçus suite à la dramatique disparition de nos collègues. Merci encore à vous.

La séquence émotion passée, Samantha intervint. Elle présenta le résumé des deux auditions, puis y ajouta celle de la directrice de la maison médicalisée d'Aubure.

— Jacques Quirach ne pouvait plus subvenir aux frais issus de ses soins et de son logement en maison médicalisée depuis 16 mois. Il aurait dû quitter sa chambre si un bienfaiteur ne l'avait aidé ! Ce bienfaiteur n'était autre que Thibault Desmarec. C'est lors d'une visite que Desmarec s'est rendu compte de l'état de précarité de Quirach. Comme il était le seul visiteur, la directrice lui a fait part des problèmes financiers de son patient. Desmarec avait immédiatement proposé son assistance et il avait mis des versements automatiques en place auprès de sa banque. Nous avons remonté notre enquête jusqu'à Brest, pour tenter de trouver des connexions entre les deux hommes, mais sans succès. Pourtant tout porte à croire qu'ils s'étaient rencontrés à la base navale de Brest. Nous avons effectivement trouvé des traces de versements de pensions à Quirach par la marine. Pour le reste, Quirach a évoqué des morts dans la forêt, il pourrait s'agir des deux enfants disparus, sans doute abattus par les nazis, mais il pourrait s'agir aussi des ouvriers qui ont dû aider les soldats allemands à creuser. Nous avons pu remonter des cas de disparition sur le secteur, au moins 12 hommes. Ils ont peut–être été fusillés à la fin des travaux. Voilà, j'en ai terminé monsieur le Commissaire.

— Alors–là, excellent travail ! Messieurs, prenez–en de la graine, un bon rapport et des hypothèses qui tiennent la route. Lieutenant, vous avez là un élément que j'embauche de suite, si vous voulez vous en défaire.

— Euh, je ne...

— Je blague Lieutenant. Plus sérieusement avons–nous d'autres éléments ?

Samantha leva le doigt.

— Mademoiselle, encore des surprises ?

— Pas vraiment, juste une observation, si vous le permettez.

— Vous êtes pleine de ressources vous, allez–y !

— Eh bien, en faisant le croquis des lieux à madame Tenamare, quelque chose m'a un peu interpellée. Je développe. L'endroit désigné par nos interlocuteurs est bien situé section 6 parcelle 737, en cohérence avec l'extrait cadastral trouvé près du corps de Thibault Desmarec.

— Oui et ?

— Eh bien les hommes que vous avez abattus dans la forêt étaient dans un ouvrage situé Section 6 parcelle 238, or, cette parcelle ne figure pas sur l'extrait cadastral en question !

— Excellent ! Décidément vous êtes surprenante ! Vous avez raison, et cela corrobore un fait évident. Quelqu'un a bien déplacé les lettres RM sur un autre blockhaus, pour fausser les pistes ! La question est : sur quel ouvrage ont été retirées ces lettres ?

Russo s'était éteint face à Samantha, il était sans voix devant l'innocence de son culot. Elle avait un sens aigu du travail d'enquêteur et Jaeg, en fin limier, avait immédiatement reconnu ce talent.

— Bien, si plus personne n'a rien à dire, c'est à mon tour. Résumons : nous avons trouvé, enfin je dirai éliminé, le terme est plus propre, les assassins de Desmarec. Mais le commanditaire est toujours dans la nature et, croyez-moi, il est aux aguets, il prépare un plan B. Puis nous avons quelqu'un qui joue avec ce commanditaire, en lui dessinant de fausses pistes, je parle des lettres sur le blockhaus. Donc l'hypothèse des deux lièvres est sous notre nez. Qui sont ces lièvres, Adelstein, sa fille, Chailley, Myriam Moser ou un parfait inconnu ? Et si ce parfait inconnu était connu ! Nous avons loupé un truc, alors voilà, vous me reprenez les indices un par un, vous me les passez au microscope en gardant à l'esprit les bulles du tableau ! Cherchez, relisez les rapports, et faites les vérifications jusqu'au boutisme, rien ne doit échapper. Et que l'on maintienne la protection de Myriam Moser. Elle est peut-être la prochaine proie des lièvres, depuis qu'on a abattu cette bande de voyous. Voilà, allez, au boulot et merci à tous.

Russo venait de prendre un cours de management gratuit et Samantha sentait le regard des hommes sur elle. Jaeg l'avait fait grandir aux yeux de tous.

Le lendemain matin, Mardi 10 avril, Florent Chailley se rendit en Suisse, près de Bâle, récupérer le matériel dont il aurait besoin en fin de soirée. Il avait l'habitude de travailler avec un fournisseur depuis de longues années. La discrétion était l'atout majeur de l'homme qui gérait ce petit commerce de fournitures en tous genres. Cela allait de la bougie d'anniversaire au char d'assaut, tout était possible, dès lors que le paiement se faisait sur un compte très lointain, à Singapour. Ni vu, ni connu ! Depuis le premier janvier

2017, la Suisse avait l'obligation de collecter les comptes de ses clients dans le cadre d'échanges de données internationales, il était donc préférable de changer de crèmerie. Pour autant cela n'altérait en rien la prospérité de ce petit commerce anonyme. Chailley avait ses entrées et sa fidélité lui permettait tous les délires possibles. Moins de deux heures plus tard, tout était chargé dans la camionnette du Troisième Œil.

Enfin il approchait du but, ce n'était plus qu'une question d'heures. Encore pour ce soir, Myriam l'accompagnerait et il se demandait ce qui allait se passer après cette affaire. Il n'avait pas réussi à prendre une décision, mais une chose lui était évidente, il aimait cette femme. Au fil des jours, il s'était réellement attaché à elle, de toutes les femmes qu'il avait connues, c'est elle qui le faisait le plus vibrer. Implicitement, elle s'accordait à la perfection avec ses désirs d'homme, elle savait équilibrer la balance du couple. Elle était là sans y être, présente et absente, avec une justesse surprenante. Il se sentait plus homme que jamais, valorisé par cette femme, tant impressionné par ses facultés d'adaptation. Il était devenu indispensable, pour une fois il ne se sentait pas dominé. C'est lui qui prenait la lumière, c'est lui qui était admiré.

Dès qu'il retourna à son appartement, Myriam le joignit sur son téléphone portable.

— Ecoute, nous avons du temps devant nous, ça te dirait un parcours pour nous changer les idées, il y a des créneaux autant qu'on veut, disons vers 12h30, je prends des sandwichs ?

— Euh ouais ! Je suis partant, je me change et je te retrouve sur le parking du club.

Myriam était déjà prête, elle y serait allée même seule, un besoin irrésistible de marcher l'envahissait. Elle détestait l'inertie, cet état d'être au ralenti qui freinait la vie, comme une impression de gâcher du temps. Pourtant, depuis quelques semaines, elle ressentait une sorte d'épuisement. Toute cette histoire de blockhaus, de morts et son agression, avait eu raison de son énergie. Et puis Florent s'était éloigné le dernier week-end, sa présence manquait cruellement. Depuis son retour, le blockhaus occupait tout son esprit, elle était presque gênée qu'il y mette autant d'enthousiasme. S'il n'avait pas été là, jamais elle ne se serait lancée dans cette histoire. Elle se sentait redevable envers lui. Cette nuit, si tout se passait bien, Florent ouvrirait la porte étanche du blockhaus et enfin elle aurait exaucé le vœu de son père. Peu importait ce qu'il y avait derrière cette porte, au plus profond d'elle, la réussite de cette histoire la soulagerait comme un pas vers le deuil de son père disparu. Son père lui manquait cruellement, plusieurs mois étaient passés sur le fil des quotidiens, mais le souvenir était là, lancinant et douloureux. Ce souvenir devait se transformer, comme une sculpture qui reste à polir. L'achèvement des finitions, pour entrer dans la douceur et l'apaisement d'une réalisation. Le deuil serait long, mais Myriam était sur le bon chemin.

Les deux amants se retrouvèrent au départ du trou numéro un du parcours. Le soleil jouait à cache-cache entre les nuages, la douceur s'installait en ce début de printemps, les premiers bourgeons annonçaient la nouvelle saison. Myriam aimait ce moment, l'éclosion d'un nouveau cycle. Le parcours de golf allait changer son tapis vert froid, contre un vert tonique et soyeux, où chaque pas inviterait à l'apaisement total.

Florent Chailley sortit le Driver de son sac, puis s'approcha du départ. Il piqua son tee dans le sol en appuyant sur sa balle de golf. Il choisit le sens de son alignement, puis se mit en posture de frappe. Il fixa la balle, sa concentration se dispersa le temps de quelques micros secondes. Son esprit se heurta à l'incontrôlable, il n'acceptait pas l'idée que c'était sans doute la dernière partie de golf en compagnie de Myriam. Les prochaines heures défilaient en images comme un rouleau compresseur, tout cognait dans sa tête comme un marteau–piqueur. D'habitude il maîtrisait tout, mais là, pour la première fois de sa vie il n'était plus lui. Que se passait–il ? Et cette balle qu'il devait frapper, mais qui lui semblait si floue. Enfin, mécaniquement son bras s'arma, le club monta, puis décrivit un arc de cercle descendant très approximatif en direction de la balle. Le contact décentré propulsa la balle complètement à droite dans les arbres impassibles.

— Eh bien, une petite fatigue cher ami ?

— Ouais ! j'aurais dû m'échauffer un peu avant au practice.

— On cherche des excuses ?

— Non, à toi, tu ne feras peut–être pas mieux !

Myriam s'avança jusqu'au départ des femmes. Florent l'observait, il se surprit à la détailler comme jamais. Cette femme était vraiment canon. Son pantalon bleu clair moulant et son petit haut saillant révélaient sa sublime silhouette. Quand elle se pencha en avant pour se mettre à l'adresse, l'homme sentit le réveil des sens l'envahir. La jeune femme devinait très bien le regard de Florent dans son dos. Cette situation lui plaisait et l'excitait, elle se sentait désirée et tout son corps se cambra un peu plus, chargée d'un maximum d'énergie.

Elle frappa la balle proprement, avec détermination en plein milieu de fairway, une balle parfaite. Elle venait d'impressionner son amant et d'ajouter de la convoitise dans son esprit.

— Alors t'en dis quoi ?

— Chapeau bas madame ! Joli coup et quel swing sexy !

— Sexy ?

— Plutôt oui, très troublante.

— Hum, merci, c'est gentil.

— Non, j'ai surtout envie de toi... terriblement là !

— Oh, monsieur n'est pas sérieux, ou alors il cherche à me déconcentrer de ma partie !

— Je n'ai pas envie d'être sérieux avec toi et j'aime quand tu es déconcentrée.

Myriam voguait sur la légèreté du moment, il faisait beau, presque personne sur le parcours en ce milieu de semaine et un homme qui la désirait. Son soleil interne brillait, un bien-être s'infiltra tout en elle, prémices d'un état de bonheur absolu. Quelques fairways plus loin, les deux amants allaient faire éclore les bourgeons alentours, prématurément. À l'issue du trou numéro 5, ils se dirigèrent vers le départ du 6, mais Florent prit la main de Myriam et l'attira vers le départ du 18. Ce côté du parcours était toujours fermé depuis l'affaire Desmarec et cette zone était en retrait, masquée des regards. Florent avait jeté un œil circulaire, personne aux alentours. Myriam ne résista pas, Florent la retourna, debout, les mains posées sur le tronc d'un chêne complaisant. Il dégrafa le bouton du pantalon de sa soumise, puis fit glisser la fermeture Eclair. Promptement, il baissa le pantalon jusqu'aux chevilles, la vue du string alluma son ardeur, il l'arracha d'entre les cuisses. Instantanément, il se défit à son tour, d'une main, il effleura l'intérieur des cuisses de sa belle, puis insista plus précisément jusqu'à l'arrivée de la rosée féminine. Et ne tenant plus il prit sa vigueur de l'autre main et la plongea dans l'océan humide. Les vagues soubresauts de sa partenaire l'invitèrent à poursuivre. Myriam ne résista pas à se cambrer un peu plus, le rythme violent qu'employait son amant l'excitait fortement et son regard inquiet vers les alentours se ferma devant tant de plaisir. Jamais Florent ne l'avait pris avec autant de force, c'était troublant et déroutant, mais tellement viril. N'importe qui aurait pu les surprendre, mais cette sensation d'interdit et de provocation décupla leurs plaisirs en fusion. Le jeu dura à peine cinq minutes, mais suffisant pour que les deux corps, les deux esprits se relâchent comme par magie. Le feu consommé, ils se rhabillèrent en hâte, soudainement conscients de la transgression du code de bonne conduite, l'étiquette. Ils n'avaient rien à craindre, ce n'était pas le Bodyguard de Myriam planqué à 300 mètres qui allait tout révéler !

— J'aime bien quand tu joues mal au golf, tu révèles d'autres talents !

Myriam ironisait, elle dégustait le moment. Avec Florent, les jeux du plaisir n'étaient jamais fades, il savait éveiller l'esprit. Avec lui, c'était un peu comme prendre un ascenseur vers le septième ciel, ou décoller vers la planète Nirvana. Il avait cette aura qui faisait fondre les femmes, ce côté invisible mais pourtant si lisible dès que l'on était près de lui, une émanation de virilité contrôlée, comme l'équilibre d'un parfum. Il envoûtait, tel un mâle certain de son pouvoir et Myriam était tombée dans ses griffes. Elle était addicte de cet homme qui la comblait de plaisirs et qui révélait des talents en l'aidant dans son histoire de blockhaus. Ce qu'elle ignorait encore c'est que Florent Chailley avait de nombreux talents cachés, mais pour le moment elle était sur l'écume des choses.

Si Myriam était légère et momentanément insouciante, il n'en était pas de même pour l'homme qui larmoyait. Ce souci de santé lui devenait insupportable et pouvait, certains jours, l'irriter à ne plus se maîtriser. Il entrait alors dans des colères violentes. Assis sur le canapé du gite, il nettoyait son arme, un petit Beretta 92FS muni de son silencieux. Le téléviseur suspendu dans un coin du salon diffusait des clips musicaux des années 60. La chaîne crut bon de diffuser le tube du chanteur italien Bobby Solo, intitulé « Sur ton visage une larme » en italien : Una lacrima sul viso ! Fort heureusement le Beretta n'était pas chargé, car d'un coup de télécommande Bobby Solo fut éliminé. L'humeur de l'homme était maussade et revancharde. Depuis deux jours, il suivait Myriam Moser et, en particulier, son Bodyguard. Celui–là, il fallait l'éliminer rapidement. Il avait bien observé les déplacements du garde du corps, il se tenait toujours entre, 200 à 300 mètres derrière sa protégée, les rituels étaient toujours les mêmes, il suivait les faits et gestes de Myriam Moser au millimètre. Mais un petit détail échappait à la surveillance du Bodyguard ; chaque fois que Myriam et son amant se rendaient au blockhaus, ils sortaient très discrètement par les portes de service de leurs résidences respectives. Quand Florent venait chercher Myriam, il se garait dans une autre rue et réciproquement. Cette petite ruse échappait au Bodyguard rassuré par la lumière visible dans l'appartement, mais coupée par un programmateur ! C'est en général le moment qu'il choisissait pour s'endormir et c'est le moment que choisirait le fan de « Una lacrima sul viso » pour l'éliminer. Myriam Moser serait alors une proie très facile. Son plan était prévu pour cette nuit, vers deux heures du matin, le Bodyguard serait plongé vraisemblablement dans un sommeil profond. Il ne resterait plus qu'à surprendre Myriam Moser et espérer qu'elle connaisse la localisation du Blockhaus, ensuite il l'éliminerait.

La journée touchait à sa fin pour Jaeg et Burg. Les deux hommes se concertaient sur l'affaire Desmarec. Jaeg avait interrompu les fouilles dans le blockhaus de Nallé, l'entreprise de travaux publics n'avait rien découvert et l'extraction du gravier commençait à mettre en péril les vieilles fondations de l'ouvrage.

— Bon, au moins on est fixé sur cet ouvrage ! Lança Burg.

— Oui et je suis inquiet ! Le procureur n'a pas aimé le fait, que je lui ai avancé qu'il y aurait d'autres morts ! Il s'est mis dans une colère. Je pense qu'il a peur pour son poste !

— Tu m'étonnes, personne n'aurait imaginé qu'il y aurait autant de victimes.

— Ouais, cette affaire a pris une dimension délirante et j'ai peur qu'on se ramasse cette fois ! On n'a rien, à part une fusillade avec des voyous de seconde zone et l'impression de repartir à zéro ! Putain...

Jaeg doutait de sa stratégie du laisser faire. Le bilan ne plaidait pas en sa faveur, une dizaine de morts jonchaient l'affaire et sa hiérarchie ne le lâchait plus. Jamais son équipe n'avait été autant aux abois. Il fallait peut–être changer de stratégie ! Mais laquelle ? Le commanditaire de la bande à Nallé se planquait quelque part, et il fallait s'attendre à une réaction de sa part, le clan Adelstein faisait le dos rond, et Florent Chailley filait le parfait amour en jouant au golf avec Myriam Moser. Il y avait aussi ce foutu blockhaus, introuvable, qui attisait toutes les convoitises. Jaeg ruminait !

— Olivier, ces deux lettres R et M, elles te font penser à quelque chose ?

— Non ! Pourquoi ?

— Regarde bien le tableau.

Jaeg avait ajouté en grand les deux lettres, tout prêt du portrait de Desmarec. Il fit le tour du tableau et ne tarda pas à découvrir l'énigme.

— Rheinhart Müller ! Mais oui, voilà c'est évident. Tu m'as dit que ce gars, ce nazi, avait été patron d'une boîte de BTP, n'est–ce pas ?

— Oui, je vois où tu veux en venir, Rheinhart Müller a marqué un ouvrage de ses initiales pour pouvoir le retrouver un jour. Les travaux dans la forêt que les témoins ont vu étant jeunes, c'est en lien avec ces lettres.

— Exactement ! Et c'est lui qui a marqué de ses initiales un repère. Ce repère marque un endroit où se cache quelque chose d'important ! Desmarec avait dû trouver l'endroit, j'en suis presque certain, tout colle, le plan cadastral, les voyous dans le mauvais blockhaus ! Desmarec avait déjà déplacé les lettres pour brouiller les pistes, bien joué et ils sont tombés dans le panneau.

— Ouais, mais il en est mort !

Jaeg scrutait le tableau, d'un regard circulaire, il faisait le tour des bulles. Les lettres RM renvoyaient vers la famille Adelstein. Elle était au cœur de cette histoire désormais, peut–être même manipulatrice d'un commanditaire de paille, celui qui pilotait la bande à Nallé. Tout se tenait, Adelstein et sa fille ne s'exposaient pas trop, pendant qu'en souterrain ils manœuvraient un commanditaire qui brouillerait les pistes. Desmarec avait dû découvrir un truc en rapport, avec eux, sans doute par pur hasard et sa fille avait dû prendre la relève. Jaeg évoqua ses pensées à son adjoint. Burg hocha la tête, se ralliant à cette hypothèse. Jaeg prit un temps de réflexion puis s'adressa de nouveau à Burg.

— Bon, nous allons filer au millimètre le père et la fille, et cette fois vous ne me la perdez pas à Genève !

— Et Chailley, du coup ?

— Chailley c'est un séducteur opportuniste ! Il se tape la fille Desmarec et peut-être espère-t-il plus, j'en sais rien, mais là tout porte les soupçons sur la famille Adelstein. Restons concentrés sur Adelstein. Ok !

— Comme tu voudras, on s'en occupe.

La nuit était tombée et le Bodyguard de Myriam Moser s'impatientait, que la lumière de l'appartement s'éteigne. Il commençait à être usé de cette filature 24heures sur 24. Depuis l'agression de sa protégée, Jaeg avait ordonné d'être plus vigilant que jamais. Mais l'humain avait ses faiblesses, et rester vigilant demandait une concentration, qui petit à petit vidait l'énergie. Le Bodyguard aurait aimé avoir un collègue pour discuter, mais les moyens en effectifs s'étaient dispersés avec l'affaire Desmarec. Jaeg avait souhaité des surveillances dans plusieurs directions ! Pour le coup, la solitude du flic s'ajoutait à la fatigue envahissante. Dès que le programmateur des lampes de l'appartement de Myriam Moser s'activa enfin, les paupières du Bodyguard tombèrent, le sommeil s'empara de lui, sans qu'il n'eut l'envie d'opposer la moindre résistance. Non loin de là, installé confortablement dans une berline sombre, un homme aux yeux larmoyants buvait une tasse de café. La thermos permettait de tenir un long siège, mais il n'y aurait pas à le faire. Une heure après que les lumières de l'appartement de Myriam Moser s'éteignirent, l'homme ouvrit sa portière le plus silencieusement possible, sortit de la berline une arme au poing, puis marcha à pas de loup vers le véhicule du Bodyguard. Celui-ci dormait d'un sommeil profond, la tête appuyée contre la vitre. L'homme tendit son arme puis appuya sur la gâchette. Un coup sourd sortit du silencieux, la vitre se brisa, le Bodyguard prit la balle en pleine tête, mais son agresseur tira deux autres balles dans la poitrine, par précaution. Le Bodyguard s'en était allé dans un sommeil mortel. Son travail achevé, l'homme aux yeux larmoyants remonta dans sa berline, puis démarra sans précipitation. Il vira derrière la résidence de Myriam Moser puis gara la berline le long d'une haie de conifères. Il saisit dans sa boîte à gants un trousseau de clés, puis se dirigea vers la porte principale de la résidence collective. Il glissa un passe, la porte ne résista pas et il pénétra dans le hall. Myriam Moser résidait au dernier étage, un attique. L'homme monta par les escaliers, lentement, puis arrivé devant l'appartement, il respira profondément, il avait besoin de récupérer. Sa forte corpulence n'était pas un atout sportif. Puis, enfin en état, il entreprit de forcer la serrure de la large porte. Il mit de longues minutes avant de déverrouiller le système. Doucement, il tourna la poignée et avança à l'intérieur, il referma sur lui la porte, puis saisit son arme et une petite lampe de poche. Il faisait très sombre, mais l'obscurité n'était pas totale. Les pièces de l'appartement avaient toutes les portes ouvertes, il chercha la chambre, il en découvrit deux, mais les lits étaient vides. Après avoir inspecté tout l'appartement et la terrasse, il dut se rendre à l'évidence, Myriam Moser n'était pas là ! Il ne comprenait plus rien : pourquoi le Bodyguard était en surveillance alors ? Myriam Moser aurait échappé à sa vigilance ? Ou bien était-elle chez un voisin, une voisine ? L'homme aux yeux larmoyants s'essuya les yeux avec un mouchoir déjà bien humide. Il était très contrarié, que devait-il faire ? Attendre patiemment qu'elle rentre ? Et si quelqu'un découvrait le corps du Bodyguard, les flics seraient alertés ! Non, il devait quitter l'appartement et rester planqué dans sa berline, et en visibilité sur l'appartement qui, tôt ou tard, s'illuminera quand Myriam Moser rentrera. Il fallait attendre sagement, c'était la bonne option, en espérant qu'elle rentrerait !

Ce qu'ignorait l'homme, c'était que Florent Chailley et son amante avaient décidé de se rendre au blockhaus du golf, ce même soir précisément. Comme à leur habitude, Myriam était en charge du guet, cachée dans un duvet à l'intérieur du blockhaus, tout près de l'entrée principale. Florent avait revêtu les accessoires de plongée et allait découper la porte du bas du puits, par oxycoupage.

Il saurait très vite s'il y avait de l'eau, il préférait être prudent et sa combinaison le rassurait. Vers une heure du matin, il alluma la tête du chalumeau et s'employa sur le côté gauche de la porte. La flamme portée à une température de 1300°C commença son effet de coupage. À tout moment, Florent s'attendait à voir gicler de l'eau, mais au bout de 20 centimètres il n'y avait rien.

Les étincelles lourdes de la coupe frappaient son masque de protection et le tablier de cuir qu'il avait ajouté sur son torse le protégeait des brûlures. La porte semblait très épaisse, la découpe avançait lentement et la chaleur devenait suffocante. Florent compris qu'il n'était plus indispensable de garder le matériel de plongée, il s'en débarrassa pour plus de confort. Myriam s'était lovée dans son sac de couchage, inquiète mais en même temps très excitée.

Elle était terriblement impatiente de découvrir ce qui se cachait derrière cette porte. Plus d'une heure et demie s'étaient écoulée, et Florent ne remontait toujours pas. Elle se leva et s'approcha du bord du puits, des étincelles jaillissaient tout en bas. Florent n'avait toujours pas fini de découper la porte. Elle tira sur le petit câble d'acier relié à la ceinture de son amant et le haut de l'ascenseur. Florent sentit la traction du câble et coupa la flamme du chalumeau. Il se déplaça dans l'axe de vision de Myriam et baissa son masque.

— Un problème ?

— Non non, mais je pense que tu n'as pas vu l'heure !

Florent consulta sa montre.

— Merde, déjà ! J'en suis même pas à la moitié, elle est sacrément épaisse cette porte ! Je suis crevé, on reviendra demain, c'est trop risqué de rester plus longtemps.

— C'est curieux, je n'ai pas entendu une seule voiture de police ce soir !

— C'est qu'ils ne sont pas encore passés, on remet ça à plus tard, je remonte et on file.

— Ok

Florent Chailley n'avait pas imaginé que la porte serait aussi résistante. Sa forte épaisseur ralentissait considérablement la découpe et il préférait s'y reprendre. La tentation était grande pourtant de conclure le travail. Il était tout près du but, mais par expérience, il savait qu'il fallait garder son sang-froid, surtout à l'approche d'une échéance, tant attendue. Bien souvent une opération se transformait en échec à cause d'empressements relevant de l'amateurisme. Florent Chailley connaissait parfaitement la posture à adopter en pareille circonstance, mais il y avait Myriam. Comment allait–il réagir dès qu'il aurait ouvert cette porte. Il avait beau se résonner en professionnel, il devait bien reconnaître qu'il était amoureux ! Et ça ce n'était pas du tout prévu.

Vers 1h30 du matin, l'homme aux yeux larmoyants et aux grosses lunettes, se resservit un café, la thermos était presque vide. Son plan ne s'était pas déroulé comme prévu, mais il lui restait l'espoir que Myriam Moser allait finir par rentrer. Il but sa tasse à petites gorgées, le café l'aidait à tenir malgré le sommeil qui commençait à frapper à la porte. Il devait tenir à tout prix, c'était sa dernière chance. Le destin allait lui donner raison, à 1h42 une lumière s'alluma à travers les vitres du salon de Myriam Moser. L'homme sentit son cœur s'accélérer, il essuya à nouveau ses yeux, puis attendit jusqu'à 2h30. Il estimait que Myriam Moser s'était endormie, il pouvait donc passer aux actes. Il força à nouveau les serrures. Parvenu à l'intérieur de l'appartement, il prit le temps de se poser, de tendre les oreilles et de s'accoutumer à la pénombre. Les portes étaient toujours ouvertes et il devina Myriam, allongée dans son lit, dormant profondément. Il s'avança sur la pointe des pieds, retenant sa respiration, jusqu'à la porte de la chambre. Sa forte corpulence rendait tous ses mouvements extrêmement difficiles. Il commençait à transpirer à grosses gouttes, en plus de ses yeux larmoyants. Une baleine paraissait bien plus gracieuse en pareille circonstance, mais l'homme se voulait requin ce soir, sa proie était toute proche de lui désormais. Il alluma sa lampe seulement quand il estima qu'il était à portée de main de Myriam. Le faisceau lumineux dévoila un corps de femme nu, dormant sur le ventre, les draps remontés jusqu'en bas des fesses, le visage enfoui dans un oreiller moelleux. À la vue de ce corps parfait, les yeux de l'homme se mirent à larmoyer de plus belle, son cœur s'emballa et sa respiration se fit haletante. Il transpirait de partout, mais la baleine n'allait pas s'échouer, le requin reprit ses esprits, il tendit son arme vers Myriam et la secoua énergiquement. Elle se réveilla en sursaut, tandis que son agresseur appuyait sur l'interrupteur de la chambre. La nuit se fit jour, et à la vue de l'homme baleineux, brandissant une arme sur elle, Myriam Moser pensa qu'elle allait mourir là, maintenant. Elle avait tiré les draps sur son corps, cachant sa nudité, les yeux exorbités de terreur, mais trouvant le courage des mots.

— Que voulez-vous, vous êtes qui ?

— Peu importe madame Moser, vous allez faire exactement ce que je vais vous demander, sinon vous mourrez, je ne suis plus à ça prêt.

— C'est vous qui avez tué mon père ?

— Votre père était un imbécile, il serait encore vivant s'il n'avait pas joué avec le feu, alors je vous invite à être plus raisonnable que lui.

Myriam sentit grandir en elle une haine sourde et violente, si elle en avait eu les moyens, elle aurait tué cet homme, sans aucun scrupule. Pour l'heure, il fallait qu'elle se ressaisisse et qu'elle retrouve son sang-froid, mais elle était totalement à sa merci. Elle devait gagner du temps, c'était son premier réflexe, elle devait trouver un moyen de se sortir de cette situation désespérée.

— Vous voulez quoi ?

— Vous le savez très bien ! J'ai les documents, mais il me manque le lieu que votre père ne m'a jamais révélé !

Myriam venait dans l'instant, de comprendre que c'était cet homme qui avait commandité le vol des documents de la banque et c'était aussi lui qui recherchait le fameux blockhaus. C'était aussi le commanditaire de la bande de voyous, descendue par la police et des meurtres de son mari, de son notaire et de la nouvelle propriétaire de sa résidence bâloise. Sa haine pour cet homme difforme grandissait encore.

— Et vous pensez que je connais ce lieu ? Vous ne savez peut–être pas, mais j'ai des gardes du corps !

— Madame Moser, vous commencez très mal, je sens que nous n'allons pas nous entendre ! Vous savez, j'ai d'excellents moyens pour vous faire parler, vous ne voulez pas qu'on en arrive à ce stade ? Vous êtes une jolie femme, à ce que j'ai vu, ce serait dommage de vous égratigner ! Votre garde du corps il dormira longtemps.

Myriam digéra les propos, retranchée derrière la seule paroi du drap. Elle se sentit subitement désemparée, l'issue semblait fatale. Elle était acculée, si seulement elle avait laissé Florent dormir avec elle, mais elle avait préféré être seule cette nuit.

— Bon, assez joué, madame Moser, vous allez vous habiller et me conduire au blockhaus, vous savez très bien de quoi je parle.

— Quel blockhaus, je ne vous comprends pas !

— D'accord ! Tel père, telle fille ! Vous savez qu'il a souffert avant de crever, vous voulez vraiment ça ?

Myriam analysa en une fraction de seconde la situation. Son agresseur avait une arme, elle ne pourrait jamais s'enfuir.

— Habillez-vous, tout de suite !

— Alors fermez la porte et je m'habille !

— Non, je reste là, vous avez une minute !

Le baleineux tendit un peu plus son arme en direction de Myriam, elle était atterrée, elle n'avait plus le choix. Elle n'allait pas se faire descendre comme ça, par ce porc sans se défendre.

— Comment avez-vous connu mon père !

— Ah, vous ne le savez pas ! Cet imbécile m'a recruté pour traduire les fameux documents en allemand. Vous pensez bien que j'ai vite deviné qu'il avait mis la main sur du lourd. Quand j'ai compris que l'enjeu était incroyable, je lui ai proposé d'être son associé. Mais ce con, vous savez ce qu'il m'a répondu : Si nous pouvions en rester là, ça m'arrangerait.

Il m'a donné mille euros pour la traduction des documents. Comme il m'avait pris pour un con, j'ai décidé de faire autrement et vous aussi, vous allez faire autrement ! Habillez-vous !

Myriam n'en revenait pas, cet homme n'était autre que le professeur d'allemand à la retraite, que son père avait recruté quand il avait découvert les documents dans la malle de Rheinhart Müller. Son père avait été trahi par cet homme médiocre, un assassin opportuniste, qui n'avait pas hésité à éliminer tous ceux qui barraient sa route.

— Je ne le dirais pas deux fois, habillez-vous !

L'homme avait élevé la voix, il transpirait toujours et des signes de nervosité devenaient visibles.

— D'accord, je m'habille, mais tournez-vous !

— Putain, habillez-vous, vous êtes sourde !

L'homme arracha le drap d'un coup sec, Myriam n'eut pas le temps de retenir le bout de tissu. Elle se retrouva nue, recroquevillée contre les oreillers. L'homme se calma brutalement à la vue de cette nudité offensée, ses yeux lorgnaient comme ceux d'un porc affamé. L'instinct féminin de Myriam comprit qu'elle tenait un infime pouvoir dans cette situation. Elle pivota sur le côté puis, très lentement, quitta le lit, puis se dirigea vers son armoire dressing. Le silence était mortel, elle découvrit le regard de porc dans le miroir d'une des portes du dressing qu'elle venait d'ouvrir. Elle prit sur elle, sa nudité focalisait l'attention de l'homme, elle le savait.

Elle saisit des sous-vêtements, un jean, un tee-shirt à motifs, puis un pullover rouge. Elle déposa les vêtements sur le lit puis entreprit de s'habiller. Quand elle enfila son string, le dos tourné, le baleineux devint phoque et commença à respirer bruyamment, son cœur s'emballait. Elle se retourna vers lui quand elle agrafa son soutien-gorge, plus lentement que nécessaire. Elle perçut derrière les grosses lunettes, les yeux larmoyants qui coulaient comme une fontaine, sa respiration saccadée s'accentuait, l'homme n'en pouvait plus.

Jamais de sa vie il n'avait dû voir, d'aussi près, une belle femme dénudée. Le phoque sortit de sa banquise et s'approcha lentement vers Myriam, elle s'attendait à cette réaction, elle le laissa avancer un peu plus, il tendit sa main gauche vers ses seins, son excitation était à son comble, il dégoulinait de partout, une limace géante. La banquise fondait a vu d'œil.

Myriam
et le larmoyant

Myriam remarqua qu'il baissa son bras armé, trop
perturbé par le contexte. Au moment où la main allait
toucher son sein gauche, le genou de Myriam se détendit
comme un ressort de flipper. Elle s'était engagée de
toutes ses forces de femme. Elle avait toujours en
mémoire ce geste qu'elle avait dû faire sur son mari, et
ce geste était sa seule défense de femme. L'homme

s'écroula, en même temps qu'un coup de feu sortit de l'arme et des lunettes qui tombèrent sur le parquet. Myriam resta tétanisée quelques secondes devant cette masse recroquevillée, en proie à des douleurs insoutenables, le parquet en bois avait été égratigné par la balle, mais elle n'avait rien. Forte de ce constat, elle saisit l'arme tombée sur le sol. L'homme toujours à terre vociférait des sons incompréhensibles, la douleur faisait son œuvre, Myriam en profita cette fois pour s'habiller. L'homme allait peut–être récupérer, elle ne savait plus trop que faire : appeler Jaeg, mais elle devrait tout raconter ! Elle ne pouvait pas. Elle décida de joindre Florent Chailley. Celui–ci lui se proposa de la rejoindre immédiatement. Entre temps, le phoque échoué s'était un peu remis, il était assis contre l'armoire dressing, incapable de se relever, tout comme une tortue retournée, les mains enfouies entre ses cuisses, tentant vainement d'apaiser la douleur. Quand il aperçut Myriam, debout et droite comme un i en face de lui, tenant entre ses mains son arme, il ne put que vociférer un poème de racaille.

— Tu vas le payer, espèce de salope !

— C'est vous qui allez payer, je vous le promets, vous avez tué mon père et des personnes innocentes ! Vous êtes un assassin et vous avez laissé la sale besogne à vos voyous.

L'homme était furieux de s'être ainsi laissé berner par cette femme qui paraissait si frêle. Elle l'avait humilié, lui, qui avait réussi à rester dans l'ombre et la seule fois où il se découvrait, un simple bout de femme l'avait terrassé.

— Ecoutez, on fait un marché je vous redonne vos documents et vous me laissez tranquille !

— La bonne blague, un marché avec un salaud de votre espèce, jamais. Jamais vous entendez !

Florent arriva en moins de dix minutes. C'était lui désormais, qui pointait l'arme en direction des yeux larmoyants. Myriam avait les nerfs qui lâchaient, elle se mit à pleurer. Les émotions qu'elle venait de subir, étaient trop fortes. Florent ne tarda pas à réagir.

— Bon, je vais attacher cet enfoiré et nous allons récupérer les documents !

— Moi je ne viens pas Florent, j'ai eu ma dose pour cette nuit ! En plus il a dû tuer le flic qui me surveillait !

— Ne t'inquiète pas, toi tu restes ici et tu essaies de dormir un peu. Je repasse après, ok ?

Myriam s'apaisa, Florent l'avait rassurée et il avait la situation en main.

— Nous n'avons pas le choix, les flics vont sûrement découvrir que leur collègue a disparu et ils vont te questionner ! Je m'occupe de cette ordure, tu fais comme si, rien n'était arrivé. Tu dois tenir.

— Oui, je te promets, je tiendrai, mais reviens vite.

Sans plus tarder, Florent Chailley intima au larmoyant de le suivre. Ce dernier n'en menait pas large, il avait senti chez son ravisseur un ton qui ne laissait rien présager de bon. Cet homme qui était passé par tous les états zoologiques se sentait pris comme un rat. Désormais ils étaient dans son véhicule et Florent Chailley avait pris soin de conduire. Son otage ne voyait presque plus rien derrière ses grosses lunettes mal ajustées, ses yeux coulaient comme des torrents, mais il ne pouvait s'essuyer étant attaché.

— Bien, alors ils sont où les documents ?

— Roulez, je vais vous indiquer. Mais vous devrez me relâcher ensuite !

— Mais bien sûr, au fait, c'est quoi votre nom ?

— Cela n'a aucune importance non ! Je vous donne les documents et vous me relâchez et on se connaît plus !

— Ben voilà, c'est un bon deal !

Au bout de 20 minutes, Florent Chailley stationna le véhicule du larmoyant. Les deux hommes gagnèrent l'entrée du gîte puis pénétrèrent dans la pièce principale.

— Alors c'est où ?

— Vous me garantissez la vie sauve ?

— Avez-vous le choix, si je fouille je trouverai !

— Bon ok.

Florent détacha son otage. Celui-ci s'empressa d'essuyer ses yeux pendant deux longues minutes. Florent était impassible, il devinait que cet homme était prêt à tout. Le passé de ses actes plaidait pour une attitude prudente, il était du genre à faire un coup foireux. Les yeux délarmoyés, l'homme se dirigea vers un sac en cuir marocain, ouvrit la grande fermeture centrale, sous les yeux attentifs de Florent Chailley, puis il saisit un dossier qu'il tendit. Florent le saisit, puis invita son otage à s'assoir sur le canapé, tandis qu'il inspectait le contenu du dossier.

À peine eut-il déclipsé les élastiques des angles qu'il aperçut son otage, tendre brusquement son bras sous le canapé. Florent Chailley s'attendait à un coup foireux, aussi il ne fut pas surpris quand il devina une petite arme de poing planquée sous le canapé. Il lâcha le dossier, puis fit un pas en avant, leva sa jambe droite et assena un violent coup de pied au beau milieu du visage de son otage. Le nez explosé, les lunettes fracassées, celui-ci vacilla, l'arme de poing rebondit sur le sol, les yeux se remirent à larmoyer et il s'écroula enfin au pied du canapé. Il se prit le visage entre les mains et découvrit qu'il pissait le sang, le nez était bien cassé, mais s'y ajoutaient des fragments de lunettes et de verres ayant perforé la chair du visage.

— Putain, vous m'avez cassé le nez !

— Tu t'en sors bien mon gros, mais c'est juste le début, il ne fallait pas jouer.

Florent Chailley ramassa l'arme de son otage, puis alla s'assoir à la table du salon. Il reprit la consultation des documents, presque tous rédigés en allemand. Même les plans étaient légendés dans la langue de Goethe. Florent Chailley n'y comprenait rien, mais il savait lire un plan, aussi comprit–il très vite, que c'étaient les bons documents. Il leva la tête vers son otage qui tentait d'essuyer ses yeux et le sang qui perlait de son nez.

— Où est la traduction ?

— Il n'y en a pas, j'ai tout détruit !

— Ok, pas de soucis, je me débrouillerai sans. Allez on se casse.

Florent Chailley fit monter le larmoyant ensanglanté dans son véhicule, puis il prit le volant en direction du canal d'Alsace à hauteur de la commune d'Ottmarsheim située à 15 kilomètres de chez Myriam. Un endroit peu fréquenté et surtout très discret. Le trajet dura une vingtaine de minutes, dans le plus grand silence. Florent Chailley immobilisa la berline le long des berges du canal d'Alsace. Il fit descendre le larmoyant, puis envoya un SMS à Myriam. La nuit était sombre, les reflets de la lune presque pleine sur le fleuve silencieux renvoyaient une image de bande dessinée. Quelques corbeaux turbulents dessinaient des ombres chinoises. Florent Chailley était debout, l'arme au silencieux en main, face au larmoyant sanguinolent à genoux, en contre-jour de la Lune coiffant de son auréole la tête de son ravisseur. Le larmoyant restait tétanisé devant la silhouette sombre et armée. Le larmoyant fixait cette image, il espérait peut-être que Batman surgirait pour le sauver, mais Batman ne parlait pas l'Alsacien ; il était bien trop occupé avec le président Donald. Florent Chailley regarda sa montre, il était 4h43 du matin, le jour n'était plus loin, mais il n'était pas pressé. Myriam allait le récupérer dès qu'elle découvrirait son SMS. Il avait laissé les coordonnées GPS. Il regarda le larmoyant, en posture pitoyable, les mains attachées dans le dos.

— Nous voilà arrivés au but, c'est assez sympa ce coin !

— Je ne veux pas crever, on peut s'arranger, vous pouvez me demander ce que vous voulez !

- Je n'ai rien à te demander ducon. Mais ce que je sais avec certitude, c'est que tu vas finir comme une merde au fond de ce fleuve.

Florent sentit son téléphone vibrer dans sa poche, il ouvrit le clapet. Myriam venait de répondre à son message. Elle arrivait, elle ne pouvait dormir.

— Tu as de la chance, tu viens de gagner de précieuses minutes !

— Je ne comprends rien, laissez-moi, vous avez ce que vous voulez, ce n'était pas contre vous.

— Ferme-la.

Le temps s'arrêta jusqu'à l'arrivée de Myriam. Elle sortit de son véhicule, tendue comme un arc et découvrit la scène. Elle fixa le larmoyant avec une haine non retenue, elle avait à sa merci l'homme qui avait tué son père, c'est la seule image qu'elle retenait dans l'instant.

— Il ne mérite pas de vivre, je ne veux pas, je veux qu'il disparaisse à tout jamais !

— Tu as raison, tiens, fais–toi plaisir.

Myriam saisit l'arme que lui tendait son amant, elle tremblait de partout, encore sous le choc de son agression et de l'humiliation. Le larmoyant ne verrait pas Batman, mais Catwoman en personne. Pour le larmoyant, la situation était surréaliste, tout ce qu'il avait mis en œuvre autour de Desmarec, s'effondrait face à sa fille. Elle était le bras armé de la vengeance. Myriam le fixait droit dans les yeux, des images défilaient dans sa tête, celle de son père torturé, de son mari, de son ami notaire et de son employée, de Sylvie Dunoix l'acquéreuse de sa résidence bâloise. Ce n'était pas la fraîcheur de la nuit qui demandait de porter un manteau de haine, non c'était Myriam Moser, la vengeresse. Elle n'avait jamais tiré un seul coup de feu de sa vie, elle n'avait jamais visé une cible, mais à moins de 2 mètres, elle ne pouvait rater son tir. Poussée par une force invisible, elle appuya sur la détente, un bruit sec et sourd fusa, le larmoyant s'écroula, frappé d'une balle en pleine tête. Myriam Moser venait de réussir son baptême du feu. Elle resta prostrée quelques secondes, le temps que son amant la prenne dans les bras. Elle s'effondra, noyée de larmes, mais son esprit était totalement tourné vers son géniteur, son père bien aimé. Il était vengé. Jamais elle n'aurait imaginé être en capacité de commettre un pareil acte, mais voilà, cela s'était produit et elle était devenue une criminelle. Tout ce qu'elle ressentait n'était autre que de l'apaisement, de la délivrance. Florent Chailley la serra dans ses bras de longues minutes, le temps suffisant pour dénouer dans son esprit de Mac Gyver, une faisabilité d'alibi.

— Ecoute–moi Myriam, on ne touche plus à rien, je voulais le balancer à la flotte ce porc, mais les flics risquent de remonter jusqu'à nous, surtout toi. Je vais nettoyer nos traces, mais nous allons juste laisser tes empreintes et les siennes sur ce pistolet. Il s'agit de légitime défense, ce mec s'est introduit chez toi, puis il t'a conduit ici pour te faire disparaitre, tu as joué de tes charmes pour l'étourdir et tu as réussi à lui piquer l'arme et il a voulu tirer avec un autre pistolet, dissimulé.

Florent Chailley tira un coup vers le sol, puis nettoya l'arme, et reposa sur la crosse, les empreintes du larmoyant éteint.

— Voilà, ainsi c'est crédible, tu n'as rien à craindre, tu comprends ?

— Oui, je crois. Je suis épuisée Florent, il faut que je dorme.

— Je te reconduis chez toi, puis je reconfigurerai ton GPS, il ne faut laisser aucune trace. Ensuite je retourne chez moi, il nous reste peu de temps, allez, on file, mais j'ai encore un petit truc à faire.

Florent Chailley prit un dernier temps pour nettoyer ses traces dans la berline du larmoyant, en particulier les empreintes sur le volant, qu'il fut obligé de démonter, afin d'appliquer à nouveau les empreintes du larmoyant en plusieurs endroits. Il remonta ensuite le volant. La scène de théâtre était propre, dessinée pour un crime parfait. Mac Gyver était prodigieux, Florent Chailley avait trouvé en lui, un excellent associé.

Burg aussi, était un excellent associé. Ce matin–là, comme suite à la demande de Jaeg, il venait de recevoir un bloc de fax des services d'Interpol, qui faisait état des hôtels où Florent Chailley avait séjourné pendant ses nombreux déplacements à l'étranger. La liste n'était pas exhaustive, mais il y avait suffisamment d'éléments. Sur une autre liste figuraient les hôtels où il avait séjourné récemment en France et en particulier à Lyon, pendant le week–end de Pâques. C'est là que Burg avait tilté. Florent Chailley n'était pas seul à Lyon ; un femme avait séjourné avec lui et ce n'était pas Myriam Moser puisqu'elle était en Alsace à ce moment–là. Qui était donc cette femme ? Burg repris la liste à l'étranger ; sur certains hôtels l'identification client était au nom de monsieur et madame Chailley. Pour Burg, cela méritait de chercher un peu plus dans les détails. La seconde femme de Chailley était décédée bien avant les dates indiquées, donc une femme l'accompagnait régulièrement dans ses déplacements. Etait–ce une de ses collaboratrices ou une autre amante, en plus de Myriam Moser ? Il fallait découvrir cette personne, Burg s'empressa de contactez l'hôtel Carlton afin de vérifier si l'établissement possédait un système de vidéo–surveillance. Le directeur de l'hôtel confirma la présence de caméras au–dessus de la réception, du hall d'entrée, des couloirs et des extérieurs. Burg dépêcha un collègue de la police Lyonnaise pour récupérer les copies des enregistrements pendant la période du week–end de Pâques. Cette femme n'était peut–être qu'une conquête de plus pour Florent Chailley, mais il fallait en avoir la certitude.

Burg poursuivit la lecture des autres feuillets. Interpol avait fouillé méticuleusement dans l'univers des déplacements de Chailley. Des agents avaient enquêté sur place, tout avait été consigné sur une cinquantaine de pages. Burg ne saisissait pas tous les tenants et aboutissants des transcriptions, mais il évalua que beaucoup de questionnements restaient en suspens. Chailley avait parcouru l'Amérique Centrale, le Guatemala, le Honduras, le Nicaragua, le Costa Rica, le Panama, le Mexique et l'Egypte. Mais il n'avait jamais rien visité. Il n'avait pas fait du tourisme, donc c'était pour les affaires ! Quelles affaires ? Interpol avait en sa possession des indices qui partaient dans tous les sens. Chailley semblait faire partie d'un réseau mondial impliqué dans des trafics en tous genres. Il était en relation avec des politiciens très influents, mais aussi des banquiers et des réseaux mafieux. Interpol supposait que tout ce petit monde ne faisait qu'un, pour une seule cause, mais laquelle ? Personne n'avait la réponse et Interpol avait déployé des moyens conséquents depuis quelques mois pour décanter la situation. Mais rien ne bougeait, sans doute parce que Florent Chailley avait dû sentir la surveillance qui l'entourait. Il n'avait pratiquement plus fait de déplacements à l'étranger depuis plus d'un an et demi, ce qui intriguait fortement les enquêteurs.

Burg lu l'ensemble des documents, mais rien de significatif n'émergea des transcriptions, sur le sujet de ses activités à l'étranger.

Ce même matin au Garden Golf Club de la Forêt, le Président Maingé et le comité se concertaient sur l'opportunité d'ouvrir la totalité du parcours. Les membres commençaient à faire remonter leurs mécontentements, ils payaient une cotisation pleine et ne pouvaient jouer que sur une moitié de parcours, avec le seuil de saturation afférent aux week-ends. Il fallait désamorcer la situation, il était hors de question de réduire les cotisations, l'équilibre financier pouvant être affecté de manière significative. Le Président proposa d'en référer auprès des instances judiciaire. Après tout, l'affaire Desmarec semblait être en phase conclusive. La vice–présidente Daniela Hidalgo s'inquiétait de l'avancement de la fresque.

— Il faut qu'on en parle à Chailley, je trouve que c'est long et il n'est pas souvent là ! Gérald et Rémy peuvent confirmer que son équipe n'est plus présente depuis un moment.

— OK, je verrai ça avec lui, mais avant je dois négocier l'ouverture du parcours.

Pierre Maingé se serait bien passé de cet épisode Desmarec ; s'occuper de la vie du club était déjà bien assez compliqué au quotidien.

Mercredi 15 mai

Myriam Moser venait de passer une nuit blanche, pour le commanditaire du meurtre de son père, elle avait été mortelle. Elle avait échappé à une mort certaine et elle se prit à penser qu'un ange gardien la protégeait, peut–être même missionné par son père. Pas le père spirituel, mais son papa, Thibault Desmarec. Il pouvait reposer en paix, ou presque, il restait à conclure la mission, celle du blockhaus. Les flics n'allaient pas tarder à découvrir le corps du larmoyant et Florent avait insisté sur l'urgence d'avancer le travail dans le blockhaus. Il fallait retourner cette nuit pour finir le découpage de la porte.

Pour Myriam il s'agissait d'honorer le vœu de son père, pour Chailley il s'agissait d'autre chose. Myriam était bien trop tourmentée pour avoir toute sa lucidité. Il fallait pourtant qu'elle soit forte, les flics n'allaient pas tarder à lui rendre visite, les corps du bodyguard et du larmoyant seraient bientôt découverts, ce n'était plus qu'une question d'heures ou de jours. Elle savait qu'il ne faudrait pas se planter face à Jaeg, le scénario serait celui que Florent avait esquissé, tout collait parfaitement.

345

Au même moment, Florent Chailley, le providentiel, prenait son petit déjeuner dans son appartement. Sous ses yeux, étaient étalés les documents récupérés chez le larmoyant. Plus d'une quinzaine de pages étaient écrites en allemand, mais aussi quelques feuillets de divers formats en français aux écritures différentes, sans doute celle de Desmarec et du larmoyant. Florent Chailley resta stupéfait devant les plans, il n'avait pas besoin de traduire la légende pour comprendre ce qu'ils représentaient. Jamais il n'aurait imaginé ce qu'il avait sous les yeux, tant l'idée paraissait improbable et c'est sans doute pour cela qu'elle était géniale. Maintenant qu'il avait les plans, il comprenait pourquoi ce blockhaus était tant convoité. Le traducteur de son téléphone l'aida à décoder quelques bribes de texte. Après plus de deux heures de traduction approximative, Chailley avait la teneur globale des documents. Il avait aussi les codes d'accès de la porte qu'il tentait d'ouvrir au chalumeau oxycoupeur. C'était un peu tard, il n'aurait pas eu à déployer autant d'énergie. Cette nuit, il reprendrait le travail, le dénouement était proche et l'urgence ne laissait plus de place à l'attente. Les flics n'allaient pas tarder à découvrir les meurtres du bodyguard et du larmoyant, remonter jusqu'à la source de Myriam et fatalement, il serait lui aussi auditionné par Jaeg. Jusqu'à présent Chailley avait réglé sa vie comme un Stradivarius, aucune fausse note n'avait troublé le cours de sa vie. Il avait orchestré ses quotidiens avec la bonne mesure, les accords parfaits, il s'était mis au diapason avec Myriam, la partition écrite était juste et montait crescendo, jusqu'à la finalité attendue : la symphonie fantastique. Mais le prélude à cela était de ne pas être perturbé durant le concert et Jaeg risquait d'y mettre un point d'orgue. L'homme providentiel, le Mac Gyver, l'amant exemplaire, commençait à douter de son avenir, son horizon se compliquait et le troisième oeil ne suffirait peut–être plus à détourner le regard perçant de ce satané renard de Jaeg.

Joachim Adelstein, fort des dernières informations de sa fille, mettait en place sa propre partition. Il avait recruté une dizaine d'hommes triés sur le volet, des

Gérald
VARGAS

mercenaires qui opéraient dans tous les coins du monde. Cette unité était dirigée par un ancien policier colombien, Pepe Zienza. Adelstein avait passé de nombreux contrats avec cet homme et au fil des années, la confiance s'était durablement installée. Adelstein lui donnerait le feu vert le moment venu, il fallait juste qu'il soit prêt à intervenir et au cas où cela tournerait mal, Pepe Zienza ne mentionnerait jamais le nom de son commanditaire, il était prêt à mourir sans lâcher la moindre information, tout comme l'étaient ses hommes. Adelstein n'était pas le genre d'homme à tenir une arme, il avait compris depuis bien longtemps que la véritable arme était l'intelligence. Si Howard Gardner proposait la théorie des intelligences multiples, Adelstein proposait la théorie de l'intelligence du trapèze. Il était un redoutable acrobate des affaires et n'avait pas besoin de filet ; il ne tombait jamais. Cette fois encore le destin semblait lui donner raison, tout était prêt pour mener à bien un plan élaboré depuis plusieurs mois. Ce matin-là, assis confortablement sur un trône vénitien du 19ème siècle, des gants blancs aux mains, il feuilletait avec mille précautions le manuscrit de Voenych. Régulièrement, il jetait un œil sur le fameux ouvrage. Il restait persuadé que quelque chose d'important se cachait derrière les mots incompréhensibles et les illustrations. Sa fille Françoise avait réalisé toutes les démarches et les négociations pour l'acquisition du manuscrit. Sans elle, jamais il n'aurait eu ce précieux ouvrage entre les mains. Adelstein n'avait jamais voulu savoir comment elle avait fait pour réussir, même s'il s'en doutait un peu. Les hommes ne résistaient pas à la beauté de sa fille et elle savait s'en servir, comme de l'arme absolue.

Ce même jour, Gérald Vargas et Rémy Maistre, les deux professeurs du Garden golf Club de la Forêt ne résistèrent pas à l'idée de vérifier l'avancement de la fresque. La vice–Présidente avait soulevé un fait qu'ils voulaient constater : quel était l'état d'avancement du projet ?

Avec précaution, les deux hommes soulevèrent un coin de la bâche qui couvrait totalement l'échafaudage et protégeait le mur de la pluie. Ils découvrirent une partie de la nouvelle fresque, mais surtout l'ouverture percée dans le mur qui donnait accès dans le blockhaus.

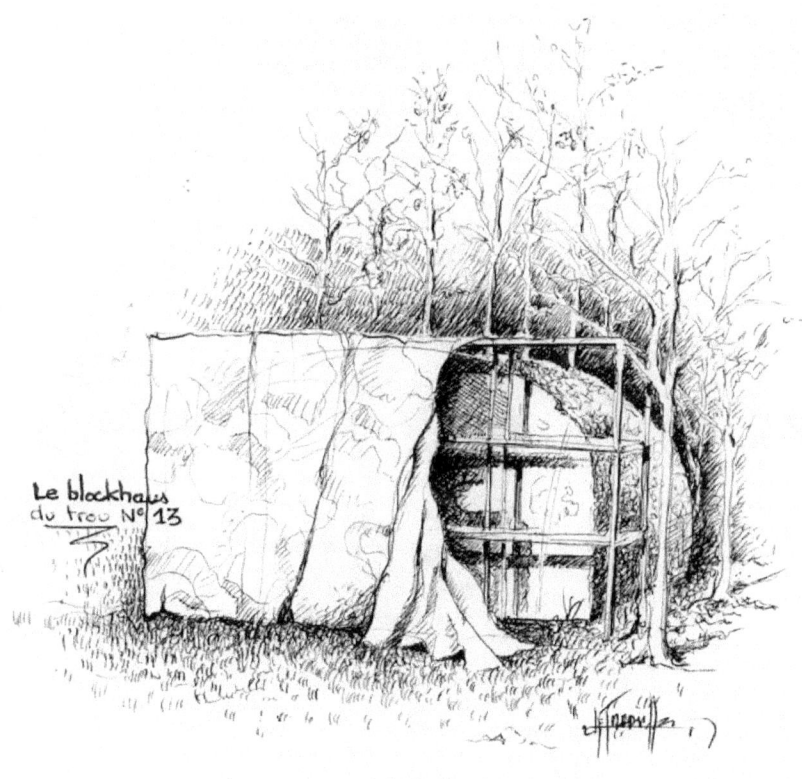

Le blockhaus
du trou N° 13

D'abord surpris qu'une entrée ait été percée, ils pénétrèrent dans l'ouvrage. Ils purent observer sur une table de camping, de nombreux pots de peinture de diverses couleurs et des pinceaux ; au sol, un carton rempli de chiffons et des salopettes jetables de travail ; contre un côté des murs, des planches et des parpaings avaient été adossés et, enfin des packs, de bouteilles d'eau entamées. Les deux hommes jetèrent un regard à travers les meurtrières, puis revinrent vers l'accès inattendu.

— C'était l'accès du blockhaus avant, regarde l'épaisseur du mur ! Lança Rémy.

— Ouais, ils refont tout, je comprends que ça prend du temps ! En tout cas, c'est super ce qu'ils ont commencé.

Rémy
MAISTRE

Gérald s'était avancé à l'extérieur, suivi de Rémy. Les deux hommes admirèrent le graphisme de la fresque murale. Il était vrai qu'il était particulièrement réussi, une fois terminé, les membres seraient satisfaits.

— Bon ben, ça avance, contrairement à ce qu'on pensait !

— Oui, on referme la bâche, Chailley risque de râler s'il découvre qu'on a jeté un œil avant la fin.

Chailley n'en saurait rien, mais il avait eu la prudence de dissimuler le trou percé vers le puits de l'ascenseur. Il avait bien imaginé qu'à un moment, la curiosité allait s'emparer des membres du comité. Pour le moment le secret était bien gardé.

Russo et sa jeune collaboratrice Samantha, poursuivaient leurs enquêtes de terrain comme l'avait sollicité Jaeg. À part les deux auditions de Françoise Tenamare et de Jacques Quirach, rien de concluant n'avait émergé. Russo tenta vainement de remonter l'histoire locale, mais les empreintes du passé s'étaient effacées et le temps avait donné trop d'âge aux témoins, certains s'étaient éteints d'autres n'avaient plus la mémoire ou la raison. Les seuls stigmates restants du passé n'étaient autres que les ouvrages militaires. Russo était dépité, il aurait voulu épater l'équipe de Jaeg. Le seul compliment avait été pour sa jeune recrue : Samantha. Cette dernière n'était pas du genre à s'enorgueillir et elle prenait ce travail très à cœur. Elle se réveillait la nuit, surprise par des pensées vagabondes. Si souvent elles s'effritaient, parfois l'une d'elles revenait, reconstruite à force de torture cérébrale. Samantha avait visionné l'extrait cadastral maintes fois dans sa tête. À l'issue de son audition avec madame Tenamare, elle avait compris que le site avait beaucoup changé et c'est ce qui avait rendu l'identification approximative. Depuis, Samantha s'était focalisée sur l'analyse du site dans son ensemble. D'un côté elle avait récupéré toutes les copies d'extraits cadastraux puis, en faisant des recherches diverses sur Internet, elle avait frappé les mots clés suivants : histoire Wittelsheim, guerre, cadastre. Une seule réponse lui parut intéressante sur un site de vente en ligne, le bon coin. Un jeune étudiant vendait, plusieurs vieux livres. Samantha réussit à contacter le jeune homme, qui l'informa qu'il avait récupéré les ouvrages dans le grenier de sa grand-mère décédée et qu'il voulait se faire un peu d'argent. Samantha prit rendez-vous et à la vue du contenu des livres les acheta sur ses fonds propres. En feuilletant l'un des livres, elle tomba sur des plans cadastraux très anciens du ban communal de Wittelsheim. Le livre évoquait l'histoire de la commune. Un plan attira en particulier son attention ; une planche cadastrale du sud de la commune de l'époque où l'on pouvait repérer les numéros de section. Samantha avait dû prendre une loupe, les écritures étaient peu lisibles, mais elle réussit à cibler ce qu'elle recherchait : Section 6. Elle compara avec la copie de l'extrait de Desmarec, et là elle observa que les référencements ne collaient pas ! Elle comprit immédiatement, que personne n'avait pensé à vérifier l'actualisation des états cadastraux. Sur le vieux livre, la zone de la section 6 était indiquée à plus de 500 mètres du lieu actuel. Il se pouvait donc que depuis cette époque, un réaménagement foncier ou remembrement avait modifié les structures parcellaires. Le plan trouvé près du corps de Desmarec datait vraisemblablement de cette époque. Aucune date n'apparaissait sur le document. Samantha décida donc de se rendre dans la journée dans les services du cadastre. Elle tenta de joindre l'administration pour un rendez-vous mais en vain ! Elle réitérera son appel plus tard, elle devinait qu'elle avait mis le doigt sur quelque chose. Si c'était le cas, l'emplacement désigné sur l'extrait n'était pas au bon endroit et pour le coup ça changeait tout.

Comme souvent, les patrouilles d'entretien des services EDF longeaient le grand canal d'Alsace, dans l'objectif de faire un état des lieux des ouvrages et des rives bétonnées du Rhin. Gestionnaire de la centrale hydroélectrique d'Ottmarsheim, EDF avait en charge la surveillance et l'entretien des voies et des ouvrages bordant le Rhin canalisé. Les deux agents affectés à la visite du jour ne tardèrent pas à découvrir un homme étendu et plutôt en mauvais état ; pour cause, il était mort d'une balle en pleine tête. Le larmoyant n'aurait plus jamais à s'essuyer les yeux. À 14h45, la scène était gelée et la police scientifique s'affairait à la recherche d'indices. Le cadavre gisait allongé sur le dos, les jambes désarticulées, un trou rouge au-dessus de l'arcade gauche, une mare de sang sous sa tête. À quelques mètres, posés sur le sol, deux pistolets dont un muni d'un silencieux. Les techniciens de la scientifique relevèrent toutes les empreintes ADN possibles, dans le véhicule, sur le cadavre et l'arme. Le sol très caillouteux du chemin rendait l'expertise des empreintes de pneus quasiment impossible.

Le service du commissaire Jaeg reçut l'information, sans qu'aucun lien établi avec l'affaire Desmarec n'ait été avancé. Il fallait attendre les conclusions du rapport de police et de l'identification du corps.

Dans le même temps, le corps du Bodyguard avait été découvert par un automobiliste, voulant faire un créneau juste à hauteur du véhicule de police banalisé. Le service de Jaeg digéra dans la douleur la nouvelle. Myriam Moser n'avait pas été inquiétée d'après le rapport de police, son audition avait été réalisée une heure après la découverte du corps. Jaeg diligenta sur le champ un autre agent pour assurer sa protection.

Quand Jaeg reçut quelques heures plus tard le rapport du meurtre d'Ottmarsheim, il comprit qu'il s'agissait encore de l'affaire Desmarec. L'homme avait pu être identifié, grâce au portrait–robot établi par le serveur du restaurant « Le Bistrot de la mer ». Burg se rappela de l'enquête en cours auprès des ophtalmos, susceptibles d'avoir dans leurs patientèles, des pathologies aux yeux larmoyants. Plusieurs cabinets avaient déjà répondu, mais aucun profil proposé ne correspondait au portrait–robot. Il fallait attendre encore les retours possibles, du côté de Brest. Jaeg était inquiet, l'enquête tournait en rond, et un cadavre en plus n'allait pas calmer le procureur. Que se passait–il ? Pourquoi ce type avait–il été descendu et par qui ? Jaeg s'adressa à Burg.

— On aura peut–être, des relevés ADN ou des empreintes, mais je doute fort qu'ils soient fichés ! Je ne comprends pas pourquoi l'auteur ou les auteurs du meurtre ont laissé la scène trop lisible. Ils auraient pu tout balancer dans le canal, c'était très simple à faire. Au lieu de ça, on se retrouve avec une scène presque trop clean. Deux flingues était bien en évidence, le mec était certainement à genoux quand il s'est fait tirer dessus.

D'après la posture des jambes, il a basculé en arrière, la bagnole avait les deux portières avant ouvertes !

— Ouais, je suis d'accord avec toi ! C'est curieux, le gars a été exécuté, mais il a dû se défendre auparavant, son nez était brisé.

— Oui, quelqu'un s'est battu avec lui, et d'après les conclusions du rapport, il a reçu un violent coup en pleine face, vraisemblablement porté par un homme, d'après la puissance du coup.

— Pour le moment, on sait que ce gars était avec Desmarec à Mulhouse dans un restaurant, donc, il le connaissait.

— Sa fille pourrait le connaître !

— Oui, tu as raison, dès que le corps sera visible, fait la venir pour une identification. D'ici là, nous aurons peut–être des empreintes fichées. Et je me demande s'il ne faut pas diffuser le portrait du mec, il a dû séjourner dans le coin, quelqu'un finira bien par nous donner des tuyaux.

— Bonne idée.

Les deux policiers n'avaient plus le temps d'employer la finesse, le temps était à l'action, quitte à bousculer les limites.

À l'issue de son audition par la police judiciaire, au sujet du meurtre de son Bodyguard, Myriam Moser était exténuée, elle avait dû faire de gros efforts pour garder son sang–froid. Elle s'en était tenue au scénario de Florent Chailley ; gagner du temps avant que les flics ne découvrent les empreintes génétiques sur le volant et l'arme. Plus tard, quand les empreintes auraient été relevées, il fallait que la police suspecte Myriam Moser pour les comparer et cela prendrait du temps. Elle pourrait toujours avancer, qu'elle avait paniqué. Après son audition, elle était restée toute l'après-midi dans son appartement, elle s'était endormie devant un film dont elle n'avait plus grand souvenir à son réveil. Vers 22h00, elle devait rejoindre Florent Chailley, avec un nouveau Bodyguard dans le rétroviseur. Elle était anxieuse, le meurtre du larmoyant hantait son esprit. Elle s'étonnait encore de ce qu'elle avait été capable de faire, tuer un homme. Elle espérait qu'au bout de cette nuit, elle aurait enfin la délivrance qu'elle attendait au fond du blockhaus.

Comme prévu, elle retrouva Florent chez lui, puis ils quittèrent la résidence par la petite porte, sans que le nouveau Bodyguard s'en aperçoive. À 22H10, ils se retrouvèrent dans le blockhaus et reprirent leurs rituels. Myriam au guet et Florent à l'œuvre au fond du puits. Il tenta de mettre en action le code de la porte qu'il avait trouvé dans les documents, mais le système ne fonctionna pas. La découpe au chalumeau avait détruit le mécanisme. Il lui fallait reprendre le travail et il s'y attela avec détermination. Myriam s'impatientait, elle jetait parfois un œil au fond du puits, elle percevait les jets d'étincelles jaillissants. Dehors, il régnait un silence rassurant, puis vers minuit, le câble d'acier qui la reliait à Florent se tendit. Elle s'approcha au-dessus du puits.

— Je viens te chercher, lui lança Florent.

— Mais le guet ?

— T'inquiète, j'ai fini, il n'y aura plus de bruit.

Florent manœuvra le dispositif de l'ascenseur et récupéra Myriam qui se coiffa d'une lampe frontale. Quelques minutes plus tard, ils se retrouvèrent au fond du puits devant la porte. Florent avait découpé le périmètre du panneau sauf en deux points. Il avait installé un système qui retenait le panneau en acier. Deux câbles savamment retenus par un palan manuel à chaîne, devaient retenir la porte après découpage des deux points restants. Sans cela, le panneau tomberait de tout son poids dans un vacarme assourdissant.

— Je découpe les deux points, fais attention à toi.

Myriam s'abrita dans un angle du puits. Florent ralluma l'oxycoupeur et découpa les deux derniers points d'attaches. Le panneau se détacha sur quelques centimètres, mais resta bloqué par les chaînes. Le système avait fonctionné. Florent enleva son costume de soudeur, puis activa le palan, manœuvrant la manette pour faire lentement descendre le panneau vers l'intérieur du puits. Au bout de cinq minutes, le panneau était sur le sol, Myriam avait les yeux rivés sur l'ouverture béante et noire qui s'offrait désormais. Elle avança, tandis que Florent désinstallait le système du palan.

— Viens voir, il y a une autre porte !

Florent s'avança à son tour, la lampe frontale dirigée vers le trou béant et dans une main une grosse lampe torche. La porte donnait accès dans une pièce en forme de demi–ovoïde, comme la moitié d'un œuf, d'environ 20 mètres carrés, et pourvue d'une cloison munie du même type de porte que Florent venait de percer.

— Tu dois recommencer le même travail ?

— Non, j'avais vu les plans, il s'agit d'un sas et cette porte s'ouvre sans code normalement.

— Et l'eau ?

— Il n'y a pas d'eau Myriam !

— Je ne comprends rien à tout cela, mais si tu as pu comprendre les plans, tu peux donc me dire ce qui se cache derrière cette cloison. Tu sais, je ne te l'ai jamais dit, mais sans toi, j'aurai craqué depuis longtemps, je ne te remercierai jamais assez d'avoir pris tous ces risques et j'aime être avec toi. Je suis bien avec toi Florent.

Florent Chailley marqua un temps de réflexion, il était arrivé au point de non–retour, il savait que c'était sans issue. Dans quelques minutes, il découvrirait l'autre côté du sas et il aurait un choix terrible à faire, un choix qui soudainement prenait des allures troublées, confuses. Cette femme le toisait, l'interrogeait, mais lui, il la dévisageait sans pouvoir dire un mot. Merde pensa–t–il, je suis amoureux de cette femme. Elle lui exprimait toute sa gratitude et lui il était là comme un con, les idées troubles.

— Florent, tu as entendu ce que je t'ai dit ?

— Oui, excuse–moi. Je ne sais pas ce qu'il y là–dedans, mais je préfère que tu découvres par toi même dans quoi nous sommes !

— Oui, mais toi tu es bien avec moi ?

— Tu le sais bien.

Florent Chailley prit Myriam dans ses bras et la serra contre lui, avec plus de fougue que d'habitude. Il se ressaisit et reprit conscience de la situation. Il se dirigea vers la porte à roue de marin, puis il exerça un mouvement circulaire vers la gauche, puis la droite, mais le mécanisme ne réagit pas. Florent Chailley resta calme, il récupéra une des bombes de dégrippant et en projeta généreusement entre les jointures de l'axe. Le temps, que le produit fit son effet, un petit silence remplit la pièce. Un soupçon de tension s'installa entre les deux amants, aucun n'avait envie de parler à ce moment précis. L'angoisse prenait possession des esprits et des lieux. Il ne restait plus qu'à faire tourner cette roue de marin, pour enfin savoir quel était l'enjeu de tant de meurtres. La clé se trouvait dans le travail chimique du dégrippant ; les composants de graphites et d'huiles minérales devaient éliminer les parties oxydées grâce à leurs effets de capillarité puissants. Florent et Myriam devaient y ajouter de la patience.

Quelques heures plus tôt, dans les locaux de la gendarmerie, Samantha avait enfin pu joindre les services du cadastre au téléphone. Elle avait dû faire preuve de beaucoup de retenue pour ne pas perdre son sang–froid. Son interlocutrice avait souligné en préambule que le service allait fermer et qu'il était préférable de passer le lendemain à partir de 10h00. Samantha dut faire état ses galons de gendarme pour exercer un brin de pression, et retenir toute l'attention de la fonctionnaire, un peu trop attentive à l'horloge. Au bout d'un échange interminable, Samantha reçut l'assurance de recevoir l'extrait du cadastre demandé par mail. Son interlocutrice précisa tout de même que ce n'était pas du ressort de son secteur, mais qu'elle allait voir auprès de son collègue. La bonne nouvelle est qu'elle allait recevoir son document.

Jaeg ne comptait pas ses heures, surtout depuis les meurtres de l'un de ses agents, du Bodyguard et de l'homme près du canal, le larmoyant. Son équipe était mise à contribution sans relâche. Burg avait reçu d'autres informations en lien avec Chailley, mais rien qui puisse soulever des certitudes sur son implication dans de quelconques malversations. Par contre, un ophtalmologiste de Brest avait répondu à l'enquête de la police criminelle, au sujet des patients souffrant de larmoiements chroniques. Burg avait immédiatement retourné la photo du larmoyant. La réponse ne tarda pas, le médecin reconnut le patient en question et retourna par mail la fiche médicale du sujet. Burg en fit état à son supérieur immédiatement.

— Ça y est, on a un nom sur l'homme du canal, il se prénomme Michel Gommé, 59 ans, sans enfant, jamais marié, prof d'allemand à la retraite et cerise sur le gâteau, il vivait à Brest dans la même résidence que Desmarec !

— Eh bien voilà ! Donc, ils se connaissaient bien ces deux–là ! La question, quel rôle jouait ce prof ? J'aurais tendance à penser que ce gars était le commanditaire du meurtre de Desmarec, et des dommages collatéraux. Sa petite bande est radiée de la carte désormais. C'était peut–être lui aussi qui a ordonné l'enlèvement de Myriam Moser !

— Et tué notre collègue dans la voiture, devant la résidence de Myriam Moser !

— Dommage collatéral, ça colle tout ça, non ?

— Oui, mais qui l'a tué ?

Jaeg réfléchissait dans tous les sens, les choses semblaient se préciser mais en réalité la confusion dominait. Son agent de surveillance, le Bodyguard, avait été descendu en pleine nuit et l'audition de Myriam Moser confirmait qu'elle n'avait pas été agressée. Alors pourquoi, quelqu'un avait descendu le Bodyguard, pour faire pression sur Myriam Moser ?

— Bon, quelque chose m'échappe, ce Gommé, il avait un rôle essentiel, c'est évident, puisqu'il était proche de Desmarec, il était à l'origine de cette affaire. S'il a été flingué c'est qu'il gênait quelqu'un, ou alors il s'est fait surprendre. Il a reçu un violent coup dans la face puis il a été peut–être conduit près du canal avec son agresseur. Sauf que le gars a laissé la scène toute propre, il avait le temps de couvrir son forfait, mais il nous a laissé tout en place comme s'il voulait qu'on le trouve ! C'est curieux non ?

— Ouais je te rejoins Cédric. On essaie de nous conduire sur une fausse piste.

— Avec un nom pareil, tu peux tout gommer !

— Très drôle chef !

LE LARMOYANT
Michel GOMME

361

*

Jeudi 16 mai

La nuit venait de basculer dans la naissance d'un nouveau jour, mais le temps n'avait aucune emprise au fond du blockhaus. Plusieurs mètres sous terre, Florent Chailley et Myriam Moser ne regardaient plus leurs montres, trop centralisés par l'instant. Chailley venait de faire pivoter la roue de marin de la porte. À force de patience et de dégrippant, le mécanisme finit par être apprivoisé, lentement la roue gagna un peu plus de rotation. La bombe de dégrippant était presque vide. Devinant que le mécanisme cédait, Chailley s'aida d'une barre métallique comme d'un levier. Il exerça une pression sans trop forcer, juste pour faire pivoter la roue jusqu'au déclic d'ouverture. Le bruit tant attendu arriva enfin; sourd et métallique. Les serrures internes venaient de lâcher. Il dut s'aider d'un pied de biche pour dégonder la partie ouvrante du dormant. Après plusieurs minutes d'efforts, la porte céda enfin. Chailley l'ouvrit totalement, sa lampe frontale plongea dans le noir, puis sa torche, il entra suivi de Myriam, la conjugaison des lampes éclairait parfaitement l'endroit.

— Nom de dieu, ce n'est pas croyable ! clama-t-il.

— Mais c'est quoi ce truc, on est où ?

Ce qui s'offrait à leurs yeux dépassait l'entendement, ils se trouvaient dans un énorme demi-cylindre d'au moins trois mètres de haut, plus de huit mètres de largeur et vingt mètres de profondeur. En plein milieu, un passage de plus d'un mètre cinquante et sur les côtés, des centaines de caisses étaient alignées sur des hauteurs variables. Ils avancèrent jusqu'à l'extrémité de cette curieuse pièce, puis découvrirent une autre porte, mais avec une poignée normale cette fois. Chailley l'ouvrit sans souci, aidé de son pied de biche. Ce qui les attendait était encore plus surprenant, le demi-cylindre se prolongeait sur une vingtaine de mètres, mais avec des box de part et d'autres. Chaque box était pourvu d'une porte.

— Mais c'est quoi tout ça Florent ? Tu le sais ?

Il ne répondit pas, il avançait déjà vers le fond, une ouverture sans porte donnait sur une autre pièce cylindrique. Aussi profonde que la précédente, elle était remplie de caisses en bois et de tonneaux en acier. Florent semblait savoir où il allait, il poursuivit son cheminement jusqu'à un angle, un escalier descendait sous un autre niveau. Les deux amants descendirent et découvrirent une configuration un peu différente de l'étage. La hauteur était plus réduite, environ deux mètres cinquante. De nombreuses pièces se succédaient, mais sans portes, et toutes remplies de caisses de différents formats. Ils poursuivirent jusqu'au bout du cheminement et purent remonter à l'étage par un escalier qu'ils n'avaient pu apercevoir en entrant. La structure globale avait donc deux accès permettant d'atteindre les deux niveaux du côté blockhaus. La longueur de l'ensemble s'approchait des 40 mètres.

— Florent c'est quoi ce truc ?

Myriam venait de s'exprimer avec fermeté, cette fois Florent Chailley prit le temps de répondre.

— Tu ne vas pas le croire...., nous sommes dans un sous-marin !

D'abord interloquée, elle se reprit en analysant ce qu'elle venait de voir. Oui, la structure pouvait être un sous-marin par sa forme cylindrique et le matériau tout en acier, plus ou moins rouillé. Myriam répéta, sur un ton monocorde :

— Un sous-marin ! Mon père m'a fait chercher un sous-marin ! Je ne le crois pas !

Chailley hésita avant de prendre la parole, devant la surprise de son amante, il attendit un bref moment avant de sortir les mots.

— Oui je sais, mais ton père était passionné par les bateaux et tout ce qui s'approchait de la culture marine ! Il avait dû découvrir qu'un sous-marin de la guerre avait été enfoui, il voulait le ressusciter !

— Mais il y a quoi dans ces caisses ?

— D'après les documents, des tonnes de divers matériels de la dernière guerre, des armes, des plans de constructions, des munitions et autres. Pour les collectionneurs, il y a une fortune ici !

— Tu veux dire que mon père m'a fait risquer ma vie pour ça ! Je rêve, il s'est fait tuer pour ce tas de ferraille et des armes de guerre !

Myriam était dépitée, son père l'avait embringuée dans une histoire rocambolesque, avec au final une bonne dizaine de morts pour un bout de ferraille, elle ne pouvait le croire.

— Je comprends ton amertume, mais la réalité est là, nous devons remonter, tout ça n'a plus de sens, je m'occuperai de cacher l'accès et plus personne n'en saura rien, c'est mieux. C'est bien ce que tu veux ?

Myriam n'avait plus l'énergie de réfléchir, Florent avait peut-être raison, il valait mieux tout refermer et cette histoire prendrait fin. Les flics n'en sauraient jamais rien. Elle jeta un regard circulaire sur la structure et les caisses, elle n'en revenait toujours pas d'être sous plusieurs mètres sous terre, dans un sous-marin, noyé dans le gravier et la nappe phréatique. Pourquoi se donner autant de mal pour cacher des caisses de munitions et des armes ?

— Florent, toi qui sais tout faire, si tu avais dû cacher ces caisses, tu te serais amusé à faire un truc pareil ?

La question désarçonna un peu Florent Chailley.

— Je ne sais pas, mais il faut avouer que c'est génial, la preuve, ça fait 75 années que c'est là et personne avant nous ne l'avait trouvé !

Myriam avait beau être épuisée, déçue, elle n'en était pas moins dubitative sur le contexte. Malgré sa grande vulnérabilité, son sixième sens féminin piochait dans les recoins de ses neurones et cherchait les bonnes raisons pour avoir enterré un sous-marin, dans la plaine d'Alsace, dans un terrain hostile à toute construction. Cela n'avait aucun sens, il fallait que l'enjeu soit phénoménal, pour dépenser autant d'énergie et de moyens. Quelque chose intriguait son esprit rempli de bon sens et de curiosité féminine.

— Tu veux bien m'ouvrir une caisse là !

— Le visage de Florent Chailley passa d'une expression sereine à très inquiète. Myriam avait peut-être ressenti cette posture changeante, elle l'invita avec fermeté à ouvrir la caisse la plus proche et la plus basse. Chailley n'avait plus le choix, il commença à soulever et déclouer les planches de bois de la caisse et des centaines de douilles de cartouches vides apparurent.

— Tu vois, c'est rien que des munitions vides, juste du métal qui se négocie très cher aujourd'hui !

Myriam fixait les douilles vides, son esprit n'acceptait pas que son père ai pu la mettre en danger pour ces conneries de douilles vides. Elle arracha le pied-de-biche des mains de Florent, puis elle planta la partie opposée à la crosse au beau milieu des douilles. L'outil rebondit sèchement, laissant des vibrations désagréables dans l'avant-bras de Myriam. Elle comprit que sous les douilles il y avait autre chose. Elle saisit les douilles à pleines mains et les balança en dehors de la caisse. Après une dizaine de poignées de douilles évacuées, ce qu'elle découvrit l'atterra. Ses yeux étaient rivés sur l'inattendu. Elle se retourna vers Florent Chailley, qui semblait tétanisé par la découverte. Myriam venait de mettre à jour des lingots d'or. La caisse en était remplie et les douilles servaient de couverture.

— Incroyable, de l'or !

Myriam désigna une caisse située à une dizaine de mètres et pria Florent de l'ouvrir aussi. Elle recelait des centaines de lingots rigoureusement rangés. Ils recommencèrent l'opération sur d'autres caisses et toujours la même découverte, toutes les caisses de la première pièce de l'étage renfermaient des milliers de lingots d'or.

— C'est inouï tout cet or, ça me fait peur.

— Florent tenta de dissimuler la panique qui montait brusquement en lui, Myriam le toisa et lut dans ses yeux un indicible malaise, elle venait subitement de comprendre.

— Tu savais hein ! Dis-moi que c'est pas vrai, tu n'es pas comme ça !

Florent ne bronchait pas. Le couteau Suisse était grippé, et Mac Gyver était passé au zapping.

— Tu m'as fait croire que ce putain de sous-marin était rempli d'armes ou je ne sais quoi, alors que tu savais exactement ce qu'il renfermait ! Florent réponds-moi ! Tu n'es pas ce genre d'homme, pas toi ?

— Je vais t'expliquer.

— M'expliquer, mais quoi, que tu viens d'essayer de m'entuber? C'est mon père qui a trouvé tout ça, et maintenant tu vas faire quoi, tu vas me tuer ?

— Myriam, arrête, tu es complètement épuisée. Laisse-moi t'expliquer.

— Non, tu ne m'expliques rien, tu es un salaud en fin de compte, sous tes airs rangés !

— Ecoute, je...

— Tais-toi, je vais faire ce que j'ai à faire.

Myriam, voulu se diriger vers la sortie, mais Florent Chailley se posta devant elle, le pied-de-biche entre les mains. Elle tenta de passer, mais il l'a bouscula, une fois, puis deux. La fureur monta en elle. Elle n'avait pas peur de l'homme qui était en face d'elle, plus rien ne lui faisait peur après autant d'épreuves. Elle fonça vers lui, mais il l'immobilisa et la bouscula avec le moins de violence possible, elle se retrouva au sol. Il ne voulait pas la frapper, il en était incapable, il jeta le pied de biche. Profitant de la situation, Florent Chailley courut vers la sortie et referma la lourde porte de métal derrière celle qu'il ne voulait pas aimer, mais la réalité était toute autre, il l'aimait, malgré son déni !

Myriam se retrouvait prisonnière dans un linceul d'acier, le 16 mai 2018, à 1h30 du matin! Elle ne le savait pas encore, mais elle était en cet instant, la femme, la plus riche de la planète. Elle n'avait que pour lumière une lampe frontale à Led, d'une autonomie restante d'environ 6h30, et de 70 heures pour la lampe torche que Florent Chailley avait laissée.

Encore sous le choc, elle s'était relevée, les yeux hagards et les mains tremblantes. Soudainement le froid s'installait dans tout son corps et dans son esprit, en même temps qu'une peur montait graduellement. Elle ne voulait pas mourir dans cet endroit, ce serait injuste de finir dans le secret, que son père avait découvert et pour lequel il avait perdu la vie.

Ce mercredi matin du 16 mai, Jaeg avait prévu une réunion de service à 10 heures. Son équipe avait eu de nouvelles informations concernant l'affaire Desmarec. Interpol s'était employé plus que de raison sous la pression politique. Il fallait stopper l'hémorragie de victimes en lien avec l'affaire et démontrer l'efficacité de la police locale. Aussi, Burg s'était coupé en quatre pour rassembler un maximum de données. Le seuil d'acceptabilité du laisser-faire était franchi, il fallait du concret et Burg savait, dans ces moments clés, faire étalage de son engagement.

— Nous disposons de plusieurs choses ; d'abord la vidéo que nous attendions de l'hôtel Carlton à Lyon. Nos collègues Lyonnais ont pu nous faire une copie très propre, attends, tu vas voir.

Burg lança la vidéo sur l'écran où plusieurs séquences avaient été extraites. Chailley apparaissait plusieurs fois, seul, mais aussi avec une femme que reconnut Jaeg.

— Tiens donc, Françoise Adelstein !

— Oui, en personne et tiens-toi bien, nous la distinguons sur d'autres vidéos qu'Interpol a réussi à récupérer à l'étranger.

— Et avec Florent Chailley ?

— Oui, toujours avec lui, la plupart du temps !

— Donc, quand Chailley devait être dans le Sud à Pâques, il était à Lyon en compagnie de la fille Adelstein, qui, elle, devait être à Genève !

— Tout à fait, il se tape les plus belles gonzesses celui-là !

Burg leva les yeux au ciel et Burg se rattrapa.

— Je voulais dire que Chailley est un séducteur. Il cache bien son jeu.

— On a compris Olivier. Bon, à part une liaison hypothétique, nous savons que les Adelstein et Chailley roulent ensemble, ça réduit les bulles de recherches.

— On les convoque ?

— Attends, réfléchissons, et pour le reste ?

— Euh oui, nous avons fait fouiller l'appartement de Michel Gommé, le prof d'allemand. Nous avons trouvé un vieil ordinateur de bureau, nos techniciens ont pu analyser le disque dur. Desmarec et lui se connaissaient depuis peu, environ un an d'après les quelques mails échangés. Desmarec l'avait recruté pour des traductions dans le cadre de son travail au musée de la Marine. En tout cas, c'était bien l'objet des échanges. A priori, leur relation n'était que purement professionnelle, Gommé se faisait un peu d'argent en plus de sa retraite plutôt modeste. Pourtant, nous avons épluché ses comptes et de gros retraits en liquide ont été effectués depuis quelques semaines.

— Combien les retraits ?

— Plusieurs fois 5000 € et les derniers jours, trois retraits de 10 000 €. Et il n'a rien acheté, son appartement est tout ce qu'il y a de plus simple et son véhicule avait été acheté à crédit il y a trois ans.

— Donc, ce fric a servi à payer des hommes de main !

— C'est presque une certitude, nous avons trouvé deux adresses sur un bout de papier posé sous son clavier d'ordinateur, avec les noms de deux des gars que nous avons abattus dans la forêt. Le lien est vite fait.

— Et pour les relevés ADN, sur la scène de crime le long du canal ?

— Nous avons des empreintes et surtout sur l'arme au silencieux. Deux types d'empreintes ont été relevées, celles de Gommé et les autres inconnues de nos fichiers.

— Je veux que vous me fassiez des relevés d'empreintes et des prélèvements d'ADN pour les Adelstein, Chailley et Myriam Moser. Même si cela paraît improbable; laisser des traces si probantes paraît suicidaire. Autres choses ?

— Oui, en poussant l'introspection plus loin dans la vie de Chailley, nous avons appris qu'il était un enfant adopté. Sa famille d'accueil vit à Pontorson, près du Mont-Saint-Michel. Il a fait des études brillantes, mais très vite il est rentré dans l'affairisme, sa boîte de pub couvre un éventail d'activités surprenant. D'après Interpol, c'est ce qui le rend invisible, la technique de la dispersion. Interpol a recoupé les déplacements de Florent Chailley sur les cinq dernières années, les

371

contacts influents qu'il a pu avoir au gré de ses déplacements. Par le plus grand des hasards, les polices des différents pays traversés ont fait état de vols importants d'objets de collection dans la même temporalité. Le plus extraordinaire fait relève d'un doute concernant un livre très ancien dont Chailley aurait pu être associé. Le livre original en question a disparu et a été remplacé par une copie d'une incroyable qualité. Aucune preuve formelle n'a été avancée à l'encontre de Chailley, mais ce fameux livre appelé "le manuscrit de Voenych" est très convoité. À travers le monde, de nombreuses personnes ont tenté de décrypter les textes, mais sans succès. Bref, la conclusion, c'est que Chailley est trouble, très trouble même !

— Oui, je te rejoins, mais le trouble n'est pas une preuve ! Et il peut avoir des tas de liaisons, cela ne fait pas de lui un suspect, non plus. Il nous faut du lourd, il y a bien une faille quelque part, élargissez le spectre des recherches !

— Interpol fouille depuis un moment sur Adelstein et Chailley, à en croire l'enquêteur chargé du dossier, ils sont les rois de l'éclipse, du fantomatique ! Casper est le surnom d'Adelstein !

— Admettons que Chailley soit intime avec la fille Adelstein. A priori, cette liaison est secrète puisqu'ils font tout pour ça, mais sa liaison avec Myriam Moser l'est tout autant. Ces deux femmes ont un intérêt pour lui, au-delà des histoires de fesses ! Il n'y a aucun hasard dans ces liaisons, Françoise Adelstein a croisé Desmarec, elle a fait croire ou quelqu'un a fait croire qu'ils sortaient ensemble et Chailley a séduit la fille de Desmarec. Tout cela a été savamment programmé. Ce n'était pas si compliqué, il est fin séducteur, bel homme et intelligent. Je pense que Myriam Moser est sa victime, pour la fille Adesltein c'est autre chose, mais quoi ? Ce que je veux comprendre, c'est qui a éliminé Gommé, puis laisser des traces évidentes sur une scène de crime, et pourquoi ?

— Et si on l'interrogeait en le mettant devant la réalité de ses deux liaisons ?

— Non, surtout pas, il est trop futé. Par contre j'aimerais avoir un entretien avec Myriam Moser. Elle nous cache des choses.

— Ok, je la convoque pour aujourd'hui encore.

— Parfait, on a fait le tour ?

— Ah le vététiste, c'est bon il s'en sortira.

— Enfin une bonne nouvelle.

Jaeg marchait sur des œufs, il le savait. Il avait conscience que quelque chose se tramait, le meurtre de Gommé marquait sans doute la fin de la course aux deux lièvres, mais il en restait un, et il fallait découvrir après quoi il courait.

Chailley était bien loin de se préoccuper des flics. Depuis qu'il avait refermé la porte du sas sur Myriam dans le fond du blockhaus, il n'arrivait plus à garder toute sa lucidité. Il en avait mal au ventre d'avoir bousculé son amante et de l'enfermer sous terre. Il avait agi sous l'emprise de l'impulsion du moment et il le regrettait, mais il n'avait pas eu le choix. Ses plans étaient compromis. Dans sa tête, il s'en voulait, il avait pensé à tout et pour la seule fois de sa vie, il avait omis une possibilité; celle de tomber amoureux de sa victime. Ce n'était pas le syndrome de Stockholm, non, le contexte avait généré une prise insidieuse dans son esprit. L'amour avait glissé au centre de son cerveau, tous ses neurones étaient infectés de ce virus inattendu. Pourtant aguerri auprès de nombreuses conquêtes, cette fois il avait succombé à une infection irréversible, délivrée par le fameux facteur humain. Il fallait absolument qu'il se ressaisisse. Les flics allaient découvrir le cadavre de Gommé, ils feraient vite le lien avec l'affaire Desmarec. Mais, pour l'instant, il devait s'en tenir au plan prévu et ne pas se faire repérer au risque de tout faire échouer.

Florent Chailley n'était pas le genre d'homme à perdre son sang-froid. Depuis sa plus jeune enfance il avait appris à gérer ses émotions. Abandonné par une mère célibataire, il avait recherché dans chaque femme celle qui aurait pu la remplacer. La blessure était profonde et aucune chirurgie n'avait réussi à la guérir. Chailley avait besoin de reconnaissance, il avait besoin d'exceller dans ce qu'il faisait, comme pour montrer à la face de la vie que le rejet de sa mère décuplait sa soif d'exister. La vie l'avait doté de qualités physiques et intellectuelles bien au-dessus de la moyenne. Il était parfaitement armé pour conquérir les sommets qu'il avait ciblés. Françoise Adelstein en était un, il l'avait croisée lors d'une vente aux enchères, à Bâle, en Suisse. Elle était assise, non loin de lui. Un aveugle aurait remarqué cette femme. Son allure distinguée et sa plastique irréprochable déclenchaient des éruptions dans l'esprit des hommes, les femmes la jalousaient ou l'enviaient. Ce jour-là elle avait remporté une enchère pour plus de deux millions d'euros ; un tableau daté des années 1600-1610, des frères Le Nain. Antoine, Louis et Mathieu Le Nain, peignaient ensemble des toiles, de style hyper réaliste. Aucun expert ne pouvait attribuer un nom à la réalisation de leurs œuvres, tant leur technique était identique. Chailley n'avait pas eu les moyens financiers d'enchérir sur ce tableau, mais ce jour-là il allait enchérir sur Françoise Adelstein. Il comprit vite qu'elle était fortunée et représentait donc à ses yeux une double attractivité ; une belle femme et de l'argent. Il décida donc de quitter la salle d'enchères et d'attendre patiemment qu'elle sorte à son tour pour tenter une approche. Il attendit qu'elle se dirigea vers son véhicule, une Aston Martin coupé anthracite, puis, quand elle referma la portière une fois installée, Florent Chailley déposa une carte sur le pare-brise, sous l'essuie-glace, et quitta rapidement les lieux. Françoise Adelstein n'eut pas le temps de réagir, le temps qu'elle ouvrit sa vitre, Chailley s'était envolé. Quand elle saisit la carte, elle lut les quelques mots griffonnés à la hâte "Vous avez un goût certain pour l'art, auriez-vous une certaine audace pour accepter mon invitation ce soir au "Quatre Saisons" à Bâle ? Je vous attendrai, même au bout de la nuit, mais 20heures serait convenant. Mes respects Madame. Florent". Le soir même, assis à une table ronde, dressée d'un apparat luxueux et drapée d'un blanc divin, Florent Chailley savait qu'il n'aurait pas à consulter sa Rolex. À 20 heures et une seconde, une sublime créature arrêta le temps.

Les bougies du chandelier en argent n'étaient pas les seules à brûler ce soir-là, Florent Chailley et Françoise Adelstein s'enflammèrent instantanément. Au-delà de l'alchimie épidermique, leur connexité cérébrale était unique et le temps allait les souder comme jamais. Joachim Adelstein avait façonné l'esprit de sa fille et elle savait en tirer le meilleur parti. Le destin lui avait offert un chasseur de femmes, elle ne serait pas le gibier, elle allait le formater vers une autre forme de chasse, celle du pouvoir. Le chasseur Chailley avait vite appris au contact de la redoutable Françoise et il avait réussi à faire ses preuves très vite, gagnant ainsi la confiance du clan Adelstein. Joachim Adelstein avait eu l'assurance d'un soutien indéfectible de la part de Chailley. Désormais, il faisait partie de la multinationale Adelstein, en tant qu'associé invisible et pour cause, il était en charge des affaires souterraines et illégales. Ce trio avait réuni leurs talents, au bénéfice de la malversation universelle, condamnant Albert Spaggiari, Clyde Barrow, Bonnie Parker, Bernard Madoff et compagnie, dans des rôles de petits racketteurs. Au fil des années, le trio avait amassé une fortune gigantesque, construite du pillage d'antiquités inestimables, d'œuvres d'arts extrêmement rares et précieuses, d'innombrables trésors d'Amérique Centrale. À cela, s'y ajoutait une colossale fortune bancaire, issue de spéculations et manipulations savantes, à travers les labyrinthes du blanchiment d'argent. Le patron du trio, Joachim Adelstein, n'avait jamais baigné dans le narcotrafic, convaincu des dangers potentiels inhérents à un grand réseau. La force du clan résidait dans son format réduit et l'absence d'affichage du couple; Florent Chailley - Françoise Adelstein. Malgré les doutes, les suspicions, la cible Adelstein restait intouchable auprès des polices internationales, le patron avait toujours veillé à régler le vecteur du facteur humain, source des aléas de l'improbabilité humaine.

Pour l'heure, Florent Chailley était plongé dans un antagonisme de sentiments. Même s'il n'avait jamais vécu avec Françoise Adelstein, elle était sa légitime et il la craignait, tout comme son père, planant au-dessus de leur couple. Quand Françoise Adelstein avait rencontré Thibault Desmarec, par hasard à une vente aux enchères à Brest, elle n'avait pas imaginé ce qu'allait lui réserver cette rencontre. Elle avait bien remarqué que l'homme l'avait dévisagée, mais avec une belle élégance, sans exagération, pas comme la plupart des autres hommes. Elle avait remarqué qu'il s'intéressait particulièrement au monde de la marine. Quand elle l'avait vu enchérir sur des cartes postales de vieux bateaux et de sous-marins de la dernière guerre, elle laissa agir son flair naturel. À l'issue de la vente, elle s'était arrangée pour laisser tomber un magnifique bracelet de chez Hermès à hauteur de Desmarec. En galant homme, il s'était employé à récupérer le bijou et pour récompense, il reçut une tornade de charme. L'effet attendu par la jeune femme fonctionna puisque Desmarec ne résista pas aux appels du tourbillon des émois incontrôlables, il l'invita à prendre un verre, puis un dîner qui se conclût par un dessert entre les draps de soie. Ce qu'ignorait alors Thibault Desmarec était l'enjeu de la présence de cette femme à Brest. Depuis plusieurs années le clan Adelstein recherchait les traces d'un vieux sous-marin allemand, de type U-Boot 139 de la Kriegsmarine. Ce type de sous-marin, essentiellement construit pour le transport et le ravitaillement, permettait d'échapper aux contrôles aériens et aux navires de guerre ennemis. Joachim Adelstein savait qu'un de ces sous-marins avait été réquisitionné par son père pour une mission secrète. Plusieurs mois avant l'échéance du débarquement des alliés, les nazis avaient mis tous les moyens en œuvre pour cacher leurs trésors de guerre. Rheinhart Müller avait eu l'idée ingénieuse de démanteler un sous-marin chargé du recel des pillages de plusieurs pays. L'idée majeure était de conserver une partie du sous-marin et de l'aménager pour un stockage optimal, puis de l'enfouir le plus près possible de l'Allemagne sans éveiller l'attention. Rheinhart Müller, ingénieur dans le génie civil, avant la guerre, connaissait très bien l'Alsace puisqu'il avait eu des travaux à réaliser dans le cadre de l'aménagement des mines de potasse, en particulier l'installation de puits de mine. Il avait donc la parfaite connaissance des contraintes de construction liées à la nappe phréatique. C'est ce qui allait lui servir dans l'élaboration de son plan; enfouir un morceau de sous-marin. Jamais personne ne trouverait ce coffre-fort géant. Dès la fin de la guerre, il pourrait acquérir les terrains et il aurait sa propre banque sous ses pieds. Malheureusement le destin allait le prendre en plein vol. Lors des premiers jours des bombardements alliés, l'avion de la Luftwaffe qui le rapatriait à Freiburg en Allemagne, ne résista pas au tir d'un Spitfire. Rheinhart Müller ne survécut pas et il ne put profiter de son trésor de guerre. Mais son fils alors âgé de 8 ans avait des souvenirs; il avait surpris son père s'affairer des heures dans un gros livre avec des dessins curieux, puis à d'autres moments, dessiner des plans lors de permissions de plusieurs jours. Le gamin avait vu les photos de l'U-Boot et il avait été fasciné par le sous-marin. Son père l'avait sermonné quand il lui avait posé des questions sur les plans et il lui avait interdit de remettre les pieds dans son bureau, prétextant que sa position au sein de l'armée nécessitait de ne rien dévoiler à quiconque. Interdire un truc à un gamin équivalait à l'encourager à franchir la limite. C'est ce que fit le jeune Joachim, au nom de Müller à l'époque, il avait observé les photos du sous-marin, mais aussi des trésors accumulés, tout était répertorié. S'il ne comprenait pas tout, il avait néanmoins saisi que son père allait construire une cachette à partir d'un morceau de sous-marin ! Et ce souvenir de jeunesse avait rejailli bien des années plus tard dans l'esprit de Joachim adulte. Quand Internet devint une source de données, il tomba sur des photos du livre qu'il avait vu entre les mains de son père. Ce livre n'était autre que le manuscrit de Voenych. Plus tard, il avait exploré plusieurs pistes, sans succès, pour retrouver les traces du fameux sous-marin. Ce qu'ignorait à cette époque Joachim Adelstein, c'est que par le plus grand des hasards, la cantine de son père avait été rapatriée par voie terrestre, ne pouvant loger dans un avion de chasse ! La cantine fut bien livrée à la bonne adresse à Freiburg, mais la mère de Joachim venait d'être empoisonnée par des voisins anti nazis. La honte avait des effets tardifs et beaucoup d'allemands n'attendaient qu'une réhabilitation, de l'image de leur pays. Le débarquement allié provoquait des dommages collatéraux. Joachim et son frère furent épargnés et furent placés dans un orphelinat de guerre. Les deux frères ne s'entendaient pas, leur différence de caractère était flagrante. Joachim était pétri d'ambition, tandis que son frère Ernst Müller était un doux rêveur. À leur majorité les deux frères quittèrent l'orphelinat, puis touchèrent à parts égales les droits d'héritage de leurs parents défunts. Ernst garda la maison, puis une somme très importante sur un compte, tandis que Joachim partit pour les Etats-Unis faire des études, avec suffisamment d'argent pour vivre pendant plusieurs années sans avoir à travailler. De nombreuses années plus tard, Ernst s'était installé à Munich, tandis que Joachim Müller s'était transformé en Joachim

Adelstein, homme d'affaires influent. Dans un coin de son esprit somnolait toujours l'image du sous-marin, du trésor et du fameux livre qui occupait les soirées de son père. Il avait évoqué ce souvenir d'enfance à sa fille. Autant Joachim Adelstein désespérait de retrouver la moindre trace de ce passé, autant sa fille s'enthousiasmait. Elle y mettait toute son énergie depuis des années, jusqu'à donner son corps à Thibault Desmarec. Sous le charme de la belle femme il avait raconté sa vie, ses passions et la découverte de la cantine issue de la dernière guerre. Il ignorait que plus tard cette confession lui serait fatale. À l'issue de cette rencontre, Françoise Adelstein savait qu'elle tenait du lourd. Quand elle en fit part à son père et qu'elle évoqua le nom d'Ernst Müller, le doute n'était plus permis. Son frère avait mis en vente la cantine militaire de son père avec peut-être tous les documents recherchés. Dès lors Joachim Adelstein avait laissé « carte blanche », à sa fille et elle avait élaboré un plan machiavélique, avec la complicité de son amant, Florent Chailley. Tout avait été pensé pour que cela se passe en douceur, Françoise devait poursuivre un semblant d'idylle, et Desmarec aurait fini par lui révéler les documents. Mais voilà, le traducteur d'allemand, Michel Gommé, professeur à la retraite avait mis les pieds dans le plat, avec la délicatesse d'un mammouth. Dès lors Françoise Adelstein avait activé le plan B, suite à l'élimination de Desmarec, ce serait Florent qui suivrait au plus près la fille de Desmarec. La stratégie du couple fonctionnerait quoiqu'il arrive, mais le facteur humain était déjà à l'affût. Florent ne savait pas que Françoise avait couché avec Desmarec pour arriver à ses fins et que réciproquement, Florent avait fait de même avec

Myriam. La quête absolue de la réussite avait conduit le couple dans des dérapages incontrôlés, et pour le coup le plus impacté était Florent.

Il était pratiquement onze heures du matin, quand le portable de Chailley vibra, l'affichage présentait un numéro inconnu, mais après trois appels insistants, il accepta d'ouvrir l'appel.

— Oui ?

— Monsieur Chailley, agent Olivier Burg de la police judiciaire, je cherche à vous joindre d'urgence, vous pouvez passer dans nos locaux ce matin encore ?

— Euh, oui, mais de quoi s'agit-il ?

— Une simple vérification, mais je vous expliquerai, nous tentons de joindre madame Moser, vous auriez de ses nouvelles par hasard ?

— Je peux passer dans une heure, pour madame Moser, je n'en sais rien, je ne l'ai pas vue depuis hier ! Elle doit être chez elle ?

— Elle n'est pas chez elle, elle a trompé la vigilance de son garde du corps, curieux non ? Vous ne savez vraiment rien ?

— Je vous ai déjà répondu non !

— Bien, je vous attends monsieur Chailley.

Cet appel n'arrangeait pas les affaires de Chailley. Il avait rendez-vous avec Joachim Adelstein et sa fille Françoise dans le plus grand secret vers 15h00 ce même jour. Si les flics le convoquaient pour une vérification, il devait s'agir du meurtre du larmoyant, il ne risquait rien. Son unique souci était la femme qu'il avait enfermée et qui torturait à présent son esprit.

La femme enfermée sous terre retrouvait son sang-froid, même si elle était dans une posture de naufragée de la vie et des abîmes terrestres. Myriam Moser avait commencé à inspecter plus en détail le contenu de son coffre-fort géant, la moitié d'un sous-marin allemand, type U-Boot 139 ! La première pièce du niveau 1 débordait de caisses d'or de différentes tailles; certaines chargées de lingots d'un kilogramme, d'autres de 12 kilos. Myriam était incapable d'évaluer la quantité d'or amassée et il valait mieux ne pas y penser. En fait, un lingot d'un kilogramme représentait une valeur marchande d'environ 33 000 €, tandis que les plus gros étaient évalués à plus de 8 millions d'euros l'unité. Myriam Moser était au centre de 900 tonnes d'or, soit environ 30 milliards d'euros.

Quand elle inspecta la seconde pièce, celle des box, sa surprise monta d'un cran. Le premier box renfermait des milliers de bouteilles de vins prestigieuses, des caisses de Pétrus, Romanée-Conti La Tache Grand Cru, Egon Muller-Scharzhof Scharzhofberger Riesling, Domaine Leroy Richebourg Grand Cru et tant d'autres. Des vins exceptionnels, à donner le vertige aux experts du monde entier. Le second box révéla la découverte la plus extraordinaire pour une femme, des boîtes métalliques remplies de diamants bruts et taillés, il y en avait des centaines, au moins quatre tonnes, évaluées à plusieurs milliards. Quelques caisses de rubis ajoutaient à la vitrine de l'incroyable. Dans le box suivant, de nombreuses caisses en bois recelaient des lingots blancs et gris; du Rhodhium et du platine. Deux métaux aussi rares et chers que l'or. Myriam Moser était dans une caverne d'Ali baba et elle allait aller de surprises en surprises.

Dans un autre box elle tomba sur une cinquantaine de fûts métalliques, marqués du sceau nazi et du mot Arzneimittel. Elle réussit à dévisser un couvercle et découvrit, des morceaux de cristaux de toutes tailles, puis dans un autre fût de la poudre blanche. Myriam Moser ne s'adonnait pas aux drogues, mais elle comprit qu'il s'agissait de méthamphétamine. Ce n'était pas si surprenant, des amphétamines et des méthamphétamines étaient largement distribuées aux soldats durant la seconde guerre mondiale pour améliorer leurs performances. Une grande partie de l'armée était dans une addiction totale de ces produits, le Parti nazi avait compris l'intérêt d'en fabriquer. La valeur marchande du kilogramme d'amphétamine étant le double de celle de l'or, quelques milliards s'ajoutaient sur l'addition du trésor. Myriam songea qu'elle pouvait s'offrir la soirée la plus mondaine, parée d'or, de diamants, de rubis et des meilleurs vins, et même s'offrir des rails de poudre, dans un sous-marin ! Un comble.

Le box qu'elle découvrit plus tard était bien moins glamour; d'innombrables cornes de rhinocéros et de défenses d'éléphant s'entassaient dans des caisses grillagées. Au marché noir, la valeur marchande dépassait largement celle de l'or. Les vertus supposées aphrodisiaques des cornes de rhinocéros trouvaient des acheteurs partout dans le monde. Myriam Moser se surprit à oublier sa peur, sa curiosité l'invitait à poursuivre son inspection. Elle tomba sur des stocks d'œuvres d'art fabuleux, des vases Ming à plusieurs millions d'euros, des armes de collections, des pièces de monnaie en or du monde entier, des bijoux, des parchemins, des vieux livres datant du Moyen-Age. Des sarcophages, des pièces de l'ancienne Egypte étaient entassées dans des caisses par dizaines. Myriam était ébahie devant ses trésors parfaitement conservés. Le sous-marin présentait les mêmes caractéristiques hygrométriques qu'une cave à vin.

Quand elle descendit à l'étage inférieur, Myriam Moser se retrouva devant l'étalage des plus grandes œuvres d'art jamais réunies. Protégés dans des caisses de bois, des centaines de tableaux de maîtres s'alignaient précautionneusement. La spoliation d'œuvres d'art par le régime nazi, désignée en allemand par le terme Raubkunst, était la dépossession massive et planifiée d'œuvres d'art par des agents du Parti nazi sous le Troisième Reich, en Allemagne et à travers le monde. Si une partie de ces œuvres avait pu être retrouvée, le reste avait disparu. La valeur de ce stock était inestimable et le stock d'or entassé dans le sous-marin ne pourrait suffire à les acquérir. Tout le niveau inférieur recelait des œuvres extraordinaires issues du plus grand pillage de l'humanité. Myriam se sentit bouleversée en découvrant ce musée enfoui avec elle. Mais elle n'était pas encore au bout de la découverte. Elle avait remonté la trentaine de mètres d'alignements de tableaux, quand elle aperçut dans le faisceau de sa lampe frontale un coffre-fort de plus d'un mètre de haut et de 50 cm de côtés. Le coffre était soudé au sol. Il s'agissait d'un vieux coffre, avec une serrure à roulette, gravée de chiffres de 0 à 9. Myriam imaginait que le code pouvait être dans les documents que Florent Chailley avait récupérés. Penser à Florent faisait mal dans sa tête, elle se surprit à le détester. Mais son cœur se battait contre l'inacceptable. Le cauchemar allait s'arrêter, ce n'était pas possible de finir ainsi; enterrée vivante par son ami et amant.

Burg reçut Florent Chailley à 11h45 dans son bureau. Un technicien de la scientifique releva ses empreintes et effectua un relevé ADN. Burg était démangé par une envie irrésistible de l'interroger, mais Jaeg l'avait fortement dissuadé. Mais il pouvait tout de même insister sur Myriam Moser.

— Monsieur Chailley, nous sommes très inquiets pour votre amie, Myriam Moser, nous essayons en vain de la contacter depuis ce matin. Elle a échappé à la surveillance de nos agents, et depuis envolée ! Vous devez bien avoir une petite idée de l'endroit où elle est ?

— Inspecteur Burg, je vous ai déjà répondu, je n'en sais rien, nous sommes amis et nous ne vivons pas ensemble !

— Vous êtes bien plus qu'amis, vous entretenez une relation et nous avons toutes les raisons de croire qu'elle pourrait être en danger, alors ne soyez pas irrespectueux avec moi, s'il vous plaît.

— Ok, c'est vrai, nous sortons ensemble, mais il ne s'agit que d'une relation, amis, amants. Nous n'avons jamais avancé des projets d'avenir. Si je savais quelque chose, je vous le dirais.

— C'est dans votre intérêt monsieur Chailley, vous pouvez-y aller.

— Vous me menacez ?

— Auriez-vous des choses à vous reprocher ?

— Bien entendu, que non !

— Alors, bonne fin de journée à vous !

Chailley quitta le bureau de Burg, puis prit la direction de la frontière suisse. Il s'arrêta chez un ami garagiste, Guy Freya, y laissa son véhicule, et repartit avec un véhicule de courtoisie. Plus que jamais, il devait veiller à ne pas être suivi, soit par un GPS espion planqué sous son véhicule ou par une filature humaine. Après quelques détours, et rassuré de ne pas être pisté, il se rendit à son lieu de rendez-vous, dans la banlieue de Bâle à Birsfelden. Il pénétra dans une petite propriété, gara son véhicule sous un carport végétalisé. Il avança jusqu'à l'entrée d'un pavillon bourgeois puis sonna. Une dame âgée lui ouvrit, la gouvernante des lieux.

— Bonjour, vous êtes attendu monsieur, dans la salle du bas.

Chailley connaissait bien cette salle, située au sous-sol, aussi protégée qu'un bunker nucléaire. Il s'y rendait uniquement, sur convocation. La gouvernante composa le code de l'entrée de la salle et referma la porte derrière Chailley. Elle était la seule à connaître le code en dehors du propriétaire des lieux.

— Bonjour, désolé de mon retard, j'ai dû répondre à une convocation des flics, pour des formalités d'enquête.

Assis au plus profond d'un canapé, Joachim Adelstein s'efforça d'esquisser un léger sourire de complaisance alors que sa fille Françoise déposait un baiser sur les lèvres de Florent Chailley. Un homme était assis dans un fauteuil, non loin d'Adelstein.

— Florent je vous présente Pepe Zienza, c'est son équipe qui est en charge du déménagement. Ils sont prêts à intervenir sur votre ordre. Faites-nous un dernier point de la situation.

— Ok. J'ai pu ouvrir le sous-marin, cela a pris plus de temps que prévu et j'en suis désolé, mais ça valait le coup d'attendre. Vous aviez raison sur le chargement, tout est là, au-delà de vos espérances, je ne sais pas ce que cela représente, mais c'est complètement démesuré.

Je n'ai rien vu de pareil, un coffre-fort géant rempli d'une fortune incroyable. Les plans de votre père ne collent pas tout à fait avec la réalité du chargement, je vous assure que c'est bien plus conséquent. À vue d'œil je dirai qu'il y a plus de 800 tonnes d'or, peut-être beaucoup plus, mais ce n'est pas les 300 indiquées sur les plans. Pour le reste, le stock des objets et tableaux est impressionnant, il faudra plusieurs voyages.

Pépé
ZIENZA

— Peu importe, il faut sortir tout cela très vite. Zienza, comment vois-tu les choses?

— Si j'ai bien lu vos plans et les descriptifs que vous avez fournis depuis quelques jours, le plus gros souci reste le puits de l'ascenseur. Le mécanisme est lent et la charge recevable ne doit pas être importante, cela risque de prendre beaucoup de temps. Je propose de démonter la cage d'ascenseur et d'installer un palan industriel, capable de hisser plus d'une tonne. La contrainte la plus lourde sera le bruit du générateur électrique en bas du puits, il faut qu'il soit assez puissant, mais on trouvera un moyen pour insonoriser au mieux.

— Le délai ?

— Je dirai, une nuit !

Pepe Zienza était un mercenaire à la tête d'un commando expérimenté. Il n'avait pas eu besoin d'attendre la validation d'Aldelstein pour anticiper les situations.

— Parfait, Florent qu'en pensez-vous ?

— Je pense que ça tient la route, mais il faudra faire avec les rondes des flics !

— On a prévu le cas ! répondit Zienza.

— On peut installer le système cette nuit ? lança Adelstein à Florent Chailley.

— Oui, c'est possible.

— Ok, alors feu vert et pas de bavures, c'est bien compris ? Florent vous prévenez Zienza quand tout est ok pour ce soir.

— Ok, ça marche, disons pour 23 heures.

— Je peux les accompagner demain soir, pour les chargements papa ?

— Non chérie, c'est trop dangereux, tu auras tout le temps d'admirer notre trésor plus tard. Messieurs, allez-y et soyez professionnels jusqu'au bout.

Chailley quitta la propriété, il avait peu de temps devant lui. Il était presque 15 heures et dans 8 heures, l'équipe à Zienza commencerait le travail dans le blockhaus. Si du point de vue d'Adelstein et sa fille, tout se passait comme prévu, pour Chailley, il n'en était pas de même. Il avait omis volontairement d'évoquer le cas de Myriam Moser, il devait trouver une solution. Il pensait à elle sans arrêt depuis qu'il l'avait enfermée, il essayait de la chasser de sa tête mais rien n'y faisait.

Durant le trajet de retour, il prit sa décision, il allait tenter le tout pour le tout auprès de celle qu'il aimait contre son gré. La situation le mettait devant une réalité devant laquelle il n'avait plus de marge de manœuvre. Il devait choisir entre Françoise Adelstein et Myriam Moser. Son choix était en lui, mais il ne se l'avouait toujours pas, il était devenu complètement fou de Myriam Moser. Il se rendit à son appartement, attrapa un sac de sport dans lequel il rangea un plaid, une bouteille d'eau et quelques fruits. Il songea qu'elle avait froid et faim. Il allait tenter de s'expliquer et de la ramener chez lui, puis de lui proposer de partager sa part du trésor. Après tout, il y avait une telle fortune dans le sous-marin que quelques milliards ne comptaient plus. Pétri de conviction, Florent Chailley oubliait que le trésor appartenait pour partie à Myriam.

À 18H25, Chailley gagna le blockhaus par la forêt, afin, de ne pas éveiller l'attention du côté du Garden Golf Club. Il descendit au fond du puits, puis entreprit d'ouvrir la porte du sas. Il déverrouilla l'accès, puis prudemment pénétra à l'intérieur du sous-marin. Il faisait sombre, le faisceau de sa lampe frontale et de la torche qu'il tenait, balayaient la pièce. Myriam n'était pas visible.

— Myriam, c'est moi, tu es là, je veux qu'on parle.

Aucune réponse ne perça le silence.

— S'il te plaît, réponds-moi. Je peux t'expliquer et tu comprendras.

— Comprendre quoi? Que tu es un beau salaud !

La voix de Myriam résonnait, elle venait de nulle part.

— Mais bon sang, tu es où, montres toi. Je ne te veux aucun mal et tu le sais !

— C'est pour cela que tu m'as manipulée, menti, enfermée ici après m'avoir bousculée. Tu veux me piquer tout ça, c'est ça, tu vas me tuer, tu es revenu pour terminer ce que tu as commencé.

— Non Myriam, je suis venu te dire que je ne peux pas me passer de toi, ce trésor, on peut se le partager. Je peux t'expliquer ce qui s'est passé, j'ai paniqué.

— Vas-y, j'aurai encore moins de regrets !

Les faisceaux lumineux tentaient de repérer Myriam, mais elle restait invisible, ce qui avait le don d'exaspérer Chailley.

— Oui je t'ai menti, j'ai quelqu'un dans ma vie, mais c'est terminé, c'est toi que j'aime. J'ai été impliqué par son père dans l'objectif de t'approcher, pour récupérer les documents que tu avais reçus de ton notaire. Mais nous n'avons tué personne ! Le mec qui t'a agressée était le commanditaire de tous les meurtres. Nous n'avons rien à voir, nous voulions juste le trésor que ton père avait retrouvé, mais nous ne pouvions imaginer qu'un autre était sur les rangs.

Florent Chailley marqua un temps d'arrêt, impatient de la réaction de Myriam Moser.

— Laisse-moi comprendre, tu es avec une autre femme, donc, je suis ta maîtresse et tu m'as séduite pour piquer ce que mon père avait trouvé. Je devine que cette femme avait séduit mon père; c'était bien elle sur les photos, dans les bouquins ?

— Oui, c'était elle, et ton père lui a avoué qu'il avait un secret, mais ton père s'est fait éliminer par le gros type qui t'a agressée, nous avons dû changer nos plans.

— Et le vieux qui est venu me parler à la cérémonie de mon père était le père de ta gonzesse ?

— Oui c'est lui.

— Je comprends maintenant pourquoi tu t'absentais certains week-ends et que tu étais si empressé de m'aider à retrouver ce foutu endroit. En fait ça fait plus d'un an que vous avez échafaudé votre plan !

— C'est vrai ! Mais je suis tombé amoureux de toi. Je regrette de t'avoir fait mal, mais je ne leur ai rien dit sur toi, ils imaginent que tu t'es fait manipuler en douceur et que tu n'es plus dans le jeu. Je t'ai protégée Myriam, je te le jure.

— Mais tu crois sincèrement que tu m'apitoies ?

— Je sais que tu as mal, je regrette amèrement. Je ferai tout ce que tu voudras. Je t'ai ramené de quoi grignoter, tu dois avoir faim et froid ! Tiens, j'ai même une couverture.

Chailley montra le sac de sport.

— Je n'ai ni faim, ni froid ! J'ai juste un écœurement au fond des tripes. Mais dis-moi c'est quoi la suite de votre plan, maintenant que vous avez mis la main sur ce trésor ?

— Je vais te dire la vérité, ils vont venir, tout un groupe d'hommes, pour déménager tout ça dans un lieu sûr et s'ils te trouvent ici, je ne donne pas cher de toi, alors viens avec moi. S'il te plaît Myriam.

— Tu ne doutes de rien ! Tu m'as eue dans un contexte de fragilité, tu n'as aucune gloire à tirer de cela, au contraire. La seule raison qui te conduit vers moi, c'est que tu dis être amoureux de moi, alors dans le cas contraire que ferais-tu ? Tu n'hésiterais pas à te débarrasser du poids que je suis devenu, n'est-ce pas ?

Florent Chailley se sentait désarmé devant le réalisme de Myriam. Il sentait qu'elle lui échappait au fil de la discussion.

— Myriam, je te demande pardon, je ferai ce que tu voudras, je ne veux rien de ce trésor, c'est à toi, mais je t'en prie ne restons pas là. Ils attendent mon appel pour ce soir et il est déjà tard.

— Ah voilà, ils attendent ton feu vert, le mien est au rouge tu vois. J'ai la haine en moi de ce que vous m'avez fait endurer. Vous ne valez pas mieux que l'autre gros porc. Alors vas-y, appelle-les !

— Tu sais bien qu'on ne capte rien ici, il faut remonter, viens !

Toujours invisible, Myriam Moser sentait l'épuisement la gagner. Les heures passées, seule dans cet univers étrange, l'avaient vidée de son énergie.

— Myriam, je ne te ferai jamais de mal, je te le jure !

— C'est déjà fait !

Une ombre se dévoila dans le faisceau des lampes, Myriam Moser sortait de sa cachette, elle avançait à pas lents vers l'allée centrale en direction de Florent Chailley. Celui-ci l'observait, il avait réussi à la convaincre, du moins s'en persuadait-il. À moins de cinq mètres de lui, elle s'arrêta.

— Voilà, et maintenant, que vas-tu faire Florent ?

— On sort d'ici et on file chez moi, je vais m'occuper de toi.

— Me baiser ! Pour effacer ce que tu m'as fait ?

— Non, je veux prendre soin de toi, me faire pardonner.

Il fit un pas en avant en tendant sa main, l'invitant à le rejoindre, mais Myriam passa son bras droit dans son dos au niveau de sa ceinture de jean, et saisit une arme qu'elle brandit toute tremblante en face de Chailley. Elle tenait entre ses mains une arme de collection récupérée dans une des caisses des box.

Chailley tressaillit à la vue de cette arme inattendue.

— Mais que fais-tu Myriam, pose ça, c'est une arme de collection, c'est ridicule.

Une détonation claqua dans les entrailles de la terre, Myriam venait d'appuyer sur la détente d'un exceptionnel pistolet COLT de 1900, calibre 38 ACP, l'un des tout premiers à chargeur. La balle avait ricoché contre le sol en acier, aux pieds de Chailley.

— Tu es folle, tu vas te blesser, arrête ça !

— Tu vois là, je réarme et je peux tirer six balles, il en reste cinq, la première c'était pour te montrer que j'ai aussi des talents.

Ce qu'elle ne disait pas, c'est qu'elle avait passé plus d'une heure à comprendre le fonctionnement de cette arme d'un autre temps. Auparavant elle avait dû fouiller dans plusieurs caisses avant de la dénicher, avec ses munitions. Elle avait vidé un chargeur complet pour être certaine de son fonctionnement.

— Tu veux quoi Myriam ?

— Pousse toi, laisse-moi sortir, toi tu restes là, tu voulais être riche et bien profites en.

— S'il te plaît, donne-moi une chance, je t'aime Myriam.

Myriam fit quelques pas de côté pour contourner Chailley, elle reculait lentement vers la sortie, tenant fermement son arme.

Chailley, la voyant toute proche de la sortie, s'avança vers elle sans hésitation, comme pour la retenir, mais Myriam prit cette intention comme une agression. Paniquée, elle appuya sur la gâchette dans un réflexe de défense, un coup de feu retentit, Florent Chailley s'écroula. Myriam Moser resta quelques instants prostrée, tétanisée par l'événement, ses mains tremblaient sans retenue, l'arme de collection chuta au sol. Quand elle réalisa la portée de son acte elle hurla tout en s'avançant vers Chailley étendu.

— Florent ! Je ne voulais pas !

Chailley demeurait immobile, une petite flaque de sang naissait sous son flanc gauche. La balle l'avait traversé.

— Florent, non, c'est pas vrai !

Elle s'agenouilla, puis prit son pouls, il était vivant. Elle sentit une pression sur son poignet, la main de Florent Chailley l'agrippait en douceur, il avait ouvert les yeux et il la dévisageait. Comme dans un dernier adieu, il lui chuchota quelques mots.

— Pardon mon amour, pardon.

— Chut, ne dis rien, je vais chercher des secours.

— Non, c'est fini. Ne m'oublie pas...

Chailley ne put finir sa phrase, il referma doucement les yeux. Myriam s'effondra sur son torse, écroulée de douleur, de lourdes larmes coulaient sur son visage défait. Elle se reprit quand elle sentit les battements du cœur de Chailley qui résonnaient contre sa tempe, il n'était pas mort. Elle se releva, déplaça le corps de son amant en position latérale, puis vida le sac de sport en toile de son contenu et le plaça sous sa tête. Elle le couvrit du plaid qu'il avait ramené, déposa quelques gouttes d'eau sur ses lèvres, puis se releva. Elle prit un temps d'évaluation de la situation avant de foncer vers la sortie du sas. L'urgence était de prévenir les secours. Myriam Moser oubliait ses ressentiments, la haine qui l'avait submergée quelques temps auparavant, elle avait enfoui sa détermination de vengeance à l'égard de Florent. Avant de tirer sur son amant, elle s'était menti à elle-même. Elle découvrait soudainement que ses sentiments étaient entremêlés de haine et d'amour, mais la part d'amour l'emportait.

Elle sortit du sas du sous-marin et se retrouva au fond du puits, prête à remonter à la surface. Elle grimpa dans la cage de l'ascenseur métallique et la referma, puis entreprit d'actionner la poulie crantée, mais la manœuvre s'annonçait rude, elle n'avait pas les forces nécessaires. Cran après cran, la cage montait de quelques centimètres, mais c'était fastidieux. À ce train-là, il lui faudrait beaucoup trop de temps ! Elle saisit son téléphone portable, mais il était impossible de capter le moindre réseau à cette profondeur et l'horloge de l'appareil affichait déjà 19h32. Dans la confusion elle se rappela que Florent avait annoncé la venue d'un groupe d'hommes, mais à quelle heure ? Elle ne savait plus comment ils allaient être prévenus, tout était flou. De dépit, elle reprit la manœuvre de la poulie avec la rage au ventre.

Samantha avait été sollicitée toute la journée sur une affaire de violence conjugale. La victime était une amie proche d'elle, aussi ce dossier l'avait retenue une bonne partie de la journée. Elle avait tenu à rester auprès de son amie à l'hôpital ; Russo lui avait laissé toute liberté. Quand elle retourna à son bureau, elle ouvrit sa boîte mail, il était tout juste 19h33. Elle trouva le mail du service du cadastre qu'elle attendait depuis un moment, l'heure de réception affichait 16h45, soit une journée entière depuis son dernier appel. Samantha hocha la tête de dépit. Elle ouvrit le mail et lut : "Bonjour madame, comme suite à votre appel, je vous confirme une actualisation des données cadastrales desdits secteurs identifiés en 1978. Un remembrement communal a prononcé la division de plusieurs secteurs de la forêt domaniale. La parcelle que vous recherchez se situe donc sur l'actuel parcours de golf, juste en bordure des limites de la forêt. Vous trouverez en pièce jointe l'extrait le plus récent. Cordialement".

Samantha ouvrit la pièce jointe et l'imprima immédiatement. Elle avait vu clair, l'extrait que Desmarec avait récupéré était obsolète. Samantha saisit le document imprimé, envoya un message à Russo affairé par ailleurs et bondit dans le véhicule de service. Moins de 15 minutes plus tard, elle se retrouva dans les locaux de Jaeg où elle insista avec virulence pour le rencontrer immédiatement. Jaeg la fit entrer et appela Burg.

— Nous vous écoutons, mais calmez-vous mademoiselle, vous avez l'air très tendue !

— Oui, excusez-moi de vous déranger, mais je pense que j'ai trouvé quelque chose.

La jeune femme tendit l'extrait cadastral à Jaeg et expliqua la confusion avec le document originel de Desmarec. Tous avaient cherché un blockhaus au mauvais endroit alors qu'il était sous leur nez, en plein sur le parcours de golf.

— Nom de Dieu ! Comment un truc pareil a-t-il pu nous échapper ! Lança Burg.

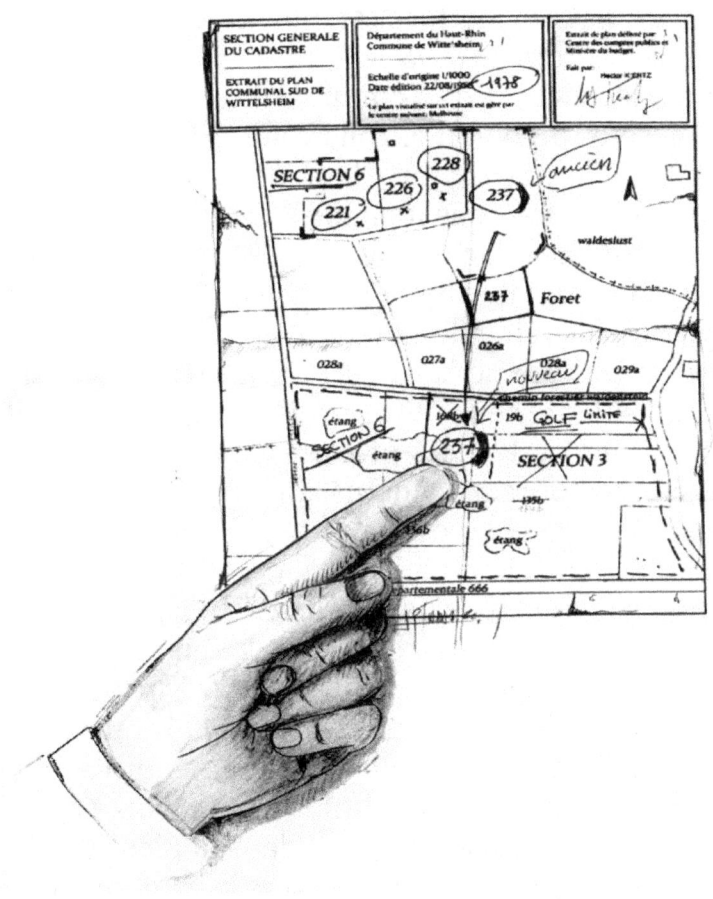

— L'administration et ses labyrinthes ! Bien, réfléchissons. Ce blockhaus est en travaux, je le sais car j'ai assisté à l'assemblée générale du club. C'est Florent Chailley qui est en charge de refaire une fresque sur une des façades. Ce n'est pas un hasard si Myriam Moser est informée de l'état des travaux, puisqu'elle l'accompagnait régulièrement. Pour l'instant , elle est injoignable et ça c'est curieux. Je propose que l'on fasse un petit tour sur place, mais discrètement.

— Je préviens les équipes ?

— Tu les mets en alerte, c'est tout, il vaut mieux être à effectif réduit. Bon, on y-va !

— Euh, je fais quoi moi commissaire ?

— Vous êtes un bon flic, vous voulez venir ?

— Oui ! Je préviens mon Chef.

Samantha n'avait pas imaginé être embarquée par le commissaire Jaeg sur une affaire. Pour le coup, elle était ravie, elle adorait le terrain, elle allait être servie.

Jaeg gara le véhicule banalisé près des dernières habitations à l'entrée de la forêt. Puis les trois policiers remontèrent à l'intérieur du parcours de golf. Il faisait encore bien jour malgré les gros nuages qui couraient dans le ciel sombre. À moins de 100 mètres du blockhaus, Burg avança seul jusqu'à l'échafaudage et souleva la bâche, il jeta un œil circulaire dans l'ouvrage, puis il ressortit pour faire signe à ses collègues qu'ils pouvaient avancer. Ils remirent la bâche en place, puis allumèrent deux petites torches. La cavité béante menant vers le puits de l'ascenseur n'était plus masquée. Jaeg allait s'y engouffrer quand ils entendirent un curieux bruit métallique qui s'interrompit puis reprit. Jaeg fit signe à Samantha de rester dans la pièce tandis que, suivit de Burg, ils s'avancèrent vers le haut du puits.

Des faisceaux de lumière jouaient sur les murs. Quelqu'un était dans le puits, plus bas. Jaeg se pencha et comprit la situation. Une femme tentait de manœuvrer une poulie mais avec d'énormes difficultés. Il pointa son arme en avant, puis se planta au-dessus de la cage d'ascenseur en interpellant la femme.

— Ne bougez plus, police, les mains en l'air !

Myriam Moser, surprise, se crispa sur la poignée de la poulie, puis leva les bras en l'air.

— C'est moi, aidez-moi s'il vous plaît !

— Madame Moser, que faites-vous là ?

— Je n'arrive plus à remonter, il y a quelqu'un qui va mourir si vous ne m'aidez pas !

Burg ôta sa veste et entreprit de glisser le long d'une des poutrelles d'angles de l'armature de l'ascenseur. La cage, n'ayant pas de plafond, il réussit à rejoindre Myriam Moser après avoir déchiqueté sa chemise blanche et tâchée de rouille son jean. Il manœuvra la poulie pour regagner le niveau de Jaeg. Myriam Moser interpella Jaeg avant même d'être parvenu sur le seuil de l'étage.

— Commissaire, il faut récupérer Florent Chailley, je lui ai tiré dessus, il va mourir si on ne le conduit pas à l'hôpital ! Des hommes doivent venir, il faut faire vite.

— Calmez-vous madame, je téléphone et je reviens.

Jaeg sollicita Samantha pour avancer le véhicule banalisé au plus près du blockhaus. Puis il redescendit au fond du puits accompagné de Burg et de Myriam Moser qui lui détailla les événements depuis la veille.

— Vous avez joué avec le feu, je vous avais demandé de tout me dire ! Je vous aurai aidée !

— Je sais, mais là il y a urgence !

Burg qui s'était empressé auprès de Chailley, interpella son supérieur. Il s'est réveillé ! Chailley articula quelques mots, grimaçant de douleur.

— Ils vont venir, je dois les prévenir, je vous dirai tout, mais il faut partir.

Jaeg savait jauger dans l'instant les priorités et sauver Chailley, lui semblait primordial. Il devait survivre pour parler. Le groupe hissa Chailley hors du blockhaus et le conduisit à l'hôpital en moins de 15 minutes. Il était déjà 20h46. Aussitôt le service des urgences prit en charge Chailley.

Jaeg consulta Myriam Moser pendant ce laps de temps. Il comprit que Chailley devait prévenir des hommes, en fin de soirée, mais dans son état cela semblait improbable. Il fallait improviser compte tenu des circonstances. Il se concerta très rapidement avec Burg, puis appela le procureur Donati, il avait besoin de moyens de toute urgence, son plan ne tenait qu'à un fil.

Moins de 30 minutes après l'admission de Chailley, le médecin chef retrouva Jaeg.

— Commissaire Jaeg, la vie du patient n'est plus en danger, la balle a traversé le flanc gauche, le traumatisme balistique relève essentiellement une hémorragie qui a été neutralisée de justesse. Le patient peut parler, je vous autorise 5 minutes, pas plus, je vous le demande !

La nouvelle était inespérée, Jaeg se précipita dans la chambre de Chailley. Il était livide mais conscient de la situation. Il s'exprima lentement mais de manière audible.

— Je vous dirai tout commissaire, madame Moser n'a rien à voir là-dedans, mais il faut protéger le contenu du blockhaus ! Vous devez arrêter les hommes ce soir, sinon il ne restera plus rien.

Durant le délai des cinq minutes, Jaeg écouta attentivement les propos de Chailley, il restait moins de deux heures avant l'échéance de 23 heures, heure à laquelle Pepe Zienza était censé avoir le feu vert. Les circonstances allaient changer l'heure, Jaeg avait besoin d'un peu de temps pour son plan.

Loin des événements récents liés au blockhaus, Joachim Adelstein ressentait une onde divine s'installer en lui. Dans peu de temps il serait l'homme le plus riche de la planète, une fois de plus il avait joué fin, sans prendre le moindre risque. Son plan fonctionnait comme une horloge suisse. Cette nuit, les hommes de Pepe Zienza mettraient en œuvre le système de treuillage, le lendemain, ils n'auraient plus qu'à commencer le déménagement du contenu du sous-marin. L'or serait chargé dans des camions Ampliroll[5] modifiés. Les rails de roulement pour hisser les bennes avaient été dotés de coussins élastomères pour atténuer fortement les bruits métalliques.

Tout le reste du sous-marin serait chargé dans des camions frigorifiques à température stabilisée afin de ne pas abîmer les œuvres d'art en particulier.

Joachim Adelstein avait tout anticipé pour l'écoulement de l'or, dans un premier temps, il répartirait le stock dans plusieurs de ses coffres de banque en Suisse, puis il écoulerait secrètement une partie dans son réseau de blanchiment. Pour les œuvres d'art, il avait acheté un château en Autriche dans un

---

[5]Système de camion articulé permettant de déposer une benne au sol et de la hisser une fois chargée

endroit reculé de l'Oberösterreich. Ce serait parfait pour un musée personnel. Mais il attendait plus que tout le livre que son père feuilletait certains soirs et qui ressemblait étrangement au manuscrit de Voynich. Il espérait que ce livre était dans le sous-marin.

Pour le moment le sous-marin avait retrouvé le calme. Jaeg avait refermé le sas. Myriam Moser reprenait des forces, Jaeg avait fait livrer des pizzas à son équipe, il en avait partagé une avec Myriam Moser.

Il était 22h37, quand Florent Chailley envoya un message à Pepe Zienza. "Feu vert pour 00h30, précise. Patrouille de police vers 23 h30. Accès par la forêt dégagé". La réponse de Zienza ne tarda pas. "Ok, bien reçu ! 00h30". Jaeg avait suggéré un décalage horaire le temps de mettre son plan en place.

00h30

Le basculement entre le Mercredi 16 mai et le Jeudi 17 mai était imminent. Dans la nuit sombre, Pepe Zienza et son équipe de treize hommes étaient en place aux abords du blockhaus. Un camion de transport électrique avait pu s'approcher au plus près du parcours de golf, par un chemin forestier contigu à celui qui longeait le blockhaus. Deux hommes étaient postés près du chemin, allongés à l'intérieur de la forêt, prêts à prévenir de l'arrivée d'une patrouille de police. Les autres attendaient le signal pour acheminer le matériel destiné à remplacer l'ascenseur du blockhaus. À 00h30 précise, Zienza pénétra seul dans le blockhaus. Quand il eut évalué les lieux, il donna l'ordre à ses hommes d'entrer en action. En moins d'une heure, tout le matériel avait été déchargé et stocké dans le blockhaus, le démontage de la cage d'ascenseur et l'installation du palan industriel pouvaient commencer. L'équipe de Zienza était expérimentée, un commando de mercenaires aux multiples talents, tous formés pour intervenir dans les pires situations. La mise en œuvre du palan représentait la routine, rien de très complexe, quatre heures suffiraient. Durant ce temps, Zienza et son adjoint Vincenzo Goc firent le tour du sous-marin et de sa fabuleuse cargaison. Les deux hommes avaient acquis une grande expérience dans leurs diverses missions et ils avaient été confrontés à la vue de nombreux butins. Mais là, ils étaient ébahis devant le spectacle, jamais ils n'avaient vu autant d'or et de richesses amassés. Même Zienza qui aurait pu être blasé restait stupéfait.

— Putain, j'en reviens pas, ça donne le tournis !

— Ouais, c'est énorme ! On pourrait se barrer avec tout ça et couler des jours heureux au soleil.

— Déconne pas avec ça, le vieux te retrouverait et je ne donne pas cher de ta peau, il connaît tout sur tout et il a des hommes de main partout dans le monde.

— Ok, je disais ça pour déconner.

— Ouais, et bien n'y pense plus ! Viens, on descend au niveau inférieur voir le reste, le boss m'a chargé de trouver un livre.

Pepe Zienza avait reçu plus de dix appels et des SMS de Françoise Adelstein mais, au fond du sous-marin, il était impossible de capter le moindre signal. La jeune femme avait compris qu'il était trop tard pour que Zienza reçoive à temps les informations qu'elle avait envoyées, elle avait donc décidé d'improviser, mais en y mettant quelques moyens anticipatifs. Quand elle arriva dans l'hôpital où Florent Chailley était soigné, elle ne mit pas très longtemps à découvrir sa chambre. Deux policiers en uniforme gardaient l'accès, ce n'était pas cela qui dissuaderait Francoise Adelstein. Elle réussit à s'introduire dans un local technique et dénicha une blouse d'interne. Elle alla au distributeur de café, retira deux gobelets remplis, puis y ajouta une forte dose de

GHB[6]. Dès qu'elle aperçut une jeune infirmière, elle n'hésita pas.

— Mademoiselle, s'il vous plaît, pouvez-vous apporter cela aux policiers de la chambre 346, ils doivent rester éveillés. J'ai une urgence, merci !

La jeune infirmière ne pouvait refuser les deux gobelets tendus et encore moins l'ordre d'une interne. Elle s'empressa de livrer les cafés aux deux policiers, ravis de cette marque de convivialité. Françoise Adelstein patienta 20 minutes, puis se dirigea vers la chambre de Florent Chailley.

Les deux policiers s'étaient affalés sur leurs chaises, un couple de visiteurs préjugeant de l'amateurisme des deux hommes, pouffa, en passant devant eux. Françoise Adelstein pénétra dans la chambre. Chailley dormait, elle s'approcha en silence, déboutonna sa blouse, puis sortit de la poche de son tailleur une arme à feu. Elle vissa un silencieux, puis l'appuya violemment sur la poitrine de son homme qui sursauta. Cet effet raviva la douleur de son flanc blessé, il gémit tout en évaluant la situation.

— Tu... tu fais quoi ?

— Ce que je fais ? Mais mon chéri je viens achever tes souffrances.

— De quoi tu parles ?

Françoise Adelstein se dirigea vers la penderie et en sortit le blouson de Chailley. Elle glissa une main dans la poche intérieure et en ressortit un microémetteur miniaturisé. L'appareil très sophistiqué mesurait à peine 2 cm. Florent Chailley comprit qu'il avait été piégé.

---

[6]GHB : Le GHB (acide gammahydroxybutyrique) est une drogue de synthèse aux propriétés sédatives et amnésiante

— Voilà mon cher, je me doutais qu'il se passait quelque chose avec cette gonzesse, ta Myriam ! Mon père avait vu juste, tu as craqué pour cette fille et tu nous as trahis ! Comment as-tu osé nous faire ça ? Tu ne te rends pas compte de qui nous sommes, tu n'es qu'un pauvre con, on t'a fait confiance, je t'ai donné ma confiance jusqu'au bout. Il a fallu que tu tombes amoureux, alors qu'il y avait un enjeu au-dessus de tout.

— Ce n'est pas ce que tu crois, j'ai essayé de résister, je te jure.

— Adieu Florent, notre histoire s'arrête là, et ça c'est de la part de mon père.

Un bruit sec sortit du silencieux, Florent Chailley venait d'être touché en plein cœur. Françoise Adelstein jeta un dernier regard sur l'homme qu'elle avait aimé, puis sans paraître affectée par son crime, quitta la chambre 346.

Pepe Zienza et son adjoint Vincenzo venaient de passer plus de deux heures à fouiller le niveau inférieur du sous-marin à la recherche du fameux livre sollicité par Joachim Adelstein. Mais ils durent se rendre à la raison, le seul endroit possible était dans le coffre-fort fixé dans l'acier du sol. Ils regagnèrent les hommes, occupés dans le puits. La cage de l'ascenseur était démontée, et l'armature du palan allait être ancrée. Il restait moins de deux heures avant de quitter les lieux. Zienza laisserait deux hommes pour garder le butin jusqu'au lendemain soir.

La nuit était bien avancée quand Jaeg consulta sa montre, 2h30 du matin, planqué à l'intérieur du club house du golf avec beaucoup d'hommes. Des hommes tous vêtus de noir, masqués par des cagoules et couverts de l'appareillage pour la vision nocturne. Sur le dos des uniformes, un sigle prestigieux était cousu : GIGN.

Le plan que Jaeg et le GIGN avaient mis au point demandait de la patience. Jaeg se rappelait à la philosophie du pêcheur de brochet. Attendre que le carnassier joue avec sa proie et le ferrer après un laps de temps équivalant à fumer une demi-cigarette.

Le commandant Morot du GIGN activa le début de la mission. Quelques instants plus tard, les deux hommes de guet de Pepe Zienza se faisaient surprendre comme des bleus. Des hommes du GIGN avaient été postés sur le périmètre de la zone du blockhaus. Le GIGN et les hommes de Jaeg étaient en place depuis minuit. Ils avaient pu se camoufler, se rendre invisibles et attendre patiemment leurs proies ; le guet-apens parfait. Le GIGN et les hommes de Jaeg étaient postés dans la forêt, aux abords du golf et dans le club-house, mais aussi dans le sous-marin. Plus de 10 hommes étaient répartis sur les deux niveaux. Pepe Zienza, pourtant aguerri aux jeux de guerre, n'avait rien vu. Les hommes en noir avaient la parfaite technique du camouflage FOMEC BLOT[7], invisibles, caspérisés, des entités à l'épreuve de l'existence réelle.

Jaeg en vieux renard avait suggéré au commandant Morot de laisser l'équipe de Zienza conclure la mise en œuvre du palan. Non seulement tout serait en place pour sortir le contenu du sous-marin, mais les hommes de Zienza focaliseraient leur attention sur l'installation du palan et seraient moins vigilants dans le contexte d'une

---

[7]FOMEC BLOT : Formes Ombres Mouvements Eclats Couleurs Bruits Lumières Odeurs Traces

attaque surprise. Zienza était dans le puits, il observait l'avancement du travail ; dans une heure, tout devait être opérationnel, il avait prévu de faire un test pour être certain que le système serait efficient le lendemain. Tout devait être évacué dans la nuit prochaine. Une palette chargée d'une tonne d'or avait été acheminée afin de pratiquer le test en situation réelle.

Un des hommes du GIGN était chargé de confirmer l'avancée du travail pour déterminer le moment de l'attaque. Il avait pu sortir de sa planque et s'approcher du puits. En un clin d'œil, il avait jugé de la temporalité de la situation et avait proposé au commandant Morot d'intervenir à 4 heures précises. Le GIGN communiquait avec le système de transmission par le sol appelé TPS. Ce système permettait une liaison radio entre deux postes à travers plusieurs centaines de mètres de profondeur en exploitant la conductivité électrique du sol. L'utilisation se faisait par un manipulateur de signaux morses. Le système était couramment utilisé dans les opérations de secours spéléologiques. Les hommes planqués dans le sous-marin pouvaient donc communiquer sans éveiller la moindre attention. Si Zienza était resté en surface, il aurait pu recevoir les messages de Françoise Adesltein et de son père le prévenant du piège dans lequel il s'était enfermé.

Joachim Adelstein était furieux, la trahison de Chailley l'empêchait de conclure son plan en beauté. Sa fille l'avait prévenu de sa mort, mais il n'en ressentait aucune satisfaction, le mal était fait. L'équipe qu'il avait diligentée allait se faire cueillir en flagrant délit et le butin du sous-marin lui échapperait. Mais Adelstein n'était pas du genre à capituler aussi facilement. Il fallait réajuster le plan et remonter à la cause de cet échec ; une femme prénommée Myriam Moser et qui avait retourné la tête à Chailley.

Pendant ce temps, Myriam était rentrée chez elle ; cette fois, Jaeg avait ordonné à deux policiers en civil de la protéger, un dans l'appartement et l'autre en planque à l'extérieur. Myriam s'était allongée sur son lit, habillée, incapable de s'endormir et de porter un regard lucide sur la situation. Elle avait tiré sur son amant, celui en qui elle avait mis tant d'espoirs. Elle était en pleine confusion, des sentiments contradictoires émergeaient dans les limbes de son cerveau. La frange de l'irréel l'aspirait, elle ne pouvait accepter la tournure des évènements. Le déclic qu'elle avait eu après son tir sur Florent lui avait révélé ses véritables sentiments, elle aimait cet homme. Même s'il l'avait manipulée, elle n'écoutait que son cœur, celui d'une femme amoureuse et qui pardonnait. Elle ignorait pour l'heure que le destin avait fait un choix, celui d'éteindre la vie de Florent Chailley.

La montre de Jaeg, une Longines, affichait 03h 57minutes et 37 secondes. Le commandant Morot s'apprêtait à lancer l'assaut. Ses hommes étaient prêts, tapis dans l'ombre depuis des heures, comme des fauves à l'affût. Morot mit deux minutes à rejoindre ses hommes proches de l'entrée du blockhaus, puis il attendit que la petite aiguille se positionne sur le 4 des heures, pour être en parfaite synchronisation avec l'équipe postée dans le sous-marin.

À quatre heures précises, les forces du GIGN lancèrent l'assaut, Morot somma les hommes de Zienza de se rendre.

— Ici le GIGN, vous êtes cernés, rendez-vous.

Une salve de pistolet mitrailleur lui répondit, suivie d'autres. Les hommes de Morot ripostèrent avec détermination. Des hommes de Zienza s'effondraient dans le puits. Pris entre deux fronts et n'ayant que peu de refuges pour se protéger, ils tiraient à l'aveugle vers le haut du puits et vers l'entrée du sous-marin. Le puits renvoyait l'écho des balles ricochant sur les parois, mais parfois le bruit se faisait sourd quand les balles pénétraient dans la chair des hommes. Les projecteurs avaient été pulvérisés par les balles perdues, il faisait très sombre soudainement. Le bruit était assourdissant, malgré l'emploi de silencieux sur certaines armes.

Les chargeurs se vidaient avec une rage furieuse, chacun défendant sa survie jusqu'au bout. Du sang dégoulinait des corps désarticulés, le combat violent n'avait que pour semblant d'issue : la mort. La moitié des hommes de Zienza étaient hors combat, trois hommes du GIGN étaient blessés.

Morot fit signe à ses hommes d'interrompre les tirs et de se mettre à couvert, il voulait tenter une dernière sommation. Le combat s'estompa en haut du puits et quelques instants plus tard dans le sous-marin, le temps que le message en morse parvienne.

Une odeur de poudre brûlée avait envahi les lieux, une fumée âcre prenait à la gorge. Les hommes ne voyaient pratiquement plus rien dans leurs masques à vision nocturne, l'épaisse fumée occultait toute visibilité.

— Ecoutez-moi, ici le commandant Morot du GIGN, vous n'avez pas le choix. Rendez-vous, c'est ce que vous avez de mieux à faire.

Les hommes du GIGN

Pepe Zienza le savait, le choix n'était pas une option, ils étaient faits comme des rats, pris en tenaille dans un puits sans issue désormais. Il ne voulait pas finir sa vie en taule, il ne le supporterait pas. Il songea qu'il valait mieux crever là en combattant.

— On peut négocier ?

— Négocier quoi ?

— Je vous donne le nom de notre commanditaire et je vous balance les autres affaires.

— Nous le connaissons et vos affaires aussi, il n'y a rien à négocier !

Zienza était au pied du mur, au sens plus que figuré du terme. Il jeta un œil vers l'entrée du sous-marin. Une attaque en force restait possible, mais à quel prix? Ils y passeraient tous.

— Je peux parler à mes hommes ?

— Vous avez une minute !

Zienza rampa vers un recoin près de l'armature de l'ascenseur qui n'avait plus sa cage. Les quelques hommes qui lui restaient étaient recroquevillés, les armes tendues vers le haut du puits et l'entrée du sous-marin.

— Bon les gars, vous voulez vous rendre ?

Personne n'osait l'avouer, mais dans leur tête aucun de ces hommes ne voulait crever comme ça. Les regards en disaient long sur leurs états psychologiques. Même les plus grands combattants ne voulaient pas mourir ainsi, le combat était inégal, il n'y avait aucune possibilité de retourner la situation.

— On a aucune chance.

— J'ai pas envie d'aller au trou !

— Vous voulez quoi ?

Zienza interrogeait ses hommes du regard, mais les yeux fuyaient.

— Tu veux faire quoi toi Pepe ?

— Moi je m'en fous, c'est vous qui décidez. Je vous suis, mais on va crever, c'est certain. C'est peut-être mieux de se rendre, au trou il reste une chance ! On a encore des appuis à l'extérieur, je ne suis pas certain qu'ils connaissent le boss, c'est de l'intox.

— La minute est dépassée !

Le commandant Morot ne jouait pas avec la ponctualité.

— Ok, on se rend. On pose nos armes.

— Ne bougez plus, nous allons avancer un projecteur, au moindre mouvement, on ouvre le feu.

— C'est bon, on a compris.

Une lumière violente jaillit du haut du puits, éclairant la scène de combat. Deux hommes du GIGN avancèrent, l'arme au poing, en direction du groupe Zienza, suivis de tout le groupe planqué dans les entrailles du sous-marin.

— C'est bon mon Commandant, c'est fini.

Morot appela Jaeg immédiatement pour prendre le relais des procédures de terrain.

Les riverains du Garden Golf de la Forêt s'étaient réveillés prématurément aux alentours de 4h 00 du matin. Ce n'était pas les balles à blanc de golf qu'ils avaient entendues, ni les tirs du ball-trapp, ni le tournage d'un film, ils avaient perçu une fusillade meurtrière sous le gazon du golf ! Un ballet d'ambulances, de voitures de gendarmerie, de techniciens de la scientifique puis, plus tard, de l'armée, avait envahi le périmètre. Chacun était posté à sa fenêtre, d'autres étaient avancés sur le chemin de la forêt, les cheveux ébouriffés, emmitouflés dans des manteaux ou des peignoirs, et avides de la curiosité de l'évènement. Dans la nuit fraîche et sombre, le tableau ressemblait à une scène de science-fiction.

Une limousine noire s'était avancée sur les lieux. Jaeg avait informé le juge et le procureur sur l'opération. Cette fois, l'affaire Desmarec semblait s'être achevée dans un feu d'artifice meurtrier et sur la révélation d'un trésor inestimable. Mais il était hors de question d'avancer la moindre révélation auprès des médias, le procureur avait eu des consignes très claires, il fallait protéger le secret du sous-marin le plus longtemps possible. Un scénario de règlement de comptes entre voyous devrait momentanément assouvir la soif des médias. Le plus urgent était de laisser faire le travail de la police scientifique : le relevé d'un maximum d'informations possibles. Les corps seraient ensuite évacués, l'armée prendrait le relais pour geler le périmètre et interdire tout accès dans la zone proche du blockhaus et de son contenu. Le travail de prospection et d'analyse sur site prendrait la journée entière ; Jaeg avait fait condamner l'entrée du sous-marin par prudence. Même si l'armée encerclait les lieux, il valait mieux se prémunir d'une convoitise extérieure.

Jaeg avait invité ses collaborateurs à dormir quelques heures après la nuit blanche qu'ils venaient de passer. Burg devait réunir le service pour 15 heures pour un débriefing. C'est seulement sur le retour à son domicile que Jaeg découvrit le message d'un inspecteur de son service. Florent Chailley avait été exécuté dans sa chambre et les deux policiers de garde avaient été évacués aux urgences. Le nécessaire pour l'enquête était en cours. Jaeg rappela son collaborateur et lui demanda de le rejoindre pour la réunion prévue à 15 heures.

Vendredi 17 mai

Jaeg s'éveilla à 10 heures. Il avala un petit déjeuner très copieux avant de rejoindre son bureau où il avait convoqué Myriam Moser pour 11h30. Elle avait réussi à s'endormir d'épuisement et tout comme Jaeg, elle avait fait une grasse matinée. Quand Jaeg l'invita à s'asseoir dans le grand fauteuil des invités, il n'était pas très à son aise. Cette femme le troublait et depuis le début de l'affaire il s'était pris d'une forme d'affection pour elle.

— Madame Moser, avant d'aller plus loin, je voudrais vous annoncer une mauvaise nouvelle.

Elle dévisagea Jaeg avec inquiétude, elle se sentait comme un château de cartes prêt à s'écrouler.

— Je vous écoute commissaire.

— Votre ami, monsieur Chailley, a été exécuté dans sa chambre d'hôpital. Les deux policiers en faction ont été empoisonnés. Je n'ai pas encore tous les éléments. Je suis désolé madame.

Myriam s'affaissa un peu plus dans le fond du fauteuil, anéantie par les propos de Jaeg. Ce fut comme si le sol lâchait soudain sous ses pieds, sans prévenir. Elle resta prostrée quelques instants sous le choc. La douleur monta en elle comme un couteau transperçant

415

son cœur, elle aurait voulu crier, pleurer, mais aucune larme ne parvenait à s'enfuir de ses yeux. Elle avait tout perdu en quelques mois : son père, son mari et maintenant son amant, celui qui aurait pu devenir l'homme de sa vie. Le destin était cruel pensa-t-elle, mais usée par les événements, elle se soumettait à cette force incontrôlable.

Jaeg s'arracha de son siège et ouvrit une armoire. Il en ressortit deux verres et une bouteille de whisky, de l'île de Jura en Ecosse. Il versa une longue rasade dans les verres et en proposa un à Myriam Moser. Tout en le saisissant, elle croisa le regard de Jaeg, empreint de compassion sincère. Elle plissa les lèvres jusqu'à dessiner un semblant de sourire figé. Jaeg lui répondit en tendant son verre jusqu'au sien, l'impact résonna dans le silence et, de concert, ils burent cul sec le contenu du breuvage écossais. Le silence remplit le bureau de Jaeg, aussi vital que l'oxygène en cet instant où aucun mot n'avait sa place. Jaeg attendit que Myriam Moser fût disposée puis il avança avec tact quelque mots.

— Vous vous sentez prête, madame ?

— Oui !

— Nous avons la certitude que vous n'y êtes pour rien, puisque les agents en charge de votre protection ont assuré que vous étiez dans votre appartement et cette fois vous n'avez pas trompé leur vigilance. Pas mal le coup du programmateur !

Myriam ne broncha pas.

— Donc, nos soupçons se portent sur votre rivale, madame Adelstein. Cette femme est dangereuse, tout comme son père. Cela fait des années qu'ils sont sous surveillance par Interpol, mais ils ont toujours réussi à s'en sortir. Jusqu'à présent, nous n'avions pas de raisons de croire qu'ils étaient capables de meurtres. J'imagine que le revirement de posture de Chailley n'a pas été digéré. Ils avaient formaté votre ami; comme il était particulièrement brillant dans beaucoup de domaines, ils s'en sont servis comme d'un allié extrêmement précieux.

— Il s'est surtout servi de moi !

— Oui et vous avez été la victime parfaite, mais culpabiliser ne vous mènera à rien. Quelque part, vous auriez dû coopérer avec nous, au lieu de cela vous l'avez joué solo ! Vous voyez le résultat aujourd'hui.

— Je sais, mais j'ai fait ça pour mon père, uniquement pour lui, c'est quand même lui qui a déniché ce foutu sous-marin. Jamais vous ne l'auriez trouvé sans lui !

— C'est un fait madame Moser, mais je vous rappelle que plus de 20 personnes ont perdu la vie dans cette histoire !

— Comment puis-je l'oublier commissaire ?

— Excusez-moi, je ne voulais pas... je retire. Pour le moment les Adelstein jouent avec nous, nous n'avons rien de déterminant, même si l'on sait que le commando de cette nuit a été diligenté par eux. Les informations de Florent Chailley ne valent pas grand-chose, et encore moins depuis sa disparition. Les avocats d'Adelstein auront vite fait de démolir les accusations.

— Vous voulez dire qu'ils sont intouchables ! Ils ont tué Florent, ils ont tenté de voler tout ce qui est dans le blockhaus !

— Non, pas intouchables, c'est ce qu'ils croient. Je vous promets qu'ils vont payer.

— Et qu'allez-vous faire du contenu, dans le sous-marin ?

— Madame, vous êtes en partie la propriétaire de tous ces trésors. D'après l'article 716 du Code civil, si vous trouvez un bien de valeur sur un terrain qui ne vous appartient pas, vous êtes considéré comme "l'inventeur" de ce trésor et, à ce titre, vous avez droit à la moitié de la manne, l'autre moitié allant au propriétaire du terrain, même si ce dernier n'a pas donné le moindre coup de pioche pour le déterrer. Toutefois l'État, par le préfet, peut faire valoir son droit de revendication sur les objets découverts mais moyennant des indemnités négociées. Compte-tenu de la teneur exceptionnelle de ce trésor, l'Etat risque de vouloir vous racheter certaines œuvres d'art, une lourde négociation semble à venir. Par ailleurs, il faut expertiser les valeurs en or et autres. S'agissant d'un trésor de guerre, il faut s'attendre à des réclamations de certains pays spoliés. Mais, selon les premiers éléments relevés sur place, l'or ne proviendrait pas de lingots officiels et estampillés. Les lingots ont été refondus. Donc vous risquez d'être la femme la plus riche du monde, madame Moser.

Il importait peu à Myriam d'être à la tête d'une fortune colossale. Sa vie était brisée et aucun lingot ne lui ramènerait son père, ni Florent Chailley.

— Je n'ai pas cherché ce blockhaus en espérant devenir riche commissaire, j'ai tenu à respecter le dernier vœu de mon père. J'ai voulu aller au bout de sa découverte. Tenez, voici la lettre qu'il avait laissée à Maître Faller.

Jaeg prit le temps de découvrir le contenu de la lettre.

— Je comprends mieux votre posture à notre égard, mais nous aurions pu vous aider madame. Le fait est que vous étiez sous la menace de deux commanditaires. Cette concurrence a généré une rivalité meurtrière !

— Commissaire, j'ai fait ce que j'avais à faire et je ne regrette rien, vous comprenez ? Ce serait à refaire, je recommencerai. Pour le moment, je veux que l'on me fiche la paix et que l'on boucle les Adelstein !

Jaeg acquiesça, Myriam Moser était au bout de son énergie. Elle était usée par la succession d'événements douloureux qu'elle avait subie. Elle n'était pas intéressée par l'or et tout le reste, elle voulait juste se retrouver.

Le juge Daguerre et le procureur Donati se félicitaient du coup de filet de la nuit. L'affaire Desmarec révélait enfin son enjeu : un trésor de guerre nazi colossal, enfoui sous le parcours du Garden Golf Club de la Forêt. Des dizaines de techniciens inventoriaient la cargaison du sous-marin. Des milliers de photos, de notes s'accumulaient sans faiblir. Le golf avait été fermé le temps de l'inventaire et du déménagement de la cargaison. Toute la zone était sous surveillance militarisée, pas un seul sanglier n'osait s'aventurer sur le parcours.

Le comité directeur du golf avait tenu une séance extraordinaire. La fermeture totale du parcours exaspérait les membres qui avaient déjà subi la fermeture des 9 derniers trous depuis quelques mois. Le président Maingé s'était longuement entretenu avec ses collaborateurs et l'avocat chargé des affaires contentieuses du club. Finalement, l'homme de loi devait se charger de déposer un recours. N'ayant eu aucune certitude sur le délai de fermeture, il était prudent d'être proactif et surtout montrer aux membres qu'ils étaient entendus.

Françoise Adelstein retrouva son père en fin de journée, elle ne laissa transparaître aucune émotion suite à son acte criminel. Ils n'avaient pas besoin d'évoquer la situation devant la certitude de n'avoir rien à craindre de la part des flics. Françoise Adelstein était convaincue d'avoir réalisé un crime parfait. Elle avait repéré les caméras et s'était arrangée pour se faire très discrète. Elle avait habillé son visage de lunettes de professeur, elle s'était coiffée d'une perruque de brune. La belle blonde s'était vêtue d'une blouse d'interne et elle avait enfilé des gants de chirurgien pour ne laisser aucune trace sur les gobelets de café, puis elle avait récupéré le microémetteur dissimulé dans la veste de Florent Chailley.

Joachim Adelstein avait cédé à sa fille, quand il avait évoqué l'élimination du traître Chailley. Il aurait diligenté un homme de main, mais elle avait lourdement insisté pour faire le travail. Le père avait toujours eu pour principe de ne jamais se salir les mains. Cette fois, il avait dû se résoudre à céder devant la colère de sa fille.

Lundi 04 juin

Plus de deux semaines s'étaient écoulées depuis la fusillade meurtrière. Toute la cargaison du sous-marin avait été transférée dans un endroit tenu secret par les autorités. Une dizaine de jours avaient été nécessaires pour effectuer cette opération délicate. Ce n'était que le début d'un très long concert de procédures et de recherches. Si l'or ne posait pas de problème, puisqu'il n'était pas estampillé, il n'en était pas de même pour les œuvres d'art. Les autorités judiciaires étaient embarquées dans des négociations et des transactions complexes auprès des pays spoliés. Myriam Moser s'était entourée de trois avocats pour défendre ses intérêts. Il faudrait au moins deux années avant qu'elle ne puisse obtenir la totalité de ses gains, sa fortune était estimée à un minimum de 85 milliards d'euros, mais elle n'avait pas la tête aux milliards. Perchée sur les cimes de souffrances morales destructrices depuis trop longtemps, elle glissait dans les affres de la déprime. Incapable de gérer quoique ce soit, son cœur meurtri n'avait toujours pas fait le moindre chemin d'un deuil. Son père voguait dans son esprit et Florent la réveillait toutes les nuits. Sa meilleure amie Angèle lui avait bien proposé de partir quelques jours prendre du recul, loin de tout, mais elle avait décliné prétextant qu'elle avait besoin de temps. Le risque était grand d'entrer dans un deuil pathologique, qui lui ferait perdre pied, elle avait dépassé le seuil des souffrances acceptables.

Ce lundi matin, Burg attendait un rapport de la scientifique. Quelques jours après le meurtre de Florent Chailley, le service de Jaeg avait longuement analysé les vidéos de l'hôpital. La silhouette parfaite aux cheveux bruns, qui semblait porter de grosses lunettes, avait bien été repérée. Tous ceux qui avaient pu approcher Françoise Adelstein ne pouvaient l'oublier. Sa démarche féline, sa vivacité, ses courbes restaient ancrées dans les esprits. Aussi les paires d'yeux qui avaient visionné plusieurs fois les bandes vidéo, étaient presque certaines qu'il s'agissait bien de la belle blonde. Mais il était impossible de le prouver, sauf que Jaeg valait bien Columbo. Sur la vidéo on percevait bien la silhouette tendre deux tasses de café à une jeune infirmière, mais ses mains étaient gantées. C'est ce qui invita Jaeg à pousser les performances de ses neurones. La machine à café recevait des pièces de monnaie ; même si les pièces avaient été déposées avec des mains gantées, il se pouvait qu'elles n'avaient pas été nettoyées des traces précédentes, auquel cas il y aurait des empreintes. La scientifique avait donc récupéré, dès le lendemain du meurtre, le tiroir des pièces de la machine à café. Il avait fallu analyser pas moins de 227 pièces de monnaies.

Burg reçut le rapport à 11h45. Il déchira l'enveloppe, puis hurla un " Yes". Les empreintes de Françoise Adelstein avaient été relevées sur 4 pièces de monnaie. Le technicien de la machine avait relevé le tiroir la veille de l'entrée de Florent Chailley, donc les pièces avaient été introduites le jour du meurtre. Françoise Adelstein était bien la belle silhouette, elle avait réussi à échapper à la surveillance de géolocalisation. Comme pour mieux étayer les certitudes, la jeune infirmière qui avait livré les gobelets aux policiers, confirma formellement qu'elle avait aperçu un petit colibri tatoué à l'intérieur de l'avant-bras de la fausse interne. Jaeg se souvenait fort bien de ce petit oiseau qu'il avait observé à l'audition de la fille Adelstein. Le renard Jaeg avait vu juste encore une fois, il ordonna l'arrestation immédiate de la jeune femme.

Ce même jour, à 14h 25, Myriam Moser reçut un appel surprenant. Le président du Club, Pierre Maingé, tenait à la rencontrer personnellement, chez lui. Il n'avait pas voulu lui donner le motif de sa demande, mais il avait insisté en prétextant des révélations concernant Chailley. Myriam s'étonna qu'il l'invita chez lui, mais il évoqua la discrétion, le club jasait déjà bien assez autour de l'affaire Desmarec.

Vers 15h 30 Myriam se rendit chez Pierre Maingé. Les deux agents en charge de sa sécurité restèrent dans le véhicule banalisé. Myriam sonna, la porte s'ouvrit sur la femme du Président, Florianne, qui l'invita à la suivre. Aussitôt la porte refermée, un homme en costume et masqué d'une cagoule noire apparut dans le hall, une arme au poing.

— Avancez, madame Moser.

Les deux femmes devancèrent l'homme, Florianne Maingé pénétra la première dans une salle à manger. Un autre homme en costume cagoule se tenait derrière le Président, ligoté sur une des chaises. Sa femme s'assit près de lui, elle fut ligotée à son tour. Myriam ne comprenait rien, mais elle se surprit à n'avoir aucune peur. Le premier homme lui avança une chaise, puis entreprit de la ligoter les mains en arrière. Elle ne résista pas, mais invectiva ses ravisseurs.

— Mais que voulez-vous enfin ?

— Du calme, madame. Vous allez m'écouter et faire exactement ce que je vais vous demander. Sachez que je détiens une de vos amies très proche, Angèle je crois. Si vous ne respectez pas mon souhait elle sera exécutée, tout comme ces deux personnes. Pierre et Florianne Maingé échangèrent un regard inquiet.

— Vous voulez le trésor ? C'est ça !

L'homme cagoulé, qui parlait debout derrière le Président, s'avança vers Myriam et lui déposa un feuillet dans la poche de sa veste.

— Je veux que vous déposiez un livre, le tome 2 du Voynich dans une case postale à Zurich, je vous ai inscrit les coordonnées, puis un numéro de compte. Je veux qu'à réception de votre part du trésor, vous fassiez un virement de 50 milliards d'euros et vous monsieur Maingé, vous allez faire de même !

— Mais de quoi vous parlez ? Vous faites erreur sur la personne.

— Non, monsieur le Président du Garden Golf Club de la Forêt, vous allez être riche bientôt ! Vous ne le savez peut-être pas encore, mais votre club va toucher la moitié du trésor enfoui sous votre parcours. Vous êtes propriétaire du foncier où il a été découvert.

Maingé n'avait pas tous les éléments puisque les autorités judiciaires n'avaient rien dévoilé sur le trésor, mais il venait de comprendre que le club allait toucher une part.

Pierre MAINGÉ
Le Président

— Je ne sais pas de quel trésor vous parlez, mais je devine que c'est en rapport avec le blockhaus. Pour votre information, une partie du foncier est en location auprès de la collectivité, nous avons une mise à disposition par convention.

L'homme cagoulé resta silencieux quelques instants.

— Le blockhaus est sur votre terrain ?

— De mémoire, je ne saurais le dire, je crois que oui.

— Mais vous avez les documents, en tant que président ?

Pierre Maingé connaissait parfaitement le périmètre foncier du club. Le blockhaus en faisait partie. Il voulait saisir cette discussion comme une opportunité pour tenter une manœuvre de diversion. Avant sa retraite récente, il était chef d'une entreprise spécialisée dans la sécurité et la surveillance. Sa maison était truffée de gadget Hi-Tech. De son téléphone portable il pouvait se connecter sur son système et envoyer des alertes directement à la gendarmerie. Son téléphone était entre les mains des ravisseurs mais, en cas de défaillance de son appareil, il pouvait activer le système d'alerte grâce à une petite télécommande de poche, de la taille d'une clé de voiture. Cette télécommande se situait dans son bureau, près de son ordinateur. Il lui fallait rejoindre le bureau et le prétexte lui était offert.

— Je dois avoir un fichier numérique dans mon ordinateur pour le vérifier.

— Bien, je vous détache, mais pas de bêtises !

Une fois détaché, Pierre Maingé se leva, détendit ses avant-bras endoloris par les sangles. Furtivement il adressa un clin d'œil à Myriam. Elle comprit qu'il avait prémédité quelque chose, mais quoi ? En se retournant vers Florianne Maingé elle devina qu'elle avait vu juste, la femme du président semblait prier, espérant que tout se passerait bien. Elle savait bien que son mari connaissait le moindre mètre carré du golf. S'il avait avancé un doute c'était pour se rendre dans son bureau, et elle devina pourquoi.

Installé à son bureau, Pierre Maingé entreprit d'ouvrir son ordinateur. L'homme cagoulé ne le lâchait pas d'un centimètre, muni de son arme de poing. Sur l'écran, un fichier nommé Golf apparut, Pierre Maingé l'ouvrit, puis rechercha l'extrait cadastral du club de golf.

— S'il vous plaît, pouvez-vous me connecter l'imprimante là ?

La cagoule noire se pencha et appuya sur l'interrupteur. Dans le même temps, la main de Maingé fit glisser la souris de l'ordinateur sur la droite et saisit la télécommande du système de surveillance. Il la garda dans le creux de sa main tout en poursuivant avec la souris. Le fichier ouvert, il imprima le plan d'ensemble cadastral du parcours. Maingé savait qu'il ne pourrait activer la télécommande qu'en regagnant la chaise de la salle à manger. Une fois ligoté il serait trop tard.

— Peut-on avoir un verre d'eau s'il vous plaît ?

— Dites-moi d'abord si la parcelle appartient au golf ?

Tout en observant le plan, Maingé appuya discrètement sur le bouton rouge de sa télécommande.

Quelques instants plus tard, le commissariat de police local recevait une alerte et les images de la salle à manger en direct. Maingé se rassit, plaça ses mains derrière le dos de la chaise pour se faire ligoter. L'homme à la cagoule noire remarqua qu'une des mains renfermait quelque chose, il força Maingé à ouvrir son pouce, la télécommande tomba sur le carrelage. En voyant clignoter le point rouge sur le boîtier, l'homme à la cagoule comprit immédiatement.

— Putain, on dégage ! Venez-là vous !

L'homme venait de saisir Florianne Maingé par le bras.

— Si vous ne versez pas le fric sur les comptes, vous ne reverrez jamais votre femme et vous votre amie! Allez, viens on dégage.

Les hommes cagoulés quittèrent précipitamment la propriété de Pierre Maingé avec leur otage. Ils s'engouffrèrent dans une berline immatriculée en Suisse et démarrèrent en trombe. Les deux agents en charge de la sécurité de Myriam Moser ne purent agir et regardèrent impuissants les agresseurs quitter les lieux. Moins de deux minutes plus tard, deux véhicules de la gendarmerie surgirent.

Les forces de l'ordre découvrirent Pierre Maingé et Myriam Moser ligotés. Défaits de leurs sangles, et encore sous le choc de leur agression, ils purent relater les faits brièvement. Grâce aux caméras de surveillance installée autour de la propriété, la berline des agresseurs fut très vite repérée. La plaque d'immatriculation, le modèle, la couleur furent immédiatement communiqués aux autorités de police Suisse. Du côté Français un hélicoptère décollait en direction de la frontière. Très vite le véhicule fut repéré sur l'autoroute en direction de Bâle.

Le service de Jaeg avait appris l'information moins de 5 minutes après l'arrivée des gendarmes. Jaeg avait ordonné une filature du véhicule et surtout, de ne rien tenter. Les agresseurs gagneraient peut-être le lieu où ils détenaient le second otage, Angèle Mespaire l'amie de Myriam.

Jaeg avait dépêché Burg auprès de Maingé et Myriam Moser pour qu'il s'assure de leur discrétion sur l'affaire auprès des médias. Il ne fallait pas ébruiter les événements survenus.

Pierre Maingé était très inquiet pour sa femme. Myriam Moser lui avait révélé la découverte dans le blockhaus. Il avait eu du mal à croire à l'histoire, mais Burg enfonça le clou en précisant que le club était désormais très riche ! Maingé comprenait pourquoi il avait été séquestré. Tout cela l'inquiétait encore plus, sa femme était en grand danger. Myriam pensait à son amie. Décidemment tous ses proches subissaient des dommages collatéraux, elle priait pour qu'Angèle s'en sorte.

Angèle était bien loin, enfermée dans une chambre de style baroque, de lourds barreaux condamnaient la fenêtre. Elle percevait un paysage de moyenne montagne, un fleuve et une ville à quelques kilomètres. Ses geôliers ne lui avaient donné aucune explication sur le motif de son rapt, elle était terrorisée.

La filature des hommes cagoulés s'annonçait plus complexe que prévu. Le véhicule avait déjà traversé la Suisse et se dirigeait vers l'Autriche. Les polices fédérales, Suisse, Autrichienne et la police Française, coopéraient. Il avait fallu relayer l'hélicoptère Français pour cause d'autonomie insuffisante. Plusieurs véhicules de police banalisés étaient également mobilisés pour l'opération. La berline avait déjà roulé ainsi 8 heures, une seule pause avait été réalisée à mi-chemin. Quand enfin, elle s'engouffra dans une immense propriété, tout près de la ville de Linz en Haute Autriche, il était près d'une heure du matin. Le beau Danube qui traversait la ville coulait en silence. Au cœur de cette immense propriété située sur les hauteurs, se dressait un château monumental du 17 ème siècle d'un pur style baroque.

Jaeg était en relation étroite depuis plusieurs heures avec le chef de la Bundespolizei établie à Linz. Les échanges étaient fastidieux; les traducteurs doublaient le temps des échanges. D'un accord commun, il avait été acté de lancer un assaut avec plus d'une trentaine d'hommes, considérant l'échelle des lieux.

À 2 heures l'assaut fut lancé. Contre toute attente, l'affrontement attendu n'eut pas lieu. Les occupants se rendirent sans la moindre résistance. Le renard Jaeg avait eu du flair en ordonnant la filature; la police put cueillir en flagrant délit les deux agresseurs et délivrer Angèle Mespaire et Florianne Maingé. Mais une autre personne se trouvait dans les lieux, il s'agissait de Françoise Adelstein en personne. Elle n'avait rien vu venir et pour cause ; les deux hommes de main cagoulés ne devaient pas enlever la femme de Maingé. Ils avaient paniqué à la découverte de l'alarme. Du coup ils avaient improvisé, n'imaginant pas un seul instant que des caméras de surveillance étaient installées aux quatre coins de la propriété de Maingé. Le facteur humain avait encore une fois perturbé les rouages du plan Adelstein.

173 jours après le meurtre de Thibault Desmarec, la police semblait avoir stoppé l'hémorragie de victimes. En six mois, il y avait eu 22 morts.

Les polices fédérales Autrichiennes et Suisses avaient rapidement extradé les auteurs de l'enlèvement de Florianne Maingé et Angèle Mespaire en France pour être jugés. Ce mercredi matin, Jaeg et son équipe attendaient avec impatience l'arrivée de Françoise Adelstein. Deux agents d'Interpol allaient assister à l'audition en tant qu'observateurs.

Françoise Adelstein pénétra dans le bureau de Jaeg, encadrée de deux policiers et accompagnée de deux avocats. La belle blonde n'était plus que blonde ; ses yeux défaits, son visage livide et ses cheveux mal coiffés renvoyaient une image de la normalité la plus banale.

— Bonjour madame Adelstein.

La jeune femme ne répondit pas, mais toisait le petit flic qui venait de l'humilier. Elle s'était fait prendre comme une débutante !

— Je vois que vous êtes peu loquace. Bien, alors faisons court; nous savons que vous avez assassiné Florent Chailley, nous avons réuni les preuves et vos avocats vous en feront état, mais pour le reste vous serez jugée en même temps que votre père, pour des faits remontant sur plusieurs années. Ce n'est plus qu'une question d'heures, votre père ira dormir dans un cachot tout comme vous. Vous avez un réel potentiel madame, dommage qu'il ait été employé à mauvais escient, c'est votre Père qui en est en partie responsable.

— Ma cliente ne vous dira rien, commissaire!

— Maître, j'avais bien entendu les silences ! Sur ce, vous pouvez disposer. Emmenez-la.

Les policiers emmenèrent Françoise Adelstein dans un silence funèbre.

À l'issue de l'entretien, Jaeg s'empressa de contacter Myriam Moser, afin de lui confirmer l'emprisonnement de Françoise Adelstein. Elle n'avait montré aucun signe de réjouissance.

— Et son père ? Vous ne l'arrêtez pas ?

— Patience madame, nous allons le faire, il faut que l'on joue finement avec cet homme, il a une armée d'avocats !

431

Françoise.
ADELSTEIN

— Je peux vous aider commissaire, j'ai une petite idée pour le coincer. Laissez-moi venir vous en parler de vive voix !

Moins d'une demi-heure plus tard, Myriam Moser se retrouvait dans le bureau de Jaeg pour lui révéler son idée. La jeune femme semblait froide comme l'acier, déterminée et poussée par une force surnaturelle.

Jaeg l'écouta attentivement, et se laissa persuader. Il savait très bien que l'incarcération de Francoise Adelstein ferait réagir le père, mais l'homme était bien trop armé sur le plan de la défense et tôt ou tard il trouverait une faille dans l'appareil judiciaire pour faire libérer sa fille. Myriam Moser avait bien plus qu'une idée, elle avait un plan !

Quelques jours après avoir retrouvé sa femme Florianne, Pierre Maingé avait réuni le comité directeur du Garden Golf Club de la Forêt. La séance s'ouvrit sous les applaudissements. L'enlèvement de sa femme avait été un choc, mais la vie reprenait son cours. Il annonça l'ouverture totale du parcours pour le 14 juillet. Les autorités judiciaires avaient donné leur feu vert, mais il fallait d'abord condamner l'accès dans le blockhaus. Maingé n'avait encore rien révélé sur le trésor, sur demande de Jaeg. Il était prudent d'attendre les conclusions de la justice et de ne pas mettre le feu au sein du comité. Le club allait devenir très riche.

Françoise Adelstein allait être jugée pour homicide sur la personne de Florent Chailley et pour enlèvement d'Angèle Mespaire et Florianne Maingé. Plusieurs mois s'étaient écoulés et les avocats de la famille Adelstein, très bien payés à l'avance, avaient élaboré un système de défense destiné à rouiller la balance de la justice.

Jaeg avait vu juste quand il supposait que les chefs d'accusation risquaient d'être balayés comme des fétus de paille. En premier lieu, une histoire d'amour qui avait mal tourné suite à un acte de vengeance causé par une femme torturée par la jalousie. Une coupable au physique superbe, éplorée en pleine audience achèverait d'attendrir des jurés naïfs. Pour les chefs d'enlèvement, il suffirait de faire porter le chapeau à un commanditaire de paille, royalement payé par la famille Adelstein et prêt à supporter 10 ans à l'ombre. Françoise Adelstein risquait réellement de sortir de prison.

Son père était furieux, comment sa fille avait-t-elle pu se faire prendre aussi bêtement ? Malgré tout, il était confiant, ses avocats étaient les mieux payés du monde. S'il espérait revoir sa fille très vite, il n'espérait plus toucher le moindre lingot d'or, ni les autres trésors qui lui avaient échappé. Ce qui le faisait le plus enrager était bien la disparition du second manuscrit de Voynich. Il avait été tout près de le posséder. Ce manuscrit pouvait être la réponse au premier, la transcription du langage codé. Il en avait rêvé de ce manuscrit, il n'arrivait pas à en faire le deuil. Il avait bien pensé à s'en prendre à nouveau à Myriam Moser, mais désormais elle était sous une protection bien trop grande. Les mois avaient passé depuis l'incarcération de sa fille, mais son esprit restait torturé par le manuscrit. Il s'attendait à ce que les médias révèlent son existence, mais aucune information n'avait été divulguée. Il commençait à croire que ses souvenirs de jeunesse l'avaient trahi. Il se pouvait fort bien que ce qu'il avait vu sur le bureau de son père n'était qu'une mauvaise interprétation, aussi il doutait de ne jamais avoir la vérité sur l'énigme de ce manuscrit.

9 mois plus tard

Un matin de mars 2019, Joachim Adelstein reçu un courrier des plus surprenants. La lettre était rédigée au stylo plume, d'une écriture déliée et harmonieuse.

— « *Monsieur, je n'ai aucune sympathie pour vous et sachez que je ne vous veux aucun bien, j'ose espérer que vous rejoindrez un jour votre fille au fond d'une prison. Vous m'avez détruite, mais j'ai encore l'espoir d'un avenir, ce qui ne sera pas votre cas.*

Je ne vous interpelle pas pour vous insulter, vous n'en valez pas la peine, mais je suis certaine que la plus grande souffrance qui vous tenaille est de n'avoir pu arriver à vos fins. J'ai découvert combien votre fortune était immense, et j'ai mis du temps avant de deviner pourquoi vous teniez tant à récupérer ce trésor nazi. J'ai fini par comprendre en me rappelant les injonctions de mon enlèvement ; ce n'était pas l'or qui vous intéressait à ce point, mais un manuscrit, le tome 2 du Voynich. Je suis certaine que vous avez l'original du premier, puisque la police a découvert que celui du musée de Yale est un faux ! Une page sur deux ne correspond pas à l'original, la copie est une double escroquerie. Il ne peut s'agir que de vous !

Vous avez donc le tome 1 original et moi le tome 2, le plus important puisqu'il décrypte le premier. Vous n'imaginez même pas le secret de ce manuscrit.

J'ai une proposition non négociable à vous faire. Je suis disposée à vous rencontrer, seule, à l'adresse précisée ci-dessous, avec des éléments qui prouvent que j'ai bien le manuscrit. Si je ne rentrais pas de cette entrevue au bout d'une heure, la police serait immédiatement avertie. Je souhaite que vous me montriez le tome 1 et j'aviserai de la suite. Je vous demande de m'informer de votre accord par sms.

C'est à prendre ou à laisser !
Myriam Moser »

Adresse RDV : Bar Le Nirvana au 9, Square Coben. Bâle.

Adelstein relu la lettre, très lentement, tout en s'interrogeant sur Myriam Moser. Cette femme était la cause de son échec dans la conquête du trésor que son père avait si bien caché. Elle venait le narguer. Pour qui se prenait-t-elle ? Ce n'était pas une démarche courtoise, elle voulait négocier, mais sous quelle forme ?

Adelstein n'était pas naïf, il imaginait fort bien qu'elle cherchait à le piéger, elle avait déjà fait tourner la tête à Florent Chailley et retourné la situation à son avantage. L'incrédulité était la norme devant cette lettre qui puait le coup foireux. Néanmoins, Joachim Adelstein, Dieu autoproclamé, n'acceptait pas qu'on puisse l'humilier, encore moins le provoquer et c'est bien ce que faisait cette femme. Le fait qu'elle était en possession du tome 2 de Voynich le rendait haineux. Depuis des années, il cherchait à récupérer le fameux livre, convaincu qu'il existait, à travers les souvenirs de sa jeunesse auprès de son nazi de père. Il n'allait pas se laisser berner par une femme sortie de nulle part. Depuis des décennies il avait joué avec les polices du monde entier et l'incarcération de sa fille ne serait plus qu'un mauvais souvenir dans quelques mois. Les avocats avaient fabriqué une défense en béton armé. Le Dieu Adelstein allait récupérer ce second manuscrit, coûte que coûte !

Il fallait faire venir cette femme effrontée sur son territoire ; prétexter qu'il n'était pas possible de déplacer le manuscrit. Sur son terrain, Adelstein ne craignait personne.

Myriam Moser reçu le SMS qu'elle attendait, deux jours après avoir posté la lettre adressée à Adelstein.

— « *Madame, je suis disposé à vous rencontrer, demain, Mercredi 6 mars, à 14 heures, dans ma résidence Bâloise. C'est à prendre ou à laisser, selon la formule consacrée. Je vous attends. Mes salutations. J. Adelstein* ».

Myriam n'eut aucune réaction à la lecture du message. L'homme qui la défiait à son tour ne lui faisait pas peur. D'ailleurs, elle n'avait plus peur depuis un moment, les épreuves traversées l'avaient rendue inoxydable. Son cœur était meurtri pour longtemps, mais elle avait acquis une forme d'invulnérabilité face aux aléas de la vie. Plutôt que de fuir cet homme, elle voulait l'affronter, lui faire payer les maux qu'elle avait subis. Si elle s'était débarrassée du larmoyant, telle une justicière à la Catwoman, elle ressentait la même ambition à l'égard d'Adelstein. Elle répondit donc sans hésitation à son interlocuteur.

— « Entendu ! »

Neuf mois s'étaient écoulés depuis que la justice avait saisi le contenu du sous-marin. Les nombreux experts détachés dans le cadre de l'évaluation des biens avaient eu un cas de conscience avec le coffre-fort. Il avait été dessoudé de la cale du sous-marin, puis remonté et ouvert. Quand les experts découvrirent le manuscrit, soigneusement protégé par plusieurs emballages cartonnés, ils reconnurent immédiatement le style calligraphique. Le lien avec le premier manuscrit de Voynich était évident. La juge chargée de la répartition des biens avait eu un dilemme exécutoire. L'origine d'un titre de propriété était impossible à vérifier, l'ouvrage datait du XIV ème siècle. Le premier manuscrit était un codex[8] découvert par Wilfrid M. Voynich, d'où le nom actuel du document, en 1912, dans un coffre d'archives du célèbre savant jésuite, Athanasius Kircher. La juge, après concertation auprès de divers juristes, fit une proposition à Myriam Moser, « inventeur » de la découverte.

— Madame Moser, en vertu de l'article 716 du Code Civil, vous êtes « l'inventeur » du trésor contenu dans le sous-marin et, à ce titre, vous avez droit à la moitié de l'inventaire des biens le composant. Toutefois, le manuscrit retrouvé dans le coffre-fort pose un cas de conscience. Il s'agit d'une œuvre exceptionnelle, relevant du patrimoine mondial. L'État Français souhaiterait le conserver dans un grand musée et vous seriez dédommagée selon la règle. J'ai déjà eu l'accord du Président du Club de golf, propriétaire pour moitié. Qu'en pensez-vous ?

---

[8]CODEX : Dans l'Antiquité et au Moyen Âge, ensemble de feuilles écrites cousues ensemble et reliées.

— Je vous avoue que ce trésor me fait perdre la tête, j'envisage de faire de nombreux dons, mais pas n'importe comment. Je dois y réfléchir. Mon père a perdu la vie et beaucoup d'autres personnes pour ça ! Si j'ai été au bout de cette affaire c'était pour mon père, l'argent n'était pas la finalité.

— Je sais madame et l'instruction en cours démontre votre posture, mais vous pouvez peut-être transiger sur ce manuscrit. L'inventaire global du trésor ne pose pas de problème particulier, vis-à-vis des pays spoliés à l'époque. Seul ce manuscrit reste l'exception.

Myriam n'avait pas envie de tergiverser, elle voulait que le marathon judiciaire avance au plus vite. Spontanément une idée lui vint.

— Madame la juge, puisque vous me dites que le premier manuscrit retrouvé a pris le nom de son « inventeur » selon le terme ; ne serait-il pas possible de dénommer le second : « le manuscrit de Thibault Desmarec » ?

— Je n'y avais pas pensé, je trouve l'idée excellente. Il serait fier de cette idée. Je peux m'occuper d'initier la démarche.

— Dans ce cas, je fais don, pour ma part, de ce bien au musée qui aura été choisi.

— Madame Moser, je vous félicite de cette décision très généreuse. Merci encore.

La juge ignorait le plan de Myriam Moser. Il avait germé depuis quelques mois dans sa tête quand elle avait découvert l'inventaire global du trésor, après l'enlèvement de la femme du Président Maingé. Les ravisseurs avaient sommé Myriam Moser de déposer un livre dans une case postale à Zurich et d'effectuer un virement de 50 milliards d'euros. Elle n'avait pas attaché d'importance au début sur cette histoire de livre, mais elle avait décelé un angle de plan au fil des semaines. Elle en avait fait état à Jaeg, désormais complice.

Ce mercredi 6 mars, Myriam Moser se rendit donc à Bâle, dans l'immense villa de Joachim Adelstein. La jeune femme avait avec elle plusieurs photographies et copies des planches calligraphiées et dessinées du « Manuscrit de Thibault Desmarec ».

Joachim Adelstein en personne ouvrit la porte, l'air hautain et parfaitement dédaigneux. Quelques instants plus tard, quand ils furent installés dans le salon, Adelstein prit la parole en premier.

— Venons-en au fait madame, vous voulez quoi exactement ?

— Vous le savez très bien, je veux récupérer le manuscrit que vous avez volé au musée de Yale.

— Voyons vous n'êtes pas sérieuse madame, vous débarquez chez moi, vous me traitez de voleur, et vous me réclamez un livre que je n'ai pas !

— Vous êtes pitoyable, vous êtes un escroc, rien de plus sous vos airs de gentleman. Vous avez eu le culot de venir me mettre la pression le jour de la cérémonie funéraire de mon père, vous n'avez aucune limite.

— Ma fille était en bons termes avec votre père et...

— Arrêtez, je crois qu'il vaut mieux que je quitte cet endroit, ça pue.

Myriam se leva, et se dirigea vers la porte de sortie.

— Attendez ! Qui me dit que vous n'êtes pas venu me piéger ? Vous avez peut-être des micros, les flics sont planqués, c'est ça !

Myriam Moser était en mode Catwoman, elle posa le porte-document sur l'accoudoir d'un fauteuil, puis entreprit l'inattendu, sous le regard stupéfait de Joachim Adelstein.

Elle ôta sa veste de tailleur, qu'elle balança sur le fauteuil, dégrafa son chemisier et l'ôta, puis fit glisser sa jupe le long de ses jambes. Puis elle pivota sur elle-même pour bien montrer qu'aucun micro n'était caché sur elle. Ainsi, juchée sur des talons hauts, en string et soutien-gorge, elle provoqua une accélération violente du rythme cardiaque du vieil homme assis en face d'elle. Elle se rhabilla promptement, se rassit les jambes croisées et toisa Adelstein qui tentait d'apprivoiser la vitesse de ses battements cardiaques.

— Vous n'avez pas vu de micros ? Vous croyez que j'ai besoin d'une armée de flics pour vous dire droit dans les yeux ce que je pense de vous ?

— Simple précaution ! Je n'ai pas pour habitude de m'engager à la légère madame.

— Alors, vous vous décidez, ou pas ?

Adelstein n'était pas du genre à se laisser submerger par les émotions et encore moins dicter une conduite. Le strip-tease improvisé, mais calculé, de Myriam l'avait troublé. Il était tout autant perturbé par son attitude frontale.

— Admettons que je possède ce manuscrit, vous me proposeriez quoi ?

— Je veux le voir d'abord et vérifier que le second est bien le décryptant !

— Vous avez des éléments pour ça ?

Myriam tendit les photocopies et des photos du manuscrit à Adelstein. Il les analysa, ébahi, il avait vu juste, son père avait bien eu entre les mains ces documents. Le manuscrit était bien dans le sous-marin.

— Je vous en offre deux millions !

— Il n'est pas à vendre !

— Trois millions !

— Mon père n'apprécierait pas !

— Pourquoi votre père ?

— C'est son ouvrage.

Myriam tendit un acte authentifié, précisant la dénomination de l'ouvrage « Le Manuscrit de Thibault Desmarec ». Adelstein blêmi, il avait rêvé d'avoir son nom associé à ce manuscrit. Mais voilà que cette femme venait de lui voler la vedette.

— Combien ? Donnez-moi votre prix !

— Montrez-moi le manuscrit et on discutera après, c'est non négociable.

Adelstein lorgnait sur les photocopies et les photos étalées sous ses yeux. Le vieil homme avait tout fait pour récupérer ce manuscrit, l'or et les autres biens du sous-marin n'étaient qu'accessoires, il était presque là ce foutu ouvrage. Pour cette femme, les manuscrits n'avaient pas d'importance ! Adelstein était prêt à tout pour posséder le manuscrit le plus énigmatique du monde.

— D'accord, suivez-moi.

Myriam sentit son cœur s'accélérer, elle avait résisté à la pression. Elle suivit Adelstein, dans une grande pièce richement décorée de tableaux de maîtres qui semblait être son bureau. Un grand coffre-fort trônait dans un angle, Adelstein pressa les chiffres de la serrure codée, puis ouvrit la porte. Le manuscrit était bien là. Adelstein le saisit et le déposa sur le bureau en bois.

— Vous pouvez le regarder, mettez ces gants !

Myriam enfila les gants blancs, s'assit confortablement dans un fauteuil, les jambes croisées, puis entreprit de tourner quelques pages. Elle s'arrêta à une feuille de parchemin bien précise, puis compara avec une des photocopies. Elle scruta un moment les lettres calligraphiées de part et d'autres.

— Vous faites quoi là ?

— Je vérifie que ce manuscrit est bien celui qui se complète à celui de mon père. C'est effectivement le bon !

— C'est ridicule de les avoir séparément, vendez- le moi, votre prix sera le mien !

— Vous iriez jusqu'à combien ?

— Je vous donne 10 millions !

— Mais monsieur Adelstein, vous savez que je suis plus riche que vous aujourd'hui !

— Mais vous voulez combien, dites le moi !

Adelstein tremblait, il perdait son sang-froid.

— Une antilope ne négocie pas avec un lion ! Mon dernier mot est un petit milliard pour la bonne cause, et j'envisage d'en faire don.

— Vous perdez la tête ! Vous pensez me faire marcher encore longtemps, à tout moment je pourrais vous faire disparaître, vous n'êtes rien, moi je me suis fait seul, en travaillant !

— Pas en travaillant, en escroquant, monsieur, tout comme votre père, un nazi dégénéré, sans scrupules.

Adelstein tremblait de plus en plus, les yeux remplis d'une haine trop contenue.

— Je constate que vous n'êtes pas au mieux monsieur, je vous laisse jusqu'à demain soir pour y réfléchir. Un milliard, pas un centime de moins, c'est mon dernier prix.

Myriam Moser quitta Adelstein, sans autre verbiage, regagna la sortie de la villa et monta dans son véhicule. Elle souffla longuement, avant de démarrer. Son plan était activé, elle avait réussi là où les flics s'émoussaient depuis des décennies.

Deux heures plus tard, Myriam retrouva Jaeg et son adjoint Burg dans les locaux de la police. Elle s'installa dans le fauteuil des invités, puis ôta ses talons hauts. Un technicien de la scientifique les récupéra, puis les échangea contre une paire de talons aiguilles appartenant à Myriam, celle qu'elle portait avant d'aller chez Adelstein.

Joachim Adelstein, avait été terriblement troublé par la nudité de Myriam, qui ne présentait aucune caméra sur elle. Il avait été rassuré, et il avait baissé la garde. Une fois de plus le facteur humain avait pris le dessus. Dans un des talons, un micro avait été savamment introduit, tandis que dans l'autre une caméra espionne renforçait le dispositif. La seule consigne qu'avait eu Myriam, était de s'asseoir et de croiser les jambes, permettant ainsi à la « caméra talons » de filmer Adelstein à son insu.

Vingt minutes plus tard, le technicien de la scientifique revint avec une clé USB dans laquelle avait été enregistrée, la bande audio de la discussion et la vidéo. Après avoir ouvert les fichiers, les policiers eurent un sourire commun de satisfaction.

— Madame, vous avez eu une excellente idée et vous avez été remarquable de sang-froid. Nous le tenons cette fois-ci.

— J'espère qu'il va payer pour tout le mal qu'il a pu faire.

— Ne vous inquiétez pas, cette fois les preuves sont accablantes. D'ici une heure cet homme sera en garde à vue. Je vais bien m'en occuper, vous pouvez rentrer chez vous madame, reposez-vous.

Quelques heures plus tard, un nouvel hôte logeait dans le service de Jaeg. Il le fit venir dans son bureau, en préambule d'une nuit qui allait être troublée de cauchemars.

Joachim Adelstein pénétra dans le bureau de Jaeg avec une tranquillité autoritaire, couplée à une suffisance exaspérante. L'homme toisa Jaeg, tel un aigle concentré sur sa proie, mais le renard ne s'y laisserait pas prendre.

— Bonjour monsieur Adelstein, je vous avoue que vous nous avez donné du fil à retordre.

— Mon client n'a rien à vous dire commissaire ! Vous n'avez aucune preuve !

— Je vous entends Maître, mais gardez de l'énergie pour vos futurs plaidoyers, vous allez en avoir besoin. Nous avons suffisamment d'éléments pour que votre protégé et sa progéniture, restent enfermés jusqu'à la fin de leurs jours.

— Vous n'êtes pas sérieux commissaire, monsieur Adelstein est un homme de stature mondiale, vous n'avez pas idée de son influence. Qu'il ait des ennemis est courant dans le monde des affaires, les calomnies, les jalousies sont récurrentes, vous n'allez pas entrer dans ce jeu ?

— Maître, laissez tomber, je vous assure. Votre client est suivi par Interpol depuis des années, nous avons travaillé ensemble et réussi à établir de nouvelles concordances sur de vieilles affaires. C'est en suivant les traces de sa fille et de Florent Chailley que nous avons pu lever de nouveaux indices. Il suffisait de connecter les choses, mais sachez qu'un des hommes de main a déjà avoué être recruté par monsieur Adelstein. Quand plus rien ne va, les langues se délient !

— Pour qui vous prenez vous ? Vous croyez qu'un homme comme moi se mouillerait à recruter des petites mains, des voyous ? Je suis un homme d'affaires reconnu et respecté. Vous n'imaginez même pas à quel point mon pouvoir est grand.

L'avocat de Joachim Adestein tenta bien de l'interrompre, mais d'un geste, il lui fit signe de se taire.

— Vous n'êtes qu'un petit flic en mal de reconnaissance et croyez-moi, vous avez du souci à vous faire pour votre carrière !

Une petite fissure venait d'ouvrir la personnalité bétonnée d'Aldelstein. L'homme perdait de l'élégance.

— Vous me menacez, monsieur Adelstein ! Vous perdez de votre dimension, ce n'est pas digne de vous ! Mais tout bien réfléchi, vous êtes monté bien trop haut, la chute ne fera que plus mal. Nous avons déjà fait perquisitionner quelques-unes de vos propriétés et par le plus grand hasard nous avons découvert votre caverne d'Alibaba ! Impressionnant ! Vous avez un certain goût pour les belles choses. Mais le meilleur, je l'ai gardé pour la fin ! Ce matin une jolie femme, pleine de courage vous a humilié, terrassé. Nous avons apprécié vos échanges, et les images de votre entretien. Un petit bout de femme vous a fait dégringoler monsieur Adelstein ! C'est elle qui est très grande.

446

Adelstein ressemblait à une statue du musée Grévin, sans vie, sans âme. Il sentait pour la première fois de sa vie l'odeur du désastre, du gâchis amer, de la chute infernale, de la fin d'un règne. Ses mains fripées tremblaient d'une tension non maîtrisable.

— Vous le paierez ! Soyez-en certain !

— Vos menaces ne me font pas peur monsieur Adelstein. Vous avez peut-être été plus malin que votre concurrent dans l'affaire Desmarec, mais c'était si facile. Vous n'avez pas tué directement des personnes comme lui; non ! Vous, vous avez été machiavélique. Vous êtes un mégalo pervers, et vous avez éduqué votre fille dans la manipulation. Chailley s'est fait aussi manipuler, mais il est parti en se rachetant. Vous récoltez ce que vous avez semé monsieur. Je ne vous retiens plus.

— Allez en enfer !

— Passez le premier, moi j'y survivrai mieux que vous, allez, emmenez-le !

Adelstein était blême, deux policiers le saisirent de chaque côté. Ils quittèrent le bureau dans un silence gênant.

Les deux Adelstein, protagonistes de l'affaire la plus retentissante depuis des années, allaient désormais dormir dans un château de l'Etat; la prison des Baumettes.

*

Deux ans plus tard

La justice avait fait son travail, Myriam Moser était sortie de l'engrenage des procédures judiciaires. Le meurtre du larmoyant aurait pu être fatal, mais Jaeg n'avait pas orienté l'instruction vers une suspicion à l'égard de Myriam Moser, sans doute volontairement. Le délit s'était retourné sur Florent Chailley. La justice était peut-être reconnaissante envers Myriam Moser, Adelstein était tombé en partie grâce à son petit plan.

Myriam avait fait don d'une partie de sa fortune à des œuvres diverses. Elle avait tenu à soutenir la cause juive en particulier, des associations de soutien à l'enfance, des hôpitaux, des personnes âgées, le Musée de la Marine à Brest. Ses amis proches avaient perçu des aides conséquentes. Elle avait fait le bien autour d'elle, délivrée du poids de cette fortune bien trop lourde.

Elle était seule, mais elle était tombée amoureuse de sa liberté, lentement elle s'était reconstruite. Son chemin de deuil s'était estompé chaque jour un peu plus, désormais elle regardait sereinement la couleur des jours prendre le pas sur la grisaille du passé. Elle avait quitté la France et s'était installée en Crête à l'Ouest de la belle île grecque, à Kissamos, près de la presqu'île de Balos. Myriam avait suivi des cours de grec et parlait couramment la langue locale. Elle s'était fait construire une petite villa au-dessus de la baie de Kissamos d'où elle pouvait, chaque jour, contempler les bleus de la mer et du ciel, qui se mélangeaient en un bleu, couleur de l'espérance. Son cœur battait à nouveau, au rythme de la vie. Elle avait eu besoin de s'échapper des périmètres du passé, même si elle retournait souvent à Brest quand le climat de l'île se faisait un peu plus rugueux.

Myriam Moser prenait un virage radical, désormais elle avait repris le patronyme de Desmarec. Depuis quelques semaines, elle avait décidé de racheter un restaurant niché dans le petit port de Kissamos. Elle était tombée sous le charme de l'endroit et un besoin irrésistible de donner un sens à ses quotidiens s'était fait de plus en plus fort. Plusieurs cuisiniers avaient répondu à la candidature qu'elle avait lancée. Parmi eux, un Français au nom de Rémy avait fait bonne impression. Myriam ne se l'était pas avoué, mais cet homme ressemblait étrangement à Florent Chailley. Elle ne le savait pas encore, mais le destin allait lui ouvrir les portes d'un grand amour. Myriam Desmarec effaçait Myriam Moser.

Loin de là, quelque part dans un endroit discret, des agents d'Interpol avaient réuni, les responsables de la bibliothèque Beinecke de l'université *YALE* aux États-Unis et du Musée du Louvre à Paris. Cela faisait presque 6 mois qu'une équipe d'experts s'était penchée sur le décryptage du premier manuscrit de Voynich. L'ouvrage avait défié depuis des siècles les meilleurs cryptanalystes, mais cette fois, grâce au manuscrit de Thibault Desmarec, les travaux avaient révélé le contenu énigmatique.

Les experts précédents s'étaient enfermés dans des recherches de déchiffrage d'anagrammes par l'utilisation d'algorithmes savants, mais sans succès. L'ouvrage vieux de 600 ans avait gardé son secret, tout simplement parce qu'il avait un livre jumeau, son complémentaire. Un cryptologue eut une idée toute simple, il prit les deux scans de la même page sur chacun des manuscrits et les superposa en transparence. Le résultat était inespéré.

L'idée était géniale pour l'époque, chacun des manuscrits avait été rédigé, de telle manière à ce qu'ils se complètent, mais comme ils étaient écrits en vieil hébreu, les techniques modernes de recherches ne marchaient pas. La superposition synchronisée de chaque page des deux manuscrits permettait enfin de comprendre les écritures. Parfois sur l'une des pages il n'y avait presque pas de consonnes, elles étaient sur la page jumelle. La teneur de chaque page conjuguée avait livré le sens des propos, il en était de même pour les dessins.

Quand enfin, les deux manuscrits ne firent qu'un, les conclusions allaient mettre en péril la sécurité planétaire. Les cryptologues avaient entre leurs mains les secrets d'une alchimie ancestrale pour rendre l'humain quasiment immortel. Il était fait état de plantes naturelles, de breuvages, d'extraits de fruits, possédant des vertus extraordinaires, capables de suspendre le vieillissement des cellules humaines. Beaucoup de ces plantes avaient disparues de la civilisation moderne, mais beaucoup d'entre elles encore présentes pouvaient laisser entrevoir un espoir de réalisation des breuvages.

Quand Interpol découvrit les conclusions des experts, il n'y avait plus d'autres choix que d'assurer la sécurité des manuscrits. C'est ainsi que les responsables des musées furent priés de remettre les ouvrages aux autorités de police. Toutes les copies du premier manuscrit furent retirées ou confisquées. Les deux ouvrages furent enfermés dans un coffre, quelque part où seuls quelques initiés désignés pourraient avoir connaissance des écrits, mais dans un cadre de recherche en lien avec la médecine.

Le Garden Golf Club de la Forêt avait retrouvé sa tranquillité. Les membres avaient retrouvé leur parcours. La fresque avait été achevée par une école d'art de Mulhouse suite à la délivrance d'une subvention royale par le club de golf. Quand le comité apprit par son président qu'ils se partageaient un trésor de 170 milliards d'euros, il avait fallu interrompre l'hémorragie des projets. Le club avait fini par devenir raisonnable et fait de nombreux dons, comme Myriam Desmarec à diverses œuvres et associations. La Fédération Française de Golf était la meilleure amie du club. Les écoles de jeunes s'étaient fortement développées. Les membres bénéficiaient indirectement des retombées, les cotisations avaient diminué, et le club s'était attaché les services d'un chef cuisinier d'exception.

En ce début d'année 2020, premier week-end de compétition, le ciel était au beau fixe. Le fly composé de Raphael Bollé, Denis Merlin et Patrick Beurdy, se retrouva au départ du trou 13, tout près du blockhaus rénové. Raphael Bollé se mit à l'adresse et propulsa sa balle blanche en direction du hors-limite de la forêt. Un bruit sourd se fit entendre. Au loin un véhicule avançait sur le chemin bordant le golf, une Mégane blanche. Elle s'arrêta à hauteur des joueurs, qui découvrirent le pare-brise explosé du véhicule. Le conducteur ouvrit la portière et s'extirpa de la Mégane. Bollé, Beurdy et Merlin ne bronchaient plus ! L'homme qui avançait dans leur direction n'était autre que le commissaire Jaeg.

— Tiens donc ! Toujours les mêmes à ce que je vois ! C'est qui le tireur d'élite, qui a brisé notre pare-brise ?

— C'est moi monsieur !

— Commissaire, s'il vous plaît ! Bon, je vois que vous n'avez toujours pas appris à jouer vous ! Vous êtes incorrigible !

— On est assuré pour ce genre de dégâts, ne vous inquiétez pas.

Denis Merlin se faisait solidaire de son copain.

— Commissaire, il faut que l'on joue, les autres attendent derrière !

En effet plus loin en arrière, des noms d'oiseaux se faisaient entendre. Fred Agullo, Anthony Buladi, Beauvoswsky et Merho s'impatientaient.

— Très bien, mais je passerai au club pour le constat.

Jaeg remonta dans sa voiture, amusé de la scène.

— Vous voyez Samantha, revenir sur les lieux du crime ne porte pas chance.

Samantha sourit, elle venait d'intégrer le service de Jaeg.

Le juge Daguerre et le procureur avaient refermé le dossier Desmarec définitivement, du moins c'est ce qu'ils croyaient. La justice semblait avoir été rendue ! Mais curieusement l'emblème de la justice était représentée par la balance de Thémis, composée de deux plateaux suspendus à un fléau, constituant l'un des attributs de Thémis, et en tant que tel, un symbole de la justice et de l'équité.

Rheinhart Müller avait respecté l'équité des choses, il avait bien démantelé un sous-marin. Une moitié venait d'être mise au grand jour, mais l'autre moitié dormait quelque part sur une autre parcelle du Garden Golf Club de la Forêt.

Le destin aimait jouer dans les hors-limites !

Postface

*Si un jour, l'envie vous démangeait de
faire un tour du côté du Golf, histoire de jouer les
détectives, sachez qu'il existe un
autre blockhaus... sur lequel sont fixées trois lettres.
Comme vous avez eu la gentillesse
d'acheter ce livre, je vous dévoile ces lettres :*
PLT
Bonne chance et merci.

FIN

Les Acteurs

Le Commissaire
Cédric JAEG

L'Inspecteur
Olivier BURG

Lieutenant
Gaetan RUSSO

La gendarme
Samantha

Les Acteurs

Thibault
DESMAREC

Myriam MOSER
DESMAREC

Andréas
MOSER

Florent
CHAILLEY

Les Acteurs

Joachim
ADELSTEIN

Françoise
ADELSTEIN

Le Notaire
François FALLER

Les Acteurs

Le Larmoyant ,
Michel GOMME

Gunther
FRANTZ

Eric
FISCHER

Claudio
NALLE

Les Acteurs

Denis
MERLIN

Raphaël
BOLLÉ

Patrick
BEURDY

Christophe
MERHO

Les Acteurs

Anthony
BULLADI

Fred
AGULLO

Pepe
ZIENZA

Les Acteurs

Pierre
MAINGÉ

Gérald
VARGAS

Rémy
MAISTRE

Table des matières

464

*

Remerciements à :

Ma fille Camille... pour son soutien.

Mireille, Stéphanie et Yannick, qui ont été les cobayes de lecture, au fil de l'écriture. Merci de leurs corrections, suggestions et ressentis.

Sandra et Denis, pour les conseils sur le style.

Le corps de gendarmerie, pour ses recommandations.

Sandra pour son œil expert en droit judiciaire.

Myriam, pour son aide précieuse sur la mise en forme et les corrections.

Les sosies des personnages, qui ont prêté leurs traits.

Ma sœurette Françoise, qui a été un cobaye de lecture très neutre !

Mes ami(e)s, mes copain(ine)s du golf des Bouleaux, pour leur grande bienveillance.

Bibliographie :

Six, roman paru en 2017 (Thriller)

Hors-Limites, roman paru en 2018 (Thriller)

www.ingramcontent.com/pod-product-compliance
Lightning Source LLC
Chambersburg PA
CBHW051938020726
47501CB00001B/184

* 9 7 8 2 9 5 5 7 4 5 8 1 6 *